Knaur.

Knaur.

Über die Autorin:
Gabriella Engelmann ist gelernte Buchhändlerin. Sie arbeitet heute als Verlagsleiterin für einen Verlag, der sich auf Kinderbücher von Prominenten spezialisiert hat. Dabei hatte sie viele kuriose Begegnungen mit den Schönen, Reichen und Berühmten, die sich in den turbulenten Irrungen und Wirrungen ihrer Romanheldin Marie Teufel widerspiegeln. Viele echte Prominente, Stars und Sternchen verbergen sich entsprechend hinter den Promis dieses Buches.
Gabriella Engelmann lebt mit ihrem Ehemann in Hamburg und arbeitet zurzeit an einer Fortsetzung zu »Die Promijägerin«. Mehr Informationen zur Autorin auf ihrer Homepage www.gabriella-engelmann.de.

Prominente Stimmen zu »Die Promijägerin«:
»Gabriella Engelmann beschreibt die Verlagswelt unglaublich realistisch, ein bisschen verrückt, ein bisschen erstrebenswert, aber auf jeden Fall voller Witz, Humor und Flirts und – eigener Erfahrung.«
Gaby Hauptmann

»Da wird man doch gern gejagt, wenn anschließend so heiter über einen geschrieben wird!«
Ann-Kathrin Kramer

»Die Heldin Marie Teufel ist eine von uns! Als Mittdreißigerin erkennt man sich in allen Problemen wieder – sei es Essverhalten, Partnersuche oder der ganze normale Wahnsinn des Alltags. Die Figur läuft mit Witz, Charme und einer gewissen Selbstironie durchs Leben – so wie ich es mir manchmal für mich selber wünschen würde.«
Vera Int-Veen

»Die Verrücktheiten der Medienwelt in eine amüsante Liebesgeschichte verpackt – ein fröhlich-atemloses Lesevergnügen!«
Dr. Gabriele Metzger

»Ein wundervolles Buch, in dem ich endlich als das gesehen werde, was ich bin – alt. Ich entdecke mich zwar auch noch als den spanischen Autor, der diesen fulminanten Streit mit der Protagonistin wegen seiner Biografie hat, aber in jedem guten Buch muss es auch ein Geheimnis geben. LEALO! Lesen Sie!«
Burkhard Driest

Gabriella Engelmann

Die Promijägerin

Roman

Knaur Taschenbuch Verlag

Besuchen Sie uns im Internet:
www.knaur.de

Originalausgabe Dezember 2004

Ein Unternehmen der Droemerschen Verlagsanstalt
Th. Knaur Nachf. GmbH & Co. KG, München

Umschlaggestaltung: ZERO Werbeagentur, München
Umschlagabbildung: Mauritius
Satz: Ventura Publisher im Verlag
Druck und Bindung: Clausen & Bosse, Leck
Printed in Germany
ISBN 3-426-62835-X

2 4 5 3

»DIE FAHRKARTEN BITTE!«, schallt es unsanft an mein Ohr, und ich schrecke aus meinem Albtraum hoch, in dem mir Herr Bader gerade die Kündigung überreicht.

Ich heiße Marie Teufel, bin 33 Jahre alt und bin als Lektorin auf der Suche nach dem ultimativen Promi-Bestseller. Ich habe gerade die grauenvollste Nacht meines Lebens hinter mir und befinde mich auf dem Weg von Berlin nach Hamburg zum Verlag, in dem ich arbeite. In dem ich NOCH arbeite.

»Die Fahrkarten bitte!«, tönt es wieder, nur diesmal etwas eindringlicher und nachdrücklicher. Schlaftrunken wühle ich in meiner Tasche nach dem Portemonnaie. Warum muss ich auch immer diese Monsterteile mit mir rumschleppen? Kann ich nicht zu dem Typ Frau gehören, der seine gesamten Utensilien in einem kleinen, schnuckeligen Täschchen verstaut, das man sich lässig unter die Achsel klemmt? Aber leider brauche ich Platz für meine Kosmetika, Kaugummis, die sich gerne mal mit der Abdeckung meines Handys paaren, für Filofax, Handcreme, Schokolade und das Buch, das ich gerade lese. Und normalerweise auch mein Portemonnaie.

Doch das fehlt plötzlich, was insofern blöd ist, als ich darin meine Fahrkarte aufbewahre. Ich kann das hämische Grinsen meiner männlichen Mitreisenden förmlich spüren. Alles handtaschenlose Jungs, die ihren Geldbeutel in der Anzugtasche tragen und derlei Probleme nicht kennen. Ich schenke dem Schaffner, der bereits ungeduldig von einem Fuß auf den

anderen tritt, das strahlendste Lächeln, zu dem ich zu dieser Uhrzeit fähig bin, und reiche ihm artig meinen Fahrschein, nachdem ich das blöde Ding endlich gefunden habe.
»Frollein, det ist aber zweiter Klasse, und se sind hier in der ersten. Da müssen se noch nachzahlen!«
O nein, das nicht auch noch! Bin ich jetzt tatsächlich in der ersten Klasse gelandet? Deshalb auch die vielen Anzüge. Hätte ich mir ja gleich denken können. »Okay, Sie kriegen Ihr Geld!«, sage ich großzügig, denn jetzt weiß ich ja, wo das Portemonnaie ist.
Noch zwei Stunden bis Hamburg. Vorbei an öden Feldern und grauen, trostlosen Orten, Osten pur.
»Arme Schweine«, murmle ich vor mich hin und versuche, weiter zu schlafen.
So komfortabel, wie es die Bahn beschreibt, ist der Sitz allerdings nicht, und wenn ich bedenke, dass das hier die erste Klasse sein soll ... Ich mag gar nicht daran denken, wie viele Milben wohl in diesem Augenblick in meinem Haupthaar Samba tanzen! Ich stütze meinen Kopf auf meinen rechten Arm und rede mir ein, dass dies die ideale Schlafposition sein könnte. Denn ich brauche dringend noch etwas Schlaf, wenn ich für das vor mir liegende Gespräch mit meinem Chef gewappnet sein will. Den Arm stütze ich auf die Fensterbank, wobei dieses Glück nicht von langer Dauer ist. In jeder Kurve kracht mein Arm nach unten und mit ihm mein Kopf. Ich will nach Hause, jammere ich vor mich hin und denke seufzend an mein wunderschönes, gemütliches Bett. Und an meine kleine Wohnung in Hamburg-Eppendorf, die vermutlich in nächster Zeit mein Refugium sein wird, jetzt, wo ich bald arbeitslos bin.

Eigentlich kann ich die Miete für sie zwar jetzt schon kaum aufbringen, aber die Hauptsache ist ja, man wohnt schick. Muss ja keiner wissen, dass die »Wohnung« nur aus einem Zimmer besteht. Man muss sich einfach nur gut überlegen, wo man Dinge aufbewahrt und wen man zu sich nach Hause einlädt. Für Resultate von Shopping-Exzessen und Männer über 1,80 Meter ist da nun mal leider kein Platz.

Doch um nichts in der Welt möchte ich meinen Balkon und den Delikatessenladen um die Ecke missen. Dort trifft man neben den üblichen Reichen und Schönen auch ab und zu mal einen Promi (und das ist nahezu lebensnotwendig für meinen Job!). Zum Beispiel ehemalige Sportmoderatoren, die jetzt mit täglichen Talkshows ganz groß rauskommen, in denen sie ehemalige Sportmoderatoren interviewen, die wiederum mit wöchentlichen Talkshows groß rauskommen. Letztere haben wahlweise einen lukrativen Werbevertrag mit einem Getränkehersteller oder einem Mobilfunkanbieter, worüber sie dann in der Sendung hemmungslos plaudern können.

Oder der braun gebrannte Schauspieler, der trotz seiner vermutlich fast 60 Jahre immer noch gut in Schuss ist, was mit Sicherheit an seiner gesunden Ernährung liegt, wie ich mit einem kurzen Blick auf den Inhalt seines Einkaufswagens feststelle. Dort tummeln sich in trauter Eintracht eine Ananas, Kiwis, Kombucha-Saft, den ich mir wegen des hohen Preises höchstens zu Weihnachten gönne, sowie diverse links- und rechtsdrehende Joghurtsorten, die eine intakte Darmflora und damit ewiges Leben versprechen. Vielleicht ist das Ganze aber auch nicht für ihn, sondern die Monatsration für die ausgemergelte Blondine, die an seinem Arm hängt und gerade versucht, ihre Absatzhöhe von 20 Zentimetern unter Kontrolle zu bringen. Am Zeitschriftenregal an der Kasse wirft sie einen sehnsüchtigen Blick auf die aktuelle Ausgabe der »Fit for Fun«.

War klar, dass sie so etwas liest. Energisch und demonstrativ werfe ich einen »Spiegel« in meinen Wagen. Den werde ich zwar vielleicht nicht lesen, aber ich fühle mich jetzt besser.

»Blondi«, wie ich das holde Wesen im Geiste nenne, ist der Ausflug in die Welt der neuesten Fitnesstrends und Ernährungstipps jedoch nicht gegönnt, denn der Mime flötet unüberhörbar: »Schnäuzelchen, kommst du? Ich habe noch einen Interviewtermin.« INTERVIEWTERMIN! Klar, dass sich alle nach ihm umdrehen. Auch ich habe sofort begonnen, mein Fernsehsündenregister zu checken, um herauszufinden, wer er ist und ob sich ein Autogramm lohnen könnte. Traumschiff? Pilcher? Samt und Seide?, grüble ich, während Schnäuzelchen sich vom Regal losreißt, um ihren Helden aus dem Sparmarkt zu eskortieren. Ich vermute stark, dass sie die Lektüre sowieso nicht gebraucht hätte, denn Frauen wie sie werden mit Sicherheit schon mit Kalorientabelle im Kopf geboren und beschweren sich bereits im zarten Babyalter über den hohen Fettanteil in der Muttermilch.

Dann bin ich an der Reihe und staple meine Einkäufe auf das Fließband. Beschämt sehe ich noch einmal alles aufgereiht, was ich in den kommenden Tagen zu essen gedenke: Entenleberpastete, Krabbensalat, Cashewnüsse, rosig schimmernder Lachs, Milka-Schokolade »Erdnuss-Krokant« und ein schöner, schwerer Rotwein. »Von nix kommt nix«, denke ich, als die Kassiererin fragt: »Eine oder zwei Tüten?«,

während sie etwas Papier um meine in Öl schwimmenden Antipasti wickelt.
»Nee danke, eine wird wohl reichen, ist ja nicht so viel«, stammle ich und versuche, alles in eine Tüte zu quetschen. Warum nur habe ich das Gefühl, dass mich alle Leute anstarren? Gut, ich bin nicht Blondi, die mir bestimmt innerhalb einer Sekunde den Glyx-Index dieser kleinen Schweinereien nennen könnte, aber ich esse nun mal gerne, und das sieht man vermutlich. Kein Grund mich auszugrenzen.

»Darf es etwas aus dem Speisewagen sein?«, dringt eine energische Stimme an mein Ohr. Nur schwer werde ich wieder wach nach diesen Fantastereien über meinen Lieblingsladen, in dem ich vermutlich bald nicht mehr werde einkaufen können. Mein Magen knurrt. Das morgendliche Croissant ist längst verdaut, und mein Inneres schreit nach mehr. Ich will gerade etwas von »Toast mit Lachs und weich gekochtem Ei« sagen, da erhebt sich mahnend Blondi vor meinem inneren Auge und schüttelt den Kopf.
»Nein danke, nichts zu essen, aber ein stilles Wasser hätte ich gerne«, höre ich mich daraufhin zu meiner eigenen Verwunderung sagen. Ja, auch ich habe »Fit for Fun«, »Shape« und wie sie alle heißen gelesen, in der Hoffnung, durch deren bloße Lektüre mühelos schlank und cellulitefrei zu werden. Und dort liest man ja immer viel über das Allheilmittel Wasser. Zwei bis drei Liter pro Tag sind das absolute Minimum, um nicht zu dehydrieren, zu verschrumpeln wie eine alte Rosine und demzufolge keinen Mann mehr abzubekommen. Vier bis fünf Liter sind eindeutig besser, es darf dann in

Ausnahmefällen auch mal Kräutertee sein oder – wenn es ganz hoch hergeht – auch Apfelsaftschorle.
»Meine Damen und Herren, in wenigen Minuten erreichen wir Hamburg Dammtor. Bitte steigen Sie in Fahrtrichtung rechts aus.«
»Dammtor!«, schrecke ich aus meinem Sitz hoch, hangle meinen Koffer aus der Gepäckablage und stürze aus dem Zug. Mein Wasser sollen die Jungs vom Mitropa-Team trinken. Kann ja nicht schaden, bei der trockenen Luft hier.
Im Taxi überprüfe ich rasch mein Aussehen: verschmierte Wimperntusche, abgekauter Lippenstift, fleckiges Make-up und der deutliche Abdruck eines Knopfes mitten auf der Wange. Muss daran liegen, dass ich zuletzt meinen Jeansmantel als Kopfkissen benutzt habe.
Einige Kilometer und diverse kosmetische Korrekturen später biegt das Taxi in die Kiesauffahrt zum Verlag Bader & Köllisch ein. Eine wunderschöne Stadtvilla mit Alsterblick, zumindest wenn man Bader oder Köllisch heißt. Mit den Büros der Lektorinnen, liebevoll die Besenkammern genannt, verhält es sich dagegen ähnlich wie mit meiner Wohnung: Hauptsache, die Adresse stimmt!
»Morgen«, flöte ich munter der Empfangsdame zu, die nicht antwortet und so tut, als wäre sie beschäftigt.
»Dann nicht«, denke ich und nehme Kurs auf mein Büro. Dort türmen sich Bücher, Aktenordner, Korrespondenzablage, und ganz hinten entdecke ich einen kleinen dunklen Lockenkopf. Der gehört Annalena Kluge, meiner besten Freundin und Kollegin. Sie scheint gerade etwas zu suchen und taucht aus den Tiefen des Papierkorbes auf, als sie meine Schritte hört.

»Hallo, da bist du ja endlich. Du sollst sofort zum Chef kommen.«
»Hat das nicht noch einen Moment Zeit, ich muss dir so viel erzählen«, antworte ich und angle nach ihrem Latte Macchiato, dessen Duft verführerisch meine Nase kitzelt.
»Nein, hat es nicht, sonst würde ich es dir ja nicht sagen«, zischt Annalena und schiebt mich zur Tür hinaus in Richtung Chefbüro.
Auf dem Flur kommt mir Herr Bader bereits entgegen: »Wo zum Teufel bleiben Sie denn so lange, Frau Teufel?«, brüllt er so laut, dass alle Kollegen sofort ihre Arbeit unterbrechen und interessiert die Köpfe heben. Hat echt Wortwitz, der Mann, denke ich. »Ich bin gerade aus Berlin von meinem Treffen mit Miguel Vargas zurückgekommen, und ich finde, dass ich dafür eigentlich recht pünktlich bin …«, wage ich einen Versuch, mich zu verteidigen. Immerhin ist es erst 9.30 Uhr, so früh bin ich sonst fast nie hier.
»Halten Sie keine langen Reden, kommen Sie rein und erklären Sie mir, weshalb heute Morgen, um 7.00 Uhr, mein Handy klingelt und ich einen wutschnaubenden Miguel Vargas am Telefon habe, der die Zusammenarbeit mit dem Verlag beenden will.«
»Miguel Vargas? Auf Ihrem Handy? Um diese Uhrzeit?«, frage ich tumb, während ich zögernd sein Büro betrete und versuche, mit diesem Fragemanöver Zeit zu schinden. Es ist so weit! Ich bin in der Höhle des Löwen. Und ich habe tatsächlich keine Chance. Ängstlich setze ich mich auf die äußerste Kante des Besucherstuhls und wappne mich innerlich gegen die nächste Attacke. Das Gesicht meines Gegenübers hat bereits einen ungesunden Rotton angenommen, und ich sehe seine Halsschlagader pochen.

»Sie wissen genau, weshalb, Frau Teufel. Bringen Sie das sofort wieder in Ordnung, oder Sie sind gefeuert. Haben Sie verstanden? GEFEUERT. Wissen Sie, was das in der heutigen Zeit heißt?«

Klar weiß ich das, ich lese ja manchmal wirklich den »Spiegel« und hatte in der Bahn genug Zeit, darüber nachzudenken. Im Klartext würde das bedeuten, meine Wohnung in Eppendorf aufzugeben, um nach Barmbek oder schlimmer noch nach Norderstedt zu ziehen, und anstelle des Feinkostladens auf Penny oder miniMAL angewiesen zu sein. Und Klamottenkäufe bei H&M hätten auf einmal keinen Kultcharakter mehr, sondern wären pure Notwendigkeit.

»Finden Sie nicht, dass Sie jetzt ein wenig übertreiben, Herr Bader?«, versuche ich, mich zu verteidigen, während mir bereits die Tränen des Selbstmitleides in die Augen schießen. »Zu mir war Miguel Vargas gestern Abend sehr nett, von daher kann ich mir gar nicht so recht erklären, was ihn derart verärgert haben kann.« Na ja, etwas gelogen, aber was soll's!

Anstelle des leichten Rottones von eben nimmt das Gesicht von Herrn Bader nun ein tiefes Tomatenrot an.

» Nun tun Sie mal nicht so unschuldig, Frau Teufel. Sie wissen ganz genau, wovon ich spreche. Können Sie mir sagen, weshalb wir Sie eigentlich als Lektorin für unsere Promibücher eingesetzt haben? (Ja, ich erinnere mich dumpf und dunkel. Das war, weil ich dank meines unwiderstehlichen Charmes und meiner fundierten Kenntnisse aus »Gala« und »Bunte« geradezu prädestiniert bin für diesen Job. Von meinem Kommunikationstalent einmal ganz zu schweigen.) Sie haben gleich Ihren ersten Auftrag in den Sand gesetzt und das

Vertrauen, das Herr Köllisch und ich in Sie gesetzt haben, schwer enttäuscht! (Okay, gegenüber Christoph Köllisch ist mir die ganze Sache in der Tat äußerst unangenehm!) Nun gehen Sie mir aus den Augen. Los, raus!«, tobt Herr Bader weiter, und ich befolge schleunigst seine Anweisung, bleibe auf dem Weg hinaus an einer vorstehenden Tischkante hängen und ratsche mir die Strumpfhose auf. Auch das noch! Nein, dies ist wahrlich nicht mein Tag.

»Und? War es sehr schlimm?«, fragt Annalena mitleidig, als ich nach einem kurzen Zwischenstopp auf der Toilette wieder in unserem Büro auftauche.

»Nein, überhaupt nicht. Herr Bader ist nur stinksauer und hat mir mit Kündigung gedroht, wenn ich Vargas nicht wieder zur Zusammenarbeit mit uns bewegen kann«, schniefe ich in ein Stück Toilettenpapier, das als Tempoersatz herhalten muss. »Er hat mir einen Vortrag darüber gehalten, dass er enttäuscht von mir ist und dass ich versagt habe. Aber Miguel umzustimmen, das schaffe ich nie und nimmer. Und wo soll ich dann einen neuen Job hernehmen?«, schluchze ich weiter vor mich hin, während es mich am ganzen Körper schüttelt.

»Schsch, das wird alles wieder gut«, versucht Annalena mich zu trösten und nimmt mich in die Arme. Sie duftet ganz wundervoll nach Vanille, und ich könnte es mir für den Rest meines Lebens in ihrer Armbeuge gemütlich machen. »Willst du ein Taschentuch?«, fragt sie, während ich ihre weiße Bluse nass tropfe und mit Wimperntusche verschmiere. »Oder soll ich dich lieber krank melden? Du hast ja sicher kaum geschlafen. Fahr nach Hause, leg dich hin. Ich regle das hier schon. Du wirst sehen, heute Abend sieht die Welt schon ganz anders aus. Und wenn es dir besser geht, können wir doch noch zu ›Paulino‹ gehen, und du erzählst mir alles. Was hältst du davon?«

Was ich davon halte? Meine Annalena. Meine süße, beste Freundin!

»Ja, so machen wir das«, flüstere ich in das Taschentuch, das Annalena mir in die Hand gedrückt hat und das mittlerweile nur noch in Fragmenten vorhanden ist, setze mir die Sonnenbrille auf die Nase und schleiche so unauffällig wie möglich wieder aus dem Verlag.

Einige Stunden später sitze ich dann auch schon bei meinem Lieblings-Szene-Italiener an der Alster und schlürfe einen Scoropino. Dieses Getränk ist zwar bereits eine komplette Mahlzeit für sich, aber an Tagen wie diesen kann man nun mal keine Rücksicht auf seine Figur nehmen. Ich ignoriere Blondi, die mir die Kalorien des darin enthaltenen Limonensorbets und der Sahne vorrechnet, und werfe einen Blick auf die anwesenden Gäste. Das ist eine meiner Lieblingsbeschäftigungen. Wie immer sind alle unheimlich schick, unheimlich busy und unheimlich gut gelaunt.

Annalena kommt wie immer zu spät und so habe ich jede Menge Zeit, meine Umgebung genauer unter die Lupe zu nehmen und Gesprächen zu lauschen. Von Werbern über Medienleuten bis hin zu Promis ist hier alles vertreten, was in Hamburg Rang und Namen hat. Von der Bar prostet mir ein gut aussehender Typ zu, der ganz offensichtlich Gefallen an mir gefunden hat. Wie schmeichelhaft! Vielleicht wird das ja doch noch ein guter Tag, denke ich, nur um festzustellen, dass er die Dame hinter mir meint, die sich gerade an meinem Tisch vorbeischiebt und auf ihn zustürzt. Auch gut, schließlich bin ich ja hergekommen, um mich mit meiner besten Freundin zu treffen, und nicht, um auf Männerfang zu gehen.

Am Nachbartisch sitzt eine Familie mit zwei Kindern. Bei »Paulino« ein eher ungewöhnlicher Anblick. Die Mutter, Modell Blankenese, mit Pferdeschwanz und Perlenkettchen, schneidet ihrer Tochter im Kinderstühlchen gerade Carpaccio (!!!) in mundgerechte Stückchen, während Sohnemann eifrig am Simsen ist. Der Vater ist vertieft in die Lektüre seiner »Financial Times« und hat seinen Communicator griffbereit. Seine Frau erzählt ihm gerade von diesem »himmlischen Schnäppchenangebot«, einer Eigentumswohnung mit Elbblick, aber das Gesagte verhallt ungehört.

Ich selbst schicke ein Stoßgebet zum Himmel, dass die Familie doch bald nach Hause gehen möge, da Annalena Kinder hasst. Babys findet sie niedlich und schwärmt unverständlicherweise für diese Kinderfotos von Anne Geddes, auf denen die lieben Kleinen in Blumentöpfen sitzen und lustige Hütchen tragen oder gerade einen Blumenkohl umarmen. Sobald diese Kinder aber das zarte Alter von einem Jahr überschritten haben, nicht mehr friedlich schlummernd im Kinderwagen liegen, sondern es wagen, laut zu atmen, ereilt Annalena die absolute Krise. Aus diesem Grunde vermeiden wir Cafés und Restaurants mit größerer Kinderdichte oder treffen uns dort allenfalls nach 21.00 Uhr, in der Hoffnung, dass die lieben Kleinen dann schon sicher in ihren Bettchen verstaut sind.

»Tut mir Leid, meine Süße, ich bin zu spät«, flötet Annalena und stürzt sich sofort auf meinen Scoropino. »Du ahnst gar nicht, was mir passiert ist.« Nein, ich ahne es nicht, und ich will es auch gar nicht wissen, denn dies ist MEIN Abend mit MEINER Geschichte, denke ich und versuche dennoch einen interessierten Gesichtsausdruck aufzusetzen, denn schließlich sind Annalena und ich schon seit zwanzig Jahren befreundet. Und schon prasselt die Geschichte ohne Punkt und Komma auf mich ein. Es handelt sich dabei um einen Beautyunfall erster Güte. Annalena, dunkelhaarig und von Natur aus mit reichlich Beinbehaarung gesegnet, ist permanent dabei, die neuesten Methoden der Enthaarungstechnologie zu studieren und zu erproben. Jedes Jahr im Frühsommer beginnt das Drama von neuem. Einschlägige Zeitschriften wie »Elle« oder »Petra« geben ihren aufmerksamen Leserinnen eine Übersicht über die neuesten Enthaarungsmethoden sowie deren Vor- und Nachteile.

In diesem Jahr hatte Annalena offensichtlich beschlossen, ihrem Problem auf eher natürlichem Wege zu begegnen, und sich für die Wachsmethode entschieden. Um bei »Paulino« im Mini eine gute Figur zu machen, war sie nach dem Büro zunächst noch schnell in die Wanne gestiegen, wodurch die Haut schön weich werden sollte. Eine gute Voraussetzung, um im Anschluss, beim Herausreißen, weniger Schmerzen zu verspüren. Vorschriftsmäßig hatte sich Annalena also die ersten Wachsplättchen auf die Schienbeine gelegt und war eisern entschlossen, sie mit einem kräftigen Ruck abzuziehen, damit der Schmerz nur von kurzer Dauer sein sollte.

»Tja, und dann passierte gar nichts«, erzählt Annalena aufgeregt und leckt sich den letzten Tropfen Scoropino aus dem Mundwinkel. »Das Wachs hat es sich auf meinen warmen

Beinen gemütlich gemacht und sich offensichtlich entschlossen, dort zu bleiben. Es ging nicht mehr ab. Kannst du dir vorstellen, wie man sich da fühlt?«

Ja, ich kann, denn auch ich habe in dieser Hinsicht schon einiges erlebt.

»Ich habe die absolute Krise bekommen! Dann habe ich versucht, mich zu beruhigen, habe mir eine Nagelfeile geschnappt und wollte das Ganze Schicht für Schicht abkratzen. Hat auch nichts gebracht. Und es wurde immer später und ich wusste ja, dass es dir nicht gut geht und du hier auf mich wartest.«

»Na ja, jetzt bist du ja hier«, sage ich und tätschle ihr freundschaftlich das Knie. »Und was hast du dann gemacht? Willst du mir sagen, dass du unter deinem Rock noch Wachsreste kleben hast?«

»Nein, keine Sorge. Nachdem ich es mit Nagellackentferner versucht habe und das auch nichts gebracht hat, ist mir die rettende Idee gekommen.«

»Du hast den Notarzt geholt?«, frage ich besorgt, da Annalena eine ausgemachte Hypochonderin ist und den Samstagabend gerne mal in der Notaufnahme eines Krankenhauses verbringt.

»Nein, die kommen ja nicht mehr, wenn sie meine Nummer im Display sehen«, kichert Annalena sichtlich angeheitert von meinem Drink. »Nee, meine Rettung war der Fön. Ich habe ihn einfach eine halbe Stunde auf meine Beine gehalten, da wurde das Ganze wieder schön flüssig, und ich konnte alles abspülen. Allerdings musste ich mir dann doch noch die Beine rasieren, sonst wäre ich sicher pünktlich gewesen.«

»Da bin ich aber erleichtert, ich dachte schon, du hättest es mit der Löschpapier-Bügelmethode probiert und wolltest mir jetzt mitteilen, dass wir anstelle des Abendessens noch einen Termin für eine rasche Hauttransplantation haben«, grummle ich und versuche unauffällig, einen Blick auf die Speisekarte zu werfen. Der Duft von Salbei und Trüffelöl steigt mir in die Nase und wenn es erst einmal so weit ist, fällt es mir sehr schwer, mich auf ein Gespräch zu konzentrieren.
»Dann können wir ja jetzt bestellen. Weißt du schon, was du willst?«
Und dann essen wir. Leckere Antipasti, gefolgt von fantastischer Pasta, gekrönt von einem leckeren Dessert. Vergessen meine Pleite mit Miguel Vargas, auch Bader & Köllisch rückt in den Hintergrund. Jetzt gibt es nur noch das »Paulino«, Annalena, einen Grappa und mich. Ich habe eigentlich keine Lust, diesen Abend durch einen Bericht über meine Berlin-Pleite zu verderben, und liefere daher meiner neugierigen Freundin lediglich eine Kurzfassung, mit der Bitte, das Thema nicht weiter zu vertiefen. Zumindest nicht an diesem Abend.
»Na, Ihnen scheint es ja gut zu gehen«, dringt jäh die Stimme der Realität an mein Ohr, während Annalena und ich gerade beginnen, einen Italienurlaub zu planen. Portofino und Capri, Ischia und Venedig. Weit weg von zickigen Autoren und der Verlagswelt …
Die Stimme, die uns brutal aus unseren Träumen reißt, gehört Herrn Köllisch, dem anderen Teil von Bader & Köllisch, wenn auch dem netteren. Christoph Köllisch ist ehemaliger Cheflektor und seit zwei Jahren Verlagspartner und damit ebenfalls mein Vorgesetzter. Da er oft im Ausland

unterwegs ist, ist er ein eher seltener Gast in unserer Villa an der Alster. Auch jetzt habe ich ihn eine ganze Weile nicht mehr gesehen. Genauer gesagt nicht mehr, seit er mir die Betreuung unserer Promibücher angeboten hat.

»Muss ja«, höre ich mich sagen und könnte mich gleichzeitig dafür ohrfeigen. »Muss ja« ist ein Ausdruck, den ich mindestens ebenso verabscheue wie das obligatorische »Mahlzeit« mittags in der Kantine. Ich könnte mich vor Scham verkriechen.

»Na, dann wünsche ich Ihnen beiden noch einen schönen Abend«, erwidert er und nimmt an der Bar Platz. Er ist in Begleitung von Carlotta Rivera, einer attraktiven Schwarzhaarigen, die ihn anhimmelt und ihre weißen Zähne blitzen lässt. Von Kollegen weiß ich, dass die beiden schon seit längerem zusammen sind und sich auf einer unserer Buchpremieren in einer Galerie kennen gelernt haben. Sie ist Kunstkritikerin und reist ebenfalls viel durch die Weltgeschichte. Spricht mehrere Sprachen fließend, hat eine Mannequinfigur und fährt Porsche. Ein schlimmer Affront für jemanden wie mich, der noch nicht einmal einen Führerschein besitzt. In diesem Moment fällt ihr eine entzückende Locke ins Gesicht, die mein Chef ihr liebevoll hinter das Ohr streicht. Idylle pur. Wie ich diesen Frauentyp hasse. Man fühlt sich bei ihrem Anblick automatisch klein, dick, langweilig und falsch gekleidet.

Bei dem Anblick der beiden muss ich unwillkürlich seufzen. Christoph Köllisch ist ein äußerst attraktiver Mann, und ich ertappe mich manchmal dabei, wie ich an ihn denke. Natürlich nur ganz kurz und in einem rein fachlichen Zusammenhang, versteht sich! Ich kann schließlich nichts dafür, dass er sich nachts manchmal heimlich in meinen Träume schleicht wie Mister Sandman persönlich …

»Guck da nicht so auffällig hin«, reißt Annalena mich unsanft aus meinen Betrachtungen. »Du tust ja gerade so, als hättest du den Typen noch nie gesehen. Das ist super auffällig, was du da machst. Lass uns lieber gehen, ich bin müde und will ins Bett«, gähnt sie, und auch ich finde, dass dieser Tag lang und ereignisreich genug war.

Zurück in meiner Wohnung schenke ich mir noch ein Glas Rotwein ein und lege mich damit auf die Couch. Meine Katze Sissi, benannt nach Kaiserin Elisabeth, die ich sehr verehre, streicht mir maunzend um die Beine und will spielen. Ich habe dazu aber keine Lust und hänge lieber meinen Gedanken nach.

Gestern Abend um diese Zeit saß ich mit Miguel Vargas in einem Restaurant. Wir hatten ein Menü bestellt, und alles hatte so weit gut begonnen. Beim Aperitif plauderten wir über dies und das, über seine Finca auf Mallorca und das Leben in ewiger Sonne. Lästerten ein wenig über die Literaturszene und ließen die Leipziger Buchmesse Revue passieren, auf der wir uns zum ersten Mal begegnet waren. Miguel las dort aus seinem aktuellen Buch, einem literarischen Liebesroman. Die sanfte, melancholische Stimme passt so gar nicht zu diesem eher herben, machohaften Typen, der zu gelegentlichen Wutausbrüchen neigt. Doch vielleicht ist es gerade diese Kombination, die ihn für seine – vorwiegend weiblichen Leser – unwiderstehlich macht und seine Bücher zu Bestsellern werden lässt. Das Buch mit dem Titel »Jene Tage« ist sein erster Roman in unserem Verlag, den seine

Agentin für ihn nach einer Auseinandersetzung mit seinem alten Hausverlag gefunden hat. Herr Bader hatte ihr hoch und heilig versprechen müssen, dem Autoren höchste Aufmerksamkeit und Rundumbetreuung zukommen zu lassen, denn dies war Miguel Vargas weitaus wichtiger als üppige Honorare, die er finanziell sowieso nicht nötig hat. Schließlich ist Miguel ein berühmter Maler und Bildhauer, ein Star der europäischen Kunstszene. Mit seinen 64 Jahren hat der Sohn eines spanischen Vaters und einer deutschen Mutter ein aufregendes Leben mit Stationen in den großen Metropolen der Welt hinter sich. Erst vor wenigen Jahren zog er sich auf seine Finca auf Mallorca zurück, um sich endlich auch seiner Passion für das Schreiben angemessen widmen zu können.

Bevor ich mich auf den Weg nach Leipzig gemacht hatte, war ich tagelang damit beschäftigt gewesen, mir ein Bild von ihm zu machen. Ich recherchierte stundenlang im Internet, sah mir jede Menge Fernsehauftritte und Talkshows an und las alle seine Bücher. Aufgeregt machte ich mich auf den Weg zur Messe. Schließlich war Miguel ein Liebling der Kunstszene und der Medien, ein Frauenschwarm und Individualist, ein Exzentriker und Enfant terrible, ein geheimnisvoller Eremit auf seiner mallorquinischen Finca, ein Preisträger des »Prix de livre«, DES internationalen Buchpreises überhaupt!

Miguel Vargas gab sich jedoch, entgegen meinen Erwartungen, bei allen Veranstaltungen sehr charmant und höflich, bedankte sich artig für jede Aufmerksamkeit und erfüllte mit scheinbar endloser Geduld die Signier- und Autogrammwünsche der weiblichen Fans, die um den Messestand herumschlichen. Ich amüsierte mich köstlich beim Aufschnappen einiger Gesprächsfetzen und bemerkte sehr wohl, wie sich die jeweiligen Damen ins Zeug legten, um seine Aufmerksamkeit zu erregen. Ich genoss es, an seiner Seite durch die Messehallen zu schreiten, ihn ins Hotel zu bringen, ihn wieder abzuholen und zur Lesung zu fahren. Endlich war ICH einmal diejenige, die beneidet wurde.

Nach der letzten Lesung in Leipzig feierten wir mit den Verlagskollegen bis in die frühen Morgenstunden. Ein durchaus positiver Auftakt also für den Trip nach Berlin, wohin ich ihn ebenfalls begleitete. »Miguel«, wie ich ihn ab sofort nennen sollte, küsste mich zu Begrüßung auf beide Wangen und machte es sich im Zugabteil gemütlich. Und kaum hatte ich uns Getränke aus dem Speisewagen geholt, war er auch schon eingeschlafen. Ein Zustand, der bis Berlin Zoo anhalten sollte, wo ich ihn dann wohl oder übel wecken musste. Während er schlief, hatte ich Gelegenheit, mir zu überlegen, wie ich es schaffen könnte, ihn an diesem Abend so einzulullen, dass er uns den Zuschlag für seine Memoiren geben würde. Denn dies war meine eigentliche Mission: Miguel Vargas hatte schon seit Jahren immer wieder Angebote von den renommiertesten Verlagshäusern bekommen, seine Erinnerungen zu Papier zu bringen. Doch bislang ohne Erfolg. Und nun hatte es sich mein Chef in den Kopf gesetzt, diesen offensichtlichen Jackpot zu knacken.

Es kam, wie es kommen musste. Timing ist ja bekanntlich alles, und meines war im entscheidenden Moment denkbar schlecht. Die Lesung in Berlin war erwartungsgemäß ein Riesenerfolg, doch leider war Miguel dabei immer so umlagert, dass sich keine Gelegenheit ergab, das heikle Thema anzusprechen. Blieb noch das gemeinsame Abendessen. Meine letzte Chance. Doch weder über der Vorspeise noch beim Hauptgang fand ich den richtigen Aufhänger. Kaum waren die Teller abgeräumt worden, setzte ich daher zum Angriff an. Da ich aber wegen der fortgeschrittenen Uhrzeit von 22.30 Uhr nicht mehr allzu viel Zeit für mein Anliegen hatte, fiel ich dummerweise gleich mit der Tür ins Haus. Miguel hatte bereits mehrere Male auffällig gegähnt und schien sichtlich erschöpft. Vielleicht war er aber nur genervt von den kleinen Anekdoten, die ich von mir gab, um meine Nervosität zu überspielen. Und dann stellte ich die verhängnisvolle Frage. Daraufhin folgte ein langer, lauter und wütender Redeschwall, in dem es vor allem darum ging, dass ich mich auf meine eigentliche Arbeit, nämlich das Lektorieren seines Romans, konzentrieren solle, anstatt mich in Dinge einzumischen, von denen ich nichts verstünde. Im Übrigen scheine sich der Verlag, und ich mich insbesondere, wenig von den anderen geldgierigen Menschen zu unterscheiden, die immer wieder seinen Weg kreuzen würden. Agenten, Verleger und Lektoren seien doch alle gleich und hätten nur eins im Sinn: Geld.

Na ja, so ist das halt, wenn man keines hat, dachte ich und setzte zu einer Rechtfertigung an, doch da verlangte Miguel bereits in scharfem Ton die Rechnung.

»Aber wir haben doch das Dessert noch gar nicht gegessen«, wagte ich einen kleinen Protest, denn auf die Profiteroles in Schokoladensauce hatte ich mich schon den ganzen Tag gefreut.

»Ich möchte ins Hotel, und Sie verkneifen sich das Dessert sowieso besser, wenn ich das mal so sagen darf«, blaffte er mich an, während der Kellner unsere Mäntel brachte. Scham und Schande. Sämtliche Gäste starrten mich an, und mir blieb nichts anderes übrig, als mit hochrotem Kopf aus dem Restaurant zu stolzieren. Und da stand ich dann, mitten in Berlin, mitten in der Nacht, zitternd vor Kälte und Wut. Gedemütigt und ohne mein Ziel erreicht zu haben. Meine Gedanken galten in diesem Augenblick meiner Figur und meinen Chefs. Exakt in dieser Reihenfolge!

SO hatte ich mir meinen Job nicht vorgestellt, als er mir vor meiner Abreise von Christoph Köllisch angeboten worden war, dachte ich, während ich bibbernd auf der Straße stand und auf mein Taxi wartete. Und dabei hatte doch alles so nett angefangen …

»Kann ich Sie bitte einmal unter vier Augen sprechen, Frau Teufel?«, hatte Christoph Köllisch mich völlig ohne Vorwarnung gefragt und war extra deshalb in mein Büro gekommen. Ich hatte mich unheimlich erschrocken, weil Herr Köllisch nur extrem selten in unserer Besenkammer auftaucht. Verwundert folgte ich ihm wie ein braves Lämmchen in sein Büro. Dieser Raum verdient es wirklich, Büro genannt zu werden. Zwei Panoramafenster, die einen unverstellten Blick auf die Alster freigeben. Ich liebe diesen Ausblick. Segelboote schaukeln im Wind, Vögel ziehen ihre Kreise am blauen Himmel, und am Horizont erscheint wie ein Silberstrahl der Kondensstreifen eines Flugzeuges. Das Büro ist geschmackvoll eingerichtet, dunkler Sisalteppich erstreckt sich von einem Ende des Raumes zum anderen, auf dem Schreibtisch steht ein großer Strauß weißer Callas, sicher ein Geschenk von Carlotta. Die einzige Wand, die nicht von Bücherregalen verstellt ist, wird durch ein Bild meines Lieblingsmalers Modigliani geschmückt – ein wunderschönes Frauenporträt. Beeindruckt versuchte ich, auch alle weiteren Details in mich aufzunehmen. Ein kleiner Elefant aus Elfenbein, eine Buddhastatuette aus grünem Jade, ein geschmackvoller Montblanc-Füller, alles sehr gediegen und elegant.

»Weshalb ich Sie sprechen wollte, Frau Teufel«, drang Christoph Köllischs Stimme an mein Ohr und riss mich aus meinen Betrachtungen, während ich auf dem Besucherstuhl Platz nahm. »Wie Sie sicher wissen, ist es derzeit um die Verlagsbranche nicht sehr gut bestellt, sodass auch wir bei Bader & Köllisch neue Wege gehen müssen. Nicht dass wir Grund hätten, uns Sorgen zu machen, aber wir werden die kommenden Wochen darauf verwenden müssen, um uns über unsere Programmausrichtung für die nächste Zeit klar zu werden. Derzeit bestehen – und das bleibt bitte unter uns (ich nickte heftig und bekräftigend) – Überlegungen, programmatisch gesehen neue Felder zu erschließen. Wir denken dabei ganz konkret daran, unsere Schiene mit Promibüchern weiter auszubauen (wieder heftiges und zustimmendes Nicken meinerseits). Sie wissen selbst, wie gut die Titel gelaufen sind, die Sie zusammen mit Frau Kluge konzipiert und entsprechend im Fernsehen vermarktet haben (noch heftigeres Nicken meinerseits, schließlich bin ich stolz auf die Arbeit, die ich geleistet habe). Mit Freude haben Herr Bader und ich festgestellt, dass Sie offensichtlich ein Händchen für Prominente haben und immer am Puls der Zeit sind (kein Wunder, wo ich doch immer die »Gala« und die »Bunte« lese, dachte ich und nickte wieder fleißig weiter. Nur eine Frage der Zeit, bis mein

Kopf herunterfallen würde). Bislang haben sich diese Projekte ja eher zufällig ergeben, aber das ist genau das, was wir in Zukunft ändern möchten. Wir möchten nichts mehr dem Zufall überlassen und diesen Bereich professionalisieren. Mit einer Person an unserer Seite, die dieses Segment für uns aufbaut (nun fing ich auch noch an, mit dem Füßen zu wippen, und mein Herz begann zu pochen). Kurzum, Frau Teufel: Wir brauchen Sie, und ich möchte Sie fragen, ob Sie sich das vorstellen könnten. Haben Sie Lust dazu?«

Ob ich Lust dazu hatte? Ich fühlte mich gerade wie eine Braut, die mit ihrem Chef vor dem Altar steht und vom Personalvorstand gefragt wird: Wollen Sie, Marie Teufel, diesen Ihnen angetrauten Job annehmen, ihn lieben und ehren, bis dass der Tod euch scheidet? Ich hauche zart errötend »Ja« und verlange eine fette Gehaltserhöhung, lüfte den Schleier und küsse Christoph Köllisch.

»Frau Teufel, Sie sagen ja gar nichts. Ist Ihnen nicht gut?«, fragte mein Vorgesetzter, offensichtlich besorgt und reichte mir geistesgegenwärtig ein Glas Wasser.

»Nein, nein, schon okay«, stammelte ich, während ich versuchte, mein Fußwippen unter Kontrolle zu bringen und schleunigst meinen Tagtraum zu verscheuchen. »Es ist nur, nun, ich würde das sehr, sehr gerne machen, und ich denke auch, dass ich dafür geeignet bin.«

»Fein, das freut mich, dann sind wir uns ja einig«, antwortete Christoph Köllisch, und ich war bemüht, meine Freude nicht zu sehr zu zeigen. Schließlich ist ein gewisses Maß an Coolness immer förderlich bei Gehaltsverhandlungen. Ach ja – apropos Gehalt: DAZU hatte Herr Köllisch sich noch gar nicht geäußert …

»Und was Ihre Gehaltserhöhung betrifft (toll, der Mann denkt mit), so werde ich während Ihres Aufenthaltes in Berlin einen Vorschlag von der Personalabteilung anfertigen lassen. Den können wir dann gemeinsam durchgehen, wenn Sie wieder da sind. Ich hoffe, die Personalabteilung beeilt sich! (DAS hoffe ich allerdings auch!) Also dann, liebe Frau Teufel, viel Erfolg in Berlin!«

Mit diesen Worten war ich entlassen. Wenige Minuten später fand ich mich in Annalenas Armen wieder und weinte. Nur ausnahmsweise mal nicht aus Verzweiflung, sondern aus Freude. Erst gestern fand ich hier alles noch öde und eingefahren, und aus heiterem Himmel bekam ich ein so ein sensationelles Angebot und eine Gehaltserhöhung. GEHALTSERHÖHUNG. Ich wusste ja kaum, wie man das Wort schreibt. Hatte mein Chef eigentlich die genaue Summe gesagt, und wenn, wie viel war es? Egal – in Windeseile malte ich mir aus, was ich mir von dem vielen Geld alles würde leisten können. Endlich einen Friseurbesuch bei Starfigaro Marlies Möller, die tolle Joop!-Tasche, die ich neulich gesehen hatte, ein Sheba-Dauerabonnement für Sissi und einen Bauch-weg-Trainer. Oder vielleicht eine neue Wohnung? Ein Auto? Einen Bulgari-Ring? Einen Trip nach Cannes zu den Filmfestspielen?

»Annalena, das müssen wir feiern! Ich lade dich zu einem Wellness-Wochenende ein, da lassen wir uns mal richtig verwöhnen«, schwadronierte ich und war verzückt über meine Selbstlosigkeit. Ich sah uns schon im Geiste in einem Heubad liegen, mit einer Ewig-jung-Maske im Gesicht und einem knackigen Masseur, der NUR für uns da war. Auch Annalena ließ ihren Fantasien ungehend freien Lauf, und wir beschlossen, uns so bald wie möglich Prospekte von Wellness-Hotels zu besorgen.

»Wie gut, dass ich nun wieder hier bin und mich in mein eigenes Bett legen kann«, denke ich nach meinem kleinen Ausflug in die Vergangenheit, während ich mir das Pyjamaoberteil über den Kopf ziehe. Dabei fällt mein Blick unweigerlich auf meinen Bauch. Jemand hat mal zu mir gesagt, ich sei ein eher barocker Typ. Nicht sehr schmeichelhaft, aber momentan leider allzu wahr. Blondi hat umgehend auf meiner Bettkante Platz genommen und präsentiert mir die kulinarische Gesamtsumme des heutigen Tages: Croissant, Latte Macchiato, Vitello tonnato, Pasta mit Trüffeln in Sahnesauce und Mousse au chocolat. Ein Kaloriensupergau. »Ab sofort gibt's nur noch Obst und Salat«, nehme ich mir vor und sinke endlich in einen tiefen Schlaf.

Der nächste Morgen ist hart. Es regnet, ich weiß nicht, was ich anziehen soll, weil ich es mal wieder nicht geschafft habe zu waschen und weil ich in den Rest der Sachen einfach nicht mehr reinpasse. Und natürlich habe ich auch nicht eingekauft, womit das geplante Obstfrühstück schon mal flachfällt und ich mich an einen Toast mit Erdnussbutter halten muss. Macht schon am frühen Morgen circa 500 Kalorien, die Hälfte der Brigitte-Diät-Tagesration. Während ich mich schlecht gelaunt im Spiegel mustere und auch Sissi mich scheinbar kritisch beäugt, beschließe ich, den Dingen ins Auge zu sehen und mein Leben wieder in Ordnung zu bringen. Ich mache mir im Geiste eine Liste mit Vorsätzen, während ich versuche, meine störrischen, roten Locken zu einem Pferdeschwanz zu knoten:

a) einkaufen
b) zum Friseur gehen
c) Katzenfutter für Sissi besorgen (vielleicht guckt sie nur deshalb so böse, weil sie seit Tagen nur Trockenfutter bekommen hat?)
d) mit Joggen anfangen
e) meine Mutter besuchen
f) abnehmen
g) meinen Führerschein machen
h) Italienisch lernen
i) Miguel versöhnlich stimmen

Mich beschleicht das ungute Gefühl, dass i) die eigentliche Priorität hat, denn wenn mir dies nicht gelingt, fehlt schlicht und einfach das nötige Kleingeld für die Punkte a) bis h). Dies hat mir Herr Bader ja unmissverständlich klar gemacht. Okay, also tief einatmen, Bauch rein, Brust raus und ab ins Büro. Und nur nicht daran denken, dass meine unselige Pleite sicher schon die Runde unter den Kollegen gemacht hat.

Völlig durchnässt, weil ich meinen Regenschirm mal wieder irgendwo habe stehen lassen, betrete ich das Büro. Annalena ist noch nicht da, und so habe ich Gelegenheit, ungestört zu überlegen, welche Strategie ich anwenden soll, um Miguel versöhnlich zu stimmen. Anrufen? Es ist 8.00 Uhr morgens und Ferngespräche nach Mallorca sind teuer. Außerdem gibt es nichts, was ich mehr hasse als zu telefonieren. Zu Hause muss jeder erst einmal auf meinen Anrufbeantworter sprechen, damit ich Zeit habe zu entscheiden, ob ich das Telefonat entgegennehmen will oder nicht. Ich entscheide mich also für den schriftlichen Weg und beginne, ein Fax zu entwerfen, das zur Erhaltung meines Arbeitsplatzes und der Sicherung des Futters für Sissi beitragen soll. Im ersten Moment weiß ich allerdings gar nicht so recht, wie ich anfangen soll. Von diesem Fax hängt vielleicht meine gesamte berufliche Zukunft ab! Ich merke, wie meine Hand zu zittern und mein Herz zu rasen beginnt. Aber ich muss mich ja auch noch nicht festlegen. Vielleicht versuche ich es ja einfach mal mit einem Probelauf, korrigieren kann ich dann ja immer noch. Ich tippe munter drauflos ...

»Sehr geehrter Herr Vargas,
wie mir zu Ohren gekommen ist, sind Sie mit meiner Vorgehensweise Ihre Memoiren betreffend nicht einverstanden ...«

Nein, so geht das nicht, das klingt viel zu förmlich und gestelzt. Und »wie mir zu Ohren gekommen ist« geht schon gleich fünfmal nicht. Also noch einmal:

»Lieber Herr Vargas«,

Oder soll ich lieber »Senor« schreiben? Wäre ja eigentlich die korrektere Anrede. Aber das Problem dabei ist, dass ich die

Taste für das wellenförmige Zeichen, das eigentlich auf das »n« gehört (und dessen Bezeichnung mir dummerweise gerade entfallen ist), nicht auf meinem Computer finden kann. Aber Señor hin, Herr her, eigentlich darf ich ihn ja seit Leipzig »Miguel« nennen. Ich weiß zwar nicht, ob das nach unserem Berlin-Trip auch noch gilt, aber davon lasse ich mich nicht irritieren. Schnell noch einen Schluck Tee, der durchblutet das Gehirn. So, jetzt aber los, sonst sitze ich morgen noch hier. Und dann haue ich in die Tasten, was das Zeug hält:

»Lieber Miguel,

Herr Bader hat mich davon unterrichtet, dass Sie unseren Abend in Berlin nicht besonders erfreulich fanden und es aus diesem Grunde vorziehen würden, nicht mehr mit mir beziehungsweise dem Verlag zusammen zu arbeiten.
Sicher können Sie sich vorstellen, dass ich darüber sehr erschrocken bin und dass dies keineswegs in meinem Interesse liegen kann.
Es ist selbstverständlich nicht meine Absicht gewesen ist, Sie zu verärgern. Sie wissen doch, wie sehr ich mich über unser gemeinsames Projekt gefreut habe, und es gibt für mich kaum einen wundervolleren Roman als »Jene Tage«.
Sie haben den Lesern in aller Welt so viel zu sagen und das meines Erachtens nicht nur im Bereich des Fiktionalen. Ein Mann wie Sie, begabt und reich an Erfahrungen, hat so viel zu erzählen. Und was läge da näher, als seine Memoiren zu schreiben? Viele Erinnerungen verblassen schließlich im Laufe eines langen Lebens und werden dadurch wieder lebendig, dass man sich intensiv mit ihnen beschäftigt. Außerdem hat

gerade IHRE Generation Dinge erlebt, die sowohl in geschichtlicher Hinsicht als auch in künstlerischer von unschätzbarem Wert für die Nachwelt sind. Denken Sie daran, wie vielen potentiellen Lesern Sie womöglich noch über Generationen hinweg eine Freude machen würden.
Bitte verzeihen Sie, dass ich Ihnen das Gefühl gegeben habe, zu wenig an Ihrem aktuellen Buch interessiert zu sein und stattdessen nur noch Ihre Autobiografie im Sinn zu haben. Dies ist selbstverständlich nicht der Fall. Es ist nur so, dass man als Lektorin natürlich immer schon das kommende Programm im Blick haben muss – und da sind dann wohl die sprichwörtlichen Pferde mit mir durchgegangen.
Ich hoffe, dass Sie mir Gelegenheit geben, meinen Überfall in Berlin wieder gutzumachen und würde mich sehr, sehr freuen, wieder von Ihnen zu hören.

Mit herzlichen und hoffnungsvollen Grüßen,
Marie Teufel«

Brrr, wie schleimig. Ich ekle mich vor mir selbst. Aber andererseits: Was soll ich tun? Ich kann ja schlecht dasitzen, die Hände in den Schoß legen und zusehen, wie sich die Warteschlange der Bewerberinnen bis auf den Bootssteg bei »Paulino« erstreckt. Denn dass MEIN Job zahllose arbeitslose Lektorinnen reizen könnte, die sich derzeit monatlich zum Arbeitsamt schleppen, ist völlig klar.
Ich bin im Zwiespalt: Einerseits habe ich Angst um meinen Job (was soll nur aus Sissi werden, wenn sie gezwungen ist, ALDI-Katzenfutter zu essen. Das verzeiht sie mir nie! Da reagiert sie sicher wie diese Katze aus der Whiskas-Werbung,

deren Herrchen versucht, sie mit billigem Futter von der Tankstelle zu beschummeln, indem er einfach das alte Etikett ablöst und das von Whiskas draufklebt. Aber sowohl diese Katze als auch Sissi haben ein Gespür für so etwas, die kann man nicht betrügen!).

Und andererseits platze ich vor Wut auf diesen selbstherrlichen Typen, würde ihm am liebsten einen Knigge schenken und ihn damit zum Mond jagen. Soll er es sich dort gemütlich machen und am besten nie wieder meinen Weg kreuzen. Es ist vielleicht verständlich, dass ihn mein Anliegen nicht sehr erfreut hat. Das ist aber noch lange kein Grund, sich derart gehen zu lassen, und vor allem nicht dafür, auf meiner Figur herumzuhacken. Unverschämtheit! Ob und welches Dessert und wie viel davon ich esse, entscheide ja wohl immer noch ich! Dass Miguel mit seiner Aussage dabei absolut Recht hat, steht schließlich auf einem völlig anderen Blatt.

Bisher hatte ich nur mit Männern zu tun, die mir versichert haben, wie sehr sie es genießen, endlich mal mit einer Frau zu essen, die nicht nur angewidert ein kümmerliches Salatblatt von der einen Seite des Tellers zur anderen schiebt, die nicht den Wein ablehnt, sich den ganzen Abend an einem stillen Wasser festhält und alle fünf Minuten zur Toilette stürmt, um ihr Aussehen zu kontrollieren. Mit mir kann man stundenlang die Speisekarte studieren, immer neue Menüs zusammenstellen, über den passenden Wein philosophieren – eben einen netten Abend verleben. Nicht so mit Miguel Vargas. Alleine das hätte mich schon misstrauisch machen müssen: ein Mann, der das Restaurant vor dem Dessert verlässt! So etwas würde in Frankreich oder Italien nie passieren. Die Menschen dort leben für das Essen, sie zelebrieren es, sie sprechen Köche heilig und würden für ein gutes Glas Wein morden. Der Spanier an sich scheint hingegen zu den eher asketischen Exemplaren zu gehören. Menschen, die sich für den Stierkampf begeistern, ist auch sonst alles zuzutrauen. Das wird es sein. Machohaftes, genussunfähiges Volk! War nicht auch Picasso so einer? Sicher kennt Miguel Picasso oder einen seiner Nachfahren und hat sich durch ihn inspirieren lassen, gifte ich innerlich vor mich hin, während ich nach der Faxvorwahl für Mallorca fahnde. Der arme Chopin musste sich schließlich auch in der Kartause von Valldemossa totfrieren und hat sicher nichts Anständiges zu essen bekommen. Kein Wunder, dass er so jung verstorben ist.

»Mogggen«, tönt es dynamisch an mein Ohr, Annalena ist da. Strahlend und gut gelaunt, sichtlich ausgeruht und geradezu unverschämt schlank. Wie macht sie das nur? Schließlich haben wir gestern Abend beide gleich viel gegessen und waren beide gleich spät im Bett. Ihr Bauchnabel blitzt verführerisch unter einem kleinen T-Shirt hervor, das sie eigentlich nur in der Babyabteilung erstanden haben kann. Im Regal für sechs bis neun Monate. In der Hand der übliche Cappuccino mit einer Extraportion Sahne. Wie oft habe ich ihr schon gesagt, dass der echte, italienische nur mit geschäumter Milch gemacht wird. Alles andere ist ein grober Verstoß gegen die guten Sitten.
»Du ahnst gar nicht, was mir gestern noch passiert ist«, beginnt sie fröhlich draufloszuquatschen und merkt ganz offensichtlich nicht, dass ich gerade einen sehr schweren Schritt vor mir habe, nämlich das blöde Entschuldigungsfax

nach Mallorca zu befördern. Ich will gar nicht wissen, was ihr schon wieder passiert ist. Ihr passiert nämlich andauernd irgendetwas, und jeder zweite Satz beginnt mit dieser Fragestellung. Und es ist mir auch absolut schleierhaft, was ihr in diesen wenigen Stunden zwischen unserer Verabschiedung bei »Paulino« und heute Morgen widerfahren sein könnte. Aber in wenigen Sekunden werde ich es ja wissen, also nicke ich ihr aufmunternd zu, während sie sich aus ihrem Mantel schält und dabei um ein Haar ihren Cappuccino auf mein Fax kippt.

»Ah, ein Fax an Mephisto persönlich«, ruft Annalena und wirft sich in eine dramatische Pose. Vor ihrer Zeit als PR-Referentin bei Bader & Köllisch war Annalena nämlich am Theater, der weitaus geeignetere Platz für sie, wie ich persönlich finde. Sie fischt mein Schreiben aus dem Faxgerät und deklamiert den Inhalt so laut, dass es alle hören können.

»Schon mal was von Briefgeheimnis gehört?«, knurre ich unwirsch, weil mir das Ganze peinlich ist.

»Sag mal, du entschuldigst dich doch nicht etwa bei diesem Idioten? Für dieses unhöfliche und beleidigende Benehmen? Würde ich ja nie im Leben machen«, tönt meine beste Freundin lauthals, und sie muss es ja wissen. Aber sie hat Recht. Eigentlich wäre es ja Sache meines Chefs, sich bei Miguel zu entschuldigen, denn schließlich war das mit den Memoiren seine Idee, und ich hatte ihn gleich vorgewarnt, dass das nicht so einfach werden dürfte. Aber wenn ich meinen Arbeitsplatz in diesem Verlag behalten will, tue ich wohl besser daran, die Anweisungen meines Vorgesetzten zu befolgen und alles wieder »in Ordnung« zu bringen.

Am Samstag werde ich die Stellenangebote im »Abendblatt«

wälzen und mich woanders bewerben. Am besten komme ich Herrn Bader zuvor und kündige, bevor er mich entlässt. Mich beruflich zu verändern, nehme ich mir ja sowieso immer wieder mal wieder vor. Ein Vorsatz, der allerdings mindestens so oft zur Umsetzung kommt wie der des Hungerns und des Sporttreibens. Also nie. Das Lesen der Anzeigen alleine ginge ja noch, aber die Vorstellung, meine Unterlagen zusammentragen zu müssen, treibt mir sofort den Schweiß auf die Stirn.

Durch zahlreiche Umzüge sind alle meine Unterlagen auf viele unausgepackte Kartons verteilt, die irgendwo im Keller herumstehen. Auch das berühmte Bewerbungsfoto habe ich nicht griffbereit wie andere Menschen, die in diesen Dingen organisierter sind als ich. Aber um zum Fotografen zu gehen, müsste ich erst einmal zum Friseur, und abnehmen wäre sicher von Vorteil. In meinem jetzigen Zustand nimmt mich nämlich kein Arbeitgeber, der etwas auf sich hält. Außerdem bin ich im Moment mehr als schlecht gelaunt, das macht sich auf einem Bewerbungsfoto ja auch nicht so gut …

»Ich will dir gerade von der romantischsten Nacht erzählen, die ich je erlebt habe, und du machst ein Gesicht, als müsstest du gleich zum Arbeitsamt«, reißt meine Freundin mich aus meinen Überlegungen.

»Ja, genau, das muss ich auch sicher bald, wenn ich das hier nicht sofort nach Mallorca schicke«, antworte ich genervt.

Leise tuckernd arbeitet sich mein Schreiben durch den Faxeinzug, um irgendwo am anderen Ende der Welt im Büro von Miguel wieder aufzutauchen. Das Gerät gibt per Piepston kund, dass mein Versuch, Abbitte zu leisten, sicher in Spanien gelandet ist. Vermutlich hat sich gerade eine Haushälterin namens Maria das Schreiben geschnappt und serviert es Miguel zusammen mit dem Morgentee und einer Rose auf dem Silbertablett direkt ans Bett. So stelle ich mir zumindest ein solches Fincaleben im Luxus vor. Wie lange es wohl dauern wird, bis ich wieder von ihm höre? Was, wenn er nicht reagiert, sondern mich auflaufen lässt? Zutrauen würde ich es ihm ja …

Zum Glück habe ich nicht allzu lange Zeit, darüber nachzudenken, denn Annalena erinnert mich daran, dass wir Freitag in einer Woche einen unserer Autoren zu einem Talkshowtermin in Bremen begleiten müssen. Auch das noch! Diesen Termin habe ich inmitten des ganzen Chaos völlig vergessen. Macht nichts, dafür wird es aber ganz sicher sehr lustig, denn zum einen mag ich den Autor sehr, zum anderen lerne ich bei dieser Gelegenheit endlich den Moderator der Sendung kennen, für den ich bereits seit Jahren schwärme.

Er ist Halbfranzose, nicht besonders groß, kompensiert diese kleine Unzulänglichkeit mit jeder Menge Intellekt und Charme und hat vermutlich die schönsten braunen Augen der Welt. Männer hassen ihn, weil er der Frauentyp par excellence ist. Sogar die kleinen Unregelmäßigkeiten seiner Zähne haben auf mich eine ungeheure Anziehungskraft. Mir ist völlig schleierhaft, wie seine Co-Moderatorin seit Jahren scheinbar völlig ruhig an seiner Seite sitzen und sich konzentrieren kann – ich wäre mit dieser Situation völlig überfordert. Die Aussicht auf einen netten Abend und darauf, Laurence de Chevalier persönlich kennen zu lernen, versetzen mich prompt in Höchststimmung. Ich bin völlig unkonzentriert und ertappe mich immer wieder dabei, im Geiste den Inhalt meines Kleiderschrankes auf Tauglichkeit durchzugehen. Das kleine Schwarze? Zu übertrieben und momentan vermutlich zu eng. Meine heiß geliebte Jeans mit einem Neckholder-Top? Vermutlich zu kalt, in diesen Studios zieht es wie Hechtsuppe. Ein geschäftsmäßiger mausgrauer Anzug? Passender Lektorinnen-Look, aber gähnend langweilig und furchtbar spießig. Mir fällt keine Lösung ein außer dem üblichen Allheilmittel: Last-Minute-Shopping. Auch wenn ich noch ein paar Tage Zeit habe, sicher ist sicher, und heute ist sowieso nichts mehr mit mir anzufangen …

Sobald ich alles Wichtige erledigt und Annalena über meine Pläne in Kenntnis gesetzt habe, krame ich nach meiner Kreditkarte, die ich zu meinem eigenen Schutz in der Büroschublade aufbewahre, und stürme frohen Mutes in Richtung Ausgang. Miguel ist vorerst vergessen …

»Na, schon Feierabend?«, tönt es hinter mir, kurz bevor ich die Ausgangstür erreicht habe. Das fehlte gerade noch. Das ist sicher Herr Bader, der mich nach Miguel fragen will, denke ich und drehe mich schuldbewusst um. Dort steht jedoch unerwarteterweise Christoph Köllisch. Mist, erst der dümmliche Auftritt bei »Paulino« und nun erwischt er mich auch noch am frühen Nachmittag bei der Flucht aus dem Büro.

»Nein, eigentlich nicht«, stammle ich vor mich hin, während mir plötzlich ganz furchtbar warm wird. Ob er eigentlich von diesem ganzen Debakel weiß?

»Marie, deine Unterlagen, die hast du im Kopierer vergessen«, höre ich plötzlich Annalenas rettende Stimme hinter mir. »Die brauchst du doch für deinen Termin.«

Mein Termin? Ach, die Süße, ich könnte sie küssen. Wie hat sie das nur wieder gemacht? »Ja genau. Mein Termin. Ich muss noch zur Management-Agentur, die die Schauspielerin

Valerie Nussbaum vertritt, bin aber morgen früh wieder da«, stammle ich vor mich hin und hoffe, dass Herr Köllisch meine Gesichtsfarbe einem stabilen Gesundheitszustand zuschreibt und nicht meiner Verlegenheit.

»Ja, dann wünsche ich Ihnen viel Erfolg und danach einen schönen Abend«, lächelt mein Chef charmant und biegt in das Büro seines Partners.

»Ihnen auch«, murmle ich und mache, dass ich hinauskomme. Annalena schicke ich vom Taxi aus eine SMS, um mich bei ihr zu bedanken.

In der Innenstadt angekommen, stürze ich mich in mein persönliches Shoppingmekka H&M. Eigentlich nicht die richtige Marke, um erfolgreiche Talkshowmoderatoren zu beeindrucken, aber momentan alles, was ich mir leisten kann. Schon die Fahrt mit der Rolltreppe in den ersten Stock lässt mein Herz höher schlagen. Einerseits vor Begeisterung und andererseits vor Angst, eventuell nichts zu finden. Es ist 17.00 Uhr, noch drei Stunden bis Ladenschluss. Das sollte bei konzentrierter Vorgehensweise eigentlich zu schaffen sein.

Eine Stunde später schleppe ich völlig fertig ungefähr zehn verschiedene Outfits in Richtung Umkleidekabinen. Natürlich weiß ich, dass ich nur maximal fünf Teile mit hineinnehmen kann, aber ich beschließe, es darauf ankommen zu lassen. Schließlich habe ich meine Shopping-Assistentin Annalena heute nicht dabei, die mir normalerweise in solch schweren Stunden beisteht und mit unermüdlichem Eifer immer wieder neue Größen ein und desselben Kleidungsstückes heraussucht und in die Kabine bringt. Das Ritual ist jedes Mal dasselbe: Ich starte mit Kleidergröße 36, murmele was von »Man weiß ja nie, wie's geschnitten ist«, und scheitere schon nach wenigen Sekunden. Der Stoff spannt und gibt verdächtige Geräusche von sich. Nächster Versuch also mit Größe 38, aber nur, weil die 36 diesmal »eigenartigerweise so schmal ist.« Doch auch die 38 will nicht so recht passen, und nun kommt der Moment, wo ich den Tatsachen ins Auge sehen muss: Größe 40 und kein bisschen weniger ist die Konfektionsgröße, die ich derzeit benötige und – wenn ich ehrlich bin – schon die letzten fünf Jahre trage. Ich weiß es, Annalena weiß es auch. Aber das macht eine gute Freundschaft aus: Sie spielt das Spiel mit, um mir eine gute Freundin zu sein.

Zu den Spielregeln gehört es ebenfalls, dass Annalena irgendwann besorgt ihre Stirne kraus zieht und mich mit leiser Stimme fragt: »Sag mal, kann es sein, dass du gerade deine Tage hast? Dann ist man ja leicht mal ein bisschen aufgequollen, und nichts will so recht passen. Aber keine Sorge, Süße, spätestens übermorgen sieht die Welt wieder ganz anders aus, und du musst die Sachen zur Änderungsschneiderei bringen, um sie enger machen zu lassen.«

Darauf nicke ich stets dankbar, während ich versuche, mich aus der 38er Hose zu befreien, ohne dabei den Reißverschluss kaputtzumachen. Keine Frage, dass es nie wirklich erforderlich ist, etwas von meinen Einkäufen zum Ändern zu bringen, es sei denn zum Weiten.

Aber heute bin ich, wie gesagt, alleine und habe keinerlei Lust, alle Sachen, die ich mir ausgesucht habe, in Etappen zu probieren und mich zwischendurch immer wieder anzuziehen. Mit dem breitesten Lächeln, zu dem ich fähig bin, während mir bereits die Schweißperlen auf der Nase stehen, steuere ich auf die kleine Aushilfsverkäuferin zu, die den Eingang zu den Umkleidekabinen bewacht. Dieses junge Ding, von dem ich mir gar nicht sicher bin, ob sie überhaupt schon alt genug ist, um jobben zu dürfen, entscheidet jetzt quasi über Leben und Tod. Und sie sieht dummerweise aus, als wäre ihr dies auch extrem bewusst.

Ein genervtes »Nur fünf Teile, steht doch da auf dem Schild«, lässt schon die Kandidatin vor mir zurückzucken und hektisch auswählen, wovon sie sich in diesem Augenblick auf gar keinen Fall trennen kann. Miss Umkleidekabine mustert das Szenario gelangweilt und lässt dabei eine gewaltige rosafarbene Kaugummiblase platzen. Passend übrigens zur Lippenstiftfarbe, wie ich beeindruckt feststelle. In diesem Alter habe ich noch nichts über die Geheimnisse von Kosmetik gewusst, habe Lederpatchworkröcke mit Häkelwesten getragen und war auch ansonsten nicht gerade der Feger. Die Mädels heutzutage sind da irgendwie anders. Gestylter, hübscher, größer, schlanker und vor allem viel selbstbewusster. Die wissen genau, was sie wollen, und dieses Exemplar hier will vor allem eins: mich daran hindern, mit meinen Bergen voll Klamotten die Kabine zu entern. Ich werde es auf die Mitleidstour versuchen und – sofern vorhanden – an ihre emotionale Intelligenz appellieren, nehme ich mir vor, und erzähle ihr ausführlich von meinem wichtigen Vorhaben und der Aussicht auf ein Rendezvous mit Laurence de Chevalier.

»Kenn ich nicht«, antwortet die Kleine ungerührt, eine Kreuzung aus Lolita und Maggie Thatcher. Hätte ich mir ja denken können, dass so eine die Sendung »Sichtweisen«

nicht kennt und stattdessen lieber VIVA oder so etwas guckt.
Ich gebe mich geschlagen und wähle wie alle anderen vor mir die fünf Teile, von denen ich annehme, dass sie am ehesten passen können. Doch weit gefehlt. Unbarmherzig legt das kalte Neonlicht jede meiner körperlichen Unzulänglichkeiten bloß. Ich weiß ja, dass es derzeit nicht so gut um mich bestellt ist, aber dass es so schlimm ist, hätte ich nicht erwartet.
»Doch es ist so schlimm, nein, noch schlimmer!«, hallt es mir höhnisch aus sämtlichen Spiegeln entgegen. Blass und cellulitär präsentiert sich mein Körper aus allen erdenklichen Perspektiven. Von vorne, von hinten und im Halbprofil – auch im bekleideten Zustand nicht unbedingt meine Schokoladenseite. Ich könnte heulen. Zu allem Überfluss steht nun auch noch Blondi hinter mir und lächelt spöttisch. Sie schwenkt die neueste Ausgabe der Brigitte-Diät und lässt mich gleichzeitig wissen, dass ich es auf keinen Fall schaffen werde, bis Freitag in Form zu kommen. So wie es aussieht, macht es wohl keinen Sinn, noch die anderen Kleidungsstücke anzuprobieren, die Miss Umkleidekabine gnädigerweise griffbereit am Tresen für mich aufbewahrt hat. Doch was nun? Ich habe immer noch nichts anzuziehen. Ich bin wider alle Vorschriften zu früh aus dem Verlag gegangen, habe viel Geld für ein Taxi ausgegeben, weil ich zu faul war, mit dem Bus zu fahren, habe gegen einen Teenie verloren und ein schonungsloses Bild meines derzeitigen körperlichen Zustandes präsentiert bekommen. Alles in allem keine erfreuliche Bilanz. Seufzend zwänge ich mich in meine Jeans, zupfe meine Haare zurecht, die jetzt völlig elektrisiert nach allen Seiten abstehen,

und trete den Rückzug an. Vorher knalle ich jedoch Lolita meine gesammeltem Werke auf den Tresen und wünsche ihr einen schönen Abend. Ich hoffe sehr, dass sie die Sachen alle höchstpersönlich wegräumen muss! In Gedanken vertieft steige ich die Treppe hinunter und grüble über die Konzeption von Umkleidekabinen. Was denken sich die Marketingexperten eigentlich dabei, solche Spiegel zu installieren und mit derart brutalem Licht zu arbeiten? Dies sind wahrhaft keine günstigen Voraussetzungen, um in Shoppingekstase zu verfallen und damit Geld in die Kassen zu spülen.
Oder ist man in meinem Alter einfach nicht mehr die Zielgruppe, daher als Kundin unerwünscht und fällt gnadenlos der Girlie-Schere zum Opfer? Das muss es sein, denn beim Verlassen des Ladens sehe ich unzählige gut gelaunt schnatternde junge Mädchen mit Kleidchen und T-Shirts in Mikrogrößen an der Kasse stehen und die Wartezeit mit Wühlen in Angebotskörben voller String-Tangas in Größe XXS überbrücken.
In diesem Alter sehen ja selbst lustige Motive wie lachende Himbeeren oder tanzende Zitronen auf hellblauem Hintergrund absolut entzückend aus, während ich im Dessous-Bereich mittlerweile ganz auf das klassische Schwarz setze. Ein trostloser Anblick auf der Wäscheleine, nur gelegentlich von einem kleinen Ausreißer in unschuldigem Weiß unterbrochen, der jedoch erfahrungsgemäß im Laufe der Zeit zu unansehnlichem Grau mutiert und dann umgehend wieder durch schwarze Wäsche ersetzt wird.
Vorbei die Zeit der Spitzenbodys in Pastelltönen; auch halterlose Strümpfe sind von der Liste gestrichen und Strumpfhosen mit Miederpassform gewichen. Übelst gelaunt und

bewaffnet mit einer Tüte gebrannter Mandeln gegen den größten Hunger werfe ich mich in das nächstbeste Taxi, um den Nachhauseweg zu verkürzen, da ich jetzt in den vorhandenen Beständen meines Kleiderschrankes nach dem passenden Outfit für den großen Abend suchen muss.

Im Briefkasten befinden sich die üblichen Rechnungen und meine Lieblingszeitschriften, »Bunte« und »Gala«, die ich abonniert habe, um mich über die Welt der Prominenz auf dem Laufenden zu halten. Andere Menschen lesen Fachzeitschriften aus den Bereichen Technik und Finanzen, in meinem Job als professionelle Promijägerin (so lautet die interne Bezeichnung für meinen Job. Hat Annalena erfunden, und was mich betrifft, so finde ich den Titel durchaus passend!) habe ich jedoch das unendliche Glück, mein besonderes Augenmerk auf Boulevardblätter richten zu dürfen. Ich bekomme seit neuestem sogar die Kosten vom Verlag erstattet, ein Fakt, um den mich so mancher Boulevardblatt-Junkie sicher beneidet. Am liebsten lese ich diese Hochglanzmagazine bewaffnet mit einem Glas Rotwein und der schnurrenden Sissi auf meinen ewig kalten Füßen. Das einzig Störende ist, dass ich mich seit meiner Berufung zur Promijägerin bei der Lektüre gar nicht mehr so richtig entspannen kann, weil es permanent in meinem Kopf rattert und ich mir Notizen über mögliche Projekte mache, während Sissi sich gemütlich irgendwelchen Mäuseträumen hingibt.
Apropos Katze: Ich bin so beschäftigt gewesen mit mir selbst, dass ich völlig vergessen habe, Futter für sie zu besorgen. »Hallo, meine Kleine«, sage ich in schmeichelndem Tonfall, während sie mir bereits ungeduldig um die Beine streicht,

kaum dass ich die Tür geöffnet habe. »Hattest du einen schönen Tag? Ich hab leider schlechte Nachrichten für dich. Ich bin eine Rabenkatzenmutter und habe vergessen, Futter zu besorgen. Als Wiedergutmachung bekommst du aber am Wochenende eine Extraportion Sheba (bevor wir beide auf ALDI umsteigen müssen). Versprochen! Ich schwör's!« Zur Bekräftigung meiner Worte halte ich drei gespreizte Finger in die Luft.

Sissi hat mich offensichtlich verstanden und erkannt, dass ich, bis auf die Mandeln, keinerlei Tüten bei mir trage – schlechte Aussichten also auf ein leckeres Abendessen. Beleidigt stößt sie einen kurzen Maunzer aus, springt auf meinen Lieblingssessel und rollt sich dort zusammen.

Mein Anrufbeantworter blinkt und zeigt vier neue Nachrichten an: Meine Mutter fragt, ob ich am Sonntag zum Essen kommen will. Im Augenblick keine so gute Idee, wie ich finde. Meine Freundin Martina möchte wissen, ob ich irgendwann nächste Woche auf ihre sechsjährige Tochter Sarah aufpassen kann, weil sie endlich mal wieder ins Kino gehen möchte. Mein Exfreund Andreas bittet mich, ihm ein Buch zu besorgen. Und Annalena erwartet einen Rückruf, weil sie wissen möchte, wie es beim Shopping gelaufen ist und ob ich jetzt weiß, was ich zur Talkshow anziehen werde.

Nein, weiß ich nicht, aber vielleicht starte ich am Samstag einen neuen Versuch, um etwas Schönes zu ergattern. Allerdings ist es vielleicht auch besser, wenn ich momentan kein Geld ausgebe, sondern besser mal einen Blick auf mein Sparbuch werfe. Momentan habe ich keinen blassen Schimmer, wie es eigentlich darum bestellt ist. Ich weiß, man sollte immer den berühmten Notgroschen auf dem Konto haben, und ich bemühe mich auch immer tapfer darum. Ehrlich! Wann immer mich eine freundliche und wohlmeinende Mitarbeiterin der Hamburger Sparkasse in ihre Krallen bekommt, überfällt mich mein schlechtes Gewissen. Dann schließe ich völlig euphorisiert irgendwelche Sparverträge ab, die so tolle Namen tragen wie »Kreativsparen« oder »Sparen leicht gemacht«. Es endet regelmäßig damit, dass ich meinen Zinssatz von 3,5 Prozent oder wie auch immer in den Sand setze, indem ich frühzeitig mein Konto auflöse, weil ich dringend Puma-Sneakers brauche oder einen Kurztrip nach Berlin machen möchte. Mittlerweile stapeln sich in meiner Ablage (wenn man zwei alte Schuhkartons als solche bezeichnen möchte) diverse alte Sparbücher mit dem Vermerk »Abgelaufen« oder »Gesperrt«, und sämtliche Passwörter vermengen sich in meinem Kopf. Okay, das steht also bei nächster Gelegenheit auf dem Plan und kann problemlos auf Platz »j« in meiner To-do-Liste integriert werden.

Am Freitag kann ich es kaum erwarten, in den Verlag zu kommen, um nachzusehen, ob Miguel sich gemeldet hat. Um 6.00 Uhr morgens fliege ich nach wilden Träumen fast aus dem Bett und bin wie durch ein Wunder um 7.30 Uhr im Verlag. Eigentlich auch mal ganz schön, finde ich, während ich in die Morgensonne blinzle. Könnte man öfter machen, dann würde man sich abends nicht so lange hier aufhalten müssen. Man hätte dann mehr Zeit, einkaufen zu gehen oder Sport zu treiben, und man würde auch den Termin bei der Sparkasse schaffen, um mal wieder ein neues Sparmodell auf den Weg zu bringen.

»Was machst du denn hier? Bist du aus dem Bett gefallen?«,

fragt mich Angela, Christoph Köllischs Assistentin, während sie ihren Kaffee über den Flur balanciert.

»Hab was Wichtiges zu erledigen«, murmele ich und versuche, so schnell wie möglich in meine Besenkammer zu kommen.

»Und wie war's bei der Management-Agentur? Machen wir jetzt ein Buch mit Valerie Nussbaum?«, fragt Angela munter weiter, sie ist anscheinend mehr der Morgentyp. »Das wäre super, ich finde die Nussbaum ja schon seit Jahren toll. So hübsch, so sympathisch, so sprachbegabt. Wirklich zu schade, dass sie jetzt in den USA lebt …« Plauder, plauder ohne Punkt und Komma …

Interessiert nehme ich jedoch zur Kenntnis, dass ich hier offensichtlich einen echten Fan vor mir habe. Vielleicht sollte ich Frau Nussbaum ja tatsächlich auf meine Liste setzen. Über die Möglichkeit, sie als Autorin zu gewinnen, hatte ich vor meiner kleinen Notlüge noch gar nicht nachgedacht.

Ich antworte was in der Art von »Ja, finde ich auch« und nehme energisch Kurs auf mein Büro. Im Faxfach stapelt sich so einiges, aber nichts, was nach einer Nachricht aus Mallorca aussieht. Auch meine Mailbox weist nichts weiter auf als Anrufe anderer Autoren, diverser Agenturen und dem Üblichen. Vielleicht hat er sich ja per E-Mail gemeldet, spreche ich mir Mut zu und werfe meinen PC an. Andererseits haben wir noch nie auf elektronischem Weg kommuniziert, dazu ist Miguel zu sehr Künstler und Traditionalist. Aber wer weiß? Die Hoffnung stirbt ja bekanntlich zuletzt …

Aber auch der Blick auf meinen Bildschirm bringt nicht die erhoffte Erlösung in Form einer Reaktion von Miguel. Na toll, dann hätte ich ja ruhig noch länger schlafen können, denke ich und spüre, wie mich schlagartig Müdigkeit überfällt. Ich öffne meine Datei »Promibücher«, die ich seit kurzem pflege, und scrolle durch die Liste mit Namen von Wunschkandidaten, die ich mir im Laufe eifriger Lektüre von Glamourmagazinen anlegt habe. Für den schlimmsten Fall hätte ich noch einen anderen Künstler in petto, dessen Autobiografie ebenfalls die Zielgruppe von Miguels Lesern ansprechen würde. Wäre zwar zweite Wahl, aber immerhin besser als gar keiner. Mal sehen, vielleicht kontaktiere ich ihn schon mal präventiv. Oder auch nicht, denn ich bin müde und demoralisiert. Jetzt erst einmal einen schönen grünen Tee trinken, der wird mich schon wieder munter kriegen!

In der Küche angekommen, zucke ich zusammen, weil Christoph Köllisch sich an der Espressomaschine zu schaffen macht. Das gab's ja auch noch nie, was macht DER denn hier? Und noch dazu SO früh? Ich muss wohl sehr verwirrt ausgesehen haben, denn mein Chef sieht mich etwas merkwürdig an, und ich überlege, unter welchem Vorwand ich mich jetzt umdrehen und wieder gehen kann. Aber Christoph ist bereits strahlender Laune und in bester Verfassung: »Na, Frau Teufel, was machen Ihre Promis? Alles im Griff? Was sagt denn die Agentur von Valerie Nussbaum? Haben die Interesse?«

Äh, ja, was sagt eigentlich die Agentur? Gute Frage, darüber sollte ich in der Tat mal nachdenken, wenn mein Kartenhaus nicht sofort zusammenstürzen soll. Aber es ist mir tausendmal lieber, Herr Köllisch fragt mich nach Frau Nussbaum als dass er mich auf die Miguel-Pleite anspricht. Offensichtlich ist er darüber bisher nicht informiert, und nichts liegt mir ferner, als diesen Zustand eigenmächtig zu ändern.

»Die überlegen noch, weil Frau Nussbaum momentan ein eigenes Regieprojekt hat. Sie dreht mit Tipi Hedren. Sie erinnern sich doch? Tipi Hedren, die kühle Blonde aus ›Die Vögel‹ und ›Marnie‹?« (Während ich über »Marnie«, einen meiner Lieblingsfilme von Alfred Hitchcock, nachdenke, finde ich plötzlich, dass Christoph Köllisch ein wenig aussieht wie Sean Connery in jungen Jahren. Nun gut, sein Gesicht ist vielleicht nicht ganz so markant, und er trägt als Nicht-Schotte keine Kilts, aber das verlangt ja auch keiner ...)
»Marnie? Die Vögel?«, fragt nun Christoph Köllisch, sichtlich irritiert, und ich will gerade zu einem langen Vortrag aus der Reihe »Was Sie noch nie über Filme wissen wollten« ansetzen, als er sich mit einem entschuldigenden Lächeln aus der Tür stiehlt, weil Angela nach ihm gerufen hat. Jetzt weiß ich immerhin, wie ich ihn im Bedarfsfall loswerden kann: Ich fange einfach an, wild mit Namen um mich zu werfen, bis er das Weite sucht. Eine Taktik, die bei mir ebenfalls hervorragend funktioniert, wenn manche Herren anfangen, sich über Sport, insbesondere über Fußball, zu ereifern.
Nach dieser kleinen Ablenkung begebe ich mich wieder in die Besenkammer. Vielleicht sollte ich mal im Ausgangsjournal des Faxgerätes prüfen, ob die Nachricht auch wirklich übermittelt wurde ...
Während ich die Zahlenkolonnen der zuletzt verschickten Faxe nach Miguels Nummer auf Mallorca absuche, trifft Annalena ein. »Nanu? Was machst du denn schon hier?«, erkundigt sie sich verwundert und sieht ein bisschen so aus, als würde sie noch überlegen, ob es sich bei mir um eine Fata Morgana handelt und nicht um ihre beste Freundin.
»Jetzt frag mich bitte nicht auch noch, ob ich aus dem Bett

gefallen bin. Ich weiß gar nicht, was ihr alle habt. Ihr tut gerade so, als wärt ihr die Einzigen, die so früh kommen, und ich würde immer erst so gegen 11.00 Uhr hier aufschlagen«, knurre ich unwirsch, während ich weiter das Faxjournal im Auge behalte.

»Oha, oh, da hat aber heute jemand eine etwas eigenartige Laune«, antwortet Annalena und hängt ihren Mantel auf. »Hast du schlechte Nachrichten von diesem Vargas oder was ist dir für 'ne Laus über die Leber gelaufen?«, erkundigt sie sich und sieht mich dabei so besorgt an, dass es mir gleich wieder ein wenig besser geht.

»Natürlich hat Miguel sich NICHT gemeldet, warum sollte er auch. Er findet es sicher viel lustiger, Katz und Maus mit mir zu spielen.«

Ah, da ist es ja, was ich gesucht habe. Und in der Tat: Da steht die Codenummer für »Übertragungsfehler«. Kein Wunder, dass ich nichts von Miguel gehört habe. Ich fahnde in meinen Papierstapeln nach dem Originalfax, um es ein zweites Mal loszuschicken. Und stutze, als mein Blick auf den Text fällt. Ist das nicht alles wirklich ein wenig zu devot formuliert? Würde es einem Mann wie Miguel nicht viel eher imponieren, wenn ich etwas selbstbewusster aufträte? Schließlich habe ich ja nicht von ihm verlangt, einen Groschenroman zu schreiben oder eine Lebensbeichte in Sachen Frauengeschichten abzulegen. Ich habe ihm lediglich das vorgeschlagen, was ihm viele andere Verlage auch schon angeraten haben und was mehr als auf der Hand liegt, wenn man so viel erlebt hat wie dieser Mann.

Ob ich doch lieber anrufe? Vielleicht wirkt das ja etwas überzeugender. Andererseits störe ich ihn vielleicht um diese

Uhrzeit, da schläft er ja sicher noch. So ist das doch bei Künstlern. Die werden nachts von einem kreativen Rausch erfasst und kriechen erst am frühen Nachmittag wieder aus ihrer Höhle.
Aber hatte Miguel nicht etwas davon erzählt, dass er immer im Morgengrauen aufsteht, eine Stunde schwimmt und danach anfängt zu arbeiten? Hmm, war das so, oder hat mir das ein anderer Autor erzählt?
Ich versuche krampfhaft, mich an das Gespräch in Berlin zu erinnern, BEVOR alles eskalierte.
Doch, ich glaube, er sagte tatsächlich etwas von 6.00 Uhr. Oder lass es 6.30 Uhr gewesen sein.
Wie auch immer. Das würde jedenfalls im Klartext bedeuten, dass er um diese Zeit putzmunter, nach Chlorwasser duftend am Frühstückstisch sitzt und die »FAZ« liest, die er abonniert hat.
Aber vielleicht störe ich ihn mit meinem Anruf genau DABEI. Solche Typen wollen doch immer über die aktuelle Weltlage informiert sein. Die können nicht ohne. Mein Exfreund Andreas gehörte auch zu dieser Sorte: erst die »Süddeutsche«, dann der Guten-Morgen-Kuss. In DIESER Reihenfolge. Kein Wunder, dass das mit uns nicht gut gehen konnte!
Miguel fühlt sich bestimmt gestört, wenn ich anrufe.
DAS KANN ICH AUF KEINEN FALL RISKIEREN!
ICH DARF AUF KEINEN FALL ALLES NOCH SCHLIMMER MACHEN!
Während ich noch so drüber nachdenke, wann der perfekte Zeitpunkt sein könnte, um auf Mallorca anzurufen, wählen – quasi wie durch Zauberhand – meine Finger bereits Miguels Rufnummer auf der Finca. Immer wieder schön, wenn ein

anderer Teil meines Ichs das Gegenteil von dem macht, was mein Kleinhirn gerade befohlen hat. Mein Herz rast, das Blut rauscht mir in den Ohren, und ich bin froh, dass Annalena für einen Moment die Besenkammer verlassen hat.
Tuut, tuut...
Ich schmeiße den Hörer wieder auf die Gabel.
Was soll ich denn eigentlich sagen?
Soll ich sagen »Lieber Miguel, ich schicke Ihnen gleich ein Fax. Bitte seien Sie so nett, es SOFORT durchzulesen und mir ebenfalls SOFORT Absolution zu erteilen. Ach, und wenn wir schon dabei sind. Wären Sie bitte so freundlich, mich auch gleich bei Herrn Bader zu rehabilitieren und ihm mitzuteilen, dass Sie noch nie eine nettere, einfühlsamere, kompetentere, charmantere Lektorin hatten, die zudem auch noch gut aussieht, eine tolle Figur hat und es sich leisten kann, kiloweise Profiteroles in Schokoladensauce in sich hineinzustopfen? Und könnten Sie wohl bitte SOFORT mit dem Schreiben beginnen? Ach, by the way, wo wir gerade so nett am Plaudern sind: Haben Sie zufällig noch ein paar Promi-Freunde in petto, die gerne ebenfalls für unseren Verlag schreiben würden? Das würde meine Arbeit nämlich erheblich erleichtern. Verbindlichsten Dank auch.«

Nein, so geht das natürlich alles nicht. Ich werde ganz einfach freundlich und höflich die Sachlage erklären und ihn bitten, es sich noch einmal anders zu überlegen.
Ach, was heißt eigentlich bitten? Ich muss den Spieß umdrehen! Miguel sollte sich schließlich glücklich schätzen, bei einem so tollen und renommierten Verlag unter Vertrag zu sein.

Und von so einer wahrhaft hinreißenden Lektorin betreut zu werden.

⊸o⊷

In diesem Moment klingelt das Telefon.
Das ist sicher intern, denke ich, versäume es, auf das Display zu sehen, und melde mich schlicht und einfach mit »Ja?!«
»Ramon Mendez hier. Ich würde gerne Marina Tuffel sprechen. (Marina Tuffel? Wer soll das denn sein?) Ich rufe an, weil sie anscheinend gestern versucht hat, uns ein Fax zu schicken. Es ist jedoch leider kaum zu lesen und am Ende der Seite ist die Übertragung völlig abgebrochen. Könnten Sie Frau Tuffel bitten, es noch mal zu schicken?«
Wow, was für eine smarte Stimme, denke ich, während ich versuche zu eruieren, um wen es sich bei meinem Anrufer mit dem rassigen spanischen Namen handeln könnte und warum ein Mann mit dieser Stimme offensichtlich nicht in der Lage ist, meinen Namen richtig zu lesen oder auszusprechen ... Moment mal: Spanisch? Habe ich da eben einen spanischen Namen gehört? Wieder beginnt mein Herz zu klopfen und statt zu antworten starre ich tumb auf das Telefon.
»Können Sie mich hören? Ich hatte Sie gebeten, Frau Tuffel zu sagen, dass sie das Fax an Miguel Vargas noch einmal schicken soll, damit ich es ihm vorlegen kann.«
Stumm nicke ich in den Hörer und vergesse dabei komplett, dass dieser Ramon meine Zeichen der Zustimmung auf diesem Wege sicher nicht wahrnehmen kann. Doch dann komme ich zu mir und entschließe ich mich, den guten Mann darüber aufzuklären, dass seine Marina Tuffel in Wahrheit Marie Teufel heißt und sich bereits am Apparat befindet.
»Stimmt, ich hatte ein Fax an Señor Vargas geschickt. Wenn

Sie es nicht lesen können, schicke ich es Ihnen natürlich noch einmal, kein Problem!«, flöte ich in den Hörer, bemüht, so zu klingen, als hätte ich alles bestens im Griff und sei überhaupt der entspannteste Mensch auf Gottes Erdboden.
»Na dann vielen Dank«, ertönt wieder diese sonore Stimme mit einem Hauch von Antonio-Banderas-Akzent und in meinem Kopf formt sich ein Bild davon, wie ich mir diesen Ramon vorzustellen habe: Er ist bestimmt glutäugig, hat einen tollen Körper und wilde, schwarze Locken. Vielleicht auch einen dunklen Dreitagebart, der ihn verwegen und männlich aussehen lässt. Vielleicht ist er aber auch klein, krummbeinig und kugelrund, stammt aus Sachsen-Anhalt und nennt sich lediglich »Ramon« weil er den Namen schicker findet. In welcher Beziehung dieser Ramon wohl zu Miguel steht?
Egal, ich werde auf alle Fälle jetzt seiner Bitte nachkommen und das Fax ein zweites Mal losschicken. Dann kommen die Dinge endlich in Bewegung, und wenn ich Glück habe, klärt sich heute alles, und ich kann in aller Ruhe mein Wochenende genießen.
Gesagt, getan, als Frau der Tat bringe ich es hinter mich und stelle bei der Gelegenheit fest, dass meine Unterschrift tatsächlich ein wenig nach Marina Tuffel aussieht. Habe wohl in meiner Aufregung ein wenig zu sehr gekrakelt. Wenn ich so weitermache, kann man mich bald guten Gewissens Marie Töffel nennen …
Brav rufe ich auf Mallorca an, um mich zu erkundigen, ob die Übertragung diesmal geklappt hat. Sie hat, und so habe ich nun jede Menge Zeit, mich anderen Dingen zu widmen, während ich auf Miguels Reaktion warte. Zum Beispiel meiner Jagd nach Promis. Und wo ich gerade so schön in Schwung

bin, kann ich doch gleich WIRKLICH bei der Agentur von Valerie Nussbaum anrufen und fragen, ob sie nicht ein Buch schreiben möchte. Ein Beauty-Ratgeber wäre toll, schließlich hat sie einen milchweißen Teint. Oder ein Kinderbuch. Schließlich hat sie zwei Kinder und ist um deretwillen in Amerika geblieben, obwohl sie sich doch in den Sänger der Gruppe Red Apple verliebt hatte, der in Deutschland lebt. Aber ihren Kindern zuliebe verzichtete sie auf das Glück, beziehungsweise entschloss sich ihr neuer Lover, zu ihr nach L. A. oder wo auch immer sie wohnt zu ziehen. Seufz, wie schön und romantisch! Ach, was genau sie dann schreiben wird, kann man ja immer noch sehen. Zunächst muss ich erst einmal eruieren, wo sie sich derzeit aufhält und wie es um ihre Verfügbarkeit bestellt ist.
Ich habe Glück und erwische ihre Managerin sofort. Sie ist unheimlich nett und erfreut über mein Angebot, macht mir jedoch keine allzu großen Hoffnungen, weil Frau Nussbaum ja gerade an ihrem ersten Regieprojekt arbeitet.
Mit Tipi Hedren.
Der kühlen Blonden aus »Die Vögel« und »Marnie«.
Wusste ich es doch, da hat sich die Lektüre von »Gala« und »Bunte« wieder einmal bezahlt gemacht ... Und natürlich mein enormes Gedächtnis für derlei an sich völlig unwichtige Informationen.
Wir einigen uns darauf, dass sich die Managerin meldet, wenn sie das grundsätzliche Interesse ihrer Klientin abgeklopft hat und wenn sich wider Erwarten einmal eine Lücke in deren umfangreichem Terminkalender auftun sollte ...
Schade zwar, dass das nun doch alles nicht so schnell klappt, wie ich es mir gewünscht hätte, aber schließlich kann ich ja

nicht erwarten, dass überall potenzielle Autoren nur darauf warten, dass ICH sie kontaktiere. Das wäre dann ja auch zu einfach.

Ich notiere also den Namen »Nussbaum« in meiner Promidatei unter der Überschrift »Vielleicht später, aber nicht aussichtslos. Dranbleiben« und starre aus dem Fenster. Damit verbringe ich dann auch fast den Rest des Tages, kurz unterbrochen von ein paar kleineren Meetings und dem einen oder anderen Plausch mit Kollegen, wobei ich aber peinlichst genau darauf achte, mich nicht allzu weit von meinem Telefon zu entfernen.

Nur für alle Fälle.

Ich werde auch definitiv eine Rufumleitung des Apparates auf mein Handy arrangieren. Für den Fall, dass Miguel vergisst, dass am Wochenende niemand im Verlag ist, und versucht, mich zu erreichen.

Doch leider passiert nichts.

Überhaupt nichts.

Das Wochenende dümpelt so vor sich hin, ich treffe mich mit ein paar Freunden, um ins Kino zu gehen, schaue tatsächlich bei meiner Mutter vorbei, lese auf dem Balkon und grüble und grüble.

Was, wenn Miguel sich nicht meldet? Wann ist der richtige Zeitpunkt, um nachzuhaken? Man will ja nicht aufdringlich sein. Aber man muss auch am Ball bleiben. Und am Freitag ist die Talkshow. Die würde ich gerne in entspanntem Zustand genießen und nicht blass, abgespannt, mit zerfurchter Stirn und komplett übernächtigt zum ersten Mal Laurence de Chevalier gegenübertreten.

Dienstagmittag habe ich die Faxen dicke und rufe auf Mallorca an. Doch auch diesmal ist es Ramon, der das Telefon bewacht und der mir versichert, dass Miguel mein Fax gelesen habe, der aber auch nicht weiß, wie es nun weitergeht. Und nun ist Miguel seit zwei Tagen unterwegs und für Ramon nicht erreichbar. Und Ramon hat auch keine Kenntnis davon, wann sein Chef wiederkommt.

Mittwochmorgen schlägt Annalena mir vor, Miguel ein Bestechungsgeschenk zu schicken, wie sie es nennt. Blumen oder Pralinen, etwas in der Art. Ich denke einen Augenblick über ihre Idee nach, finde aber, dass derart feminine Präsente nicht zu einem »echten Mann« wie Miguel passen. Sicher ist es passender, eine Schachtel »Cohibas« und edlen Rotwein zu schicken. Ich besorge also umgehend feinste (und furchtbar teure!) Zigarren, lasse mich bei einem Weinhändler fachmännisch beraten und alles aufwendig einpacken, erwerbe im Museumsshop der Hamburger Kunsthalle eine Karte seines Lieblingsmalers Fernando Botero und schreibe mit meiner schönsten Schulmädchenschrift ein paar Zeilen dazu: »Geben Sie mir noch eine Chance? Noch immer hoffnungsvoll, Marie Teufel.«
Versonnen betrachte ich die Karte und erinnere mich dabei leider schlagartig wieder an Miguels Kritik in Bezug auf meine Dessertvorlieben. Boteros Frauen sind nicht nur rundlich, sie sind ausgesprochen dick und gucken auch etwas tumb aus der Wäsche, wie ich finde. Aber es geht auch eine ungeheure Faszination von ihnen aus, und sollte sich jemals die Gelegenheit dazu ergeben, werde ich Miguel fragen, weshalb er sich ausgerechnet für DIESEN Maler begeistert, wenn er sich

an meiner Figur stört. Logischer wären dann ja die ausgemergelten Figuren eines Alberto Giacometti.
Wie auch immer. Ich lasse mir meine Kostbarkeiten im Verlag fachmännisch verpacken und mir zusichern, dass UPS-Express alles tun wird, um die Sendung am nächsten Morgen pünktlich auf der Finca abzuliefern, spucke dreimal auf das Paket und wünsche mir selbst Glück. Ich spucke natürlich NICHT WIRKLICH, aber diese symbolische Handlung soll mir auf die Sprünge helfen. Karmamäßig gesehen.

Doch klappt das leider nicht so, wie ich es gerne hätte … Auch Donnerstagvormittag tut sich nichts, außer dass Ramon sich meldet und mir erzählt, dass Miguel wieder da ist und das Präsent entgegengenommen hat. Mittlerweile sind Ramon und ich uns schon fast vertraut, und ich freue mich immer, seine Stimme zu hören. Ihm scheint es ähnlich zu gehen, denn er beginnt bei jedem weiteren Telefonat mehr zu flirten. Dabei ist das für ihn genauso riskant wie für mich. Schließlich könnte ich ja theoretisch aussehen wie eine Mischung aus Rosy O'Donnell und Helga Feddersen. Aber da wir uns vermutlich nie persönlich kennen lernen werden, ist Träumen erlaubt, und so hat dieses ganze unwürdige Hinterhertelefonieren und Betteln wenigstens EINEN positiven Nebeneffekt.

Donnerstagnachmittag beschließe ich, den Tatsachen ins Auge zu sehen: Das Spiel ist aus, und sobald ich aus Bremen zurück bin, werde ich Herrn Bader meine Pleite beichten müssen. Vorher lieber nicht, denn ich will noch einmal die Vorteile meines Jobs genießen. Jetzt, wo ich ihn bald nicht mehr haben werde. Ich versuche, einigermaßen pünktlich aus dem Verlag zu gehen, weil ich noch packen muss und immer noch nicht weiß, was ich am Freitag anziehen soll. Denn natürlich hatte ich unter diesen Umständen keine Lust mehr, noch einmal shoppen zu gehen.

Als ich nach Hause komme, blinkt mein Anrufbeantworter. Die Nachricht darauf zieht mir beinahe die Schuhe aus. Eine männlich-markante Stimme, die folgende Mitteilung hinterlässt:

»Ich hoffe, dass ich die richtige Nummer habe und mit dem Anrufbeantworter von Marie Teufel spreche. Mein Name ist Miguel Vargas, und ich möchte Sie um Rückruf bitten. Noch heute Abend. Meine Telefonnummer auf Mallorca haben Sie ja. Sie erreichen mich noch bis 23.00 Uhr. Falls es sich hierbei nicht um den richtigen Anschluss handelt, bitte ich vielmals um Entschuldigung und wünsche Ihnen noch einen schönen Abend.«

Ich muss mich setzen. Miguel Vargas auf meinem privaten Anrufbeantworter. Eigentlich habe ich jetzt gar keine Zeit für so etwas. Ich muss tausend Telefonate erledigen, Koffer packen, sicher noch etwas bügeln und jetzt auch noch das. Andererseits müsste ich ja eigentlich froh sein, dass er sich nun endlich meldet und mich nicht länger zappeln lässt. Okay, ein Glas Wein einschenken, tief Luft holen und auf in den Kampf.

Mit zitternden Fingern tippe ich die Nummer und verwähle mich mindestens dreimal. Diese verfluchten Minihandys mit den kleinen Tasten (wie gut allerdings, dass ich ein Verlagshandy habe. Wäre ja noch schöner, wenn ich das kostspielige

Ferngespräch auch noch von meinem Privatanschluss tätigen müsste). Allmählich habe ich genug von kleinen Größen. Kann das Leben nicht einmal im »M«-Format funktionieren? Wo ist das gute alte Telefon mit seiner Wählscheibe, die so gemütlich schnarrte, wenn man sie betätigte?

Beim vierten Anlauf meldet sich eine weibliche Stimme mit »Hola«. »Selber Hallo«, denke ich, beschließe jedoch, mich jetzt nicht aus der Fassung bringen zu lassen und an irgendwelchen Sprachbarrieren zu scheitern.
»Hola, can I talk to Mister Vargas please. This is Marie Teufel from Hamburg speaking«, höre ich mich selbst englisch sprechen, denn leider verfüge ich nicht über ausreichende Spanischkenntnisse.
»Guten Abend, Frau Teufel, Señor Vargas erwartet Ihren Anruf schon«, antwortet die Stimme von Maria, Dolores, oder wie immer seine Perle heißen mag, und ruft nach ihrem Herrn und Meister. Vielleicht ist Dolores in Wahrheit aber auch eine rassige Ines und spanisches Supermodel, das derzeit gerade in der Gunst von Miguel steht und aus diesem Grunde bevollmächtigt ist, ans Telefon zu gehen.
»Guten Abend, Marie«, ertönt auch schon Miguels Stimme. Mein Herz fängt vor Anspannung an zu rasen. Ich wünschte, ich würde rauchen, dann könnte ich jetzt ganz gelassen ein wenig Qualm durch meine Nase in den Äther jagen und ganz cool wirken.
»Das ist ja schön, dass Sie sich zurückmelden. Geht es Ihnen gut?«
Ob es mir gut geht? Witzbold! Ich sitze hier, schlottere vor Angst, meinen Job zu verlieren, werde morgen aller Voraus-

sicht nach beim Rendezvous meines Lebens aussehen wie eine Walküre mit ungebügelten Klamotten und am Samstag vermutlich eine an einseitiger Ernährung verstorbene Katze in meiner Wohnung vorfinden, weil ich wieder nicht zum Einkaufen gekommen bin. Sonst ist aber so weit alles im grünen Bereich.

»Ja, danke alles bestens, bin nur gerade etwas im Stress. Haben Sie mein Fax erhalten?«, frage ich zaghaft, aber mit dem Ziel, schnell auf den Punkt zu kommen und das Gespräch nicht endlos in die Länge zu ziehen. Schließlich rufen allzu lange Telefonate übers Handy Gehirntumore hervor, wie jeder weiß.

»Im Stress, im Stress, ihr Deutschen seid immer im Stress. Hat euch denn keiner gezeigt, wie man das Leben genießt?«

Das muss ausgerechnet der Mann sagen, der das Restaurant vor dem Dessert verlässt, ich fasse es nicht.

»Ja, nein, prinzipiell habe ich ja Zeit, es ist nur so, dass ich morgen …«, versuche ich, zu einer ausschweifenden Erklärung anzusetzen, die Miguel erwartungsgemäß kein bisschen interessiert.

»Heute ist heute und ich erwarte, dass Sie sich für unser kleines Gespräch ein wenig Zeit nehmen. Oder ist das zu viel verlangt? Sie wirken so schlecht gelaunt. Haben Sie vielleicht Hunger?«

Hat der Mann Röntgenaugen? Kennt er den Inhalt meines Kühlschrankes, und weiß er, wie ich auf Unterzuckerung reagiere?

»Nein, alles in Ordnung, Miguel. Ich habe nur morgen einen langen Tag vor mir, aber ich freue mich sehr, dass Sie sich gemeldet haben, und bin natürlich ganz Ohr«, antworte ich tapfer und würde am liebsten im Erdboden versinken. Wie schafft der Mann das nur, mich innerhalb von Sekunden zu durchschauen und in Verlegenheit zu bringen?

»Ich habe über unser Gespräch in Berlin und über Ihren Vorschlag nachgedacht. Wir sollten darüber reden, aber vor allem auch an meinem neuen Roman arbeiten. Ich möchte, dass Sie am Sonntag nach Mallorca kommen und einige Tage auf meiner Finca bleiben. Dann sehen wir weiter.«

Nach Mallorca fliegen, auf seine Finca, einige Tage? Mir wird schwindelig und schwarz vor Augen. Ich muss mich setzen und erwische dabei um ein Haar meine arme Katze, die sofort vom Sessel springt.

»Marie, sind Sie noch dran?«, klingt von weit weg eine Stimme an mein Ohr, während ich noch nach Luft schnappe und versuche, wieder zu mir zu kommen. »Ich habe Ihnen für Sonntag einen Flug um 8.30 Uhr mit Lufthansa buchen lassen, dann landen Sie gegen 11.00 Uhr. Das Ticket ist in Hamburg am Schalter hinterlegt. Bezahlen müssen Sie natürlich selbst, dafür haben Sie sicher Verständnis. Mein Assistent Ramon (Ah, Ramon, dann lerne ich ihn also doch noch kennen!) wird Sie in Palma abholen. Aber nun will ich Sie nicht länger stören, Sie sagten ja, Sie hätten noch zu tun. Gute Nacht, Marie, schlafen Sie gut. Und danke für die Cohibas. Woher wussten Sie, dass das meine Lieblingsmarke ist?«

Doch er wartet meine Antwort erst gar nicht ab und legt auf. Dir auch eine gute Nacht, du alter Spinner, denke ich und überlege, ob ich das alles geträumt habe. Das wird es sein: Ich bin völlig unterzuckert, weil ich heute kaum etwas gegessen habe, in eine Art Wachkoma gefallen und bin von schlimmsten Albträumen heimgesucht worden. Kommt davon, wenn

man sich nicht richtig um sich kümmert und meint, hungern zu müssen, um irgendwelchen Talkmastern zu gefallen.
Nach einigen Minuten und einem Blick auf mein Handy wird mir jedoch klar, dass dies kein Traum ist, sondern die Realität, wenn auch eine etwas merkwürdige. Diese Woche hat es in sich, das kann man nicht anders sagen. Was empfiehlt man gemeinhin in Situationen wie diesen? Prioritäten setzen. Und genau das werde ich jetzt tun. Und meine Prioritäten heißen jetzt erst einmal: packen, schlafen und morgen Herrn Bader über die neue Sachlage informieren. Und vor allem: ihm klar machen, dass ich ein paar Tage nicht im Verlag sein und auch noch Zusatzkosten verursachen werde. Ich höre ihn schon sagen: »Erst der teure Rotwein und die Zigarren und jetzt auch noch ein Mallorca-Ticket. Das ist aber nicht mehr in der Kalkulation drin, Frau Teufel, lassen Sie sich etwas einfallen!«
O Mann, hat Miguel mich eben wirklich nach Mallorca eingeladen? Hat er tatsächlich angerufen? Gibt er mir wirklich eine zweite Chance? Ich kann das Ganze noch gar nicht fassen. Unruhig laufe ich in meinem Zimmer auf und ab.
Wie warm es jetzt wohl auf Mallorca ist? Auch hier stellt sich wieder unerbittlich die Kleiderfrage. Ob er einen Pool hat? Hastig beginne ich, in meiner Kommode nach meinem Badeanzug und dem passenden Pareo zu suchen. Dabei fällt mir wieder dieser entwürdigende Besuch in der Filiale meines Lieblingswäscheherstellers ein, als ich für den Sommerurlaub des vergangenen Jahres nach einem Bikini (in Schwarz versteht sich) mit Panty-Hose gefragt habe, um meinen Bauch etwas zu kaschieren. Die Wäschefachverkäuferin mit österreichischem Akzent hob müde die rechte Augenbraue,

drehte gelangweilt mit einem Finger den Drehständer mit der aktuellen Bikinikollektion und ließ verlauten, Pants seien derzeit leider gar nicht angesagt und würden somit auch nicht produziert. Ob es denn auch ein Stringtanga im Animalprint sein könne.

Ich versuchte, ihr mit wenigen Worten klar zu machen, dass ich nach Pants gefragt hätte, weil ich es mir figurtechnisch nicht leisten könne, etwas anderes zu tragen als die breite Passform mit angedeuteten Beinen, und ein Stringtanga sei meines Wissens das komplette Gegenteil davon.

»Wenn das so ist, meine Liebe, dann müssen Sie wohl einen Badeanzug tragen. Der ist für füllige Frauen wie Sie genau das Richtige. Dieser hier müsste Ihnen passen. Fühlen Sie mal das Material. Es presst an den richtigen Stellen alles zusammen und ist im Bauchbereich gerafft. Das macht eine schlankere Silhouette.«

Füllige Frau, pah! Beleidigt betrat ich die Umkleidekabine, bewaffnet mit diesem Wunderwerk österreichischer Bademodenkunst. Ich weiß schon, warum ich dieses Völkchen nicht leiden kann. Ausgefuchstes, geschäftssüchtiges Pack! Erst stopfen sie einen mit kalorienreichen Schweinereien wie Mozartkugeln und Salzburger Nockerln voll, und wenn man dann aufgegangen ist wie ein Hefekuchen, muss man sich Badeanzüge kaufen, die ein ganzes Monatsgehalt verschlingen. Ganz abgesehen von dem passenden Pareo, der die Problemzonen an Hüften und Oberschenkel kaschieren soll und den ich selbstverständlich auch noch erworben habe. Den Sommerurlaub konnte ich mir dann zwar nicht mehr leisten, aber vielleicht bringt ja dieser Mallorca-Trip die Gelegenheit, meine Investition einmal der breiten Öffentlichkeit zu präsentieren.

Also: Reisetasche auf, Badeutensilien hinein, nicht die Badesandaletten vergessen, da ich panische Angst vor See-Igeln und Fußpilz habe. Mist, meine anderen Sommersachen befinden sich im Keller, fällt mir mit einem Blick auf meinen schmalen Kleiderschrank ein. Also torkle ich – mittlerweile etwas weinselig – die Treppe hinunter und wühle im Halbdunkeln in einigen Kartons, von denen ich vermute, dass sie Sommerkleider und T-Shirts enthalten. Stunden später, wie mir scheint, schleppe ich einen Arm voll moderig-feucht riechender Kleidungsstücke nach oben in meine Wohnung. Damit werde ich mich nach meiner Rückkehr aus Bremen beschäftigen.
Als ich die Flugdaten in meinem Timer eintragen will, stelle ich fest, dass unter Freitag »Sarah« steht. Mist, ich habe anscheinend Martina in einem Anfall von mangelnder Organisation versprochen, morgen auf Sarah aufzupassen. Aber das geht ja nun keinesfalls, weil ich doch in Bremen bei der Talkshow bin. Also muss ich wohl noch mal telefonieren, auch wenn es über meiner Packerei schon etwas spät geworden ist … Meine Freundin Martina ist natürlich nicht sehr erfreut darüber, dass ich am Freitag nicht auf ihre Tochter aufpassen kann, aber stattdessen biete ich ihr großzügig den Samstagabend an.
Nach dem Telefonat mit ihr liege ich dann endlich erschöpft und voller wirrer Gedanken in meinem Bett. Welch eine Woche! Da passiert oft monatelang gar nichts, und plötzlich beschließt das Schicksal volles Programm für mich. Ich gehe im Geiste noch mal alles durch, was ich noch erledigen und woran ich noch denken muss. Das mache ich immer abends, egal wie spät es ist, sonst kann ich nicht einschlafen. Ich stelle

mir dann die Situation vor, in der ich mich befinden werde, wie sie abläuft und was alles dazu nötig ist. Dazu gehören Überlegungen zum Styling, zu Dingen, die ich eventuell noch besorgen muss, fiktive Dialoge, die ich führe, kurzum: Ich visualisiere meine nahe Zukunft in realen Bildern.
Ich sehe mich schon im Geiste nach einem heißen Flirt mit Laurence völlig übernächtigt am Hamburger Flughafen stehen. Laurence hat mich dorthin gebracht, bevor er wieder zurück nach Berlin muss, zaubert schnell noch eine rote Rose hinter seinem Rücken hervor und küsst mich zärtlich, während ich auf Wolken schwebend zum Check-in gehe. Ich verlange nach meinem Ticket und die Bodenstewardess nach meinem Personalausweis. Ich krame mal wieder hektisch in meiner viel zu großen Tasche. Endlich finde ich ihn, werfe Laurence einen neckisch-entschuldigenden Blick zu und sehe die Dame am Schalter herausfordernd an: »Aber Spanien ist doch EU-Land«, klugscheißere ich, um Laurence mit meinem breit gefächerten Wissen zu beeindrucken. Ist ja schließlich Journalist, der Mann. »Da braucht man doch gar keinen Personalausweis.«
»Ja, da haben Sie im Prinzip Recht«, antwortet trocken die Frau mit der Uniform in strengem Dunkelblau. »Ich benötige aber Ihren Ausweis, damit ich Ihnen das Ticket aushändigen kann, das hier für Sie hinterlegt ist«, erklärt sie und mustert das Stück Papier auffallend lange. Nun gut, ich bin auf dem Foto ein paar Jahre jünger, trage eine Dauerwelle und habe vermutlich etliche Pfunde weniger auf den Rippen, aber in Grundzügen kann man mich durchaus noch erkennen.
»Ihr Personalausweis ist übrigens seit drei Monaten abgelaufen, wussten Sie das nicht? Besorgen Sie sich bitte umgehend

einen neuen. Haben Sie andere Ausweispapiere bei sich? Vielleicht Ihren Führerschein?«

Blöde Frage, eine Fahrerlaubnis ist etwas, das ich nie in meinem Leben zu bieten haben werde, eher erhalte ich noch mein Diplom in Kernphysik.

An dieser Stelle meiner Visualisierung schrecke ich aus meinem Bett hoch. O Gott, mein Personalausweis! Auf den habe ich ja seit einer Ewigkeit keinen Blick mehr geworfen. Ich springe aus dem Bett und hangle nach meinem Filofax, in dessen hinterer Tasche mein Ausweis steckt. Hastig versuche ich, in dem ganzen Gewirr von Zahlen und Daten herauszufinden, ob er noch gültig ist. Nein, er ist es tatsächlich nicht und das schon seit einer ganzen Weile nicht mehr. Genauer gesagt seit einem halben Jahr.

Was mache ich jetzt nur? Panik beschleicht mich. Ich kann doch nicht Miguel sagen, dass ich wegen eines abgelaufenen Personalausweises nicht nach Mallorca kommen kann. Er hält mich eh schon für eine inkompetente Dilettantin, und nun muss ich ihm ausnahmsweise einmal Recht geben. Nur ruhig, und ganz tief durchatmen, es gibt für alles eine Lösung, murmele ich mantraartig vor mich hin, während ich in meinem Zimmer auf und ab laufe. Sissi ist erfreut, mich um diese Zeit in Aktion zu erleben, und streicht mir um die Beine.

Okay, denke ich, ich habe zwar morgen noch jede Menge zu erledigen, wenn ich aber sehr früh aufstehe, müsste ich es noch ins Einwohnermeldeamt zur Passstelle schaffen, die öffnen doch sicher schon um sieben Uhr. Dann könnte ich noch halbwegs pünktlich zur Programmkonferenz im Verlag sein.

Mittlerweile ist es bereits 1.30 Uhr, wie ich mit einem Blick auf meinen Wecker erkenne, den ich nun auf 6.00 Uhr stelle, um pünktlich beim Ortsamt sein zu können. Na super, nur viereinhalb Stunden Schlaf und abends eine Talkshow, die erst um 22.00 Uhr beginnt. Ich werde übernächtigt und blass aussehen und vermutlich mitten in der Sendung vom Stuhl kippen. Vielleicht kann ich mich ja im VIP-Raum hinter den Kulissen auf eine Couch legen? Dieser tröstliche Gedanke lässt mich so weit entspannen, dass ich schneller als gedacht tief und fest schlafe, bis mich der Wecker nur wenige Stunden später brutal aus meinen Träumen reißt.
Schnell schicke ich Annalena eine SMS mit der Information, dass ich vermutlich etwas später kommen werde, und raffe alle meine Sachen zusammen. Schminken kann ich mich auch noch beim Ortsamt, da hat man ja in der Regel Zeit genug. Normalerweise gehöre ich zu dem Typ Frau, der grundsätzlich nie, aber auch nie ungeschminkt das Haus verlässt. Doch Situationen wie diese erfordern ein gewisses Maß an Flexibilität, und so verlasse ich naturbelassen, mit tellergroßen Ringen unter den Augen und beladen mit einer übergroßen Tasche das Haus in Richtung Behörde. Meinen hehren Vorsatz, mit dem Bus dorthin zu fahren, werfe ich schon nach wenigen Minuten über Bord, denn ich habe keinen blassen Schimmer, ob und um welche Zeit um diese frühe Tageszeit öffentliche Verkehrsmittel fahren. Außerdem ist es recht frisch, und ich friere in meinen Riemchensandaletten, mit denen ich Laurence beeindrucken möchte. Die Tasche ist auch nicht gerade leicht, da ich aus Zeitmangel und Entscheidungsschwäche mehrere Ensembles für den Abend eingepackt habe. Jennifer Lopez reist, wie ich gehört habe, zu ei-

nem einzigen Abend bei »Wetten dass …?« mit 20 Schrankkoffern an, weil sie spontan entscheiden will, was sie anziehen möchte. Und was die kann, kann ich schon lange! Schlaftrunken sitze ich dann im nächstbesten Taxi, dessen ich habhaft werden konnte, und probe innerlich meinen Dialog mit der Sachbearbeiterin am Schalter. Ich muss ihr begreiflich machen, dass es sich hier um einen absoluten Notfall handelt und ich sofort mit gültigen Ausweispapieren zu meinem Meeting muss.

Ich merke, wie mir schon bei dem Gedanken an das Gespräch der kalte Schweiß ausbricht. Seit Jahren drücke ich mich deswegen erfolgreich vor Behördengängen, weil ich schon vor dem Betreten des Warteraumes einen halben Herzanfall erleide. Mit stoischen Menschen, die rationalen Argumenten nicht zugänglich sind, finde ich einfach keine gemeinsame Ebene. Sie sehen mich und hassen mich auf der Stelle. Und ich sie auch. Keine gute Basis für ein produktive Zusammenarbeit.

Du musst dich zusammenreißen, rede ich mir gut zu, während ich den Taxifahrer bezahle. Hastig erklimme ich die Stufen zum Ortsamt und bleibe abrupt vor der Eingangstür stehen, die ein Schild mit folgendem Text ziert: »Wegen Renovierungsarbeiten geschlossen. Bitte wenden Sie sich an unsere Hauptmeldestelle in der Müllerstraße 38–46.« Ich traue meinen Augen kaum. Wie komme ich denn jetzt so schnell dorthin? Das Amt ist ja noch nicht einmal in Eppendorf …

»Taxi«, kreische ich lauthals über die Straße und wedle wild mit meiner Tasche. Die Straße ist jedoch leer, weit und breit kein Fahrzeug in Sicht. Kein Wunder um diese Uhrzeit. Der einzige Wagen, der sich auf dieser Straße befindet, ist ein schwarzes Porsche-Cabriolet, das überraschenderweise sein Tempo verlangsamt, plötzlich an den Rand des Bürgersteiges fährt und direkt vor mir hält.

»Frau Teufel, Sie sind ja früh unterwegs. Warten Sie auf jemanden, oder kann ich Sie irgendwohin mitnehmen?«

O nein, nicht schon wieder. Christoph Köllisch. Wie peinlich!

»Ja, das wäre ganz reizend«, sage ich zu meiner eigenen Überraschung und könnte mich mal wieder ohrfeigen. Ich kann mich doch nicht von meinem Chef zum Ortsamt bringen lassen. Allerdings benötige ich den Personalausweis ja für eine Geschäftsreise und nicht zu meinem Privatvergnügen. »Ich muss zum Ortsamt in der Müllerstraße, falls Sie das zufällig kennen, und es würde mir wirklich sehr helfen, wenn Sie mich dort absetzen könnten. Die hier haben nämlich wegen Renovierungsarbeiten geschlossen«, sage ich und versuche auch schon, den Wagen zu entern.

»Ich hoffe, es macht Ihnen nichts aus, sich ein wenig klein zu machen, da hinten ist nämlich nur ein Notsitz«, höre ich plötzlich eine weibliche Stimme vom Beifahrersitz, und Sekunden später schält sich auch schon Christophs Freundin, die Kunstkritikerin, aus dem Beifahrersitz.

Bei ihrem Anblick fällt mir wieder siedend heiß ein, dass ich ja gar nicht geschminkt bin. Das wird ja immer peinlicher. Erstaunlich eigentlich, dass Christoph mich erkannt hat. Und wie unangenehm im Vergleich zu seiner Freundin, die wieder aussieht, als wäre sie gerade einem Modelkatalog entsprungen. Es ist mir ein absolutes Rätsel, wie sie ihre meterlangen Beine in diesem Wagen untergebracht hat. Wahrscheinlich verfügt sie über einen geheimen Knopf, mit

dem sie ihre Gehwerkzeuge bei Bedarf ein- und ausfahren kann. Ich mit meinen kurzen Beinen habe natürlich keinerlei Probleme, auf besagtem Notsitz Platz zu nehmen, während Christoph meine Reisetasche im Kofferraum verstaut.
»Sie wollen verreisen?«, fragt das Supermodel und fährt dann fort: »Darf ich mich übrigens vorstellen, ich heiße Carlotta. Carlotta Rivera. Und Sie sind?«
»Mein Name ist Marie. Marie Teufel (irgendwie klingen unsere beiden Vorstellungsrunden ein wenig nach James Bond, muss ich innerlich kichern. Mein Name ist Teufel, Marie Teufel, und ich trinke meine Bloody Mary geschüttelt und nicht gerührt!), und ja, ich verreise. Ich muss heute noch zu einem Talkshowtermin. ›Sichtweisen‹, ich weiß nicht, ob Sie diese Sendung kennen«, antworte ich brav und ziemlich lahm. Aber Carlotta wäre natürlich nicht Carlotta, wenn sie »Sichtweisen« nicht kennen würde.
»Ach, nach Bremen, wie schön. Grüßen Sie bitte Laurence von mir, ich habe ihn leider seit einer halben Ewigkeit nicht mehr gesehen.«
Klar, mache ich gerne, dann habe ich einen wunderbaren Vorwand, um ihn anzusprechen. Das kann doch wirklich nicht wahr sein. Wie kann man nur derart intelligent und hübsch sein und auch noch Laurence gut kennen? Andererseits besteht womöglich gerade darin ein kausaler Zusammenhang.
»Und wohin soll die Fahrt nun gehen?«, fragt Christoph Köllisch, der hinter dem Steuerrad Platz genommen hat. Ich nenne ihm nochmals den Straßennamen und den Grund für diese Blitzaktion. Carlotta lacht und murmelt was von: »Typisch Miguel. Er lädt immer alle nach Mallorca ein, und wehe, man springt nicht sofort und beugt sich seinen Plänen.«

Das kann doch jetzt aber wirklich nicht wahr sein. Gibt es eigentlich irgendjemanden, den diese Frau nicht kennt?
»Ich kenne Miguel schon seit meiner Kindheit«, plaudert Carlotta fröhlich weiter. Ganz schön munter für diese Uhrzeit. »Mein Vater und er sind befreundet und haben zusammen eine Galerie. Miguel hat ja leider aufgehört zu malen. Schade, er war so begabt.«
Ich könnte noch stundenlang ungeschminkt, zusammengequetscht und mit knurrendem Magen hier in diesem Wagen sitzen und Carlottas tollen Geschichten lauschen, aber Gott hat ausnahmsweise einmal Mitleid mit mir und wir halten endlich vor dem Ortsamt.

»Soll ich warten, bis Sie sicher sind, dass die hier wirklich geöffnet haben?«, fragt mein Boss und grinst.
Ja, danke, macht euch nur lustig über mich, denke ich, während ich meine Tasche aus dem Kofferraum hieve. Doch die Menschenschlange, die sich bis hinauf auf die Straße schlängelt, belegt, was ich bereits befürchtet habe. Das Amt hat geöffnet, aber nach meinen Irrungen und Wirrungen ist es mittlerweile so spät, dass sich etliche Wartende vor mir befinden und bereits ihre Nummer gezogen haben. Ich bedanke mich artig bei Christoph Köllisch und haste dem Eingang entgegen. Zwischen großen und kleinen Köpfen hindurch erkenne ich am Ende des Flures ein Schild mit dem Hinweis »Information«. Eigentlich bin ich mir zwar ziemlich sicher, dass es mit einem einfachen Gespräch mit der Beamtin getan sein müsste, allerdings weiß man ja nie so genau. Fragen schadet ja nichts, denke ich, ziehe meine Nummer und reihe mich in der Schlange vor der Information ein.

Nach etwa zwanzig Minuten bin ich endlich an der Reihe und frage den jungen Mann mit der attraktiven Hornbrille, ob ich noch etwas Besonderes zu beachten hätte, wenn ich meinen Personalausweis verlängern möchte. Während er noch überlegt, habe ich Zeit, sein Arbeitsumfeld zu mustern: ein verstaubter Benjaminus Ficus, eine Kaffeetasse mit dem Spruch »Unser Karl ist der Beste«, hinter ihm ein Poster mit abgeknickten Ecken, auf dem steht: »In der Ruhe liegt die Kraft.« Der Mann verfügt ja über philosophisches Grundwissen, denke ich und warte gespannt auf seine Antwort.

»Haben Sie ein Foto bei sich, das nicht älter als einen Monat ist?«, fragt Karl und hat sich damit sofort eine Todfeindin gemacht. Wieso brauche ich eigentlich neuerdings immer für alles und jedes ein Foto? Denken die, ich mache einmal im Jahr ein Fotoshooting und führe dann so eine Mappe mit mir herum? Mit Fotos in allen Größe und Farben und aus allen Perspektiven?

»Nein, lieber Herr, äh …«

»Schmidt«, antwortet Karl mit unbewegter Miene und verweist auf das Namensschildchen, das nur knapp von seiner lila Krawatte mit Paisley-Muster überdeckt wird.

O Gott, auch das noch, ich hasse Paisley-Muster, und Lila war noch nie meine Farbe.

»Ja, Herr Schmidt, vielen Dank für diesen wertvollen Hinweis beziehungsweise Ihre Frage, aber ich will ja nicht den ersten Personalausweis meines Lebens beantragen, sondern lediglich diesen existierenden verlängern lassen. Das kann doch so schwierig nicht sein, oder?«

Dieses »oder« habe ich selbstverständlich nur rhetorisch gemeint und erwarte, dass Karl Schmidt heute seinen komischen

Tag hat und sich das Ganze als kleiner Scherz herausstellt, frei nach dem Motto: Wir Beamten haben auch Humor. Harrr, harrr. Doch Herrn Schmidt ist es bitterernst. Er betrachtet ausgiebig mein Foto auf dem alten Ausweis, mustert mich streng von oben bis unten und kneift dabei angestrengt seine kleinen Augen hinter der Hornbrille zusammen. Ich hätte gute Lust, ihn zur Typberatung zu schleifen. Karl ist jetzt am Ende seiner Betrachtung angelangt, die Wartenden hinter mir werden bereits unruhig, und der Zeiger der Uhr steuert unerbittlich auf 8.30 Uhr zu. Noch eine halbe Stunde bis zur Programmkonferenz, das schaffe ich nie und nimmer!
»Sie brauchen auf alle Fälle ein neues Foto. Schauen Sie doch mal! Die Frau auf dem Bild hat nicht die geringste Ähnlichkeit mit Ihnen. Man verändert sich nun mal im Laufe der Jahre, und aus diesem Grunde muss in regelmäßigen Abständen ein neues Foto gemacht werden. Das sehen Sie doch ein, oder?«
Ja, in der Tat, ich sehe es ein, und ich habe grundsätzlich auch nichts dagegen, aber nur nicht ausgerechnet jetzt. Wo soll ich denn um Himmels Willen jetzt und in diesem Zustand ein neues Passfoto herbekommen? Das würde ja bedeuten, einen Automaten suchen zu müssen, Fotos machen zu lassen, wieder hierher zu kommen, eine neue Nummer zu ziehen, und dann ist vermutlich bereits Sonntagmorgen und sowieso alles zu spät.
Karl scheint mein inneres Dilemma zu bemerken, aber vielleicht sieht er auch die Tränen, die allmählich meine Wangen hinunterkullern. Ich fühle mich so ausgeliefert. Behördliche Macht und Willkür sind absolut nichts für mich, da muss ich einfach heulen.

»Nana, junge Frau, alles halb so schlimm«, ertönt Karls Stimme auf einmal direkt neben mir. »Jetzt putzen Sie sich erst einmal die Nase, trinken Sie einen Schluck Kaffee, und wenn Sie sich besser fühlen, gehen Sie zu dem Passbildautomaten da hinten und lassen sich schöne Bilder machen. Sie werden sehen, alles wird gut.«

Ist Karl ein heimlicher Verwandter von Nina Ruge?, grüble ich, als mir Herr Schmidt doch tatsächlich seinen Becher unter die Nase hält, dem köstlicher Kaffeeduft entsteigt. Seinen »Karl«-Becher. Ich bin wirklich gerührt.

Eigentlich ist es doch kein so schlechter Tag, denke ich, während ich das heiße Getränk schlürfe. Denn schließlich haben mir innerhalb von zwei Stunden bereits zwei sehr hilfsbereite Männer geholfen und das, obwohl ich ungeschminkt bin. Ich werfe Herrn Schmidt einen tiefen, dankbaren Blick zu, leere den Becher in einem Zug und mache mich auf zur Toilette, um mich dort fotofein zu machen. Auf dem Weg komme ich an besagtem Automaten vorbei. Wie dumm, dass ich ihn vorhin nicht gesehen habe, dann hätte ich mir meinen tränenreichen Auftritt auch sparen können. Aber so ist das eben: In Behörden bin ich nicht mehr ich selbst und verliere bei der kleinsten Kleinigkeit die Fassung.

Ein paar Minuten später bin ich geschminkt, habe mir die Haare zu einem artigen Zopf geflochten, weil ich in dunkler Erinnerung habe, dass man bei Ausweisbildern die Ohren sehen können muss, und bin gewappnet für den Fototermin. Doch auch andere Menschen sind offensichtlich in einer ähnlichen Situation und belagern den Gang vor dem Automaten. Es vergehen weitere dreißig Minuten, und die Nummer, die ich gezogen habe, rückt bedrohlich näher. Nichts wäre schlimmer, als wenn ich es nun nicht mehr schaffen würde, pünktlich zu meiner Sachbearbeiterin vorzudringen, und noch einmal eine neue Nummer ziehen müsste. Vor mir ist jetzt nur noch eine Familie, die sich allem Anschein nach einen Familienausflug gönnt und so richtig viel Spaß hat. Der Drehstuhl in der Kabine wird rauf und runter gestellt, ich höre gut gelauntes Kichern aus dem Dunkeln, und ab und zu plumpst das Jüngste auch mal vom Stuhl. Mama hebt die liebe Kleine geduldig wieder auf und weiter geht's mit der Fotosession. Das wäre jetzt was für Annalena, denke ich, während ich überlege, woher ich jetzt wohl eine Pumpgun bekommen könnte. Ich für meinen Teil habe ja gar nichts gegen Kinder, aber momentan habe ich wirklich keine Zeit für diesen Affenzirkus. Gerade als ich wieder die Fassung verlieren will und nahe dran bin, dem Kindsvater eine zu verpassen, sind endlich alle Fotos fertig, und ich bin an der Reihe. Noch zwei Nummern vor mir, jetzt kann es echt eng werden. Auch ich muss erst einmal den Drehstuhl in die richtige Höhe bekommen und nehme ungeduldig die Hinweise einer elektronischen Stimme entgegen, die unverständliches Zeug faselt. Außerdem hat offensichtlich auch hier der technologische Fortschritt Einzug gehalten, sodass ich mich dann noch mit einem Touchscreen auseinander setzen muss. Ich versuche es mit verschiedenen Posituren, mal lächelnd, mal ernst, den Kopf mal hintersinnig schief gelegt, oder mit freigelegten Zähnen. Nun habe ich mehrere Motive zur Auswahl. Gut so, denn mit diesem Bild werde ich wohl noch die nächsten zehn Jahre oder so leben müssen. Nach einer eindringlicheren Aufforderung, mich jetzt endlich zu entscheiden, drücke ich wirr einen Knopf und trete aus der Kabine.

Mein erster Blick gilt der Nummerntafel. Dort steht die 83, meine Nummer. Was nun? Die Fotos liegen noch nicht einmal in dem dafür vorgesehenen Fach, und selbst wenn sie dies täten, bräuchten sie noch Zeit, um zu trocknen.
»Herr Schmidt«, brülle ich quer durch den Raum, »wären Sie vielleicht so freundlich, mir noch mal zu helfen? Ich lade Sie auch zum Essen ein.«
Alle Leute drehen sich nach mir um. Kein Wunder, die Szene ist ja auch wie aus einem schlechten Film. Ohne Karls Antwort abzuwarten, rase ich an den Schalter der für mich zuständigen Beamtin. Ich versuche, ihr klar zu machen, dass das Foto bereits produziert ist, sich nur leider noch nicht in meinem direkten Besitz befindet. Ob sie nicht eventuell den Herrn nach mir und mich dann wieder? Natürlich ist sie NICHT bereit, etwas an dem normalen Ablauf zu ändern, und schlägt mir stattdessen vor, eine neue Nummer zu ziehen. Vielleicht ist sie ja verwandt mit der Dame von H&M, mit der ich vor einigen Tagen meinen Spaß hatte, aber allmählich habe ich die Faxen dicke. Herrscht denn auf einmal überall Zickenalarm?
Doch da taucht am Horizont mein Retter in strahlender Rüstung auf. Der Mann mit der lila Krawatte, Karl Schmidt. Er hält ein Stück Papier in der Hand, auf das er vehement einpustet. Nein, wie süß von ihm! Er hat doch tatsächlich meine Bilder aus dem Automaten gefischt und spielt jetzt Trockner. Siegesgewiss reiche ich der Beamtin meine Neuerwerbung durch den Schalterschlitz. Das alles entscheidende Bild muss nun noch mit der Schere von seinen Kollegen getrennt werden, ein Vorgang, der selbstverständlich nicht unkommentiert bleibt. Ich beschließe, jede Form von verbalen Attacken

zu ignorieren, und konzentriere mich ganz auf Karl Schmidt, der stolz lächelnd an meiner Seite steht und den Vorgang aufmerksam verfolgt. Seine Kollegin murmelt etwas von »vorläufig« und »können Sie in sechs Wochen abholen«, und ich schwebe auf Wolken.

»Lieber Herr Schmidt. Sie ahnen ja gar nicht, wie sehr Sie mir geholfen haben. Das werde ich Ihnen nie vergessen«, sprudle ich heraus und hoffe inständig, dass er meine Einladung vergessen hat. Jedoch weit gefehlt! Karl Schmidt ist ein akribischer Mensch und fordert jetzt ein, was ihm seiner Meinung nach zusteht. Also tauschen wir Telefonnummern aus, und ich stürze davon.

Natürlich bin ich trotzdem zu spät zur Konferenz, aber Herr Bader ist begeistert von der neuesten Entwicklung in der Angelegenheit Miguel Vargas und verliert daher ausnahmsweise kein Wort über meine Unpünktlichkeit.

»Sehen Sie, Frau Teufel, ich wusste doch, dass Sie es schaffen würden, Vargas umzustimmen. Es hat zwar etwas länger gedauert, aber das Ergebnis zählt«, tönt es mir entgegen, während ich vom Rauch seiner Zigarre komplett eingehüllt werde. Ich fange an zu husten, aber Herrn Bader ist das völlig egal. »Jetzt müssen Sie Vargas nur noch dazu bewegen, sofort mit der Arbeit an seinen Memoiren zu beginnen.«

»Äh, ich muss Ihnen aber noch etwas sagen, Herr Bader«, stottere ich, weil ich ihm ja noch die Sache mit den Ticketkosten beibringen muss. »Das Ticket kostet 368 Euro. Ist das okay für Sie?«

»Was heißt hier okay für mich?«, erfolgt prompt die Antwort, die ich insgeheim befürchtet habe. »Sie erwarten doch nicht allen Ernstes, dass ich Ihnen auch noch das Ticket bezahle? Reicht es denn nicht, dass Sie für Gott weiß wie lange verschwinden und Ihre Arbeit hier liegen bleibt? Und jetzt soll ich auch noch 368 Euro für etwas bezahlen, was meine Lektorin selbst verschuldet hat? Nein, meine Liebe, ganz bestimmt nicht!«

Mit diesen Worten bin ich entlassen.

Mir ist ganz schlecht. 368 Euro, das hat mir gerade noch gefehlt! Aber noch viel schlimmer: Was, wenn Miguel eigentlich mit mir nur an seinem Roman arbeiten will und ich unverrichteter Dinge zurückkomme? Über diese Version darf ich erst gar nicht nachdenken. Und sofort versuche ich, diesen Gedanken wieder zu verdrängen, denn schließlich werde ich alles Menschenmögliche tun, um Miguel zu überzeugen. Und dann werde ich einen Weg finden, mir die Kosten für das Ticket erstatten zu lassen!

Immer noch nach Atem ringend, kehre ich zurück in unsere »Besenkammer«, in der Annalena gerade eine Art Hexentanz aufführt. Den Telefonhörer unters Kinn geklemmt, tanzt meine Freundin um den Schreibtisch und wiegt sich in für mich unhörbaren lateinamerikanischen Rhythmen. »Meine Amex-Nummer lautet 00100334700. Ja, genau. Das Ticket ist am Lufthansa-Schalter. Sonntag früh, 8.30 Uhr. Ja, ich werde da sein. Auf Wiederhören und vielen Dank.«

Ticket? Schalter? Sonntag früh? Annalena wird doch nicht etwa ...? Während ich den Gedanken noch gar nicht zu Ende gebracht habe, fällt mir bereits ein kleiner Wirbelwind um den Hals.

»Una Paloma blanca, wir fliegen nach Mallorca«, grölt meine Freundin, nun völlig enthemmt, und singt weiter. »Guantanamera« und andere mir unbekannte Melodien hispanischen

Liedguts. »Ich komme mit, ich komme mit, wie findest du das?«, kreischt Annalena und hopst jetzt wie ein Gummiball auf und ab.
Wie ich das finde? Weiß ich eigentlich selbst noch nicht so genau. Einerseits freue ich mich natürlich, dass ich nicht allein in die Höhle des Löwen muss, andererseits hat sie sich ja quasi selbst eingeladen, und ich weiß nicht, ob das Miguel gefallen wird. Und das gerade jetzt, wo ich die Chance habe, das Blatt zum Guten zu wenden.
»Okay, okay, meine Süße, du kannst mit, aber du zahlst dein Ticket selbst«, versuche ich meiner Freude Ausdruck zu verleihen und Annalena gleichzeitig ein wenig von ihrem Trip herunterzuholen. »Und du suchst dir selbst ein Hotelzimmer und tauchst nur auf, wenn ich es dir ausdrücklich erlaube, hast du verstanden?«
»Ist doch alles schon erledigt, mach dir keine Gedanken«, beschwichtigt mich meine Freundin, und jetzt kann ich mich endlich freuen. Mallorca und wir zwei. Das hatten wir uns schon ewig vorgenommen, aber nie hatte es geklappt.
Während wir nun beide in der Besenkammer auf und ab hüpfen, steckt Christoph Köllisch seinen Kopf durch die Tür: »Na, Frau Teufel, alles in Ordnung? Haben Sie jetzt Ihre gültigen Ausweispapiere?«
Mein Herz macht einen kleinen Sprung. Dieser Mann ist wirklich verdammt attraktiv. Und wie er da so durch die Tür lugt …
»Könnte ich Sie bitte noch einen Moment sprechen, bevor Sie losfahren?«
»Na klar«, antworte ich dynamisch und folge ihm wieder ins Büro. Diesmal nehme ich auf dem Besucherstuhl Platz, als sei

er mein angestammtes Eigentum. Erwartungsvoll sehe ich meinen Chef an.

»Frau Teufel, ich habe mich noch einmal mit Herrn Bader über unsere neuen Promiprojekte unterhalten. Wir sind uns beide einig, dass hier etwas Eile geboten ist. Bitte erschrecken Sie nicht (ach was, nein, ich bin die Ruhe in Person!), aber wir erachten beide eine Zahl von zehn Projekten für notwendig und zwar innerhalb einer Frist von vierzehn Tagen. Meinen Sie, dass Sie das schaffen können? Die Banken machen nämlich seit Basel 2 etwas Druck und daher brauchen wir umgehend eine realistische Projektdarstellung, wenn möglich auch mit der damit verbundenen Auflagenhöhe und Absatzerwartung. Letzteres ist nicht Ihr Problem – von Ihnen benötigen wir jedoch eine Art Exposé, das den Banken Perspektiven aufzeigt.«

Mein Kopf schwirrt: Zehn Projekte in vierzehn Tagen? Hat der Mann sie noch alle? Das ist doch nie und nimmer zu schaffen! Und wer oder was zum Teufel ist eigentlich Basel 2, wo ich doch noch nicht einmal Basel 1 kenne. Die Stadt Basel, das natürlich schon, aber was hat eine Stadt in der Schweiz auf einmal mit meinem Job zu tun? Mir wird abwechselnd heiß und kalt. Jetzt bloß nichts anmerken lassen, Marie, ermahne ich mich innerlich und versuche, ein tapferes Gesicht zu machen: »Vierzehn Tage für zehn Projekte, das ist zwar in der Tat eine knapp bemessene Zeitspanne, aber ich kann sofort loslegen, wenn ich von Mallorca zurück bin. Ich werde auf alle Fälle sehen, was ich tun kann«, bekräftige ich meine Aussage und hoffe inständig, dass mein Chef nicht hört, wie meine Stimme zittert. Doch der ist schon wieder mit irgendwelchen Unterlagen beschäftigt, und daher bin ich offensichtlich entlassen.

Ich wanke in die Besenkammer zurück und erzähle Annalena von der Vorgabe, die ich gerade bekommen habe. Auch meine Freundin sieht zunächst etwas zweifelnd aus, erinnert mich dann aber an meine Vorarbeiten, alle festgehalten in meiner Promidatei, und wirkt insgesamt so optimistisch und voller Zutrauen in meine Fähigkeiten, dass ich das Gespräch mit Herrn Köllisch sehr schnell verdränge und beschließe, mich ab sofort nur noch auf das bevorstehende Treffen mit Laurence de Chevalier zu konzentrieren.

Schnell packen wir unsere Sachen zusammen und organisieren uns von der Chefsekretärin den Firmenwagen. Da ich, wie bereits erwähnt, keinen Führerschein besitze, ist Annalena diejenige, die uns immer zu den Terminen kutschiert. So auch diesmal. Heute haben wir einen neuen Wagen zugeteilt bekommen, einen nagelneuen schwarzen BMW, der an sich nur der Geschäftsleitung vorbehalten ist. Da aber ein anderer Mitarbeiter mit dem großen Volvo-Kombi unterwegs zu einer Messe ist, können wir uns das Prunkstück des verlagseigenen Fuhrparks unter den Nagel reißen, und wir brausen in Windeseile auf und davon. Natürlich nicht, ohne zuvor die üblichen Ermahnungen und Erläuterungen der technischen Finessen über uns ergehen zu lassen. Wir nicken beide weise und geben vor, die Funktionsweise des Navigationssystems verstanden zu haben. Und schon sind wir auf der Autobahn.

Endlich geschafft – eine Raststätte. Nach nervenaufreibenden Staus und LKW-Kolonnen ist endlich ein Schild in Sicht, das sowohl auf die Möglichkeit hinweist, Nahrung aufzunehmen, als auch darauf, sich dieser wieder zu entledigen. Wir stürzen uns beide wie die Geier auf belegte Brötchen, die pappig und eiskalt sind und nach nichts schmecken. Dazu einen labberigen Schwarztee aus dem Beutel, der traurig in einem Pappbecher schwimmt. Annalena und ich spielen unser Lieblingsspiel: Wir überlegen uns die Gewinnspanne, die man mit kulinarischen Donnerschlägen wie diesen erwirtschaften kann. Wie immer fragen wir uns, weshalb wir uns eigentlich mit einer solch komplizierten Materie wie Literatur herumschlagen, wenn man doch auf diesem Wege viel schneller und bequemer Geld verdienen kann. Wenigstens müsste Blondi stolz auf mich sein, denke ich, denn schließlich ist dies das Erste, was ich an diesem aufregenden Tage zu mir genommen habe und meines Wissens nach nicht sehr kalorienreich. Ich frequentiere rasch noch die Toilette, während Annalena draußen ein wenig frische Luft schnappen will. Und Beinübungen machen, denn das ist gut gegen Thrombose. Behauptet Annalena.

Nach den üblichen akrobatischen Übungen über der Toilettenschüssel, die ich stets zelebriere, um mir nicht wer weiß was zu holen, betrete ich den Parkplatz und halte Ausschau nach meiner Freundin.

Zunächst kann ich sie nicht entdecken, dann aber sehe ich sie: Sie kauert auf dem Boden vor dem Wagen, streicht über den Stoßdämpfer und murmelt unverständliches Zeug vor sich hin.

»Da bist du ja endlich, Marie, ich dachte schon, du bist verschollen. Schau mal, was ich gerade entdeckt habe, ist das nicht entsetzlich? Das verzeiht Herr Bader mir nie!«, brüllt sie mir entgegen.

»Was ist denn passiert?«, frage ich sorgenvoll und hoffe inständig, dass es nicht das ist, was ich vermute.

»Guck dir das mal an. Das kann doch nicht wahr sein, das muss mir vorhin schon im Parkhaus passiert sein«, schnieft Annalena und gibt endlich den Blick auf das Auto frei. Nun sehe ich es auch: zwei dicke, fette Kratzer und eine Monsterbeule. Richtig weit nach innen gedellt. Na super! Aus mit meiner Beförderung und der Gehaltserhöhung.
»Nun guck doch nicht wie die Kuh, wenn's donnert. Hilf mir lieber und tu was!«, faucht Annalena mich an, während ich gedanklich ganz woanders bin.
»Was soll ich denn jetzt tun? Den ADAC anrufen? Herrn Bader? Michael Schumacher?« Ich weiß, dass ich in diesem Moment keine rechte Hilfe bin, denn mit Autos kenne ich mich nun mal nicht aus. Aber auch mir ist klar, dass nun etwas geschehen muss. »Das ist nicht so schlimm, das regelt doch die Versicherung«, versuche ich Annalena zu beschwichtigen, während mir selbst die Knie schlottern. Das gibt auf alle Fälle böses Blut, das ist jetzt schon klar. »Wozu gibt es Versicherungen? Wir fahren jetzt weiter nach Bremen, als wäre nichts geschehen, machen uns einen netten Abend, und morgen sehen wir weiter. Vor Montag können wir eh nichts machen. Komm, Kopf hoch, lass uns fahren, wir sind sowieso schon spät dran!«
Das sind wir in der Tat, und professionell, wie Annalena eben ist, zückt sie den Wagenschlüssel und fügt sich ins Unvermeidliche.
»Verdammt, jetzt krieg ich noch nicht mal die Tür von dem Mistding auf«, flucht meine Freundin und versucht, die Wagentür zu öffnen. Breitbeinig, die Füße fest in den Boden gestemmt, den Schlüssel zielsicher auf das Schloss gerichtet wie eine Faustfeuerwaffe.

»Du sollst den Wagen doch nicht erschießen«, versuche ich sie mit einem Scherz aufzumuntern, weil auch ich allmählich finde, dass dies nicht mit rechten Dingen zugehen kann. Hilfesuchend lasse ich meinen Blick schweifen. Wie peinlich! Zwei Frauen unterwegs, demolieren gleich bei der Fahrt aus der Verlagsgarage den nagelneuen BMW und schaffen es auch noch locker, aus ein, zwei Kratzern einen Totalschaden zu machen, der offensichtlich auch noch die gesamte Elektronik lahm gelegt hat. Fehlt nur noch, dass jetzt Christoph Köllisch aus dem Nichts auftaucht und fragt, ob er helfen kann.
Ich weigere mich zu glauben, dass nur ein Mann in der Lage sein kann, uns aus dieser prekären Situation zu befreien. Beherzt schnappe ich mir den Schlüssel und versuche mein Glück. Ebenfalls vergebens. Annalena schreitet nervös auf und ab und bricht plötzlich in schallendes Gelächter aus. Jetzt ist es passiert, denke ich, jetzt dreht sie durch, und ich muss ihr gleich eine Ohrfeige geben, damit sie wieder zu sich kommt. Wo sind eigentlich ihre Rescue-Tropfen? Kann uns denn verdammt noch mal keiner helfen?
Ich bin verzweifelt, und Annalena kriegt sich nicht wieder ein. Ihr schmaler Körper wird geschüttelt von wahren Lachsalven, und ich beginne allmählich, mir ernsthaft Sorgen um ihren Geisteszustand zu machen.
»Das is gar nich …«, versucht sie mit offensichtlich letzter Kraft ein paar menschliche Laute von sich zu geben, während sie sich weiter kugelt.
O Gott, gleich wälzt sie sich noch auf dem Boden und ruiniert ihren schönen neuen Hosenanzug, denke ich, während ich mich weiter nach Hilfe umsehe.

»Das is er gar nich. Das is nich unser Wagen, hihi«, giggelt Annalena weiter, und endlich dringt diese Information auch an mein Kleinhirn. Wir haben den Wagen verwechselt und haben vor dem falschen Auto gestanden.

»Scheiß BMWs«, schimpfe ich vor mich hin. »Sehen doch alle gleich aus, einer wie der andere. Ist ja kein Wunder, dass so etwas mal passiert.«

Nein, wie PEINLICH! Ich kann nur hoffen, dass uns keiner beobachtet hat. Frauenklischee, wie es schlimmer nicht im Buche stehen kann. Annalena wischt sich die Lachtränen aus dem Gesicht und öffnet nun lässig-elegant die Tür unseres Wagens. Ermattet und erleichtert lasse ich mich in die weichen Lederpolster sinken und danke Gott für unsere Blödheit. Besser so, als dass tatsächlich etwas passiert wäre.

Den Rest der Fahrt sagen wir nichts mehr, wir müssen uns aus Zeitgründen nämlich auf die Straßenführung konzentrieren. Brauche ich an dieser Stelle noch zu erwähnen, dass wir uns natürlich NICHT gemerkt hatten, wie das mit Navigationssystem funktioniert, und wir uns nun auf das Lesen von Straßenschildern konzentrieren müssen? Chaotentruppe, was anderes kann man dazu nicht sagen.

Fast schon verwundert, weil sich keine weiteren Pannen ereignen, erreichen wir das Parkhotel Bremen. Höchste Zeit, denn es ist schon spät, und es gilt nach wie vor, die Frage des passenden Outfits zu klären. Während ich einchecke, ist mir bereits ein kurzer Blick auf Laurence de Chevalier gegönnt, der zu meiner großen Freude auch hier logiert. Leider erhasche ich nur einen kurzen Moment seine Rückenansicht, sozusagen als »Amuse-gule« für den vor uns liegenden Abend.

Ich schwebe auf Wolke 7. Heute ist MEIN Tag, ich fühle es genau. Und was auch immer passiert, alles wird gut.
Beschwingt folgen Annalena und ich dem Pagen in den Aufzug und lassen uns das Chipkartenprinzip erklären. Auch hier gilt: Wozu so etwas Banales wie einen Schlüssel benutzen? Willkommen in der Welt des Hightech!
Wild entschlossen, heute den männermordenden Vamp zu spielen, schmeiße ich meinen Koffer auf die dafür vorgesehene Konsole und beginne mit dem Auspacken. Nebenan plätschert Wasser. Annalena nimmt sicher ein Bad. Keine schlechte Idee, denke ich, drehe die Wasserhähne auf und lasse mich wenig später ebenfalls in die Wanne gleiten. Ich schnuppere verzaubert mein »Cashmir«-Duschgel, das ich kurzerhand zum Badezusatz umfunktioniert habe. Das Aroma von Vanille und Bergamotte umhüllt mich wie ein Schleier, und ich muss aufpassen, dass ich nicht auf der Stelle einschlafe. Vier Stunden Schlaf – ich erwähnte es bereits – sind nicht allzu viel. Sich in der Wärme wohlig zu räkeln ist Entspannung pur. Hier könnte ich noch Stunden verbringen.
Allerdings will ich auch nicht Gefahr laufen, in der Badewanne zu ertrinken, wie weiland Uwe Barschel in Genf, also raffe ich mich auf und klettere aus dem warmen Nass. Eingehüllt in einen flauschigen weißen Bademantel genehmige ich mir einen Schluck aus der Minibar. Ich proste meinem Spiegelbild mit einer Piccoloflasche Fürst Metternich zu und finde mich ausnahmsweise einmal toll. Meine roten Haare kringeln sich, mein Teint ist glatt und frisch, meine blauen Augen strahlen, und ich bin zum wiederholten Male in meinem Leben stolz auf meine vollen Lippen, die gerne bei passender

Gelegenheit von Männern als sinnlich bezeichnet werden. Ich hoffe sehr, dass Laurence das ebenso sehen wird.

Während ich noch selbstverliebt mein Konterfei betrachte, klopft es dreimal an der Tür: Annalena. Bekleidet mit einem Hauch von nichts in dunkelgrüner Seide, einer Farbe, die nicht unbedingt jedem steht, sie aber aussehen lässt wie eine Elfe. Schlagartig sinkt meine Laune in den Keller. Wie soll ich das denn noch toppen? Eifersucht unter besten Freundinnen ist eigentlich ein absolutes Tabu, aber es gibt Situationen, da wird man knallgelb vor Missgunst und Neid. Nicht schön, aber in diesem Falle leider nicht zu ändern. Annalena ist momentan einfach ein wandelnder Affront auf zwei Beinen.

»Du bist ja gar nicht angezogen, meine Süße. Wir müssen doch gleich los. Tobias und Paul warten sicher schon auf uns.«

Auch das noch! Das hatte ich ja total vergessen. Unsere Verabredung zum Essen mit unseren Autoren. Der eigentliche Grund für unsere Anwesenheit.

»Ich kann nicht mitkommen, ich weiß nicht, was ich anziehen soll«, stammle ich selbstmitleidig und leicht angetrunken, während ich überlege, ob es hier wohl so etwas wie eine Hotelboutique gibt, die ich stürmen könnte. Im Film klappt das immer hervorragend, und mit etwas Glück kommen Robert Redford oder Richard Gere um die Ecke und zücken ihre Kreditkarte, um mir den Kauf eines sündhaft teuren kleinen Schwarzen mit passender Handtasche zu ermöglichen.

»Quatsch nicht rum. Du MUSST mitkommen. Keine faulen Ausreden! Zeig her, was du im Koffer hast!«, sagt Annalena in einem Tonfall, der keinen Widerspruch duldet, und hängt auch schon mit ihrem Kopf tief in meinem Gepäck. »So, da haben wir's doch. Die schwarze glänzende Hose mit der transparenten Bluse, darunter den schwarzen BH, und ich leih dir noch meine Ethno-Kette. Schwarze Schuhe hast du ja hoffentlich dabei.«

»Ja Mama, hab ich«, salutiere ich, schnappe mir die Sachen und stürme ins Bad. Nicht nötig, Annalena meine Körperruine zu präsentieren. Fünf Minuten später stehe ich bekleidet und geschminkt vor ihr, bereit, dem heutigen Abend entgegenzutreten. Schwarz macht schlank, und die Kette ist ein echter Hingucker. Wie immer hat meine Freundin beim Kauf Geschmack bewiesen. Mein Selbstwertgefühl ist wieder hergestellt.

Im Restaurant des Hotels erwarten uns bereits die beiden »Jungs«, wie wir sie insgeheim nennen: Paul Rechter und Tobias Langer. Tobias heißt im wirklichen Leben Peter Huber, ein eher banaler Name für einen Künstler. Tobias ist Schlagersänger, ehemaliger Koch und der absolute Schwiegermuttertyp. Blond, babyblaue Augen, sympathisches Lächeln und ein charmanter, geradezu herziger bayrischer Akzent. Seine vorwiegend weiblichen Fans stehen vor Konzerten immer Schlange, um einen Blick auf ihren Liebling erhaschen zu können. Tobias gibt sich stets volksnah und höflich, ist aber leider in keinster Weise am weiblichen Geschlecht interessiert. Das Objekt seiner Begierde, dem er seit nunmehr zehn Jahren die Treue hält, ist nämlich Paul. Paul Rechter heißt auch im wirklichen Leben Paul Rechter und managt Tobias seit dem Tag, an dem aus den beiden ein Liebespaar wurde. Zusammen haben sie vor fünf Jahren ein kleines Mädchen namens Maria aus dem Kosovo adoptiert und ziehen es mit

Hingabe groß. Über den Kampf mit den Behörden und den langen und mühsamen Weg zur Adoption hat Paul nun ein Buch geschrieben. Der Grund, weshalb wir heute hier sind. Dieses Buch ist mein Werk und gehört zu den Bestsellern, denen ich im Verlag meinen guten Ruf als »Promijägerin« verdanke. Ursprünglich hatte ich bei Tobias angefragt, ob er nicht ein Buch schreiben wolle, denn schließlich ist er ja der eigentlich Prominente in dieser Konstellation, habe mich aber von Paul bequatschen lassen, der das Angebot selbstbewusst auf sich bezog, und habe es dann dabei belassen. Ein Punkt, den wir seitdem nie wieder thematisiert haben, und so kommt es, dass wir heute in Bremen sind, damit die beiden Jungs ordentlich die Werbetrommel für Pauls Buch rühren können.

»Ja mei, da sans die Maderl vom Verlag«, bajuwart charmant der liebe Tobi und küsst mich vorschriftsmäßig auf beide Wangen. Ein Hauch links, ein Hauch rechts, und immer fröhlich in die Runde lächeln, man weiß ja nie, wer da noch so alles steht. Die »Maderl« nehmen Platz und studieren als Erstes die Speisekarte. Wir sind durch Herrn Bader angehalten, Spesenrechnungen auf dem niedrigstmöglichen Niveau zu halten, eine Anweisung, der hier nur schwer Folge zu leisten ist.

»Ein Glas Champagner vorweg, als Vorspeise ein Lachscarpaccio mit Spargelsalat, danach eine kleine Portion Trüffelpasta als zweiten Gang, dann den Loup de mer mit Gemüsevariationen und über das Dessert entscheiden wir später, oder Mädels, was meint ihr?«, fragt Paul, der seit Tagen nichts gegessen zu haben scheint. Er wartet unsere Antwort allerdings nicht ab, sondern fährt fort: »Und zu trinken hätten wir gerne«, Annalena und ich halten beide unwillkürlich die Luft an, »eine große Flasche Wasser und den 98er Château Lynch-Bages.«

Der Kellner quittiert die Bestellung mit einem leichten Lächeln und sammelt die Karten wieder ein. Gott sei's gedankt, wer weiß, auf welche Ideen Paul in seinem Bestellrausch noch so verfallen wäre.

Der muss unseren Gesichtsausdruck richtig gedeutet haben, denn er grinst und sagt: »Entspannt euch wieder, ihr Süßen, ihr seid eingeladen. Nach einer Woche Tomatendiät MUSS ich einfach mal wieder was Anständiges essen. Das versteht ihr doch, gell?«

Dieses »gell« ist Pauls Markenzeichen. Es klingt ein wenig wie »göll« und ist sein Zugeständnis an die bayrische Sprache, da Paul eigentlich aus Düsseldorf kommt.

Die verbleibenden zwei Stunden bis zum Beginn des Vorgesprächs und der Maske vergehen wie im Flug, und wir schlemmen, was das Zeug hält. Blondi hat ihren Job als Kalorienwächterin scheinbar aufgegeben, vermutlich, weil diese Speisenabfolge die Kapazitäten ihres Taschenrechners sprengt. Gut so! Heute habe ich Grund zu feiern, und meine Hose bietet noch etwas Spielraum im Bund, weshalb ich noch rasch eine Crème Brulée vernichte.

Kurz vor neun springen die beiden Jungs plötzlich wie von der Tarantel gestochen auf und stürmen in ihre Zimmer. Umziehen ist jetzt angesagt, bevor sich die Visagistin an ihnen vergreift.

»Der Tobias hat sich schon wieder mein weißes Borelli-Hemd mit dem tollen Kragen ausgeliehen, das ich heute eigentlich anziehen wollte«, jammert Paul und sieht seinen

Freund vorwurfsvoll an. »Dabei habe ich ihm doch heute Morgen erst gesagt, als ich unsere Sachen gepackt habe, dass das so toll zu meinem Armani-Jackett passt. Immer wieder dasselbe: Erst sorge ich dafür, dass der Haushalt klappt und alles gewaschen und gebügelt ist, und dann kommt der Tobi, und ich kann mir wieder was Neues überlegen. Dabei sind wir heute doch meinetwegen hier. Ich meine, wer hat denn jetzt das Buch geschrieben, er oder ich?«

Eigentlich ich, denke ich, und verkneife mir aber diesen Kommentar, schließlich ist Paul ein absoluter Schatz, nur eben ein bisschen mediengeil. Annalena hat alle Hände voll mit ihm zu tun, weil er am liebsten jeden Tag auf irgendeinem Talkshow-Sofa sitzen möchte. Sein großer Traum ist es – wie er uns in einer stillen Stunde gestanden hat –, eines Tages selbst Talkmaster oder Moderator zu sein. Wir drücken ihm also, seit wir ihn kennen, immer die Daumen und erkundigen uns nach jedem seiner Castings, wie es denn gelaufen sei. Seinen kurzen Gastauftritt in SOKO 310, oder wie diese Vorabendserie heißt, haben wir in fünffacher Ausfertigung im Verlagsarchiv stehen, neben sämtlichen Aufzeichnungen irgendwelcher musikalischen Stadel mit den Kastelruther Spatzen, Maria und Margot Hellwig, Hansi Hinterseer und wie sie alle heißen.

Legendär der Auftritt von Paul und Tobias beim Winterfest der Volksmusik, das Annalena versehentlich als »Winzerfest der Volksmusik« in ihrer Pressemitteilung betitelt hatte. Folgendes war also geschehen: Annemarie Rosenegger, wie die freundliche Moderatorin der Sendung heißt, wurde urplötzlich Opfer eines heimtückischen Virus, der einen Auftritt an diesem Abend absolut unmöglich machte. Zwei Stunden vor

der Sendung in einem Kuhdorf namens Ibbenbüren oder Lotterfelden war natürlich so schnell kein Ersatz aufzutreiben. Paul hat damals wohl noch keine Moderationsambitionen in sich verspürt, sonst hätte er sich bestimmt »geopfert«. Also blieb nichts anderes übrig, als dass sich alle Künstler gegenseitig ansagten. Tapfer sangen sich alle Darbietenden durch das Programm, im Rücken eine unsägliche Schneekulisse aus Pappmaché, verziert mit Glitzereffekten. Schwungvoll wurden kurze Anmoderationen vom Teleprompter abgelesen und wenn einer der Protagonisten gar nicht mehr weiterwusste, gab es einen Kameraschwenk in die Totale, und es wurden Genesungswünsche in die Krankenstation zu Annemarie Rosenegger übermittelt: »Gell (göll!), liebe Annemarie, wirst uns schon bald wieder gesund, wir brauchen dich (weil wir den Text vergessen haben und keinen Bock haben, auch noch den Konkurrenten ansagen zu müssen), komm also recht bald wieder und werd recht bald wieder gesund, gell?« Oder: »Gell, Annemarie, wir senden dir von hier aus unsere – äh – besten – äh – Wünsche. Äh, gute Besserung auf diesem Wege. Von uns allen!« Herzig-besorgter Blick in die Kamera. Schwenk auf den nächsten Act.
Nach Tobias hatte ein relativ junges Jodeltalent seinen Auftritt, und es passierte, was Annemarie Rosenegger an dieser Stelle sicher NIEMALS passiert wäre (Gell, Annemarie, kommst schon recht bald wieda, mir san nämlich hilflos ohne dich.). Tobias hatte den Namen der jungen Dame vergessen. Dem Teleprompter ging es offensichtlich ebenso, von dem war also keine Hilfe zu erwarten. Tobias schritt mit dem Mikrofon und einem strahlenden Lächeln bewaffnet (Wunderschöne Zähne, der Mann!) auf die Namenlose zu und

verstummte jäh. Jordine Franci, wie die junge Dame hieß, was sich leider erst wesentlich später herausstellte, versuchte alles Menschenmögliche, um Tobias eine Eselsbrücke zu ihrem Namen zu bauen. Nichts zu machen. Von rechts pirschte sich nun Paul mit seinem Buch in der Hand heran, bereit, ab sofort alles zu geben. Ein wenig zu eilig, aber man kann nie früh genug im Rampenlicht stehen. Über den Rest der Show breitet man besser gnädig den Mantel des Vergessens, denn Paul machte in seinem Konfirmationsanzug auch keine so tolle Figur, und ein Buch aus der Feder eines homosexuellen Paares kam beim volksmusikbegeisterten Publikum weniger gut an.

Ganz versunken in Gedanken an dieses Fernsehereignis leere ich mein letztes Glas Rotwein und beginne, nervös zu werden. In circa zwanzig Minuten werde ich Laurence das erste Mal gegenüberstehen. Den ganzen Abend habe ich schon Annalena und die beiden Jungs damit verrückt gemacht zu erzählen, wie toll ich ihn finde und wie aufgeregt ich bin, ihn nun endlich kennen zu lernen.

Im VIP-Raum angekommen, nehmen wir vier dann artig Platz. Mei, fesch sans meine Jungs, denke ich, während ich Tobias und Paul liebevoll mustere. Wie die beiden duften. Sünde, was auf diese Weise der Frauenwelt verloren geht.

Und dann ist es so weit: Die Tür geht auf, und Laurence betritt den Raum. Ich halte einen Augenblick die Luft an und sehe, wie er sich unserem Tisch nähert. Ein bisschen wie im Film, wenn John Wayne die Saloontür durchschreitet und die Musik dramatisch anschwillt. Wir vier sitzen wie die Hühner auf der Stange, bereit, uns erschießen zu lassen.

»Guten Abend, Herr Langer und Herr Rechter, wie schön, Sie einmal persönlich kennen zu lernen«, ertönt seine Stimme, die in der Realität noch tausendmal erotischer klingt als im Fernsehen. Ich bin drauf und dran, es ihm zu sagen, da kenne ich ja nix. Artig schüttelt er Paul und Tobias die Hände und mustert dann Annalena und mich skeptisch. Ich kann seine Gedanken förmlich hören: Die beiden Tussis da, muss ich die grüßen? Muss ich die kennen? Wer sind die? Kurz runzelt er die Stirn und schmeißt dann seinen mentalen Motor an. Da Annalena und ich definitiv keine Stars und damit keine Gäste der Sendung sind, aber wiederum neben Stars und Gästen der Sendung Platz genommen haben, muss es da wohl einen Zusammenhang geben. Und weil wir definitiv nicht die jeweiligen Gespielinnen sein können (Redaktion, kann ich noch mal das Treatment haben, sind die beiden nicht schwul?), gibt es wohl keine andere Erklärung, als dass wir irgendwie beruflich mit den beiden verbandelt sein müssen (Redaktion, weshalb sind die beiden schwulen Jodelschnepfen noch mal hier? Platte? Buch? Kinofilm?). Schnell die Rubrik »Höfliches Verhalten im Job und privat« im Gehirn abgerufen, und schon erteilt dieses den passenden Befehl an die Hände: Schütteln, schütteln und nochmals schütteln.
Mein Herz schlägt Purzelbäume, und ich hoffe, dass meine Handinnenflächen einen guten Eindruck hinterlassen haben. Warm und trocken, so müssen sich Hände anfühlen. Der Druck fest, aber nicht quetschend, keinesfalls lasch und schlabberig, alles andere ist furchtbar.
22.00 Uhr, die Sendung beginnt. Paul und Tobias sind erst als Letzte dran, aber die anderen Talkgäste erweisen sich auch als recht unterhaltsam. Udo Jürgens, Guido Westerwelle,

Richter Alexander Hold, ein bayerischer Kabarettist, dessen Namen ich vergessen habe, und Burkhard Driest, der zum x-ten Mal gefragt wird, ob er denn nun mit Romy Schneider oder nicht. Die Antwort bekomme ich gar nicht mehr mit, denn der Schlafmangel, das üppige Essen und der Rotwein tun ihr Übriges, und ich kämpfe mit Müdigkeitserscheinungen, die mich dahinzuraffen drohen.

Laurence sitzt leider mit dem Rücken zu mir, und ich habe keine andere Möglichkeit, ihn zu beobachten, als über den Studiomonitor. Da habe ich es zu Hause aber wesentlich gemütlicher, denke ich, und versuche gerade zu sitzen. Einen direkten Blick auf ihn kann ich nur erhaschen, wenn Laurence dasselbe tut wie ich: sich im Monitor betrachten. SICH IM MONITOR BETRACHTEN? Ziemlich selbstverliebt, wie ich finde. Allmählich gibt es ein paar Minuspunkte auf meinem Sympathiekonto zu verbuchen. Erst die Sache mit dem Grüßen, nun diese kleinen Anflüge von Selbstverliebtheit und Narzissmus. Doch was weiß ich denn schon? Vielleicht schaut er ja gar nicht auf den Monitor, sondern beobachtet den Kameramann dahinter, der ihm geheime Zeichen gibt. Genau, das wird es sein. Laurence kontrolliert lediglich, wie viele Minuten ihm noch für sein Gespräch bleiben. Irritierend finde ich es allerdings, dass genau auf der anderen Seite ein junges Mädchen mit großen Schildern steht, auf denen Zahlen aufgemalt sind. Na ja, man steckt ja nicht drin.

Mir gegenüber sitzt Paul und wartet auf seinen großen Auftritt. Ich muss gähnen und hoffe, dass mich die Zuschauerkamera nicht gerade in diesem Augenblick erwischt hat. Ich sehe schon die Schlagzeilen: »Geliebte von Laurence de Chevalier verrenkt sich vor laufender Kamera den Kiefer beim

Gähnen und muss notoperiert werden. Wer ist diese Frau? Wie lange versteckt er sie schon vor uns?« Während ich wutentbrannt die Morgenzeitung zusammenknülle und auf den Boden werfe, massiert Laurence meine verspannten Schultern und flüstert mir zärtliche Worte in meine Nackenbeuge.
»Aufwachen, die Sendung ist vorbei«, dringen nun Worte an mein Ohr, und ich reibe mir die Augen. Wo ist Laurence? Warum massiert er mich nicht mehr?
»Erde an Marie. Bitte aufwachen.«
Das ist nicht die Stimme von Laurence, das klingt eher nach Annalena, wie ich finde.
»Süße, verdammt noch mal, kannst du bitte endlich aufwachen und deinen Hintern aus diesem Studio nach draußen bewegen, wo es warm ist und ich etwas zu trinken bekomme?«
Schlagartig bin ich wach und sehe mich um. Ich sitze in einem leeren Studio, alleine mit meiner besten Freundin, die mich genervt betrachtet. Offensichtlich hat es mich doch dahingerafft.
»Wo sind die Jungs?«, frage ich, um mich von meiner kommunikativen Seite zu zeigen.
»Die sind schon draußen. Hatten Hunger.«
»Schon wieder?«, frage ich und versuche mich aufzurichten. Irgendwie fühle ich mich ganz steif.
»Ja, diese Tomatendiät scheint fatale Auswirkungen zu haben. Aber nun raff dich endlich auf, los, los, die fangen schon an zu putzen«, drängt Annalena und zieht mich mit sich.
Nach einem kurzen Boxenstopp in der Toilette, um zu checken, ob mein Nickerchen mal wieder Spuren hinterlassen hat, betrete ich erneut den VIP-Raum. Alle Gäste und Mitarbeiter

der Sendung drängeln sich am Büfett und stürzen sich auf die Speisen und Getränke, als hätten sie sich seit Tagen ihren Hunger für diesen Abend aufgespart. Ja, ja, am besten isst und trinkt man doch da, wo es nix kostet. Ich geselle mich zu den Jungs und einem Redaktionsassistenten, so ziemlich der einzigen Person, mit der man sich unterhalten kann, weil er nicht gerade an einem Hühnerbein nagt oder mit Maki-Röllchen kämpft.

Ich lasse meinen Blick durch den dunklen Raum schweifen, kann jedoch das Objekt meiner Begierde nirgends entdecken. Tja, dann nicht. Dann also nix wie ab ins Getümmel und auf zur Promijagd!

Nachdem ich so ungefähr jeden, der sich mir in den Weg gestellt hat, gefragt habe, ob er nicht ein Buch für uns schreiben möchte (natürlich möchten alle, denn was gibt es Schöneres, als seinen Namen auf dem Cover eines Buches zu lesen und vom Literaturnobelpreis zu träumen. Oder wenigstens von den Auflagenzahlen eines Dieter Bohlen oder Stefan Effenberg), begebe ich mich frustriert zurück an den großen Tisch, an dem Paul und Tobias gerade ein Glas Wein trinken.

Ich setze mich an den vordersten Rand des letzten freien Stuhles und kippe in einem Zug eine Caipirinha herunter, bereit, einen Flirtangriff zu starten, sobald Laurence Anstalten machen sollte, sich meinem Tisch zu nähern. Sollte ich ihn nicht auch noch von Carlotta grüßen?

»Na, Süße, ist Laurence auf der Flucht vor dir?«, kichert Annalena, die offensichtlich auch ein wenig zu tief ins Glas geguckt hat. »Sei nicht traurig! Mach dich doch lieber an Burkhard Driest ran. Was Romy kann, kannst du schon lange. Ich verzieh mich mal in den Nebenraum, will nämlich

noch Heiko anrufen, hicks.« Spricht's und verschwindet hinter der Tür.
An Burkhard Driest ranmachen? Ja, bin ich denn von Wahnsinn und Irrsinn getrieben? Er ist zwar in der Tat ein äußerst interessanter Mann, aber doch ein wenig zu alt für mich. Und Heiko? Habe ich da was verpasst? Wovon spricht Annalena?
»Na, Marie? Dein Laurence hat sich anscheinend schon verkrümelt, oder?«
O nein, jetzt fängt auch noch Paul an, sich für mein Liebesleben zu interessieren. Typisch Frau, würde ich sagen.
»Soll ich ihn für dich suchen? Ich kann ihm doch sagen, dass du extra den weiten Weg von Hamburg nach Bremen gemacht hast, nur um ihn endlich kennen zu lernen.«
Ganz offensichtlich hat auch Paul einen in der Krone. Ich komme mir vor wie im Kindergarten. »Untersteh dich, bist du wahnsinnig geworden«, kreische ich und versuche, mich Paul ans Bein zu werfen, als dieser den Raum verlassen will, offensichtlich wild entschlossen, den Liebesengel zu spielen.
Kaum öffnet Paul jedoch die Tür, kommt ihm Laurence entgegen, wechselt ein paar Worte mit ihm, schüttelt ihm die Hand und steuert dann direkt auf unseren Tisch zu. Allerdings nicht auf mich, sondern auf alle, die rechts hinter mir sitzen. Und wieder schüttelt er tausend Hände, diesmal zum Abschied. Schließlich ist es ja schon spät, und als Moderator der Sendung hatte er natürlich keine Gelegenheit zu schlafen, so wie ich.
Nachdem alle an unserem Tisch verabschiedet sind, kommt Laurence direkt auf mich zu. Nun heißt es »Jetzt oder nie«, ich muss mir was einfallen lassen. Reflexartig reiße ich meine Hand hoch, strecke sie ihm erwartungsvoll entgegen und

habe das ungute Gefühl, dass die Blicke aller auf mir ruhen. Habe ich etwa in meinem Caipi-Rausch allen Anwesenden erzählt, wie toll ich Laurence finde?
Wie in Zeitlupe sehe ich die Hände von Laurence an mir vorbeiziehen und sich Tobias entgegenstrecken, der hinter mir sitzt. Ich selbst sitze da, meine rechte Hand im 45-Grad-Winkel in der Luft, und mache ein dummes Gesicht. Röte schießt mir in die Wangen, und ich denke gerade noch rechtzeitig daran, meine Hand wieder runterzunehmen – sonst säße ich wohl immer noch so da. Mist, wie PEINLICH.
»Mach dir nichts draus, Süße, ist halt ein Blödmann«, wispert hinter mir die Stimme von Tobias, der mir beruhigend die Hand auf die Schulter legt. Grrr, schon wieder eine Hand – ab sofort das ultimative Hass-Körperteil, beschließe ich. Wie gut, dass wenigstens Annalena nichts mitbekommen hat. Tja, nun konnte ich Laurence nicht von Carlotta grüßen, was vermutlich auch besser ist, denn ich bin absolut nicht scharf darauf, dass sich mein kleiner Fauxpas auf diesem Wege im Verlag herumspricht. Ich nehme zum Abschied, und auch um meinen Schreck herunterzuspülen, noch einen letzten Schluck und beschließe, den Rückzug anzutreten.
Eine Fahrerin des Studios langweilt sich und ist erfreut, mich zum Hotel fahren zu dürfen. Während ich mich in die Ledersitze kuschle und das nächtliche Stadtbild betrachte, mustert sie mich interessiert im Rückspiegel und sagt: »Na, welche Gäste haben Ihnen denn heute besonders gefallen in der Sendung?«
Während ich meine Gehirnzellen wieder in Schwung zu bringen versuche, plappert die Fahrerin auch schon weiter.
»Also ich finde ja Richter Alexander Hold ganz süß, der hat

so schöne Locken und eine so sympathische Freundin. Ich habe die beiden ins Studio gefahren und kann nur sagen, dass ich schon lange kein so schönes Paar mehr im Wagen hatte. Wie man hört, wollen die beiden auch bald heiraten.«

Heiraten? Ja, das wollte ich auch bis eben. Aber der Mann meiner Träume hat es vorgezogen, mich zum Gespött des Abends zu machen und dann einfach abzuhauen.

»Also ich finde ja den Herrn de Chevalier am allertollsten. Der hat aber leider seinen persönlichen Fahrer, deshalb hatte ich noch nie das Vergnügen«, plaudert die Fahrerin munter weiter. Na ja, es sei ihr verziehen, sie muss sich ja auch so lange wach halten, bis der letzte Gast endlich beschließt, das Studio zu verlassen.

»Wie finden Sie ihn denn?«

»Ich, ähm …«, räuspere ich mich und versuche, mich wieder in eine würdevolle, gerade Position im Sitz zu rücken. Keiner soll mir meine Niederlage ansehen. Was sage ich denn nun am besten? Die Antwort bleibt mir aber Gott sei Dank erspart.

»Na ja, wie auch immer. Sie haben ja sicher mit so vielen interessanten Menschen zu tun, da finden Sie vermutlich niemanden mehr besonders toll. Das nutzt sich ja auch irgendwann ab, denke ich.«

Ja, genau, die Frau hat Recht. Man trifft tolle Männer im Überfluss, und irgendwann ist es nur noch halb so faszinierend. Endlich sind wir beim Hotel, ich bedanke mich überschwänglich für diese erfrischende Sicht der Dinge und begebe mich stante pede ins Bett. Da kann jetzt an der Bar sitzen, wer will. Meinetwegen auch Laurence. Für heute habe ich genug.

Am nächsten Morgen treffen wir uns um 11.00 Uhr in altbekannter Runde beim Frühstück wieder. Annalena ist in Bestform und die Einzige, die schon in der Lage ist zu kommunizieren. Schnatter, schnatter, schnatter, über Gott und die Steinstraße. Ich fasse es nicht. Typisch PR-Frau.
Ich für meinen Teil bin schon froh, wenn ich mein Glas Orangensaft gerade halten kann. Irgendwie ist mir gar nicht gut, und wenn ich an das vor mir liegende Programm denke, wird mir schlecht. Aber vielleicht ist auch die Caipirinha von gestern schuld oder der Schlafmangel. Die Jugend von heute hält einfach nix mehr aus. Ich gelobe, mir ein Beispiel an Burkhard Driest zu nehmen, der heute Morgen schon seine Runden im Hotelpool gedreht hat. Und zwar draußen und nicht drinnen. Das konnte ich nämlich sehen, als ich zum Luftschnappen auf den Balkon gegangen bin.
»Und was macht ihr heute noch so?«, fragt Paul, der sich gerade meterdick Butter auf sein Brötchen schmiert und Rührei mit Krabben vertilgt. Angesichts dieser Cholesterinbombe wird mir schon wieder schlecht.
Nachdenklich betrachte ich die sprudelnden Blasen, die mein Aspirin im Wasserglas erzeugt, und wünschte, ich müsste Paul nicht antworten. Tja, was habe ich heute noch vor? Zurückfahren, weiter Koffer packen für den Mallorca-Trip, und dann kommt auch schon Martina mit Sarah, auf die ich heute aufpassen werde.
Nach dem Frühstück verabschieden Annalena und ich uns von den Jungs und machen uns auf den Heimweg. Erstaunlicherweise erreichen wir Hamburg weitgehend ohne Komplikationen, stellen den Wagen wieder in die Garage und begeben und beide auf direktem Wege nach Hause.

Schließlich müssen wir ja morgen um 6.30 Uhr am Flughafen sein.

»Hallo, Rübe«, begrüße ich einige Stunden später Sarah, die Tochter meiner Freundin Martina. Rübe ist sechs Jahre alt und ein ziemlich umtriebiges Kind. Martina ist bepackt, als ob sie zu einem dreiwöchigen Zelturlaub aufbrechen wollte.
»Ich habe Sarah ein paar Sachen zusammengestellt, damit sie sich bei dir nicht langweilt«, erklärt Martina und leert auch schon den Inhalt ihres Rucksackes auf mein Sofa: ein Memory-Spiel, ein Astrid-Lindgren-Buch, ein Video (»Pünktchen und Anton«, einer meiner Lieblingsfilme), eine Bibi-Blocksberg-Kassette, ihren Game-Boy und eine große, hässliche Babypuppe.
»Das ist eine Baby-Born«, erklärt Sarah, ganz stolze Puppenmutter, und verscheucht Sissi, die das Teil anscheinend ebenso furchtbar findet wie ich und es vom Sofa stupsen will.
»Meinst du, das reicht für einen Abend?«, frage ich Martina, während ich versuche, das Chaos räumlich ein wenig einzudämmen. Die Größe meiner Wohnung lässt Spielzeugorgien dieser Größenordnung nun mal leider nicht zu.
»Ich hoffe schon, aber wer weiß das schon so genau bei Sarah? Gegen 23.00 Uhr hole ich sie wieder ab. Keine Sorge, Marie, du schaffst das schon.«
Sehe ich irgendwie beunruhigt aus?
»Lass dir ruhig Zeit, wir beide werden es uns hier schon gemütlich machen«, sage ich mehr zu mir selbst als zu Martina, die Sarah einen liebevollen Klaps gibt, sie ermahnt, auch ja artig zu sein, und dann davonstürmt zu einem ihrer seltenen Abende in Freiheit.

»Und was machen wir beiden Hübschen jetzt?«, frage ich Sarah, die gerade Sissi quer durchs Zimmer jagt. Sissi maunzt, rettet sich auf den Balkon, und Sarah sieht mich erwartungsvoll an.
»Hast du Hunger? Wollen wir was essen?«
»Au ja, Spaghetti mit Tomatensauce«, wünscht sich Rübe. Das ist ihr Lieblingsessen, das sie eigentlich immer haben will, wenn sie bei mir ist. Aus diesem Grunde habe ich auch wohlweislich stets eine große Packung Miracoli im Haus, für den Fall, dass die Kleine zu Besuch kommt und Hunger hat.
»Okay, dann mache ich mich also jetzt ans Kochen, und du kannst ja inzwischen dein Video schauen oder deine Kassette hören.«
Sarah entscheidet sich für »Pünktchen und Anton«, und ich mache mich in der Küche ans Werk. Lässt sich ja eigentlich ganz unkompliziert an, dieser Abend. In Windeseile verquirle ich die fertige Sauce mit den entsprechenden Kräutern, während die Nudeln kochen. Im Zimmer nebenan ist es verdächtig still. Plötzlich umfasst eine kleine, zarte Hand mein Bein.
»Aber du musst doch nicht auf allen vieren kriechen, du bist doch kein Baby mehr«, ermahne ich das Kind, das sich theatralisch auf dem Steinfußboden windet. Irgendwie muss ich dabei unwillkürlich an Annalena denken.
»Mir ist kalt, ich glaube, ich habe Fieber«, flüstert Sarah und greift sich mit dramatischer Geste an den Hals. O nein, das fehlte gerade noch, dass Sarah hier bei mir krank wird.
»Aber Süße, es ist doch gar nicht kalt hier«, wundere ich mich und checke den Heizkörper im Zimmer. Der ist warm und bis zum Anschlag aufgedreht, weil auch ich eine absolute Frostbeule bin.

»Mir ist aber doch kalt«, beharrt Sarah auf ihrer Aussage und verzieht gequält das Gesicht.
»Möchtest du denn einen Pulli oder eine Jacke von mir?«, versuche ich die Situation zu lösen, während die Sauce auf dem Herd verdächtig dickflüssig vor sich hin blubbert.
»Nein, keinen Pulli. Mir ist nur kalt am Hals«, antwortet Sarah und umschlingt ihn zur Bekräftigung mit ihren kleinen Händchen.
»Möchtest du dann einen Schal?«, frage ich, unsicher, ob ich überhaupt einen hier oben habe.
»Nein, keinen Schal, aber das da«, quakt Sarah – das Leiden in Person – und deutet auf meinen Hutständer, der im Flur steht.
Was will sie denn mit einem Hut, wenn ihr am Hals kalt ist?, frage ich mich und weiß wieder, warum ich bislang nicht den Wunsch verspürt habe, Kinder zu bekommen. Bei einem erneuten Blick wird mir allerdings plötzlich alles klar. Das kleine Biest! Macht hier einen auf sterbenden Schwan, während meine Küche komplett mit Tomatensauce bespritzt wird, und ist einfach nur scharf auf meine schwarze Federboa.
»Frauen«, seufze ich, während ich Sarah die lange Boa um den Hals wickle. »Ist es jetzt besser? Ist dir nun wärmer?«, frage ich eher rhetorisch, während ich bereits in der Küche die Kacheln vom Rot der Tomatensauce befreie. Rasch die Nudeln abgegossen und noch einen Salat gewaschen, damit das Kind und ich auch ein paar Vitamine zu uns nehmen.
»Wozu hast'n du so was?«, ertönt nun wieder Sarahs Stimme aus dem Zimmer.
»Willst du gar nicht ›Pünktchen und Anton‹ gucken, Süße?«, frage ich und versuche, das Salatdressing zu mixen.

»Nö, das ist doof. Das hier ist viel toller!«
Nun sollte ich vielleicht doch mal nachsehen, was so viel toller ist, denke ich und wische meine Hände am Geschirrtuch ab. Und was sehe ich da? Sarah hat mein langes, mit silbernen Pailletten besticktes Abendkleid entdeckt und es vom Bügel gerissen, an dem es bislang hing. Flugs legt sie es sich um den Hals und sieht mich erwartungsvoll an.
»Willst du das anziehen?«, frage ich, obwohl ich die Antwort bereits kenne. »Aber das ist dir doch viel zu lang.«
Proteste dieser Art nützen bei Sarah allerdings gar nichts, das habe ich bereits gelernt. Also schnappe ich mir das Kind, entblättere es bis auf die Unterwäsche (war ihr eben nicht noch so kalt?) und lasse sie in das meterlange silbrige Etwas schlüpfen. Sarah geht ein paar Schritte und verfängt sich hoffnungslos in den Stoffmengen. Irgendwie sieht sie aus wie Arielle, die Meerjungfrau. Ein Gürtel muss her, und schon sieht die Sache anders aus. Nun werden auf Wunsch noch Zöpfe geflochten und mit meinen pinkfarbenen Gummibändern verziert.
»Und was für Schuhe trägst du dazu?«, fragt Sarah wie Carrie aus »Sex and the City«.
»Auf alle Fälle keine Manolo Blahniks«, murmele ich auf der Suche nach halbwegs kindertauglichen Highheels vor mich hin. Bald werde ich fündig, und es stellt sich heraus, dass Sarahs Schuhgröße von meiner gar nicht so weit entfernt ist, da ich Größe 36 trage. Ich stecke die kleine Beauty also in schwarze Pumps und hoffe, dass das Styling jetzt beendet ist. Keine Frage, dass dem nicht so ist und die nötige Ergänzung aus meiner Schmuckschatulle lauthals eingefordert wird. Eine Kette mit Strasskreuz und ein Joop!-Ring, den Sarah auch als Armreif benutzen könnte, runden das Bild ab.

»Und? Bist du jetzt startklar fürs Essen?«, frage ich, während ich überlege, ob die Pailletten in der Reinigung wohl abfallen, wenn das Kleid, verunstaltet durch Tomatensauce, dort gesäubert werden muss.
Minuten später sitzen wir in trauter Eintracht an meinem Esstisch und versuchen, die langen Nudeln um die Gabel zu wickeln. Eine Technik, die Sarah übrigens weitaus besser beherrscht als ich, wie ich indigniert feststelle. Während sie sich weit über ihren Teller vorbeugt, ergießt sich der Wasserfallausschnitt meines Kleides (jetzt weiß ich auch endlich, wieso das Ganze so heißt) abwechselnd in die Spaghetti und in das Glas Cola, das ich zur Feier des Tages spendiert habe. Davon wird Rübe zwar sicher putzmunter, aber das ist mir jetzt egal. Welch ein Anblick, zum Anbeißen! Da wächst sie heran, die neue Girlie-Generation, und scheint schon mit sechs Jahren so reif, wie ich es mit 33 noch nicht bin. Ich seufze und überlege gerade, ob ich Nachhilfeunterricht bei Rübe nehmen soll, da verflüchtigt sich das Bild wieder komplett.
»Sind wir jetzt fertig, können wir jetzt Memory spielen?«, fragt Sarah und lässt sich auch schon vom Stuhl gleiten. Keine Frage, dass sich neunzig Prozent ihres Essens noch auf dem Teller befinden.
»Hast du denn gar keinen Hunger mehr?«, frage ich erstaunt, denn ich persönlich kann von diesem Zeug Tonnen essen. Da sind bestimmt Geschmacksverstärker drin wie in Chips, man kennt das ja. Ach, hatte ich eigentlich schon erwähnt, dass Blondi anscheinend an diesem Wochenende nicht arbeitet, und wenn sie es doch tut, hält sie sich zumindest dezent im Hintergrund? Vielleicht sitzt sie ja zusammen mit meiner

Katze auf dem Balkon und nippt an einem kalorienreduzierten Mineralwasser.

»Nö, hab keine Lust mehr auf Spaghetti. Hast du ein Eis?«

Na, das ist ja ganz toll. Erst die süße Cola, die sie natürlich komplett geleert hat, und jetzt noch ein Eis? Martina würde mich schlachten und das mit Recht.

»Nein, Rübe, ich habe kein Eis, und selbst wenn ich eins hätte, würde ich es dir nicht geben, denn du hast kaum etwas von deinen Nudeln gegessen und den Salat überhaupt noch nicht mal angeschaut.«

»Welchen Salat denn, ich seh hier keinen«, fragt Sarah kess, und jetzt beginne ich allmählich, mich über sie zu ärgern.

»Na diesen hier, blöde Frage«, sage ich und starre ungläubig auf den Tisch. Tatsächlich, kein Salat. Habe ich den wegen der aufregenden Modenschau doch glatt in der Küche vergessen.

»Du kannst noch ein Glas Cola trinken, wenn du etwas Salat isst«, schlage ich nach einem kurzen Abstecher in die Küche großmütig einen Handel vor und schiebe ihr ein Schälchen Rucola rüber, der auf wundersame Weise die letzte Woche im Gemüsefach überlebt hat.

»Der sieht eklig aus, den esse ich nicht«, weigert sich Sarah.

»Aber du isst doch sonst so gerne Salat«, schnurre ich und finde mich sehr pädagogisch.

»Ja schon, aber dieser hier ist EKELIG«, erhebt Sarah ihre Stimme nun ein wenig deutlicher, um ihren Standpunkt unmissverständlich klar zu machen.

»Okay, ich gebe zu, dass der Rucola etwas schlapp in der Sauce schwimmt, aber sooo schlimm ist das nun auch wieder nicht«, versuche ich meinen Versuch zu verteidigen, etwas Gesundes in den Menüplan aufgenommen zu haben.

Während ich einen, wie ich hoffe, Respekt einflößenden Gesichtsausdruck aufsetze, klingelt das Telefon. Annalena. Sie will wissen, wie der Abend so läuft und ob sie Hilfe holen soll. Ihr Heiko könne ja so gut mit Kindern, und wenn ich wollte, würde sie also durchaus …

»Nix da, das schaffe ich schon alleine«, knurre ich in den Hörer, wild entschlossen, die Situation alleine in den Griff zu bekommen. »Du brauchst ja nur einen Vorwand, um diesen Heiko in dein berühmtes Annalena-Spinnennetz zu locken«, nöle ich weiter und versuche gleichzeitig zu verhindern, dass das Kind auf die Nase fällt, da sich die Absätze meiner Pumps gerade in den Schlingen meines Schurwollteppichs verfangen haben.

»Na, du hast ja eine super Laune. Lass nicht an mir aus, dass dein Laurence offensichtlich nicht so wollte, wie du dir das Ganze vorgestellt hast. Hast du schon einmal daran gedacht, dass er schwul sein könnte?«

Schwul? Bei dieser Vorstellung fällt mit glatt der Hörer runter und landet unsanft knapp neben meinem Rotweinglas. Nein, nicht schwul! Nicht auch noch Laurence! Nur weil er mich nicht attraktiv fand, muss er sich ja nicht gleich komplett der Damenwelt verschlossen haben, denke ich und überlege fieberhaft, ob an dieser Theorie nicht vielleicht doch was dran sein könnte. Meine Eitelkeit kämpft einen Kampf gegen die Ungläubigkeit.

»Können wir jetzt ENDLICH Memory spielen«, unterbricht Sarah jäh meine Überlegungen und pocht auf ihr Besucherrecht.

»Annalena, ich muss Schluss machen. Sarah stellt hier sonst gleich alles auf den Kopf. Wir machen es wie besprochen: Du holst mich mit dem Taxi um 6.00 Uhr ab, ich steh dann schon unten.« Vorausgesetzt, ich überlebe diesen Abend, denke ich, während Sarah dabei ist, Sissi zu malträtieren, der es auf dem Balkon offensichtlich zu kalt geworden ist. Sarah versucht gerade, dem Tier eine ihrer Haarklammern ins Fell zu drücken, schließlich soll Sissi als Katze von altem Adel auch zu Sarahs Outfit passen – versteht sich von selbst.

»Okay, okay, wir spielen ja Memory, wenn du Sissi in Ruhe lässt«, schlage ich einen Kuhhandel vor, »aber beschwer dich nicht bei mir, wenn du nachher doch Hunger bekommst!«

Und so beginnen wir zu spielen. Butterblume zu Butterblume, Borkenkäfer zu Borkenkäfer. Kindheitserinnerungen werden wach und lenken mich vom Spiel ab. Sarah ist in Top-Form und schnappt sich ein Paar nach dem anderen, während ich immer wieder nach den falschen Karten greife. Fast wie im richtigen Leben – das Paarebilden scheint nicht meine Stärke zu sein, das habe ich auch ohne das Spiel längst begriffen.

Wie peinlich, sich von einer Sechsjährigen abhängen zu lassen! Während langsam, aber sicher Ärger in mir aufsteigt (ich kann es auch nicht leiden, wenn man mich beim »Mensch ärgere dich nicht« schlägt), klingelt das Telefon erneut.

»Nein, Annalena, ich brauche Heiko nicht, vergiss es! Ich brauche weder einen Heiko noch einen Laurence, eigentlich überhaupt keinen Mann, wenn du es genau wissen willst«, pöble ich ins Telefon. Am anderen Ende herrscht einen Augenblick Stille.

»Frau Teufel. Sind Sie das? Störe ich?«, höre ich eine zaghafte männliche Stimme, die ich nicht auf Anhieb zuordnen kann. »Christoph Köllisch hier. Ich wollte Sie eigentlich nur fragen, ob ich Sie morgen früh zum Flughafen bringen soll?«

Mein Herz setzt einen Moment aus.
»Marie, hör auf zu telefonieren, mir ist langweilig«, ertönt in diesem Moment Rübes Stimme. Laut und vernehmlich.
Ich versuche, mich zu sortieren: Habe ich soeben tatsächlich die Stimme meines Chefs vernommen? Oder halluziniere ich wieder?
»Marie, das ist voll öde. Ich will jetzt ›Pünktchen und Anton‹ gucken«, krakeelt Rübe und schmeißt ihre Bibi-Blocksberg-Kassette in mein Multifunktionskassettendeck, während sie parallel an der Fernbedienung des Videorekorders rumfummelt. Irgendwie scheint sie dabei auf den Lautstärkeregler gekommen zu sein, denn auf einmal schallt das »Pünktchen und Anton«-Duett mit 100 Phon durch den Raum.
»Frau Teufel, sind Sie noch dran? Frau Teufel?«, höre ich erneut die Stimme von Christoph Köllisch am anderen Ende der Leitung. Er ist es tatsächlich. Mein Herz fängt wieder an zu rasen, aber ich weiß nicht, ob ich diese starke körperliche Reaktion dem Anruf oder der Lautstärke zuschreiben soll. Frau Kaltenbacher aus dem ersten Stock kann bei Aktionen dieser Art zu so später Stunde nämlich ziemlich ungemütlich werden. Und es ist immerhin schon recht spät. Ob ich lieber gleich zu ihr runter …?
»Frau Teufel, hallo? Können Sie mich hören? Ist ja reichlich laut bei Ihnen, feiern Sie eine Party?«, brüllt mein Chef, im Versuch sich verständlich zu machen, in den Hörer.
»Ich? Eine Party? Nein, eigentlich nicht, oder doch … also eher so eine Art Kindergeburtstag. RÜBE, kannst du bitte auf den Aus-Knopf drücken, das hält ja kein Mensch aus. Ja, Herr Köllisch, ich bin noch da, es ist nur …«

Habe ich da eben die Türklingel gehört? O nein, das ist bestimmt Frau Kaltenbacher.
»Herr Köllisch? Können Sie bitte einen Moment ... – nein, Rübe, ich sagte AUS-Knopf, nicht Lautstärkeknopf«, versuche ich jetzt auch noch gegen Bibis Stimme anzubrüllen, die aus dem Tapedeck erschallt und den Kampf mit »Pünktchen und Anton« aufnimmt.
»Könnten Sie wohl mal eben dranbleiben, denn es hat, glaube ich, an der Tür ...«
Jetzt vernehme ich ein deutliches Klopfen. Meine stets schlecht gelaunte Nachbarin steht sicher bereits mit dem Minister für innere Sicherheit vor der Tür, wild entschlossen, diesen Ort des Frohsinns und der Sünde auszuhebeln. Den Hörer zwischen Ohr und Kinn geklemmt, öffne ich die Eingangstür und versuche gleichzeitig, der Fernbedienung des Videorekorders, die ich Sarahs Händen entrissen habe, den Garaus zu machen, indem ich mit der linken Hand die Batterien herausschnipse.
Doch die Person, die da Einlass begehrt, ist nicht Frau Kaltenbacher. Martina schaut mich irritiert bis entsetzt an, schiebt mich beiseite und stürmt ins Wohnzimmer. Vermutlich um zu eruieren, ob ihre Tochter noch unter den Lebenden weilt.
»Herr Köllisch? Sind Sie noch dran?« O Gott, was sage ich denn jetzt bloß? »Das ist ja furchtbar nett, dass Sie das anbieten, aber morgen ist doch Sonntag, und da müssen Sie doch gar nicht arbeiten, und ich bin schon mit Frau Kluge verabredet, und wir teilen uns doch ein Taxi, und Sie können doch nicht meinetwegen so früh aufstehen«, rede ich ohne Punkt und Komma – schlimmer noch, ohne Sinn und Verstand – auf den armen Mann ein.

»Das ist ja nett, dass Sie sich so um mein Schlafpensum sorgen, Frau Teufel, aber ich muss morgen sowieso früh aufstehen, weil ich Carlotta zu einem Golfturnier in der Nähe von Berlin begleite. Fleesensee, ich weiß nicht, ob Sie den Club kennen. Und das mit Frau Kluge habe ich schon geregelt. Ich hole erst sie ab, und dann kommen wir bei Ihnen vorbei. Ist Ihnen 6.00 Uhr recht?«

Ach was, jetzt spielt Miss Superwonderwoman Carlotta auch noch Golf? Hätte ich mir ja denken können. Ich bin so sehr damit beschäftigt, mir Carlotta im hautengen Golfdress vorzustellen, dass ich darüber völlig vergesse, Christoph Kölisch zu antworten. Oder war das mit den knappen Kleidchen doch eher Tennis?

»Frau Teufel? Ich werde das Gefühl nicht los, dass Sie etwas unkonzentriert sind. Können wir uns einfach darauf einigen, dass ich morgen um 6.00 Uhr vor Ihrer Tür stehe? Seien Sie bitte pünktlich! Nicht dass Sie noch Ihren Flug verpassen.«

Ja klar, und nicht den Personalausweis zu Hause liegen lassen, ich weiß. Schade, ganz offensichtlich geht es ihm also gar nicht um mein persönliches Wohlergehen, sondern ausschließlich um die Interessen des Verlages, stelle ich unmutig fest.

»Ich, äh, nein, ich meine, ja. Ja, ich werde pünktlich sein, Sie können sich auf mich verlassen. Bis morgen dann«, verabschiede ich mich und wende mich Martina zu, die mit weit aufgerissenen Augen die Szenerie betrachtet:

Rübe sitzt im silbernen Abendkleid breitbeinig auf dem Fußboden und streichelt Sissi, während ihre ehemals perfekt sitzenden Zöpfe auf halb acht hängen. Mag daran liegen, dass eines der Gummibänder nun Sissis Schwanzspitze ziert. Die sonst so aufmüpfige Katze hat anscheinend aufgegeben und fügt sich in ihr Schicksal. Auf dem Esstisch stehen volle Spaghettiteller und zwei Salatschüsseln mit graubraunem Inhalt sowie ein Rotweinglas mit knallroten Lippenstiftspuren. Über den Bildschirm flimmert eine 0190-Werbesendung mit barbusigen Mädchen, und Bibi singt das Lied von der kleinen Hexe. Meine mittlerweile in der Küche liegenden Pumps haben sich in der halb abgewickelten Haushaltsrolle verfangen, die ich zum Abwischen der Tomatensauce von den Kacheln benötigt habe. Die Baby-Born-Puppe liegt auf der Couch im Koma, und überall auf dem Fußboden sind Memory-Kärtchen verteilt.

»Wie sieht es denn hier aus? Hattet ihr einen netten Abend, ja?«, fragt Martina, die allem Anschein nach überlegt, ob sie gleich wieder auf dem Absatz kehrtmachen soll. Aber nein, sie macht sich Sorgen um mich und nicht um sich: »Um Himmels willen, du musst doch schon in ein paar Stunden los, wie wollen wir das denn noch schaffen?«, fragt sie ganz verzweifelt, fängt jedoch bereits todesmutig an, die Essensreste in die Küche zu tragen. Wenigstens DIE ist ehrlich um mein Wohlergehen besorgt, stelle ich mit Befriedigung fest, während ich die Spielkarten einsammle und versuche, die Geschehnisse der letzten zehn Minuten zu rekapitulieren. Rübe ist überdreht, hüpft energisch in ihrem Meerjungfrauen-Kostüm auf und ab, schielt aber bereits vor Müdigkeit. Beinahe wortlos stellen Martina und ich den Originalzustand der Wohnung wieder her und befreien Sissi von ihren Accessoires. Zu guter Letzt sinken wir ermattet und mit einem letzten Schluck Rotwein bewaffnet auf die Küchenstühle, während sich Sarah, meine Katze im Arm, auf der Couch zu einer Kugel zusammenrollt und augenblicklich einschläft. Verliebt betrachten wir beide die Kleine. Dies ist einer der Momente, wo ich in Sachen Kinderfrage wieder schwach zu werden drohe.

»Am niedlichsten sind sie, wenn sie schlafen. Aber das kommt ja nicht allzu häufig vor«, unterbricht Martina auch prompt meinen Gedankengang.

»Ja, stimmt. Aber das Verkleiden und das Memory-Spielen haben auch Spaß gemacht«, versuche ich, meine Babysitter-Qualitäten zu verteidigen.

Eine Stunde später, nachdem ich über Martinas Abend informiert bin und sie über die hinter mir liegende Woche im Bilde ist, verabschieden wir uns und versuchen gemeinsam, das schlafende Kind in Martinas Twingo – von Sarah hartnäckig »Schwingo« genannt – zu verfrachten. Unglaublich, was so ein schlafendes Kind an Lebendgewicht auf die Waage bringen kann und das, obwohl sie eigentlich jede Art von Nahrungsaufnahme verweigert hat. Wir schaffen es, Sarah auf die Rückbank zu legen, ohne dass sie auch nur eine Sekunde wach wird.

»Vielen Dank, dass du auf Sarah aufgepasst hast, und das nach dieser aufregenden Woche. Das rechne ich dir hoch an«, lobt mich Martina, und das ist DIE Gelegenheit, ihr das Versprechen abzuluchsen, die kommenden Tage Sissi zu füttern. Und vor allem, erst einmal Futter für sie zu besorgen …

Zurück in meiner Wohnung stelle ich meinen Koffer bereit (wie gut, dass ich schon vor Tagen gepackt habe!), lege den Ausweis demonstrativ obenauf und sinke völlig ermattet ins Bett. Diesmal nehme ich mir noch nicht einmal die Zeit zu »visualisieren«, denn ich nicke sofort ein.

5.00 Uhr, der Wecker klingelt. Erbarmungslos drängt er sich in meinen Traum, in dem ich gerade in einem heißen Tennisdress Golfunterricht von Christoph Köllisch bekommen habe. Ich spüre noch die Wärme seiner Hand auf meiner, als er mir die korrekte Schlägerhaltung demonstriert. Mhhmmm, wie warm und kuschelig, denke ich und drehe mich um. Ein empörtes »Miau« lässt mich hochschrecken – Christoph Köllischs warme Hand war in Wirklichkeit Sissi, die offensichtlich neben meinem Kopf geschlafen hat.
Jetzt aber nichts wie los, denke ich und hüpfe energisch aus dem Bett. Eine kurze Dusche, die obligatorischen Jeans, Haare zum Zopf binden, Sissi einen Kuss geben und ab nach unten.
5.50 Uhr, mehr als pünktlich, stelle ich mit Befriedigung fest und setze mich auf meinen Koffer. Jetzt nur nicht wieder einschlafen. In diesem Moment biegt jedoch das mir mittlerweile vertraute Porsche-Cabriolet um die Ecke, und ich sehe Annalena auf dem Beifahrersitz heftig gestikulieren und meinen Chef lachen. Die Szene versetzt mir aus welchen Gründen auch immer einen kleinen Stich, und ich nehme mit einem knappen »Guten Morgen« auf dem bekannten Notsitz Platz.
»Na, Frau Teufel, hatten Sie noch einen schönen Kindergeburtstag?«, fragt Christoph Köllisch, und ich beginne sofort, mit Händen und Füßen den gestrigen Abend zu schildern. Ja, auch ICH kann witzig sein! Über meinen Beschreibungen von Sarahs Auftritt als »Arielle« und der malträtierten und in ihrer Katzenehre tief gekränkten Sissi erreichen wir auch schon Terminal 4 des Flughafens. Annalena und ich bedanken uns für diesen Frühtransport und begeben uns zum Luft-

hansa-Schalter. Gott sei Dank, es gibt keine Probleme mit dem Ticket, und nach meinem Personalausweis hat auch kein Mensch gefragt. Mit Zeitschriften und einer Tafel Schokolade bewaffnet sitzen wir dann endlich im Flugzeug. Das Abenteuer kann beginnen!

Während wir noch über Deutschland aufsteigen und die ultimative Flughöhe anpeilen, beschließe ich, mich nun endlich als interessierte Freundin zu zeigen und Annalena nach ihrem neuen Lover zu befragen. Dabei stellt sich heraus, dass es sich bei Heiko um den Taxifahrer handelt, der Annalena nach unserem Abend bei »Paulino« nach Hause gefahren hat. Und umwerfend wie Annalena nun mal ist, hat er sie auch gleich direkt in die Wohnung gebracht und dann auch noch direkt ins Bett.

»Du kannst dir gar nicht vorstellen (aha, da ist er ja wieder, dieser Satz!), wie süß der ist«, schwärmt sie in höchsten Tönen. Charmant, humorvoll, intelligent, blond gelockt, groß, bestimmt zwei Meter und Schuhgröße 48 (dann werde ich ihn wohl außerhalb meiner Wohnung treffen müssen, wenn ich dieses Geschenk Gottes an die Frauen kennen lernen möchte), Medizinstudent und SEHR ambitioniert, ausgezeichneter Koch und Nackenmasseur. Die Liste seiner Qualitäten scheint schier endlos, und allmählich beginne ich mich zu sorgen, ob es sich hierbei um ein echtes menschliches Wesen handelt. Aber Moment, einen Haken hat die Sache aber doch, wenn ich mich recht erinnere.

»Hattest du nicht gesagt, dass Heiko so gut mit Kindern kann?«, frage ich listig und hoffe, damit meine Freundin an ihrer Achillesferse erwischt zu haben. »Ja, richtig, und das liegt daran, dass er eine jüngere Schwester und zwei jüngere Brüder hat.«

»Ah, dann heiratest du ja in eine echte Großfamilie ein, wie schön«, lästere ich, während ich versuche, mir Annalena vorzustellen, wie sie mit ungefähr achtzig Personen an einer Familientafel sitzt, dem Kleinen rechts neben sich die Nase putzt und gleichzeitig versucht zu verhindern, dass das andere Kind ihr auf den Schoß spuckt, weil es zu viel gegessen hat.

»Ja, das könnte in der Tat ein Problem werden«, wendet Annalena ein, »aber ich kenne ihn ja auch erst seit einer Woche, und man muss es ja nicht gleich übertreiben.«

Aha, aber bei mir anrufen und helfen wollen, auf Sarah aufzupassen, das habe ich gern.

An dieser Stelle des Gespräches starren wir beide auf den Himmel, wie er sich beim Blick durch das Bullauge darbietet: watteweiche Wolkenberge, helle Sonnenstrahlen, weite Unendlichkeit. Angesichts dieses überwältigenden Ausblicks befällt uns beide schlagartig Müdigkeit. Wir versuchen, mittels zusammengerollter Pullis eine bequeme Schlafposition zu finden und noch ein wenig zu dösen, bevor unsere Mission auf Mallorca beginnt.

11.00 Uhr, Landeanflug auf Palma. Annalena und ich strecken uns, so gut es geht, und ich stürze auf die Toilette für einen letzten Check-up, bevor die Sitzlehnen senkrecht gestellt und die Tische hochgeklappt werden müssen. Schließlich will ich ja einen guten Eindruck auf Ramon machen.

Die Koffer kommen schneller als erwartet, von dieser Seite also kein Hindernis in Sicht. Ramon entpuppt sich nicht als klein und dick, wie ich insgeheim befürchtet hatte, sondern tatsächlich als Typ Latin Lover, Antonio Banderas wirklich nicht unähnlich. Ich werfe einen kurzen Seitenblick auf Annalena, um zu sehen, wie sie auf diesen Ausbund an umwerfender Männlichkeit und Testosteron reagiert, und würde am liebsten ein Warnschild um seinen Hals hängen: »Der ist für mich reserviert. Finger weg!«

Auch Ramon mustert uns beide auffällig, schließlich kann er ja nicht wissen, welche von uns beiden die Marie ist, mit der er am Telefon geflirtet hat.

»Sind Sie Marie Teufel?«, fragt Antonio/Ramon, während er auf sein Schild deutet. (Der Mann hat mich instinktiv erkannt, das ist bestimmt ein Zeichen!) Da steht in großen Lettern: Finca Ca'n Limone, guests Miguel Vargas.

»Ja, das bin ich, und das ist meine Kollegin Annalena Kluge«, mache ich die beiden miteinander bekannt, während Annalena scheinbar desinteressiert an ihrem Kofferanhänger nestelt. Ramon wirft mir einen langen Blick zu, scannt meine Erscheinung von Kopf bis Fuß, grinst dann, als sei das Ergebnis zu seiner Zufriedenheit ausgefallen, und ich merke, wie ich nervös werde. Ist schon eine Weile her, dass mich ein gut aussehender Mann so unzweideutig gemustert hat. Wenn man mal von kurzen Episoden hinter dem Spaghetti-Regal bei SPAR absieht, aber das ist eine andere Geschichte …

»Okay, wenn Sie alles haben, können wir ja losfahren. Die Fahrt dauert etwa vierzig Minuten, dann sind wir auf der Finca«, sagt unser Abholservice, und wir folgen Ramon, der unsere Koffer hinter sich herzieht.

Ich stelle fest, dass diese Bewegung seine Armmuskulatur gut zur Geltung bringt. O Gott, gleich fange ich an zu hyperventilieren. Ganz ruhig bleiben, ermahne ich mich und versuche mich abzulenken. Die mallorquinische Hitze scheint mir unmittelbar aufs Hirn zu schlagen. Gott sei's gedankt, das Auto – ein geräumiger Mercedes – verfügt über eine Klimaanlage. Das bringt mich ein wenig zur Räson.

Ich setze mich neben Ramon, da Annalena sofort auf den Rücksitz zusteuert. Und wir beide hinten, das wäre dann doch etwas sehr unhöflich.

Ramon erweist sich als guter Fahrer und Fremdenführer und spricht nahezu akzentfrei Deutsch. Das war mir zwar schon am Telefon aufgefallen, aber da war ich ja bekanntlich mit anderen Problemen beschäftigt, als mir über Ramons Sprechweise den Kopf zu zerbrechen.

»Das liegt daran, dass ich in Berlin studiere, Architektur«, erklärt Ramon in diesem Moment unaufgefordert, als könne er meine Gedanken lesen. »Ich bin nur im Sommer auf der Insel, um ein wenig zu jobben. Miguel hat eigentlich immer etwas zu tun, ich kann auf seiner Finca wohnen und gleichzeitig nebenbei noch für mich arbeiten.«

Schon wieder jemand, der Auto fährt, um seinem beruflichen Ziel ein wenig näher zu kommen, denke ich und beobachte Annalena im Rückspiegel. Langsam wird sie mir unheimlich. Sie sagt kein Wort und starrt aus dem Fenster. Sollte es sie tatsächlich so schwer erwischt haben, dass sie jetzt nur noch Augen für Heiko hat? Oder brütet sie bereits über ihrem Ramon-Angriffsplan? Vielleicht hätte ich ihr lieber davon erzählen sollen, dass er mir bereits am Telefon sehr gut gefallen hat. Wie auch immer. Für Überlegungen dieser Art habe ich jetzt keine Zeit, denn schließlich gibt es auch noch anderes im Leben als Männer, und wenn ich schon mal hier bin, will ich so viel wie möglich von der Insel sehen.

Ramon erklärt und erzählt, dass es eine wahre Freude ist. Vielleicht sollte er lieber Reiseführer schreiben, als im Sand zu buddeln und statische Berechnungen anzustellen.
Ich sehe Felder, sandfarbene Mauern und Bauernhöfe an mir vorbeiziehen. Die Landschaft ist eher karg, nur ein paar Oleanderbäume säumen den Straßenrand. Die Erde ist verbrannt und dunkelrot. Langsam nähern wir uns dem Tunnel, den wir passieren müssen, um nach Soller zu kommen, dem Ort, in dessen Nähe die Finca liegt. Rechts davor erstrecken sich die Gärten von Alfabia, denen wir laut Ramon unbedingt einen Besuch abstatten müssen. In der Ferne erhebt sich vor unseren Augen das Tramuntana-Gebirge, eine Bergkette, von deren Existenz die meisten Mallorca-Urlauber nicht mal etwas ahnen.
»Hier und an der Küstenstraße von Deia nach Andratx trainieren viele Profi-Radfahrer, selbst in der größten Mittagshitze«, erzählt Ramon, und wie zur Bestätigung werden wir rechts von einer Truppe gestählter Rennradfahrer im Telekom-Dress überholt. Stramme Waden und Popos haben die Jungs, konstatiere ich beeindruckt und beobachte wieder meine Freundin im Rückspiegel. Keine erkennbare Reaktion. Ob sie krank ist? Nein, ist sie nicht, denn sie ist gerade schwer mit ihrem Handy beschäftigt. Wahrscheinlich berichtet sie Heiko per SMS von ihrer sicheren Landung auf Mallorca.
Nach dem Tunnel hat offensichtlich auch Ramon die Kommunikationsfreude verlassen, und er konzentriert sich stattdessen auf die sich dahinschlängelnde Straße. Auch gut, denn reden werde ich in den kommenden Tagen sicher noch genug, denke ich, während ich mir ausmale, was vor mir liegt, und mir die letzte halbe Stunde mit Miguel Vargas in Berlin

nach unserem misslungenen Abendessen ins Gedächtnis zurückrufe.

Wir hatten uns zu allem Überfluss ein Taxi teilen müssen, da aufgrund einer Messe kaum ein Wagen zu bekommen war. Wie ein Ehepaar nach einem großen Streit saßen wir beide an den äußersten Rand des Sitzes gepresst, er rechts, ich links, und starrten gebannt durch die jeweilige Windschutzscheibe auf Berlin bei Nacht. Eine halbe Stunde kann sehr lange sein, vor allem, wenn man sich verkracht hat und nie mehr im Leben ein Wort mit dem anderen wechseln möchte.
Im Hotel angekommen, quetschten wir uns dummerweise durch dieselbe Drehtür und das, obwohl ich sonst immer die Schwingtüren nehme, weil ich Angst habe, stecken zu bleiben und mich für den Rest meines Lebens wie ein Hamster im Rad in der Türe drehen zu müssen. Irgendwie schafften wir es beide, heil da wieder rauszukommen, stießen aber dann auch noch in der Lobby zusammen, weil wir es beide eilig hatten, zum Fahrstuhl zu kommen.
Auch diese Fahrt dauerte scheinbar endlos lang, und ich hatte auch noch das Pech, einige Etagen über Miguel zu wohnen. Die Türe öffnete sich im dritten Stock, Miguel drehte sich mit einem diabolischen Lächeln um und gab mir kommentarlos einen Abschiedskuss. Wie versteinert starrte ich auf die sich hinter ihm schließende Türe und fuhr weiter nach oben. In meinem Hotelzimmer angelangt, wusch ich mir sofort das Gesicht. Ich war immer noch fassungslos. Fassungslos angesichts dieses komplett verdorbenen Abends, Miguels ungerechter Reaktion und des Gute-Nacht-Kusses. Keine Frage, dass an Schlaf nicht zu denken und ich darauf und dran war,

den kompletten Inhalt der Minibar zu leeren. Natürlich nur den alkoholischen, versteht sich! Im Morgengrauen verließ ich das Hotel, um möglichst schnell wieder nach Hamburg zu kommen. Der Rest ist Geschichte.

Allmählich wird mir mulmig. Wie gut, dass ich Annalena an meiner Seite habe, obwohl ich diese nach unserer Ankunft auf der Finca in ein Hotel verfrachten muss, wie mir nun siedend heiß wieder einfällt. Ich will mich gerade umdrehen und sie fragen, wo wir sie eigentlich hinbringen sollen, als ich feststelle, dass sie eingenickt ist, das Handy fest umklammert. Wie süß! Ich beschließe, sie schlafen zu lassen und Ramon zu bitten, sie weiter zu befördern, sobald wir auf der Finca sind.

Die Straße schlängelt sich nun nach oben. Am Straßenrand sind kleine Holzwagen aufgebaut, an denen Feigen und Zitrusfrüchte verkauft werden. Links und rechts stehen vereinzelt knorrige Olivenbäume, im Hintergrund glitzert das Meer, ein Anblick, den ich förmlich in mich aufsauge, um ihn für die Ewigkeit zu bannen. Nun geht die Straße rechts hinter einem Tor gefährlich steil bergab, und Ramon muss immer wieder bremsen, weil sich Schafe und kleine Lämmer in den Weg stellen. Sie mähen freundlich, wie zur Begrüßung, und lassen ihre Glöckchen erklingen.

»Jetzt sind wir gleich da«, erklärt Ramon und deutet auf den Platz am Ende des Weges. Nach einer scharfen Haarnadelkurve wird dann auch sie endlich sichtbar, Miguels Finca, Ca'n Limone.

»Annalena, wach auf, sieh mal«, rufe ich, in der Hoffnung, einen Teil des atemberaubenden Anblickes mit meiner Freundin teilen zu können. Unser Blick wird jedoch rasch durch eine große Staubwolke vernebelt, da es seit Wochen nicht mehr geregnet hat, wie Ramon uns erklärt. Er parkt und schleppt das Gepäck zur Treppe, über die man auf den Innenhof der Finca gelangt. Eine rundliche Dame, die mit einem leichten Kleid und einer Schürze bekleidet ist, empfängt uns mit einem breiten Lächeln und einem energischen Händedruck.

»Hola, Señora Teufel und Señora Kluge. Bienvenido in Ca'n Limone. Ich bin Carmen.«

Aha, Miguels Perle, mit der ich bereits telefoniert habe. Ich stutze: Woher kennt sie eigentlich Annalenas Nachnamen und wieso wundert sie sich nicht, dass sie plötzlich zwei weibliche Gäste vor sich stehen hat statt nur einer Person? Ich drehe mich um und sehe in Annalenas Gesicht, die mich breit angrinst.

»Da staunst du, was? Glaubst du allen Ernstes, wir lassen dich hier allein, nach allem, was du in Berlin erlebt hast?«

Ich bin immer noch verwirrt. Wer ist »wir« und wie peinlich, wenn Miguel diesen Teil des Gespräches mitbekommen hat. Doch Carmen beruhigt mich: »Señor Vargas lässt Ihnen ausrichten, dass er leider noch dringende Geschäfte in Palma zu erledigen hat und Sie wohl erst zum Abendessen treffen kann. Es tut ihm unendlich Leid, aber er ist sich sicher, dass Sie sich hier nicht langweilen werden. Ich zeige Ihnen jetzt Ihr Zimmer, und dann können Sie es sich ja am Pool gemütlich machen oder Ramon bitten, Sie nach Soller zu fahren, falls Ihnen eher nach Bummeln zumute ist.«

Minuten später fallen Annalena und ich mit einem Juchzer auf ein breites Himmelbett und versinken fast in den riesigen, cremefarbenen Kissen. Wir lassen unsere Blicke schweifen:

gediegene dunkle Möbel, eine traumhafte Chaiselongue aus Rattan, um die wir uns sicher bald prügeln werden, eine Esszimmernische, ein traumhaftes Badezimmer mit frei stehender Badewanne und überall Blumen und Bilder. Ob die wohl von Miguel sind?, überlege ich, während ich mir die Schuhe von den Füßen streife. Wie angenehm! Kühler Terracotta-Fußboden, an einigen Stellen von offensichtlich handgewebten mallorquinischen Teppichen bedeckt.

Annalena stößt die breite Lamellentür auf und einen spitzen Schrei aus: »Marie, Marie, komm mal! Hast du so was schon mal gesehen?«

Im Bestreben, möglichst schnell zu sehen, was meine Freundin so aus der Fassung bringt, stolpere ich fast über meine eigenen Füße. Und da liegt er vor uns, der wohl größte und schönste Pool, den ich je gesehen habe. Türkisfarben glitzert das Wasser, auf seinem Grund sind orientalische Ornamente zu erkennen. Der Rand ist gesäumt von Deckchairs aus Teakholz mit schweren, hellen Auflagen sowie kleinen Häuschen, in denen man sich offensichtlich umziehen und seine Badesachen aufbewahren kann. Am Ende des Pools befindet sich eine Bar, abgeschirmt durch ein Sonnendach aus Stroh. Und überall blühen üppige Bougainvilleas und Hibisken.

Irgendwie habe ich den Eindruck, gestorben und im Himmel wieder aufgewacht zu sein. Ja, so stelle ich es mir vor, das Paradies.

»Komm, glotz nicht lange, lass uns schwimmen gehen«, drängt Annalena in einem Ton, der keinen Widerspruch duldet.

»Hast du dir denn auch schon die Beine rasiert, oder muss ich mir eine dunkle Sonnenbrille aufsetzen, um deinen Anblick zu ertragen?«, versuche ich sie zu ärgern. Aber Annalena ist schon ab durch die Mitte und schnappt sich einen Liegestuhl in der Nähe der Bar. Eine weise Entscheidung, wie ich finde, denn ich könnte jetzt gut etwas zu trinken vertragen.

Ich schäle mich aus meiner Jeans und schlüpfe in den neuen Badeanzug, der in der Tat passt wie eine zweite Haut. Allerdings mit dem Vorteil, dass er die erste Schicht zusammenpresst, was natürlich sehr angenehm ist. Ich bin schon fast versucht, den Pareo im Koffer zu lassen. Ein kurzer Blick auf meine Oberschenkel lässt mich jedoch von dieser vorwitzigen Idee wieder Abstand nehmen, und so begebe ich mich in voller Montur, bewaffnet mit einem Buch, einem Sonnenhut und einer Gucci-Sonnenbrille, die ich beim Abflug erstanden habe, an den Pool.

»Hast du Angst, dich zu erkälten?«, fragt Annalena und deutet auf das Thermometer, das an der Wand eines der Badehäuschen hängt. 35 Grad im Schatten, madre mia, da kann Hamburg selbst bei gutem Wetter nicht mithalten.

Während ich noch überlege, welche der Liegen ich für mich wählen soll, taucht quasi aus dem Nichts ein weiterer junger Mann auf. Unwillkürlich ziehe ich meinen Bauch ein und zupfe an meinem Pareo. Doch angesichts seiner Körpersprache und dem viel sagenden Tonfall seiner Stimme komme ich zu dem Schluss, dass Carlos, wie sich der Poolboy nennt, sicherlich nicht am weiblichen Geschlecht interessiert ist. Vielleicht sollte ich eine SMS an die beiden Jungs, Tobias und Paul, schicken und sie hierher einladen, die hätten bestimmt ihren Spaß.

Gott sei Dank beherrscht Carlos einige Brocken Englisch, so

dass wir uns schnell darauf verständigen können, dass wir noch Badehandtücher benötigen und uns sehr über einen Campari Orange oder dergleichen freuen würden. 'ne Kleinigkeit zu essen wäre im Übrigen auch ganz nett, denke ich, nehme von dieser Idee aber sofort wieder Abstand, als ich feststelle, dass Blondi es auf wundersame Weise über den großen Teich geschafft hat und nun demonstrativ ihre langen, schlanken Beine und ihren flachen Bauch zur Schau stellt. Ob sie sich schon eine spanische Kalorientabelle besorgt hat?

»Dann eben nichts essen«, seufze ich innerlich und erwäge, ob ich mich sofort in die Fluten stürzen soll. Jedoch habe ich mich gerade erst eingecremt, und außerdem hält angesichts dieser Temperaturen kein Mensch so viel Anstrengung auf einmal aus. Kaum habe ich es mir mit diversen Handtüchern und zusätzlichen Kissen auf meinem Deckchair gemütlich gemacht, serviert Carlos auch schon den gewünschten Cocktail. Er versichert uns, dass er angesichts der Hitze etwas weniger Campari und dafür mehr Orangensaft hineingetan hat, was ich persönlich sehr bedauere. Annalena und ich prosten uns zu und beglückwünschen uns zu dieser eher ungewöhnlichen Geschäftsreise.

Und dann verrät mir Annalena auch das Geheimnis ihrer persönlichen Anwesenheit auf der Finca: Während ich mich im Einwohnermeldeamt herumgetrieben habe (Ich darf nicht vergessen, Karl Schmidt eine Postkarte zu schicken!), hat sie Herrn Bader erzählt, wie schwierig der Umgang mit Miguel für mich sei und dass es sicher hilfreich wäre, auf Mallorca eine neutrale Person mit dabei zu haben. Außerdem sei es sowieso geschickter, die Memoiren mit flankierender Pressearbeit schon vor dem Erscheinen zu lancieren, ähnlich wie es Dieter Bohlen mit seinem Buch getan habe. Dazu müsse aber gleich von Beginn der Arbeit an die PR-Abteilung, sprich: sie, mit im Boot sein. Herr Bader, Dollarzeichen in den Augen, setzte sich umgehend mit Miguel in Verbindung, und – was immer er diesem auch erzählt haben mag – erhielt schließlich eine Einladung für Annalena.

»Und warum hast du mir nichts davon gesagt?«, frage ich, empört über so viel Geheimniskrämerei hinter meinem Rücken.

»Weiß ich auch nicht«, zuckt Annalena ihre schmalen Schultern. »Vielleicht wollte ich mich auf diese Weise dafür rächen, dass du dich so gar nicht für Heiko und mich interessiert hast. Außerdem kenne ich dich doch. Du hättest doch sowieso nur wieder rumgemeckert. Und so ist es doch nun viel besser. Du hattest ein bisschen Angst und rumms ist durch meine kleine Transaktion die Welt plötzlich wieder in Ordnung, ist doch toll, oder?«

»In der Tat, das ist sie, vielen Dank«, murmele ich und erzeuge mit dem Strohhalm heftige Luftblasen in meinem Drink. Nach dem Campari und unter Einwirkung der Sonnenstrahlen ist mir weder nach Lesen noch nach Schwimmen zumute. Annalena schläft schon wieder (hat wohl zu lange Nächte mit Heiko verbracht, denke ich neidisch), und so habe ich Zeit, meinen Gedanken nachzuhängen.

Ich erinnere mich an den ersten gemeinsamen Urlaub mit Annalena vor etwa fünfzehn Jahren auf der Kanareninsel Gomera. Damals waren wir, mit Rucksäcken bewaffnet (ein Gepäckstück, welches ich never ever mehr benutzen würde), nach Teneriffa geflogen, von wo aus uns ein Schnellboot nach Gomera brachte. Schon beim Check-in am Flughafen in Hamburg hatte man die »echten« Teneriffa-Urlauber von den eher freakigen Gästen Gomeras unterscheiden können. Auf der einen Seite mehr oder weniger gut erhaltene Rentner in bunten Hemden und mit Strohhüten auf dem Kopf, auf der anderen Seite WIR, die Tourismus-Elite: hennarot gefärbtes Haar, zu langen Zöpfen geflochten, kurze Hosen, Espadrillas, den Reiseführer »La Gomera, El Hierro – das Abenteuer kann beginnen« unter den Arm geklemmt. Wir waren wild entschlossen, mitten unter den Einheimischen zu leben (landeten aber in einer eher touristischen Appartementanlage direkt am Meer), im Einklang mit dem Rhythmus der Natur (der sich als Rhythmus des Nachtlebens entpuppte, also bis in die frühen Morgenstunden durchmachen und bis mittags schlafen) oder zumindest die Landessprache zu lernen, wobei wir uns nicht ganz entscheiden konnten, ob wir uns zuerst auf Spanisch oder doch lieber auf die Pfeiftöne der Guanchen stürzen sollten. Kommuniziert haben wir zu guter Letzt auf Englisch, der Sprache, derer sich im »Valle Gran Rey«, jenem Tal mit seinen ewigen Hippies und Aussteigern, Spanisch-Volkshochschulkursabsolventen oder Physiotherapeuten, die auf der Insel einen Reiki-Kursus belegen wollten, alle bedienten.

Ich erinnere mich an diese zwei Wochen als an ein immerwährendes Trinkgelage am felsigen Strand liegend, an dem bemerkenswerterweise alle dieselben Bücher lasen: Die feministische Fraktion verschlang »Nicht ohne meine Tochter« von Betty Mahmoody, die literarisch-interessiert-kritischen Lehrer lasen John Irving. Wahlweise »Owen Meany« oder

»Gottes Werk und Teufels Beitrag«. Annalena und ich hielten es mit T.C. Boyles »Grün ist die Hoffnung«, einem DER Kifferromane überhaupt, und amüsierten uns köstlich, obwohl wir beide noch nie einen Joint aus der Nähe gesehen hatten und es nicht einmal schafften zu inhalieren.
Durchglüht von der prallen Mittagshitze (damals war das Thema Hautkrebs noch nicht so weit verbreitet, und man wusste noch nichts von Sonnenmilch mit Lichtschutzfaktor 186) lagen wir, nach Kokosöl duftend, an unserem ersten Tag am Strand und brutzelten wie die Spiegeleier in der Sonne, was bei Annalena zu schlimmen Verbrennungen an Beinen und Armen führte. Ab da bewegte sie sich nur noch bandagiert und in wallende Gewänder gehüllt an den Strand und stöhnte in regelmäßigen Abständen dramatisch vor sich hin. Wenn wir uns nicht gegenseitig aus unserem Buch vorlasen und hysterisch vor uns hin kicherten, beobachteten wir die bekifften Surffreaks, die sich Duelle mit den höchsten Wellen lieferten, die ich je gesehen habe. Natürlich wurde auch geflirtet, was das Zeug hielt, denn wir hatten ausgerechnet eien FKK-Strand zu unserem Lieblingsaufenthaltsort erkoren, da sich dort eindeutig die interessanteren Leute aufhielten (die Betty Mahmoodys dieser Insel blieben diesem Ort selbstverständlich fern, denn da wären sie machohaft-lüsternen Blicken ausgesetzt gewesen und hätten Alice Schwarzer um Hilfe rufen müssen).
Da Annalena aber wegen ihres Sonnenbrandes sowieso eingehüllt war wie eine Mumie und ich persönlich kein Fan davon bin, mich vor Leuten zu entkleiden, die ich nicht kenne, gehörten wir zu den wenigen, die sich dem »Wie Gott sie schuf«-Look entzogen. Und weil sich keiner daran störte,

besuchten wir diesen Strandabschnitt auch weiter. Annalenas Anziehungskraft hatten wir es schließlich zu verdanken, dass sich alsbald zahlreiche Männer für uns interessierten. Vermutlich wollten sie allzu gerne erforschen, was sich eigentlich hinter den Mullbinden und dem handgebatikten, bodenlangen Kleid verbarg und ob ich, deren Rundungen recht offensichtlich freilagen (damals konnte ich noch Bikinis tragen!), nicht vielleicht auch ganz nett sei.
Insbesondere ein Lehrer aus Stuttgart namens Hans war wild entschlossen, mich zu erobern, wobei ich nicht im Geringsten an ihm interessiert war. Sein Exkurs über das literarische Gesamtwerk John Irvings interessierte mich fast ebenso wenig wie seine pädagogischen Tricks, mit denen er im Ländle aufsässige Schüler zu bändigen versuchte. Aber selbst wenn mich dieser Mann auch nur im Ansatz fasziniert hätte (so schlecht sah er gar nicht aus, für einen, der aus Baden-Württemberg stammt), so wäre doch jeder aufkeimende Funke gleich wieder erstickt worden, als Hans das erste (»erschte«) Mal sprach. Auf meine Frage, wie es käme, dass ausgerechnet so viele Lehrer Gomera zu ihrem Reisemekka erhöben, antwortete er: »Mai, in Schtuttgart hatsch au vielä Lähra«, eine Antwort, die mich irgendwie ratlos zurückließ. Ich wandte mich wieder meiner Lektüre zu, aber so schnell gab Hans nicht auf. Er kniete auf meinem Badehandtuch nieder, in der Absicht, mir näher zu sein, da er mit einer Gesamtlänge von circa 1,99 Metern im Stand doch recht weit von mir entfernt war. Vor meinem Gesicht baumelte nun – ei, wie nett – sein nackiges Geschlechtsteil, das ich klippklapp, ratzfatz in meinem Buch hätte einklemmen können, wenn mir danach zumute gewesen wäre. Hans bemerkte nichts von meinen

sadistischen Gedanken und erzählte unverdrossen von seiner Heimatstadt, seinen Freunden, die ihn aus Gründen, die ich kaum nachzuvollziehen vermag, nicht nach Gomera hatten begleiten wollen, seinem Fußballverein etc. etc.
Ich würde vermutlich heute noch dasitzen, sein edelstes Teil vor der Nase, hätte Annalena nicht Mitleid mit mir bekommen. Sie drückte mir demonstrativ eine Postkarte und einen Kugelschreiber in die Hand und sagte laut und vernehmlich: »Hier, die Karte habe ich für Joachim ausgesucht. Du kannst ihm ja schreiben, wie sehr du ihn vermisst und dass du es kaum erwarten kannst, wieder bei ihm zu sein.« Joachim? Ich war verwirrt, und es dauerte einen Moment, bis ich die perfide Taktik meiner Freundin begriff.
Hans war da offensichtlich etwas schneller und erhob sich, und mit ihm dankenswerterweise auch sein Gemächt.
Den Rest des Urlaubs amüsierten Annalena und ich uns nur noch mit Jungs erster Wahl und hatten viel Spaß. Nach vierzehn Tagen kamen wir braun gebrannt und gut gelaunt wieder in Hamburg an, beglückwünschten uns zu dieser Reise und nahmen uns vor, in regelmäßigen Abständen wieder zusammen zu verreisen.
Und da sind wir nun. Auf Mallorca. Kein Vergleich zu Gomera, das totale Kontrastprogramm. Annalena befindet sich offensichtlich wieder unter den Lebenden, und wir gehen eine Runde schwimmen, um uns abzukühlen. Noch drei Stunden Gnadenfrist bis zum Abendessen und der erneuten Begegnung mit Miguel Vargas. Carmen erscheint mit einem Tablett, beladen mit frischem Obst. Nette Geste und sehr gesund, aber ich persönlich könnte jetzt eher ein halbes Schwein auf Toast vertragen, so ausgehungertgert

bin ich. Leider gehöre ich nicht zu der Sorte Mensch, die auf große Hitze mit Appetitlosigkeit reagiert. Im Gegenteil. Auch wenn ich krank bin und Fieber habe, was eher selten vorkommt, gelüstet es mich nach Pizza und Tagliatelle mit Pfifferlingen. Dagegen kann ich einfach nichts tun.

Artig bedanken wir uns bei Carmen, ich vertilge tapfer ein Stück Ananas nach dem anderen, und Blondi hält angesichts dieser vielen Vitamine den Daumen anerkennend hoch. Irgendwie ja doch lecker, und nachdem ich gesehen habe, was dieses Obst bei Uschi Glas so alles bewirkt hat, vielleicht gar keine so schlechte Methode. Eigentlich finde ich jedoch, dass Menschen, die zu viele Diäten machen, meist nicht besonders entspannt aussehen. Joschka Fischer zum Beispiel sah meiner Meinung nach nach seiner Marathonlauf-Phase ein wenig aus wie eine vertrocknete Schildkröte. Er war zwar bestimmt unheimlich stolz auf sich und seinen Erfolg und hat auch mit Sicherheit Unsummen an Honorar für sein Diätbuch kassiert, das er im Anschluss geschrieben hat, aber mir persönlich gefällt er jetzt besser, nachdem seine neue Liebe und das gemeinsame Kochen wieder ein paar Pfunde auf seinen Körper und in sein Gesicht gezaubert haben. Und Karl, »Kalle«, Lagerfeld, der zu einem Schatten seiner selbst mutiert ist, seitdem er sich partout in die Mikroklamotten seines Lieblingsdesigners Hedi Slimane (Slimane klingt ein wenig wie Slim-man, das ist doch ein Künstlername, oder?) zwängen will und zu diesem Behufe 150 Kilogramm oder so abgenommen hat. Auch Claudia Schiffer hat's in dieser Hinsicht wirklich nicht leicht: Kaum schwebt sie mit ihrem perfekten Körper, den sie nach der Geburt ihres Sohnes erstaunlich schnell

wieder bekommen hat, über den roten Teppich irgendwelcher Filmpreisverleihungen, zerreißt sich auch schon die ganze Nation den Mund und spekuliert über »Magersucht«, »Liebeskummer« und Schlimmeres. Na wenigstens wird mir DAS mit Sicherheit NIE passieren.
Während ich weiter über das Für und Wider von genussraubenden Diäten sinniere, überlege ich gleichzeitig, was ich zum Abendessen anziehen soll. Schließlich muss ich souverän und gut in Form sein, wenn ich Miguel nach dem Memoiren-Debakel erstmals wieder gegenübertrete, und wenn ich ganz ehrlich bin, hätte ich auch nichts dagegen, ein wenig von Ramons Aufmerksamkeit auf mich zu ziehen. Aber das alles kann ich nur, wenn ich das Gefühl habe, gut auszusehen.
Am ehesten ist mir nach meinem weißen Leinenrock und der passenden Bluse zumute, allerdings müsste ich dazu braun gebrannt sein. Und das bin ich wahrlich nicht. Und ich bezweifle, dass zwei Stunden am Pool ausreichen, es zu werden.
Mein Blick wandert zu Annalena, die gerade in ihr Buch vertieft ist. »Mondscheintarif« von Ildiko von Kürthy, eines meiner Lieblingsbücher. Und während ich ihren zarten Körper, knapp bedeckt von einem Nichts von Häkelbikini, betrachte, fällt mir auf, dass SIE verdammt braun ist. Wie hat sie das denn nun schon wieder hingekriegt?
»Du, Annalena?«, versuche ich sie aus ihrer Lektüre zu reißen, was sich als sehr schwierig erweist, da Annalena sich gerade kringelt, was das Zeug hält.
»Ich fasse es nicht, hihi, die Tante hat ja genau dieselben Probleme mit ihren Füßen wie ich. Hier, hör mal, das musst du einfach …«

»Annalena, ich kenne das Buch, ich habe es dir schließlich geliehen«, unterbreche ich sie barsch, da ich momentan keine Zeit habe, mich mit Frau Kürthys Problemzonen zu beschäftigen, ich habe schließlich meine eigenen. Genauer gesagt: meine weißen Beine. Außerdem habe ich kein Verständnis für dieses ewige Gejammere in Sachen Füße. Wenn es ein bzw. zwei Körperteile an mir gibt, die ich mag, um nicht zu sagen, auf die ich stolz bin, sind es meine Füße.

Jawohl! Größe 36 ist zwar nicht gerade einfach zu finden beim Schuhekaufen, da die meisten Läden erst mit Größe 37 starten, so dass ich immer wieder freundlich auf die Kinderabteilung verwiesen werde. Aber wenn ich dann fündig geworden bin, stecken meine Füßchen (ja, so kann man sie nennen) ganz herzallerliebst, die kleinen Muschelzehen bemalt mit meinem Lieblingsnagellack »Rouge Noir« von Chanel, in den entzückendsten ...

»Was wolltest du denn jetzt eigentlich?«, unterbricht Annalena jäh meinen Anfall von Fußnarzissmus und bringt mich damit schlagartig zurück zu meinem aktuellen Beautyproblem.

»Ich, äh, ja, ich wollte nur wissen, wieso du eigentlich so braun bist. Du gehst doch gar nicht auf die Sonnenbank, und jetzt liegst du auch im Schatten.« (Ja, seit Gomera nimmt es Annalena sehr genau mit der Sonnenbrand-Prävention.) »Hast du irgendeine Idee, wie ich bis heute Abend braun werden kann, ohne tonnenweise Make-up auf mir zu verteilen?«

Natürlich hat Annalena den ultimativen Tipp, oder vielleicht will sie mich auch einfach nur loswerden, um in Ruhe weiterlesen zu können. Auf alle Fälle sitze ich Minuten später in unserem Traumbadezimmer, bewaffnet mit zwei Tuben Selbstbräuner. Eine leichte Lotion für den Körper und eine etwas reichhaltigere Creme für das Gesicht. Aufmerksam lese ich die Packungsbeilage, in solchen Dingen bin ich nämlich sehr genau!

Für eine natürliche und schöne Bräune ohne Sonne. Enthält Vitamin E, Hydro-Lipid-Komplexe, schützt vor freien Radikalen und beugt somit vorzeitiger Hautalterung vor.

Ich bin beeindruckt. Nun weiß ich alles, was ich wissen muss, und lese nicht mehr weiter. Wieso habe ich das nicht schon viel länger benutzt und viel Geld unnütz in Sonnenstudios getragen?, frage ich mich und schwinge zunächst das rechte Bein auf den Rand der frei stehenden Wanne. Eingewickelt in ein flauschiges, weißes Badetuch, die Haare hochgesteckt, damit ich konzentriert ans Werk gehen kann. Während ich mich hingebungsvoll eincreme und spontan beschließe, gleich den ganzen Körper auf diese Weise zu bräunen, freue ich mich schon auf das Foto, das ich von meinen Füßen machen kann, sobald sie braun sind und in meinen mit Swarovski-Steinen besetzten Flip-Flops stecken.

Auch wenn ich sonst kein Fan von Fotos von mir bin, gibt es auf diesem Gebiet eine einzige Ausnahme: Ich fotografiere in jedem Urlaub meine Füße. Ich habe schon eine ganze Kollektion. »Maries Füße im Urlaub und unterwegs«, immer wieder anders beschuht und belackt. Mal mehr bedeckt, mal weniger. Je nach Situation und Anlass. Man kann an jedem Foto die jeweilige Mode erkennen und den herrschenden Zeitgeist. Man könnte eine ganze Abhandlung zeitgeschichtlicher Art anhand meiner Fußfotos machen!

Ich sehe schon im Geiste die Retrospektive meiner Bilder in den Deichtorhallen kurz nach meinem Ableben und höre bereits Annalenas ergreifende Rede dazu: »Mit Marie ist eine der wenigen Frauen von uns gegangen, die es geschafft haben, Ja zu ihren Füßen zu sagen und sie zu lieben und zu verwöhnen wie kein anderes Körperteil. Gedenken wir ihrer als einer Ikone ihrer Zeit, ich möchte fast sagen, einer Jeanne d'Arc der Fußkultur.« Beeindrucktes und ergriffenes Schweigen. Schließlich ist Annalena PR-Frau und sollte es schon schaffen, die eine oder andere Träne der Rührung zu erzeugen. Oder wenigstens des Neids, vielleicht auch von Frau von Kürthy.

Einige Zeit später und immer noch ganz versunken in meinen Fantasien, bin ich fertig und zufrieden mit mir und der Welt. Ich habe beide Cremes brav verteilt (werde in Hamburg für meine Freundin neue kaufen) und müsste nun – laut Annalenas Aussage – in spätestens zwei Stunden knackig braun sein. Ein Blick auf die Uhr sagt mir, dass ich es gerade bis zum Abendessen schaffen werde. Ich wickle mich noch zusätzlich in einen weißen, flauschigen Bademantel und mache es mir auf der Chaiselongue bequem. Ist hier sowieso viel gemütlicher, als in der schädlichen Sonne vor sich hin zu brutzeln.
»Den Stress kann ich mir in Zukunft also auch sparen«, seufze ich genüsslich und wende mich meiner Zeitschrift zu. Das neue »Geo Saison Mallorca«. Man will ja schließlich informiert sein.
Und dann nicke ich ein.

»Aufwachen, du Schlafmütze, wir müssen uns fertig machen«, weckt Annalena mich etwas später, und ich rapple mich mühsam hoch. Okay, dann mal nix wie ab vor den Spiegel. Ich bin schon so neugierig zu sehen, wie mein Experiment gelungen ist.

Während ich mich aus dem Bademantel schäle, fällt mein Blick auf dessen Innenseite: Die hat plötzlich seltsame gelbliche Flecken und riecht irgendwie merkwürdig. Und das Handtuch, das ich über den Rand der Badewanne geworfen habe, sieht genauso aus und müffelt. Ich schlucke und überlege, wie ich Carmen klar machen soll, dass ich ihre teure Badeausstattung ruiniert habe. Dann stürze ich zum Spiegel, vor dem Annalena gerade ihr neues Kleid testet.

»Hey, mach mal halblang, hier bin ich jetzt«, quakt sie und versucht, mich beiseite zu schubsen. Doch dann stutzt sie und hält jäh in ihrer Bewegung inne. »Wie siehst du denn aus?«, kreischt sie und schüttet sich aus vor Lachen, gibt aber wenigstens endlich den Platz vor dem Spiegel frei.

Tja, wie sehe ich aus? Gute Frage! Wie eine Karotte auf Ecstasy, würde ich sagen und versuche, die Sache mit Humor zu nehmen. Gesicht und Körper sind in der Tat nicht mehr so blass, aber fleckig und sehr merkwürdig im Farbton. In den Gelenken, also im Ellbogen und im Bereich der Kniekehlen, aber auch zwischen den Fingern und Zehen und auf den Handinnenflächen sehe ich aus, als wäre ich von Gelbsucht im Endstadium befallen. Das Schlimmste aber sind eine ungebräunte Stelle von der Nase bis zu meinem linken Ohr und eine Art dunkelbraunes Band rund um meinem Hals, vergleichbar einer Kette. Ratlos betrachte ich mein Spiegelbild und bin zu keiner Reaktion fähig.

Mein Gehirn rotiert fieberhaft und ist mit diversen Fragen beschäftigt:

1. *Wie konnte das passieren?*
2. *Warum muss so was immer mir passieren?*
3. *Wen kann ich verklagen?*

Annalena ist offensichtlich im Zwiespalt mit sich, denn einerseits kringelt sie sich immer noch vor Lachen, andererseits beäugt sie mich mitleidig und scheint ebenfalls fieberhaft zu überlegen:

1. *Wie konnte das passieren?*
2. *Geht's nicht einmal, ohne dass was pasiert?*
3. *Hat die dumme Kuh die Anleitung nicht gelesen?*

Dieser Sache will ich jetzt wirklich auf den Grund gehen und fische die leere Tube wieder aus dem Abfalleimer. Wieder lese ich dieselben Verkaufsargumente wie zuvor auch. Nur lese ich diesmal weiter:
Haaransatz und Augenbrauen aussparen, anschließend Hände gründlich waschen. Kontakt mit der Kleidung vermeiden, bis die Milch vollständig eingezogen ist.
Beschämt betrachte ich noch einmal meine Handinnenflächen. Ganz rau und schrumpelig und befallen von diesem widerlichen gelb-orangen Ton. Ich weiß gar nicht, worüber ich mich zuerst ärgern soll: über meine Blödheit, meine Eitelkeit, meine ewige Ungeduld? Oder lieber über den Hersteller, der diese nicht ganz unwichtigen Hinweise heimtückisch

klitzeklein ganz am Ende seiner Liste mit tollen Werbeaussagen druckt. Oder über Annalena, die lieber »Mondscheintarif« liest, als mir wertvolle Sicherheitshinweise zu geben und mich vor Unheil zu bewahren.
Unter anderen Umständen würde ich vielleicht sogar darüber lachen, aber jetzt – 20 Minuten vor dem Wiedersehen mit Miguel – finde ich das Ganze gar nicht komisch.
Ich überlege: Der Part mit den Beinen ist so weit ganz gut gelungen, spricht also nichts gegen den weißen Rock und die Bluse. Meine Zehen spreize ich normalerweise nicht, werde meine Füße aber vorsichtshalber in geschlossenen Schuhen verstauen, denn an der Seite scheine ich auch nicht ganz sauber gearbeitet zu haben. Auch hier zeigt sich ein welliger, gelber Rand zwischen Rist und Fußsohle. Den Fleck im Gesicht kann ich hoffentlich mit Make-up ausgleichen. Muss ich an dieser Stelle eben die fünffache Menge auftragen. Was aber mache ich mit den Handinnenflächen? Ich kann ja schlecht Handschuhe tragen, oder? Okay, ich werde also entgegen meiner sonstigen Gewohnheiten heute Abend nicht so viel mit den Händen gestikulieren. Ist sowieso besser, wenn ich mich heute von meiner ernsthaften Seite zeige. Und vielleicht sollten auch Annalena und Miguel sich erst einmal ein wenig besser kennen lernen.
Bleibt aber immer noch dieser dunkle Ring. Sieht aus, als hätte ich mich seit Monaten nicht gewaschen. Ich beginne, mich einzuseifen und zum wiederholten Mal darüber zu fluchen, dass ich seit meiner Kindheit diese unschöne Linie habe, die meinen Hals einmal komplett umrundet. Wie eine Perforationsmarkierung, frei nach dem Motto: Bitte schneiden Sie hier, wenn Sie Frau Teufel an die Kehle wollen, haha. Das

Einseifen nützt nichts, und ich sehe mich nach härteren Mitteln um. Annalena reicht mir einen Wattebausch und Nagellackentferner.

»Hier, probier's mal damit. Wenn der mit ›Rouge Noir‹ fertig wird, dann doch sicher auch mit so ein bisschen angetrocknetem Selbstbräuner.«

Ich weiß nicht so recht, das kann doch unmöglich gut für die Haut sein. Aber was bleibt mir anderes übrig? Todesmutig schütte ich ein wenig von der aggressiven Flüssigkeit auf den Pad und bearbeite damit meinen Hals. Natürlich brennt die Prozedur ganz fürchterlich, und das Ergebnis ist nicht befriedigend, um nicht zu sagen gleich null. Ich überlege schon, unter welchem Vorwand ich den heutigen Abend auf unserem Zimmer verbringen kann, als Annalena mir einen Bimsstein überreicht, den ich aber dankend ablehne. Ebenso die Flasche Domestos, die sie aus dem Schränkchen unter dem Waschbecken hervorzaubert.

Dann endlich die Rettung: ein Seidenschal, den mir Annalena um den Hals legt. Gute Idee! Jetzt heißt es nur nicht viel bewegen, da Seide sehr rutschig ist und ich keinesfalls will, dass jemand einen Blick auf mein kleines Problem erhascht. Es soll mir nicht gehen wie in der Werbung für die Fenjala-Bodylotion, bei der der Protagonistin an der Hotelrezeption das Seidennachthemd vom Körper rutscht und sie komplett nackt da steht. Ich frage mich zwar immer wieder, wieso sie nicht einfach an der Rezeption anruft, wenn sie schon nicht anständig angezogen ist, aber dieses Geheimnis kennen wohl nur Fenjala und die zuständige Werbeagentur. Ich werde mich also heute in jeder Beziehung zurücknehmen müssen. Was soll's, ist ja auch mal eine Herausforderung!

Geradezu pünktlich erscheinen wir in der Bibliothek, in der wir uns gemäß Carmens Anweisungen einfinden sollen. Von Miguel immer noch keine Spur. Dafür treffen wir auf zwei Damen, von denen zumindest eine mir bekannt vorkommt. Und zwar aus dem Fernsehen. Peinlich, ich als Promitante müsste sie doch sofort identifizieren können.

»Sophie Harbach«, stellt sich die Dame vor, und da fällt es mir wie Schuppen von den Augen. Natürlich! Sophie Harbach ist seit über zwanzig Jahren das Zugpferd einer Talkshow, die sich mit der von Laurence abwechselt, und lebt, soweit ich weiß, auf Ibiza. Was also macht sie hier? Und wer ist die Dame neben ihr?

»Und dies ist meine Assistentin Laura Krüger«, stellt Frau Harbach uns ihre Begleiterin vor.

Nachdem auch Annalena und ich unsere Namen genannt haben und während wir ein wenig Smalltalk betreiben, beobachte ich Frau Harbach aufmerksam. Sie sieht fantastisch aus! Mich würde interessieren, wie alt sie ist. Ich habe sie in ihren Sendungen immer sehr dafür bewundert, wie charmant sie sich auf jeden Gast einstellen kann und wie souverän sie jedes noch so idiotische Gespräch führt, obwohl es im Laufe der Jahre in ihrer Sendung immer wieder zu seltsamen Begegnungen gekommen ist. Unvergessen ein äußerst exzentrischer Schauspieler, der während der Sendung unverhohlen seine sexuellen Gelüste offenbarte und drauf und dran war, ihr vor laufender Kamera an die Wäsche zu gehen. Diese Szene wird seither immer wieder gerne in Talkshow-Specials aufgewärmt und gehört genauso zu den Klassikern wie Burkhard Driests Auftritt mit Romy Schneider. (Oder in

Zukunft sicher auch der Auftritt der beiden Jungs auf dem Winzerfest der Volksmusik.)
Frau Harbach ist weder auf den Kopf noch auf den Mund gefallen und plappert wie in ihrer Talkshow. Erzählt von ihrer Finca auf Ibiza, vom ständigen Pendeln zwischen Deutschland und Spanien und von ihrer Leidenschaft für Tiere. Die scheint sie irgendwie zu sammeln, denn ich höre was von Schweinen, Enten, Hühnern, Katzen, Schafen, Hunden und wer weiß was noch alles. Ich muss unwillkürlich an Sissi denken und hoffe, dass es ihr gut geht.
Frau Harbach gibt gerade eine Anekdote zum Besten, in der es anscheinend darum geht, dass ihr bei Dreharbeiten ein Pferd fast die Hand abgebissen hätte, doch ich höre gar nicht richtig zu. Denn erstens überlege ich, ob ich sie nicht als Autorin für unseren Verlag gewinnen könnte (zehn Projekte in vierzehn Tagen!), und zweitens frage ich mich gerade, ob sie ihre Assistentin auch unter dem Aspekt der Tierliebe ausgewählt hat. Denn ich finde, dass diese mit ihrem länglichen Gesicht und ihrem großen Gebiss einem Pferd nicht unähnlich ist. Da können auch ihre langen, lockigen Haare nicht viel ausrichten. Vielleicht war es ja sogar Frau Krüger, die Sophie in die Hand gebissen hat? Obwohl? Gibt es da nicht so ein Sprichwort, das da heißt: »Beiße niemals die Hand, die dich füttert«?
Während ich noch überlege, lasse ich meinen Blick über Miguels Bibliothek schweifen. Der Mann hat Bildung, kein Zweifel, und mit der einen oder anderen Erstausgabe würde ich schon gerne durchbrennen. Schließlich war ich in meinem früheren Leben mal Buchhändlerin und weiß derlei durchaus zu schätzen. Angesichts dieser geballten Ladung an Wissen,

gepresst zwischen Buchdeckeln, überfällt mich erneut die Panik vor unserem Wiedersehen, und ich frage mich, wann ich das Ganze endlich hinter mich bringen kann.

Frau Harbach scheint meine Gedanken gelesen zu haben: »Wo bleibt eigentlich Señor Vargas?«, erkundigt sie sich bei Carmen, die soeben den Aperitif serviert.

»Ein Glas Cava, die Damen?«, fragt diese, ohne auf Frau Harbachs Frage einzugehen, während sie eine hübsche Tonschale mit Oliven auf den Beistelltisch neben der Couch stellt, auf die ich mich mittlerweile habe sinken lassen.

Hastig kippe ich den Cava in einem Zug hinunter. Mein Blick wandert von einer Ausgabe von »Don Quixote de la Mancha« zu den fleischigen, dicken, grünen Oliven, deren Anblick und Duft mir das Wasser im Munde zusammenlaufen lässt.

»So wird aus dir niemals eine schlanke Dulcinea, halte dich an Ananas«, spricht Blondi und erhebt mal wieder mahnend den Zeigefinger.

Statt auf sie zu hören, stürze ich mich auf die Pistazien, die Carmen ebenfalls im Programm hat, und strecke Blondi die Zunge raus. Klar weiß ich, dass in diesen kleinen und harmlos aussehenden Dingern tonnenweise Fett lauert, aber handelt es sich hier nicht um ungesättigte Fettsäuren? Oder waren es gesättigte? Egal – ich jedenfalls fühle mich ungesättigt und empfinde es als ausgesprochen unhöflich von Miguel, uns einfach warten zu lassen. Gott sei Dank zeigt sich Annalena mal wieder von ihrer kommunikativen Seite und erzählt, was auch immer.

Frau Harbach ist sichtlich irritiert, dass sie kaum mehr zu Wort kommt, und auch das Pferd versucht, ab und an zu wiehern und sich in das Gespräch einzuklinken. Wie sich herausstellt, ist sie ebenfalls PR-Frau, allerdings die persönliche von Frau Harbach, womit sie sicher einiges zu tun hat. Ich beobachte amüsiert das verbale Duell Pferd versus Annalena, als ich plötzlich im Türrahmen Miguel entdecke.

Groß, breitschultrig, Furcht einflößend, stahlgrauer Blick. Sofort erhebe ich mich von der Couch, wie ein kleines Schulmädchen, das an die Tafel gerufen wird. Wie früher, als ich vor der gesammelten Klasse auf der großen Landkarte Sevilla suchen musste. Oder den Tiber oder die Anden. Klein, kurzsichtig und hilflos stand ich davor, und mein Geografielehrer, bewaffnet mit einem Zeigestock, lauerte darauf, mich bei einem Fehler zu erwischen. Was ihm auch prompt und ohne Probleme gelang.

»Guten Abend, die Damen. Ich bitte, meine Verspätung zu entschuldigen. Aber wie ich sehe, haben Sie sich auch ohne mich die Zeit vertrieben«, ertönt seine sonore Stimme, und meine Knie beginnen zu zittern. Und da steuert er auch schon auf mich zu. Direkt. Ohne Umwege. Er beugt sich zu mir herab und haucht mir erneut seinen »Sie können mich ab jetzt Miguel nennen«-Kuss auf die Wange. Dann aber stutzt er.

»Hallo, Marie. Schön, Sie wieder zu sehen! Sie riechen aber … interessant.Welches Parfum benutzen Sie? Das hatten Sie in Berlin aber noch nicht, oder?«

Auch ich stutze. Parfum? Ich kann mich nicht erinnern, welches aufgetragen zu haben inmitten all der Aufregung um meine Selbstbräuner-Arie. Und dann schnuppere ich selbst. Erst einmal an meinem Handgelenk, während Miguel Annalena, Frau Harbach und Frau Krüger begrüßt. Und da rieche ich es auch: Das vermeintliche »Parfum« ist in Wirklichkeit der widerlich süßliche Geruch des Selbstbräuners, der bereits dem Handtuch und dem Bademantel entströmt ist. Und der jetzt an meiner Haut haftet. Na super, ist ja wieder ein toller Auftritt! Ich bin zwar braun, muss aber bei 30 Grad im Schatten einen Schal tragen und stinke wie ein Iltis. Warum hat Annalena nichts gesagt? Sie hat natürlich keinerlei Probleme in dieser Richtung und ist bereits dabei, Miguel um den Finger zu wickeln. Sie himmelt ihn an und fährt sich immer wieder neckisch durch die Haare. Dann nestelt sie am Knopf ihres Kleides im Asia-Look (passt zwar nicht zur Einrichtung, aber was soll's!) und richtet ihren himmelblauen Blick auf Miguel.

Nun übertreib's aber mal nicht!, versuche ich ihr mittels Grimasse zu signalisieren, worauf Annalena lediglich amüsiert Miguels Arm ergreift und ihn ins Esszimmer zieht. Woher auch immer sie diesen Mut nimmt.

Frau Harbach und Laura folgen den beiden, die im Salon Einzug halten wie ein Ehepaar. Und ich tapse – immer noch an mir schnüffelnd – hinter den vieren her. Und fühle mich völlig überflüssig. Da hätte Annalena auch gleich alleine fliegen können.

Während wir uns alle um den großen, rechteckigen Esstisch gruppieren (Annalena neben Miguel, ich neben dem Pferd), entdecke ich noch ein weiteres Gedeck.

»Wir erwarten noch Ramon, den Sie ja bereits kennen gelernt haben, er ist sicher gleich bei uns«, erklärt Miguel, der offensichtlich meine Gedanken lesen kann.

Ramon? Stimmt ja, den habe ich schon vermisst, denke ich und lege meine Serviette auf den Schoß. Dabei fällt mir siedend heiß ein, dass ich aufgrund meiner verfärbten Hände keine allzu ausladenden Bewegungen machen darf, und verstecke diese rasch unter dem großen Stück Leinenstoff. Carmen hat wieder ihren Auftritt und serviert erst einmal das landesübliche P'amb Oli – geröstetes Knoblauchbrot mit mallorquinischem Käse und Serrano-Schinken.

»Das sieht aber toll aus«, lobt Frau Harbach, während ich noch überlege, wie sich wohl die Mixtur aus Selbstbräuner und Knoblauch auf die Geruchsnerven von Laura Krüger auswirken mag. Da muss man wirklich eine Konstitution haben wie ein Pferd! Doch ihre Nase, wenngleich nicht gerade klein geraten, scheint nicht so empfindlich zu sein, oder sie lässt sich nichts anmerken. Sie stürzt sich stattdessen mit wahrem Feuereifer auf die Vorspeise. Wie sympathisch!

Miguel unterhält sich angeregt mit Sophie und Annalena, und bei dieser Gelegenheit erfahre ich, dass Frau Harbach für ihre Fernsehreihe »Zu Gast bei …« ein Porträt von Miguel und seiner Finca drehen will und wegen des Vorgespräches hier ist. Sie hat ebenfalls vor, einige Tage zu bleiben – dann sind wir ja schon zu fünft.

Laura und ich essen wortlos und sind beide in Gedanken versunken. Ab und zu erhasche ich einen Blick von Miguel, der mir jedoch freundlich zulächelt und sich nicht anmerken lässt, dass unser letztes gemeinsames Essen weit weniger harmonisch verlaufen ist. Kurz bevor wir mit dem ersten Gang fertig sind, betritt Ramon den Raum, entschuldigt sich für die Verspätung und nimmt mir gegenüber Platz. Nach dem Cava habe ich mich nun dem Weißwein zugewandt und während der Vorspeise schon einiges davon getrunken. So zwei, drei Gläser oder so. Allmählich spüre ich, wie mir der Alkohol zu

Kopf steigt, jedoch gleichzeitig meine Nervosität immer mehr nachlässt. Jetzt erst beginne ich, mich wohl zu fühlen. Ich empfinde es als sehr angenehm, dass alle in ein Gespräch vertieft sind – auch Frau Krüger darf sich jetzt am Geschehen beteiligen – und Ramon noch mit seinem P'amb Oli beschäftigt ist. Ich nehme noch einen Schluck Weißwein, der ist so herrlich kühl und trocken. Die Szenerie erscheint mir jetzt irgendwie unwirklich. Ich betrachte die Bilder an den Wänden und werde auf einmal wieder schrecklich müde.

»Na, Marie, geht es Ihnen gut? Sie sind so still heute Abend. Oder langweilen wir Sie mit unserem Geschwätz?«, erkundigt sich Miguel und lächelt wieder.

Nein, was ist der Mann nett heute Abend!

»Wollen Sie uns denn nicht etwas erzählen? Zum Beispiel, wie Sie eigentlich Lektorin geworden sind und wie es Ihnen so im Verlagsgeschäft gefällt?«

»Ach, Sie sind Lektorin, wie aufregend«, mischt sich Sophie Harbach ins Gespräch, denn schließlich ist es ihr Job, Fragen zu stellen, dafür wird sie ja bezahlt.

»Wie wird man denn Lektorin? Was muss man da studiert haben? Und ist die Konkurrenz in diesem Bereich nicht sehr groß?«

Fragen über Fragen. Ich merke immer mehr, wie mir der Wein bereits zugesetzt hat und dass ich auf einmal das Bedürfnis habe, meinen Kopf auf Lauras Schoß zu betten und zu schlafen. Tja, wie bin ich noch mal Lektorin geworden? Ich hab's bereits vergessen, und ich habe auch keine Lust, meinen beruflichen Werdegang vor lauter Leuten auszubreiten, die ich nicht kenne.

»Frau Teufel war ursprünglich Buchhändlerin, bevor sie zu

Bader & Köllisch gewechselt ist«, versucht Annalena mir auf die Sprünge zu helfen, und ich werfe ihr einen dankbaren Blick zu. Kann sie nicht einfach alle Fragen an meiner Stelle beantworten?

»Buchhändlerin, wie interessant!«, freut sich Sophie erneut und sieht mich erwartungsvoll an. »Muss man da nicht schrecklich viele Bücher gelesen haben und Gott weiß wie viele Titel kennen? Also ich bin ja immer ganz beeindruckt, wenn ich in meiner kleinen Buchhandlung in Hamburg nur Bruchteile eines Titels sagen muss und die Damen dort sofort wissen, was ich meine!«

Ja, ich erinnere mich wieder an diese Zeit. Kundinnen wie Frau Harbach habe ich geliebt. Und auch die damit verbundenen kleinen, heiteren Ratespielchen auf der Suche nach dem gewünschten Buchtitel. Da wurde aus »Gorillas im Nebel«, dem Bestseller von Tierschützerin Diane Fossey, plötzlich »Schimpansen im Dunst« oder aus »Die stille Herzogin« von Dacia Maraini »Die schweigsame Gräfin«. Oder war es doch umgekehrt? Ich weiß es selbst nicht mehr. Diese Zeit – wenn auch heiß und innig geliebt – erscheint mir gerade meilenweit entfernt.

Doch angesichts dieser Betrachtungen kehrt wieder Leben in mich, und ich bin jetzt willens, die Tischgesellschaft mit einer humorigen Geschichte zu erheitern. Schließlich bin ich ja nicht hier, um Urlaub zu machen, sondern ich habe einen Auftrag zu erfüllen. Jawohl! Einen Auftrag! Und ehe ich mich versehe, stecke ich auch schon mitten drin in einer Anekdote aus meiner Azubi-Zeit, die an sich eher ungeeignet ist, um ein gutes Licht auf meine intellektuellen Fähigkeiten zu werfen, aber was soll's!

Der damalige Fauxpas entstand in einer Zeit, als Erotikratgeber noch nicht weit verbreitet waren und sich die Bild-Zeitung mit großem Elan auf die Rezension eines Taschenbuches mit dem Titel »Die hohe Kunst, Oliven zu essen« stürzte. Bis heute ist mir der Inhalt dieses Buches unerschlossen geblieben, ebenso, was Oliven genau mit Erotik zu tun haben, jedoch erinnere ich mich bestens daran, wie sehr mich dieser Titel über Wochen und Monate verfolgt hat. Auch in diesem Falle hatten die Kunden erhebliche Schwierigkeiten, sich den Titel zu merken, oder wagten einfach nicht, ihn laut auszusprechen. Manche schoben mir einfach verschämt den Zeitungsausschnitt über den Tresen. Die Damen eher peinlich berührt (man kaufte – quasi als Ablenkungsmanöver – gleich noch etwas von Simone de Beauvoir oder Marylin French dazu), die Herren mit einem neckischen Augenzwinkern. Es vergingen also Wochen um Wochen, und es schien auf dieser Welt kein anderes Buch mehr zu geben. Eines Morgens nun – ich war noch nicht ganz wach – betrat ein freundlicher, älterer Herr, gestützt auf einen Gehstock, die Buchhandlung. Er kam ganz dicht an mich heran, weil er offensichtlich auch nicht mehr gut hörte oder sah, und verlangte nach dem »berühmtesten Buch der Welt«.
Ich überlegte kurz, musterte den alten Herrn, war sehr beeindruckt von seiner offensichtlichen Konstitution und griff reflexartig nach dem »Olivenbuch«-Stapel hinter mir, den ich für diese Fälle extra dort aufgebaut hatte. Ich reichte ihm das Buch, triumphierend und stolz darauf, dass ich ihn nicht gezwungen hatte, den Titel laut sagen zu müssen. Diskretion ist eben alles!
Der Herr nahm es, drehte es verwundert hin und her, be-

trachtete die Vorderseite (die Silhouette einer nackten Frau) und sah mich ratlos an. »Junge Dame«, sagte er, »ich wollte kein Kochbuch mit Olivenrezepten, ich möchte die Bibel!«

Nach diesem Satz ist es einen Augenblick still am Tisch, und dann bricht tosendes Gelächter los. Auch ich bin so beschwingt von meiner Anekdote, dass mir die Tränen der Begeisterung in die Augen schießen. Ich kann nur hoffen, dass sich jetzt nicht meine Monster-Make-up-Schicht auflöst, die ich vorhin aufgetragen habe.

Mitten in dieses Getöse drängt sich Carmen, diesmal bewaffnet mit einer riesigen Paella-Pfanne. Bei diesem Anblick bleibt mir jäh das Lachen im Halse stecken, weil ich nichts auf dieser Welt mehr hasse als Paella. So gerne ich auch esse, aber krakenartige Tintenfischbeine, stumm glotzende Fischköpfe und lange Scampifühler, die überall auf dem Reis verteilt sind, sind meine Sache nicht.

Ich liebe Fisch und Meeresfrüchte, aber der Fisch muss filetiert sein, der Tintenfisch ordentlich ringförmig in Panade verpackt und die Scampis, bitte sehr, die hätte ich nun mal gerne geschält und von ihrem, ähem, sagen wir's ruhig offen, Darm befreit. Ein Service, den man auf so einer edlen Finca durchaus erwarten können sollte, wie ich meine.

Leider ist es schon zu spät zu protestieren, denn Carmen hat sich als Erstes meinen Teller geschnappt und ihn üppig mit Reis und totem Meeresgetier bestückt. Vorwurfsvoll sehen mich tiefschwarze Garnelenaugen an, und ich habe das starke Bedürfnis, mich zu übergeben. Rasch leere ich ein weiteres Glas Wein, das Miguel sorgsam nachgefüllt hat. Annalena schneidet Grimassen, da sie meine Paella-Aversion noch von

Gomera kennt. Alle anderen rufen begeisterte »Ahs« und »Ohs«, was ich nicht so ganz nachvollziehen kann, da die meisten von ihnen doch sowieso in Spanien leben und das Zeug andauernd essen müssen. Ratlos starre ich auf meinen Teller. Am liebsten würde ich rufen »Das esse ich nicht, das ist EKELIG!«, wie Sarah angesichts meines Rucolasalates.
»Möchten Sie?«, fragt Ramon und reicht mir einen Teller mit Zitronenscheiben.
Vielleicht ist das die Rettung. Ich ertränke einfach alles in Zitronensaft. Oder ich lege einige Scheiben über die toten Augen, dann können sie mich nicht mehr so ansehen.
Die Gespräche laufen munter weiter, und Gott sei Dank interessiert sich jetzt keiner mehr für mich oder meine beruflichen Irrungen und Wirrungen. Frau Harbach unterhält die Runde mit Klatsch- und Tratschgeschichten aus der Glamourwelt der Promis. Wer mit wem, wer nun ohne wen und vor allem, wer das eine – das absolut UNAUSSPRECHLICHE – getan hat: sich liften zu lassen. Wieder jede Menge »Ahs« und »Ohs« – diesmal auch von mir, weil ich es nicht fassen kann, dass auch eine Sängerin, deren Memoiren wir anlässlich ihres 10-jährigen Bühnenjubiläums verlegen, angeblich unterm Messer gelegen haben soll. Na ja. Irgendwie, irgendwo, irgendwann, sind wir wohl alle einmal dran …
Kurz abgelenkt von meinem persönlichen Dilemma, muss ich mich dann jedoch erneut mit meinem Tellerinhalt auseinander setzen. Soll ich eine Eiweißallergie vortäuschen? Sagen, dass ich dringend telefonieren muss, und dann einfach nicht wieder kommen? Den Teller versehentlich auf den Boden fallen lassen? Ratlos schiebe ich die toten Tiere hin und her und versuche, dazwischen ein paar von den gelben Reis-

körnern aufzupicken. Allerdings schmecken die jetzt ziemlich sauer, ich hab's wohl doch etwas übertrieben mit der Zitrone. Miguel wirft mir bereits einen eigenartigen Blick zu, und Annalena hüstelt leise.

»Mögen Sie es auch nicht, wenn das Essen auf Ihrem Teller Sie so vorwurfsvoll ansieht? So, als seien Sie persönlich für seinen Tod verantwortlich?«, fragt Ramon und lächelt mir verständnisvoll zu.

Ich nicke stumm und kaue weiter an meinen Reiskörnern.

»Hier, nehmen Sie meinen Teller! So ist es sicher ein wenig angenehmer für Sie.«

Und schon steht ein Teller voll Paella mit geschälten Meeresfrüchten vor mir, und Ramon beginnt, meine Reste von ihren sterblichen Hüllen zu befreien. Ich kann mein Glück kaum fassen und beschließe, ab sofort nur noch Paella zu essen. Stunden später ist Ramon dann mit seiner Aktion fertig und kann endlich selbst zu essen beginnen, während alle anderen bereits fertig sind. Also tafeln nur noch wir beide, da ich eine ausgesprochen langsame Esserin bin. Ermahnungen aus der Kindheit, nur ja immer gut und sorgfältig zu kauen und sich Zeit zu lassen, haben sich tief eingebrannt, und so bin ich immer die Letzte beim Essen. Was fatalerweise zur Folge hat, dass alle, die bereits den zweiten oder dritten Gang in sich hineinschaufeln, denken, ich würde sehr viel mehr zu mir nehmen als sie.

So essen Ramon und ich also in trauter Harmonie, während sich die anderen wieder mit neuen Anekdoten von Frau Harbach unterhalten lassen. Unglaublich, was da angeblich so alles hinter den Kulissen brodelt und wer in Wirklichkeit ein absolutes Ekelpaket sein soll, obwohl er in der Öffentlichkeit besonders charmant rüberkommt. Ich höre lieber gar nicht zu, sonst bekomme ich womöglich Hemmungen bei meiner Suche nach neuen Promis fürs Programm.

Fertig! Triumphierend lege ich meine Gabel beiseite und gönne mir zur Belohnung ein weiteres Glas Wein. Ramon wird mir immer sympathischer. Er war nicht nur am Telefon sehr nett und hilfsbereit zu mir, er ist es auch hier, wo ich jede Unterstützung brauchen kann. Und außerdem sieht er auch noch wirklich gut aus. Wie gesagt, Typ Antonio Banderas, ach was, viel besser! Ein echter Traummann! Vergessen sind die Halbfranzosen, auch Spanier haben so ihre Reize …

»Wollen wir vor dem Dessert einen kleinen Rundgang durch die Finca machen?«, unterbricht Miguel meine Betrachtungen, und alle stimmen begeistert zu.

Ich selbst weiß nicht so recht, wie ich das finden soll, weil ich das ungute Gefühl habe, nicht mehr aufstehen und schon gar nicht aufrecht gehen zu können. Wie viele Gläser Wein waren das noch mal? Egal, ich kann mich ja schließlich nicht den Rest meiner Tage an diesem Esstisch aufhalten, also hoch mit mir. Ich erhalte unerwartete Schützenhilfe von Miguel, der mir höflich seinen Arm anbietet und mich quasi vom Stuhl zerren muss, um mich aus dem Zimmer zu hieven. Mir wird ganz schummerig, und ich habe den Eindruck, dass sich alles um mich dreht. Die Gespräche der anderen vernehme ich wie durch Watte. Nein, mir ist gar nicht gut.

»Die frische Luft wird Ihnen gut tun«, flüstert mir Miguel diskret zu und führt mich über die Terrasse in den Garten. Es ist eine tiefdunkle und sternenklare Nacht. Irgendwo im Gebüsch zirpen die Zikaden, von weit her höre ich einen Hund bellen und die Glöckchen der Schafe. Ich atme die frische, würzige Luft ein und schnuppere auch einen Hauch von Lavendel, der hier irgendwo zu wachsen scheint. Ich seufze angesichts dieser romantischen Stimmung, aber ich muss auch dringend auf die Toilette.

»Miguel, schön haben Sie's hier, aber ich müsste mal zur … äh …«, »Toilette«, vervollständigt dieser meinen Satz. »Kommen Sie, ich bringe Sie hin, da ich doch sicher recht in der Annahme gehe, dass Sie jetzt keinen Sinn für komplizierte Wegbeschreibungen haben, oder?« In der Tat, ich bin ihm äußerst dankbar, auch wenn es mir peinlich ist, dass ich von ihm höchstpersönlich zu einem Ort eskortiert werde, den ich normalerweise alleine aufzusuchen pflege.

Nachdem ich getan habe, was getan werden musste, begleitet Miguel mich netterweise wieder zurück. Auf dem Weg kommen wir an einer Wand vorbei, die über und über mit gerahmten Fotos behängt ist. Neugierig bleibe ich stehen und beginne, ein paar davon zu betrachten. Auf vielen Bildern ist Miguel zu sehen. Mal in Begleitung bekannter Persönlichkeiten, mal mit einem großen Hund, mal auf einem Schiff und mal … Moment, die kenne ich doch, denke ich, während mein Blick auf ein Foto fällt, das Miguel zusammen mit einer dunkelhaarigen Schönheit zeigt, wie sie zusammen, dicht an dicht stehend, in die Kamera lächeln. Ist das nicht …?

»Gefallen Ihnen die Fotos, Marie? Ja, da kommen schon einige Jahre zusammen, und die Bilder würden sicherlich unser Buch gut ergänzen, finden Sie nicht auch?«

Unser Buch? Ich verstehe nicht ganz und muss mich arg konzentrieren. Woher zum Teufel kenne ich noch mal diese Frau?

»Na, wen betrachten Sie denn da? Sie schauen ja ganz böse.

Aha. Haben Sie etwas gegen Carlotta? Sie ist, soweit ich weiß, mittlerweile mit Christoph Köllisch zusammen, da müssten Sie sich doch eigentlich kennen, oder?«
Carlotta, na klar, jetzt fällt es mir wie Schuppen von den Augen. Sie sagte ja, dass sie mit Miguel befreundet sei. Dumme Pute. Steht da neben ihm und grinst feist in die Kamera. Ich denke wieder an unsere gemeinsame Fahrt zum Ortsamt und beschließe, dass ich sie wirklich nicht leiden kann.
»Ich kenne Carlotta schon, seitdem sie ein kleines Mädchen war. Sie ist die Tochter meines besten Freundes José, mit dem ich in Barcelona und Palma Galerien habe. Carlotta kam schon von klein auf immer in mein Atelier, hat sich Papier und Stifte geschnappt und gezeichnet, während ich gemalt habe. Oder sie hat merkwürdige kleine Stillleben aus Äpfeln, Tabakspfeifen und Puppen arrangiert, die ich dann malen sollte. Ja, sie hatte damals schon ein Händchen für das Ungewöhnliche. Und jetzt ist sie sehr erfolgreich in ihrem Job. International als Kunst-Expertin anerkannt, jettet von einem Kontinent zum anderen und bewegt sich ausschließlich in illustren Kreisen. José und ich, wir sind sehr stolz auf sie!«
Ich merke, wie Ärger in mir aufsteigt. Das ist ja unerträglich. Carlotta dies, Carlotta das. Doch letztlich – was interessiert es mich? Ich habe ja weiter nichts mit ihr zu tun, außer dass sie die Freundin meines Chefs ist. Und erfolgreiche, hübsche und tolle Frauen gibt es nun mal auf dieser Welt, dagegen kann man nichts machen, und ab und zu hat man eben das Pech, dass sie den eigenen Weg kreuzen. Man sollte sich einfach in Gelassenheit üben. Oder an sich selbst arbeiten. Gute Idee, genau das werde ich tun! Ab morgen werde ich meinen künstlerischen Horizont erweitern!

»Ramon, haben Sie nicht Lust, mir die Gärten von Alfabia zu zeigen, von denen Sie mir heute erzählt haben?«, starte ich Minuten später einen Frontalangriff auf Antonio Banderas, als wir uns alle zum Dessert wieder im Esszimmer versammelt haben. Miguel hebt interessiert eine Augenbraue, und Annalena sieht aus, als hätte ich gefragt, ob ich morgen die Finca putzen darf.

»Das würde ich sehr gerne, aber ich könnte Ihnen noch etwas viel Schöneres zeigen, das allerdings ein wenig mehr Zeit in Anspruch nimmt. Die Gärten von Raixa. Vielleicht können wir – wenn Miguel es erlaubt – einen Ausflug dorthin machen.«

Miguel erlaubt es und unterrichtet uns an dieser Stelle, dass er am morgigen Tag ohnehin wieder wichtigen Geschäften nachgehen müsse und nicht vor dem Spätnachmittag wieder auf der Finca sein könne.

Annalena, Frau Harbach, Laura und ich werfen uns bedeutungsvolle Blicke zu. Einerseits ist es ja sehr nett, hier zu sein, andererseits verfolgen wir alle ein berufliches Ziel, welches wir ohne Miguels Mitwirkung nicht in die Tat umsetzen können. Nun ja, dann werden wir uns wohl noch etwas gedulden müssen, denn schließlich müssen wir unseren Gastgeber bei Laune halten.

Carmen serviert nun das Dessert, eine himmlisch lockere Mandeltorte mit selbst gemachtem Mandeleis. Von hauseigenen Mandeln, wie Miguel stolz berichtet.

»Was ist das, Raixa?«, erkundigt sich Annalena bei Ramon, offensichtlich besorgt zu erfahren, wohin er mich entführen möchte.

»Raixa, früher noch ›Raxa‹ genannt, ist ein Landsitz, den sich

Kardinal Antonio Despuig zwischen 1798 und 1807 von zwei italienischen Architekten umbauen ließ. Durch das ehemalige Burgtor betritt man den Innenhof des Palastes und den Untergarten mit seinen zehn steinernen Säulenbögen und seiner Prunktreppe. Von dort führt ein Weg zu einer alten Zisterne, einem der größten Binnengewässer Mallorcas«, doziere ich, bevor Ramon auch nur eine Silbe sagen kann. Ich sehe förmlich, wie allen Anwesenden im Raum die Kinnlade herunterfällt – allen voran Miguel und Annalena. Tja, feixe ich innerlich. Wie gut, dass ich nach meinem Selbstverstümmelungsversuch mit der Bräunungscreme noch den Artikel über Raixa im »Geo Saison« gelesen habe. Ursprünglich eigentlich nur, weil ich wissen wollte, weshalb Jil Sander so interessiert daran war, dann aber auch, weil mich die Fotos und deren romantische Stimmung in ihren Bann gezogen hatten. Leider bin ich nach der Stelle mit dem Binnengewässer eingeschlafen, aber man erwartet jetzt sicher keine komplette Abhandlung von mir. Nach DEM Start! So genau wollen es die Leute in der Regel dann doch nicht wissen …
Miguel wirft mir einen anerkennenden Blick zu, und Ramon stürzt sich begeistert auf die Fortsetzung des verbalen Rundgangs durch dieses »kleine Stück Paradies«, wie er es betitelt. Nun beschließen alle, dass sie sich dieses Kleinod keinesfalls entgehen lassen möchten und, schwupps, hat Ramon eine kleine Reisegruppe am Hals, die sich morgen um 9.00 Uhr, direkt nach dem Frühstück, auf den Weg machen will, bevor die glühende Mittagshitze erbarmungslos zuschlägt. Ich bin ein wenig enttäuscht, da ich von der Vorstellung ganz angetan war, alleine mit Ramon durch die verfallenen Säulengänge zu streifen. Aber na ja, o wird es bestimmt auch ganz lustig.

Nach diesem Beschluss gönnen wir uns alle noch einen Hjerbas zum Ausklang und fallen todmüde ins Bett. Annalena und ich kichern noch eine Weile, weil wir ewig nicht mehr zusammen in einem Bett geschlafen haben und uns nun fühlen wie beim Ausflug ins Landschulheim. Ob sich Sophie und Laura auch ein Bett teilen? Und ob ich es irgendwie schaffe, Frau Harbach dazu zu bewegen, ein Buch für uns zu schreiben?, überlege ich und sinke bei dieser Vorstellung auch schon in tiefen Schlaf.

Der nächste Morgen ist hart. Ich habe eine unruhige Nacht hinter mir und schaue ungläubig auf den Wecker. 8.00 Uhr. Um 9.00 Uhr wollen wir nach Raixa durchstarten. Verkatert und grau im Gesicht begebe ich mich auf die Terrasse, wo sich schon alle zum Frühstück versammelt haben, mit Ausnahme von Miguel, der bereits unterwegs ist. Ist mir auch ganz recht so, denn morgens bin ich noch nicht so gesprächig. Diesen Teil überlasse ich lieber den Kommunikationsprofis, die auch schon voll am Werk sind. Auch Ramon taucht nun auf, die lockigen schwarzen Haare noch ganz feucht vom Duschen. In seinem hellen Hemd sieht er absolut zum Anbeißen aus.

»Abmarsch«, lautet sein Befehl und »Feste Schuhe anziehen. Keine Sling-Pumps und keine Flip-Flops!«

»Für wie blöd hält der uns eigentlich?«, maule ich herum, während Annalena und ich uns startklar machen für die Wanderung.

Das »Geo Saison« und Jil Sander haben keinesfalls zu viel versprochen. Der Landsitz und seine Gärten sind ein absoluter Traum. Schnell verstreuen wir uns alle in unterschiedliche Richtungen. Annalena zieht es zu einem Brunnen – einer Art mallorquinischen Fontana di Trevi –, auf dessen Grund auch schon mehrere Geldstücke liegen. Vermutlich betet sie jetzt zum Brunnengott, dass der Mallorca-Trip ein baldiges Ende hat, damit sie schnell nach Hamburg zurück zu ihrem Heiko kann. Frau Harbach und Laura Krüger betrachten seltene Pflanzen, nur Ramon und ich wagen den Aufstieg zum Landsitz.

»Erzählen Sie mir ein bisschen von sich«, ermuntere ich Ramon, der ganz versunken ist in die Betrachtung einer Säule, die den Treppenaufgang ziert. »Wann haben Sie beschlossen, Architekt zu werden?«

»Eigentlich wusste ich schon als Kind, dass ich etwas Gestaltendes tun wollte«, erzählt Ramon und streichelt den warmen Stein. »Ich war schon immer fasziniert von Gebäuden und habe schon früh alles über die jeweiligen Baustile gewusst. Meine Eltern haben das sehr gefördert und mich in jedes Museum geschleppt. Und als ich fünfzehn war, habe ich ein Buch gelesen, das mich in meinen Ideen bestärkt hat. Es heißt ›Der ewige Quell‹ und ist von Ayn Rand. Ist so ein tausendseitiger Architekturroman-Schmöker, ich weiß nicht, ob sie es kennen.«

In der Tat, ich kenne das Buch und habe es ebenfalls mit Begeisterung verschlungen. »Und dann haben Sie sich entschlossen, der Welt ein neues Gesicht zu geben und selbst Hand anzulegen, indem Sie Architekt werden?«, bohre ich weiter.

»Huhu, da sind wir wieder, geht es euch gut?«, zerreißt jäh die Stimme von Sophie Harbach die Stille und zerstört komplett

die Atmosphäre. Offensichtlich hat sie genug von seltenen Pflanzen und außer ein paar Insekten und einigen Geckos sind keine Tiere in Sicht, die gerettet werden wollen.
»Ich bin völlig erledigt von der Hitze!«, japst Laura Krüger, das Gesicht bereits hochrot.
»Lasst uns lieber an den Pool«, ertönt nun auch Annalenas Stimme. Unser Ausflug in die Vergangenheit nimmt also nun ein jähes Ende. Schade, ich hätte gerne noch ein wenig mit Ramon geplaudert.

Als wir zurück auf der Finca sind, bittet mich Carmen, Christoph Köllisch im Verlag anzurufen. Ich verziehe mich mit meinem Handy in den Schatten, während alle anderen sich bereits am Pool tummeln.
»Und? Wie läuft es so?«, erkundigt sich mein Boss, offensichtlich dankbar, endlich von mir zu hören. »Haben Sie schon mit der Gliederung begonnen?«
Gliederung – pah, wenn der wüsste!
»Nein, leider nicht«, kläre ich ihn auf und erzähle ihm, dass Miguel offensichtlich andere Vorstellungen hat als wir. »Wie lange sollen wir denn überhaupt bleiben?«, frage ich bei dieser Gelegenheit, denn bislang war ich davon ausgegangen, dass wir Mittwoch spätestens wieder in Hamburg sein würden. Mein Chef scheint einen Moment zu überlegen, denn ich höre ihn tief Luft holen. Irgendwie schön, seine Stimme zu hören, auch wenn er gerade nichts sagt.
»Was schätzen SIE denn, wie lange es dauert, den alten Haudegen dazu zu bringen, ein Konzept zu skizieren?«
Witzige Frage! Als ob ausgerechnet ICH Miguel Vargas im Griff hätte.

»Also ich bin der Meinung, dass Sie bleiben sollten, solange Sie eben müssen. Miguel ist launisch, das wissen wir, aber Frau Kluge und Sie sollten den alten Herrn zu zweit doch in den Griff bekommen, oder?«
Ich verspreche, mein Bestes zu geben und mich wieder zu melden, um den Verlag auf dem Laufenden zu halten.
Nach dem Telefonat kann auch ich endlich den Pool stürmen, und ehe wir uns versehen, ist es auch schon wieder Abend.

Miguel ist wieder aufgetaucht und möchte uns groß ausführen. Unser Ziel ist der Yachthafen von Portals Nous mit seinen exklusiven Boutiquen und Restaurants. Welch ein Anblick! Solche großen und prächtigen Yachten habe ich noch nicht einmal in St. Tropez gesehen! Und dieser Hang zum Exhibitionismus! Wenn ich so reich wäre, würde ich den Teufel tun und mich öffentlich beim Abendessen, Fernsehschauen oder bei der Maniküre präsentieren.

Da Miguel mit vier Frauen unterwegs ist, bleibt es natürlich nicht aus, dass wir die eine oder andere Boutique einer genaueren Betrachtung unterziehen. Wie gut, dass ich meine Kreditkarte dabei habe, freue ich mich, um kurz darauf bereits vor dem ersten Preisschild zu kapitulieren.
Ich betrachte ganz verliebt eine Kette mit schwarzen Steinen. Sie wäre die perfekte Ergänzung zu meinem Kleid. Unglücklicherweise kostet sie jedoch 129 Euro.
»Die sieht echt toll aus, würde gut zu deinem Kleid passen!«, sagt Annalena, die offensichtlich Gedanken lesen kann und

sich zu mir gesellt, weil sie bereits den Laden gescannt, aber nichts für sich entdeckt hat.

»Könnte ich mir auch vorstellen!«, ertönt auf einmal Miguels Stimme neben mir. Und ehe ich mich versehe, hat sich Miguel das Schmuckstück aus der Vitrine geschnappt, steht an der Kasse und bezahlt. Annalena und ich sehen uns fragend an. Dann legt sich etwas um meinen Hals, während mein Schal entfernt wird.

»Den brauchen Sie bei dieser Wärme doch nicht!«, murmelt Miguel, ganz beschäftigt mit dem Verschluss. Ich fasse es nicht, will er mir tatsächlich Schmuck schenken? Die Kette ist ein Traum und steht mir ausgezeichnet, wie ich mit einem Blick in den Spiegel feststelle. (Wäre da bloß nicht diese unglückliche braune Perforationslinie, die das Gesamtbild in Mitleidenschaft zieht!)

Während ich noch grüble, ob jetzt ein euphorisches Um-den-Hals-Fallen angebracht wäre, sagt Miguel plötzlich: »Vielen Dank, dass Sie mir als Modell zur Verfügung gestanden haben! Ich brauche nämlich ein Geschenk, für eine ganz besondere Dame, und nun kann ich mir sicher sein, dass es passen wird.«

Ich fühle mich, als hätte mir jemand einen Eimer eiskaltes Wasser ins Gesicht geschüttet. Die Kette ist gar nicht für mich, und ich stehe da wie eine Idiotin! Steht eigentlich irgendwo auf meiner Stirn tätowiert: »Ich liebe es, gedemütigt zu werden«?

Während ich dumm aus der Wäsche gucke, zieht mich meine Freundin aus der Boutique nach draußen und flüstert mir verschwörerisch ins Ohr: »Hat Miguel dir jetzt die Kette geschenkt oder was war das für eine Aktion? Das habe ich eben

nämlich nicht wirklich verstanden, das Ganze«, fragt sie, und da sind wir schon zu zweit. Ich merke, wie mir warm wird.
»Hey, du wirst ja richtig rot, meine Süße. Ist Miguel ab sofort dein Sugar-Daddy und du bist seine neue kleine Enkelin?«, brüllt sie nun – Schluss mit Diskretion – quer über die Hafenpromenade.
»Halt die Klappe und gröl hier nicht so rum. Die Kette ist gar nicht für mich, er brauchte mich nur als Versuchskaninchen, hast du doch gehört!«, versuche ich meine Freundin zu mäßigen. »Ich hab sie auch gar nicht mehr, er hat sie eingesteckt, wie du eigentlich bemerkt haben müsstest!«
»Ist ja gut, ist ja gut!«, versucht meine Freundin mich zu beschwichtigen, und wir folgen den anderen, die ebenfalls der Boutique den Rücken gekehrt haben. Am Ende der Promenade befindet sich das Restaurant, in das Miguel uns einladen möchte. Das »Tristan«, ein absoluter Nobelschuppen direkt am Wasser. Annalena und ich haben die besten Plätze ergattert und können direkt aufs Meer schauen. Wie gerne würde ich jetzt einfach nur hier sitzen, nicht reden, sondern stattdessen die Fische beobachten, die ab und zu mit einem kleinen Hüpfer aus dem Wasser springen, als wollten sie uns »Guten Abend« sagen.
»Keinerlei Meeresgetier heute«, beschließe ich und studiere lange die umfangreiche Speisekarte – ausschließlich Fischspezialitäten. Was mache ich denn nun? Während die anderen sich unterhalten, beschäftige ich mich derart eindringlich mit der Menükarte, dass der Kellner bereits hüstelnd seinem Unwillen Ausdruck verleiht:
»Haben Sie Schwierigkeiten, sich zu entscheiden?«, fragt er in tadellosem Deutsch, weshalb ich ihm dann auch ausführ-

lich mein Dilemma erläutern kann. Nach einigem Hin und Her entscheide ich mich, sehr zur Belustigung meiner Tischnachbarn, für Fischstäbchen, die an sich nur »kleinen Gästen« vorbehalten sind. Aber nachdem ich in der Tat nur 1,60 Meter zusammenbringe und Miguel dankenswerterweise energisch zu meinen Gunsten eingreift, setze ich mich mit meinem Bestellwunsch durch. Denn der Kunde ist ja bekanntlich König, oder?

Nachdem der Kellner die Vorspeisen serviert hat (MICH ignoriert er ab jetzt geflissentlich!), beschließe ich – trotz meines momentanen Grolls gegen Miguel – meiner eigentlichen Aufgabe nachzugehen und ihm in Sachen Memoiren auf den Zahn zu fühlen. Doch wie fange ich es am geschicktesten an, ohne wieder eine nationale Katastrophe auszulösen? Denn nach den Erfahrungen, die ich bereits mit ihm gemacht habe, traue ich diesem scheinbaren Frieden nicht und bin lieber vorsichtig.

»Lieber Miguel, Laura und ich möchten uns ganz herzlich für Ihre Einladung nach Mallorca bedanken und das Glas auf Sie erheben«, unterbricht jedoch plötzlich Sophie Harbach meine Gedanken. »Sosehr wir Ihre Gastfreundschaft genießen, sind wir jedoch bedauerlicherweise nicht allein zum Vergnügen hier« – an dieser Stelle halte ich den Atem an –, »sondern natürlich auch, um ein wenig zu arbeiten. Sie, lieber Miguel, werden ja im Dezember fünfundsechzig Jahre alt, wenn ich so viel verraten darf, und wir haben demzufolge nicht mehr allzu viel Zeit, um unser persönliches Porträt vorzubereiten. Schließlich wollen wir ja nicht nur hier auf Mallorca drehen, sondern auch in Barcelona und in Deutschland, und das dauert sicher eine Weile angesichts Ihres vollen Terminkaleners.

Und die Damen vom Verlag müssen mit Ihnen über den Zeitplan für Ihre Memoiren sprechen. Schließlich soll beides noch in diesem Jahr fertig gestellt werden! Denn dass man einen besonderen Geburtstag wie diesen aus Marketinggründen bestmöglich nutzen sollte, brauche ich ja einem Profi wie Ihnen nicht zu sagen. Was meinen Sie, wie wollen wir weiter vorgehen?«

Am Tisch herrscht einen Augenblick Stille, alles starrt gebannt auf Miguel. Mein Herz fängt an zu pochen, und ich habe die berechtigte Befürchtung, dass es alle, einschließlich der Leute an den Nachbartischen, hören. Frau Harbach – offensichtlich trainiert in diesen Dingen – hält der Situation stand und lächelt Miguel unverwandt strahlend an.

»Nun, meine Damen«, räuspert dieser sich endlich, und jetzt bin ich am Rande des Herzinfarktes. »Ich bin, wie Sie vielleicht wissen, dafür, den Dingen ihren Lauf zu lassen. Alles hat seine Zeit und seinen Ort. Ich bin jetzt schon so alt und kann mit dieser geschäftsmäßigen Hektik der Deutschen nichts anfangen und fühle mich dadurch sehr gestört. Frau Teufel kann, glaube ich, ein Lied davon singen.«

Na prima, jetzt glotzen mich alle an.

»Dies ist auch der Grund dafür, dass ich Romane schreibe statt aktueller Sachbücher, denn dieses Genre ist nicht von einem Terminplan abhängig und hat Zeit zu reifen. Mit den Memoiren und einem Fernsehporträt ist das natürlich etwas anderes. Selbstverständlich muss beides geschickt terminiert werden, und ich verstehe vollkommen, dass sich hierfür ein besonderer Geburtstag wie der fünfundsechzigste – vorausgesetzt, ich erlebe ihn noch – anbietet. Dies ist auch der Grund, weshalb ich Sie alle hierher eingeladen habe. Bitte vertrauen

Sie mir, ich werde mich meinen Aufgaben nicht entziehen und die kommenden Tage hierfür nutzen. Aber ich werde es zu meinen Bedingungen und nach meinem Rhythmus tun. Bis dahin freue ich mich, Sie weiterhin alle als meine Gäste auf Ca'n Limone zu beherbergen. Am Samstag feiere ich das alljährliche Finca-Sommerfest, und ich würde es begrüßen, wenn Sie bis dahin bleiben würden. Genießen Sie die Zeit auf dieser wunderschönen Insel, alles Weitere wird sich schon finden!«

Wieder einen Augenblick Stille. Wir alle bemühen uns, diese Informationen zu verdauen, und checken innerlich unsere Terminpläne für die kommenden Tage. Dies würde im Klartext bedeuten, dass wir frühestens am kommenden Sonntag wieder in Hamburg sein könnten und am Montag wieder im Verlag. Wenn überhaupt. Denn Miguels Ansage ist derart kryptisch formuliert, dass ich momentan das Gefühl habe, aus »ein paar Tagen« könnte durchaus eine ganze Weile werden. Und ich kann mir beim besten Willen nicht vorstellen, dass Herr Bader das witzig findet. Und außerdem gibt es durchaus noch die eine oder andere Sache, die ich im Verlag zu erledigen habe. Zum Beispiel meine zehn Projekte in vierzehn Tagen. Und last, but not least »haben wir ja gar nicht genug anzuziehen«, murmelt Annalena und spricht damit aus, was ich gerade gedacht habe.

Ich beschließe, nun in die Offensive zu gehen, denn schließlich kann unser Gastgeber uns nicht wie Marionetten behandeln. Wir sind erwachsene Menschen mit Verpflichtungen, und wenn wir Urlaub auf Mallorca machen wollen, dann tun wir das privat: »Ich weiß nicht, Miguel, was der Verlag dazu sagen wird, wenn Frau Kluge und ich so lange hier bleiben. Ich fürchte, wir können Ihnen erst zusagen, wenn wir mit

Herrn Bader gesprochen haben«, starte ich einen zaghaften Einwand, nicht ganz so mutig, wie ich es mir vorgenommen hatte.

»Das übernehme ich für Sie«, antwortet Miguel. »Natürlich müssen Sie sich schon selbst um eine Vertretung für Ihre Projekte kümmern, aber Herrn Bader zu informieren, das können Sie getrost mir überlassen!«

Nun wird der Hauptgang serviert, und alle beginnen zu tafeln. Ich versuche mich zu entspannen und freue mich darauf, mal eine komplette Woche dem Verlagsalltag entfliehen zu können und das in einer so tollen Umgebung. Vielleicht kann ich die Zeit hier ja auch anderweitig sinnvoll nutzen, denn schließlich haben hier jede Menge Promis ihre Häuser oder verbringen hier ein paar Tage Urlaub. Von Heiner Lauterbach und Ehefrau Viktoria Skaf über Claudia Schiffer, Sabine Christiansen, Heinz Hoenig und Boris Becker lebt hier alles, was in Deutschland Rang und Namen hat. Ich werde gleich morgen am Pool einen Promifang-Schlachtplan aushecken, jawohl, das werde ich! Außerdem werde ich natürlich auch Sophie Harbach fragen, sobald sich ein günstiger Moment ergibt.

Schon bald hat sich wieder die unbeschwerte Stimmung des Vorabends eingestellt, und ich bin sogar bereits dabei, die peinliche Ketten-Affäre innerlich zu den Akten zu legen. Miguel ist ausgesprochen guter Laune, und diesmal ist er es, der uns mit kleinen Geschichten aus seinem Leben unterhält. Ich habe angesichts seiner Mitteilungsfreude mein innerliches Notizbuch aufgeklappt und schon jede Menge Material für die Memoiren gesammelt. Aber vielleicht geschieht dies ohnehin nicht ganz unabsichtlich, möglicherweise will

Miguel bereits die Resonanz anhand eines »echten« Publikums testen …

Auf dem Rückweg überlegen Annalena und ich, wie wir das Kleidungsproblem lösen könnten, und beschließen, den Dienstag in Palma zu verbringen und einzukaufen.
Dann arbeite ich eben nach unserer Rückkehr an meinem Plan, denn ohne die passenden Klamotten kann ich ja sowieso nicht auf Promijagd gehen, versuche ich den arbeitswütigen Teil von mir zu beruhigen.
Als wir wieder auf der Finca sind, wollen alle gleich ins Bett. Die Vorstellung, eine ganze Woche hier bleiben zu können, beflügelt mich allerdings dermaßen, dass es mir als komplette Zeitverschwendung erscheint, auch nur eine Minute zu schlafen. Außerdem ist es noch immer ziemlich warm. Ich habe Lust, noch eine Runde im Pool zu drehen und meinen Gedanken nachzuhängen. Also schnappe ich mir ein Handtuch und lasse mich ins kühle Nass gleiten. Schwimmen hat etwas Meditatives für mich, alle Bewegungen sind so fließend und herrlich unanstrengend.
Ich überlege gerade, was ich alles morgen erledigen muss, da höre ich plötzlich ein Platschen am anderen Ende des Pools. Nanu, hat sich Annalena doch noch aufgerafft und will sich sportlich betätigen?
Doch es ist Ramons Kopf, der plötzlich neben mir auftaucht.
»Störe ich?«, fragt er, während ich mich am Beckenrand festklammere, weil ich mich doch ein wenig erschrocken habe.
»Nein, keineswegs. Wir haben Sie beim Abendessen vermisst«, antworte ich und lasse mich wieder im Wasser treiben.
»Brauchten Sie wieder jemanden, der Ihre Meeresfrüchte

schält? Oder hätte ich Sie vor Miguel beschützen sollen?«, fragt Ramon und grinst, erwartet aber offensichtlich keine Antwort von mir. »Ich bin gar nicht traurig, nicht dabei gewesen zu sein, denn wie ich höre, waren Sie in Portals Nous und das Schickimicki-Volk dort ist gar nicht mein Fall. Da bin ich lieber hier geblieben, um zu arbeiten.«

»Was genau machen Sie denn?«, frage ich neugierig und sehe zu den Sternen hoch, die am Himmel funkeln und sich im Wasser widerspiegeln.

»Ich katalogisiere Miguels künstlerisches Gesamtwerk. Ich mache Fotos von jedem Bild, jeder Skulptur und jeder Zeichnung, kennzeichne sie mit dem jeweiligen Nummernkreis und archiviere sie. Das ist zum einen für die Versicherung, zum anderen gehört es zur Nachlassregelung, mit der Miguel vor kurzem begonnen hat.«

Nachlassregelung? Ob Miguel vielleicht krank ist, überlege ich, denn es erscheint mir merkwürdig, dass ein derart vitaler und kräftiger Mann bereits jetzt an so etwas denkt. Und auch in unserem Gespräch heute Abend hat er das Thema Tod kurz anklingen lassen. »Nachlassregelung?«, frage ich laut, denn bei derartigen Themen kennt meine Neugier keine Grenzen.

»Ja. Miguel ist hier in Spanien ein sehr anerkannter Künstler, wie Sie wissen, und da er keine Kinder hat, will er sein Gesamtwerk verschiedenen Museen zur Verfügung stellen. Ich persönlich würde ja eher eine Stiftung gründen, wie die Fundacion Miró in Palma, aber da ist Miguel sich noch nicht ganz sicher. Und da Carlotta Rivera, eine enge Freundin Miguels, bald kommt und ein paar Tage bleiben will, um diese Dinge mit ihm zu besprechen, übernehme ich alle relevanten Vorarbeiten.«

Carlotta Rivera? Also DIE Carlotta? Hier auf Mallorca? Na, das hat mir gerade noch gefehlt! Die Vorstellung, dieses Wunderweib bald um mich herum zu haben, während ich meinen privaten Kleinkrieg mit ihrem väterlichen Freund führe, beschäftigt mich dermaßen, dass ich Halt an den Treppenstufen suchen muss, die in den Pool führen.

»Ich sehe schon, ich störe Sie doch. Sie möchten sicher lieber alleine sein«, ertönt Ramons Stimme vom anderen Ende des Pools.

»Nein, nein«, protestiere ich. »Ich freue mich ja, dass wir uns heute noch sehen, nachdem unser Ausflug ein so jähes Ende gefunden hat!« Und während ich dies sage, stelle ich plötzlich fest, dass dem wirklich so ist. Wie weggeblasen die Bilder von Laurence und Christoph. Ramon ist real, er ist charmant und sieht gut aus. Und er ist hier. Hier mit mir im Pool. Außerdem ist es lange her, dass ich zuletzt geflirtet habe. Ich meine persönlich und nicht nur am Telefon.

»Mir ist ein wenig kalt, ich glaube, ich gehe lieber raus«, entzieht sich Ramon jedoch an dieser Stelle meinen Fantasien. »Aber haben Sie nicht Lust, noch ein Glas Rotwein zu trinken?«

Klar, habe ich, und so tapsen wir heimlich, wie zwei Verschwörer, in Carmens Küche und vermeiden es, Licht anzumachen, um niemanden zu wecken. Dabei stolpern wir über allerlei, bis wir endlich das Weinregal, seinen Inhalt, Gläser und einen Korkenzieher finden. Carmen wird uns killen, wenn sie die Unordnung sieht, so viel ist mal sicher.

Danach schälen wir uns beide aus unseren nassen Badesachen und hüllen uns in die Pooltücher. Wie gut, dass die so groß und kuschelig sind. Dann setzen wir uns auf zwei Liegen, die

Ramon zusammenzieht, damit wir dichter beieinander sitzen können. Ich schenke uns Rotwein ein, und wir starren beide in den Himmel. Fehlt nur noch eine Sternschnuppe, dann ist es genauso kitschig wie in einem Rosamunde-Pilcher-Film, außer dass wir Gott sei Dank nicht in Cornwall sind, wo es immer regnet.

»Wunderschön, findest du nicht auch?«, fragt Ramon und zieht mich plötzlich an sich. Ehe ich weiter denken kann, beginnt er, mich zu küssen. Erst ganz zart an den Schultern, am Nacken, auf die Stirn, und schon schlinge ich meine Arme um seinen Hals. Seine Lippen sind weich und sinnlich, schon lange habe ich keinen Mann mehr erlebt, der so gut küssen kann.

»Komm rüber zu mir«, murmelt Ramon und zieht mich näher zu sich auf die Liege. »Das wollte ich schon seit unserer Begegnung am Flughafen. Oder eigentlich schon, als ich deine Stimme zum ersten Mal gehört habe.«

Ich selbst bin mir keineswegs immer so sicher, wen und was ich will, aber eins weiß ich: Dieser Mann sieht so gut aus und hat eine derart erotische Anziehungskraft, ich müsste verrückt sein, die Situation nicht zu nutzen. Und es ist auch schon ein Weilchen her, dass sich jemand innerhalb so kurzer Zeit für mich begeistert hat. Außerdem: Wenn einem Antonio Banderas im Mondschein begegnet, dann wäre man doch doof, würde man ihm nicht um den Hals fallen, oder?

8.00 Uhr, der Wecker klingelt. Schlagartig bin ich wach und überlege, was noch vor wenigen Stunden passiert ist. Ich kann Ramons Duft auf meiner Haut riechen und seine Hände spüren. Wie gerne wäre ich noch mit ihm in sein Zimmer gegangen, aber ich wollte unbedingt vermeiden, dass irgendjemand von unserer nächtlichen Exkursion erfährt, und außerdem bin ich keine Frau für einen One-Night-Stand, jawohl!

»Wach auf, du Transuse«, ruft Annalena, und zack, habe ich einen kalten Waschlappen im Gesicht.

»Blöde Pute«, rufe ich beleidigt, schmeiße das nasse Stück Stoff auf den Fußboden und ziehe mir das Laken über den Kopf. Ich will nichts als weiterschlafen.

»Nun mach schon, wir wollen los, bevor die Geschäfte wegen der Siesta schließen. Wenn du so trödelst, brauchen wir gar nicht erst nach Palma zu fahren«, ruft Annalena energisch und zieht mir die Decke weg. Und so was nennt sich beste Freundin. Na herzlichen Glückwunsch!

»Okay, okay, ich komm ja schon«, versuche ich ein wenig Motivation zu signalisieren und damit Zeit zu schinden. Soll ich Annalena in alles einweihen? Ich beschließe, mich erst dem Miguel-Thema zu widmen und meiner Freundin nichts von heute Nacht zu erzählen.

»Annalena?«

»Hmm?«

»Weißt du was?«

»Nein, was?«

»Ich glaube, Miguel hat Krebs und stirbt bald.«

»WAS?«

»Ja, ich glaube, er ist bald tot; und wir sind alle nur deswegen hier.«

»MARIE!«

»Hmmm?«

»Über so etwas macht man keine Witze. Wenn dies ein

Versuch ist, mich abzulenken, weil du nicht aufstehen willst, finde ich das weder besonders witzig noch geschmackvoll.«
»Nein, ich mach keine Witze«, bekräftige ich und erzähle ihr von meinem Gespräch mit Ramon. Dass wir uns danach geküsst haben, verschweige ich.
»Hmmm«, grübelt Annalena, sichtlich nachdenklich. Sie läuft gedankenverloren im Zimmer auf und ab. Anscheinend haben meine Worte ihre Wirkung auf sie nicht verfehlt.
»Vielleicht hast du ja wirklich Recht! Das würde natürlich auch erklären, weshalb er plötzlich der Presse gegenüber so zugänglich ist. Schließlich hat er vorher jede Interviewanfrage abgeblockt, und plötzlich will er sogar von Sophie ein ganzes Porträt machen lassen. Inclusive Homestory auf seiner Finca.«
»Genau. Und ich denke, dass er in Berlin deshalb so aggressiv auf meinen Vorschlag mit den Memoiren reagiert hat, weil er …«
»… weiß, dass er nicht mehr lange zu leben hat«, vollendet Annalena den Satz. »Ja, das macht Sinn.«

Nun sitzen wir beide auf dem Bett und starren ratlos vor uns hin.
»Und woher weißt du, dass es Krebs ist?«, fragt Annalena zaghaft.
»Na, was soll es denn sonst sein? Einen Infarkt ahnt man doch nicht schon weit im Voraus!«
Wieder versinken wir in bedrücktes Schweigen. Nicht dass Miguel mir allzu sehr ans Herz gewachsen wäre, schon gar nicht nach der Geschichte mit der Kette, aber ich bin auch nicht nachtragend. Meinetwegen kann er gut und gerne noch

zwanzig Jahre weiter Romane schreiben, im Verlag rumnerven und Psychospielchen spielen.
Ein Klopfen an der Türe lässt uns aus unseren Gedanken hochfahren. Es ist Carmen, die sich wundert, weshalb wir nicht beim Frühstück aufgetaucht sind. Von der Unordnung in der Küche oder nächtlichen Poolspielen sagt sie netterweise nichts.

Eine halbe Stunde später sitzen wir startklar auf der Terrasse.
»Meinst du, Miguels wichtige Termine sind in Wirklichkeit Arzttermine?«, frage ich meine Freundin, die lustlos an ihrem Kaffee nippt. Wie gut, dass Sophie und Laura offensichtlich schon unterwegs sind. Außer uns ist weit und breit kein Mensch auf der Finca. Ramon scheint noch zu schlafen, was mir momentan ganz recht ist.
»Kann schon sein, denn normalerweise ist man ja zu Hause, wenn man Besuch hat. Und Miguel hat sich, seit wir hier sind, kaum blicken lassen«, bekräftigt nun auch Annalena meine Theorie.
Bevor wir weiter Trübsal blasen können, kommt uns schon Carlos entgegen, der uns nach Palma bringen will. Minuten später sitzen wir im Auto, doch auch bei der Aussicht auf Massimo Dutti, ZARA und Co. will keine rechte Stimmung aufkommen. Carlos ist mit seinem gebrochenen Englisch auch nicht gerade eine Plaudertasche, und so hängt jeder seinen Gedanken nach.
Ich bin irgendwie im Zwiespalt. Sollen wir den Verlag über unseren Verdacht informieren? Herr Bader würde sich die Hände reiben. Denn wie heißt es so schön: Nur ein toter Autor ist ein guter Autor.

Makaber, aber wahr. Ich selbst habe dieses Spielchen in meiner Buchhandelszeit allzu oft mitgemacht. Kaum war ein Autor oder eine berühmte Person gestorben, über die es eine Biografie gab, war die Auflage in null Komma nichts vergriffen. Die Kunden stürmten in Scharen den Laden, um nach den Büchern zu fragen, was ich irgendwie immer als Leichenfledderei empfunden habe. Meine Meinung zu diesem Thema habe ich erst geändert, als ich in meiner Funktion als Leiterin der Belletristikabteilung plötzlich selbst Umsatzverantwortung hatte und mich manchmal dabei ertappte, für Vorkommnisse dieser Art dankbar zu sein, da diese vermehrte Nachfrage ordentlich Geld in die Kassen spülte. In einem Anfall von Ehrgeiz überlegte ich sogar, ob man dergleichen nicht schon im Vorfeld besser steuern könnte, um dann als einzige Buchhandlung am Ort noch lieferfähig zu sein. Damit begann dann auch meine Leidenschaft für die Lektüre von Glamourzeitungen wie »Bunte« und »Gala«. Schließlich erfuhr man dort ja am besten, wem es zurzeit gesundheitlich nicht gut ging oder wer aufgrund persönlicher Skandale zum begehrten Opfer der Presse geworden war und damit umgehend in das Interesse der breiten Öffentlichkeit rückte.
Im Hinblick auf die Umsatzzahlen war ich daher auch schon fast dankbar, als ich auf Umwegen davon erfuhr, dass es dem Schauspieler Heinz Rühmann nicht so gut ging. Bitte verstehen Sie mich nicht falsch. Ich LIEBE und VEREHRE Heinz Rühmann! Ich könnte stundenlang »Die Feuerzangenbowle« und dergleichen gucken, denn was gibt es Schöneres an einem grauen, verregneten Sonntagnachmittag? Aber business is business, und von irgendetwas mussten Sissi und ich ja leben. Also traf ich mich zu einer konspirativen Besprechung

mit dem Filialleiter und fragte ihn, ob ich 1000 Exemplare von Rühmanns Autobiografie »auf Vorrat« bestellen dürfte. Eine Anfrage dieser Art war in der Tat etwas ungewöhnlich und musste daher von noch höherer Instanz entschieden werden. Schließlich war diese Transaktion nicht nur in höchstem Maße despektierlich und ethisch gesehen fragwürdig. Schlimmer noch: Sie band liquides Kapital!

Dennoch wurde beschlossen, in diesem Fall ein unternehmerisches Risiko einzugehen, stand doch bereits in allen Zeitungen, dass es mit dem armen Mann täglich bergab ging. Eine Woche später wurde die Ladung Memoiren geliefert und blockierte jede Menge Platz im Keller. Und siehe da – mit Herrn Rühmann ging es schlagartig wieder bergauf.

Wochen um Wochen lagerten 1000 Taschenbücher in den Katakomben der Buchhandlung. Ich hörte stündlich Nachrichten und sah jeden Abend fern, um mich über den Gesundheitszustand des Schauspielers auf dem Laufenden zu halten. Nichts tat sich. Ich überlegte bereits, die Bücher zu remittieren, doch dann, eines Vormittags, rannte plötzlich ein Azubi laut schreiend auf mich zu und rief: »Frau Teufel, Frau Teufel. Endlich ist es so weit, Herr Rühmann ist tot!«

Ich hielt jäh in meinem Kundengespräch inne, denn mit einer derartigen Information hatte ich gar nicht mehr gerechnet. Die Kundin starrte entsetzt auf uns beide, und ich überlegte schon, sie zu trösten nach dem Motto: »Seien Sie nicht so traurig, wir haben im ersten Stock alle seine Filme auf Video«, als sie zu einer Schimpftirade ansetzte. Wie man nur derart herzlos sein könne, derart abgebrüht, schließlich sei der Tod eines Menschen doch nichts Erfreuliches, etc. pp. Beschämt starrte ich auf meine Schuhspitzen und wartete, bis der Kundin die Puste ausging. Aus dem Augenwinkel sah ich unseren Filialleiter – ein triumphierendes Lächeln im Gesicht –, einen Wagen voller Bücher vor sich herschiebend, herannahen.

»So, die müssen wir jetzt nur noch schnell aus ihrer Verschweißung holen, dann kann's losgehen!«, rief er, stolz auf sein Organisationstalent und zufrieden mit sich und der Welt.

Ich räusperte mich deutlich und rollte mit den Augen in Richtung meiner Kundin, die immer noch dort stand.

Doch Herr Stadthausen – jetzt ganz in seinem Element – lächelte sie nur fröhlich an und sagte munter: »Na, wollen Sie nicht auch noch ein Exemplar, bevor heute Abend alles vergriffen ist?«

Er beging damit einen fatalen Fehler, denn die Kundin wünschte, umgehend die Geschäftsleitung zu sprechen, um diese über das moralisch verwerfliche Verhalten ihrer Mitarbeiter zu informieren. Da Herr Stadthausen aber selbst die Geschäftsleitung war, begann damit ein längeres Wortgefecht, in dessen Verlauf sich mein Chef bei der Dame entschuldigte, jedoch auch um Verständnis für seine Haltung warb. Dies endete in einer allgemeinen Diskussion über die mangelnde Lesebereitschaft in der heutigen Zeit und die Buchhandelssituation im Allgemeinen, und ich brachte den beiden schließlich einen starken Kaffee ins Büro, wo sie vermutlich heute noch sitzen und diskutieren.

Allerdings waren wir in der Tat die einzige Buchhandlung, die Rühmann-Memoiren vorrätig hatte, und steigerten damit den Monatsumsatz enorm. Dies muss zu unserer Ehrenrettung gesagt werden.

»Here we are«, reißt mich Carlos aus meinem kleinen Ausflug in die Vergangenheit, und der Anblick vom Passeig de Born, Palmas Shopping-Place Nummer eins, heitert mich umgehend auf. Auch Annalena hat sich wieder berappelt. Carlos verspricht, uns beide abzuholen, wann immer wir es wünschten, er sei jederzeit per Handy erreichbar.

Annalena und ich lassen keines der Geschäfte aus. Wir frequentieren nahezu jeden Schuhladen, den es in Palma gibt (und es gibt dort ausgesprochen viele), und lassen uns nach einigen Stunden erschöpft, aber mit fetter Beute auf die Stühle des Cafés »Cappuccino« fallen. Ich checke kurz mein Handy und registriere den Eingang einer Kurzmitteilung:

»Die Nacht mit dir war wunderschön. Wann wiederholen wir sie? Vermisse dich! Ramon.«

Irgendwie schuldbewusst lösche ich die Nachricht sofort, schließlich handelt es sich bei dem Handy ja um Verlagseigentum, da haben private Liebesbotschaften nichts verloren. Ich fühle mich kurz aus der Bahn geworfen, ertappe mich dabei, wie ich grinse, setze aber ebenso schnell wieder einen harmlosen Gesichtsausdruck auf. Ich finde mich absolut professionell.

Nun blinkt aber noch eine zweite SMS: Es ist Herr Bader, der um dringenden Rückruf im Verlag bittet. Das Wort DRINGEND in Großbuchstaben geschrieben. Ich wusste gar nicht, dass Herr Bader simsen kann, aber vielleicht war's ja auch seine Sekretärin. Wie auch immer …

Ich lasse mich nur einen kurzen Moment irritieren, dann stürzen Annalena und ich uns wie hungrige Wölfe auf ein Bocadillo mit Käse und gönnen uns einen »Frocaccino«, eine perverse Mischung aus Eiskaffee und Cappuccino. Die

riesige Sahnehaube verfrachte ich umgehend auf Annalenas Tasse, was mir einen anerkennenden Applaus von Blondi einbringt, die ebenfalls mitgekommen ist.
Während wir unsere inneren Akkus wieder auftanken und die Leute beobachten, die ein- und ausgehen, entdecken wir plötzlich am anderen Ende des Cafés Miguel, der sich dort angeregt mit einem Herrn unterhält. Beide machen ein ernstes Gesicht, und Miguel schiebt dem Unbekannten einen großen, braunen Umschlag zu.
»Das sind doch bestimmt Röntgenaufnahmen oder die Ergebnisse einer Kernspintomographie«, mutmaße ich, und Annalena nickt zustimmend.
Die beiden betrachten den Inhalt des Umschlags, Miguel schüttelt den Kopf – resignativ, wie mir scheint – und erhebt sich schließlich. Er wirft ein paar Scheine und Münzen in den Aschenbecher und geht. Sein Gesprächspartner bleibt sitzen, die Unterlagen behält er bei sich.
»Das müssen wir unbedingt Herrn Bader sagen«, unterbricht Annalena meinen Gedankengang. »Am besten, wir rufen gleich von hier aus an, denn auf der Finca könnte jemand Wind davon bekommen«, sagt meine Freundin und hat auch schon ihr Handy im Anschlag.
»Meinst du nicht, wir sollten lieber warten, bis wir uns sicher sind?«, versuche ich sie zu bremsen, obwohl auch ich der Meinung bin, dass wir unserem Chef eine derart wichtige Information nicht verschweigen dürfen, zumal ich ihn sowieso gleich noch anrufen muss. Aber was passiert, wenn Miguel es nicht mehr schafft, seine Memoiren fertig zu stellen? Also nach der Hälfte verstirbt und mich mit dem Rest sitzen lässt? Ich kann doch dann nicht einfach was dazudichten, damit der

Erscheinungstermin nicht gefährdet wird! Außerdem hatte ich doch schon von dem Buch geträumt: Anstelle von »Katja Kessler mit Dieter Bohlen« würde dort stehen »Marie Teufel mit Miguel Vargas«. Das will ich mir keinesfalls entgehen lassen!

Doch Annalena ist nun mal wie sie ist und zwar impulsiv. Sie lässt sich umgehend mit Herrn Bader verbinden und erzählt, ohne auch nur ein einziges Mal Luft zu holen, von unseren Befürchtungen.

Während sich meine Freundin in eine dramatische Pose wirft und mit den Armen rudert, beschleicht mich ein ganz ungutes Gefühl. Was, wenn ich in die Sache einfach zu viel hineininterpretiert habe? Was, wenn das Ganze nicht stimmt und Herr Bader Miguel dann auf unseren Verdacht anspricht? Was, wenn das Ganze nur ein riesengroßes Missverständnis ist?

Miguels Begleiter zahlt nun auch und verlässt das »Cappuccino«. Den großen braunen Umschlag nimmt er mit. Annalena ist mittlerweile richtig in ihrem Element und beschwört ein Horrorszenario herauf, das alles beinhaltet, was man sich nur denken kann. Geplatzte PR- und Messetermine, umsonst verplante Werbeetats, kurzum: Grauen pur!

»Und, was sagt er?«, frage ich ängstlich, als Annalena das Gespräch beendet hat.

»Herr Bader ist begeistert, wie umsichtig wir gehandelt haben. Er sagt, dass es das einzig Richtige gewesen sei, ihn zu benachrichtigen. Er wird mit Christoph Köllisch besprechen, wie nun weiter verfahren werden soll. Schließlich können die beiden ja schlecht bei Miguel anrufen und sagen: ›Hey, wir haben gehört, dass Sie bald sterben werden. Wären

Sie so nett, uns den genauen Termin zu nennen, damit wir uns besser darauf einstellen können?‹«

Wenn es um makabere Visionen dieser Art geht und darum, unseren Fantasien freien Lauf zu lassen, stehen Annalena und ich uns in nichts nach. Wir stellen uns beide gerade diese Szene vor und brechen in schallendes Gelächter aus. Wir kichern und kichern und können gar nicht mehr aufhören. Wir sind zwar total pietätlos, aber genau das macht den Reiz aus.

»Komm, lass uns gehen, wir müssen zurück«, startet Annalena schließlich einen Versuch, unseren ungebremsten Heiterkeitsanfall zu unterbrechen. In der Tat: Es ist wirklich an der Zeit. Schließlich muss ich ja auch endlich Herrn Bader zurückrufen.

Als wir wieder auf der Finca sind, wähle ich die Verlagsnummer und lasse mich mit meinem Chef verbinden. Er meldet sich mit einem bellenden »Ja, Bader«, und ich bekomme unwillkürlich weiche Knie.

»Marie Teufel hier, ich sollte Sie anrufen?!«, piepse ich in den Hörer. Denn dieser Mann ist mir in seiner ganzen Unberechenbarkeit einfach nicht geheuer.

»Frau Teufel, das ist ja toll, dass Sie sich auch mal melden! (Oh, oh, welch beißender Tonfall, das kann ja lustig werden!) Frau Kluge war ja wenigstens so nett, mir die wirklich wichtigen Dinge zu erzählen, was ich eigentlich von IHNEN als betreuender Lektorin erwartet hätte. Darf ich Sie fragen, was Sie eigentlich zu unternehmen gedenken, um das Projekt voranzutreiben? Ist ja schön und gut, dass Sie sich ein paar nette Tage auf Mallorca machen – und das quasi auf Verlagskosten –, aber Sie müssen mir auch bald

Ergebnisse liefern, haben Sie mich verstanden? ERGEBNISSE! Und darunter verstehe ich nicht, am Pool zu sitzen und sich die Fußnägel zu lackieren, sondern dem Autor ein wenig Dampf zu machen. Wenn ich nicht bald eine verbindliche Aussage von Ihnen habe, pfeife ich Sie wieder zurück nach Hamburg, ist das klar?« (Pfeife ich Sie zurück! Wie redet der eigentlich mit mir? Ich bin doch kein dressierter Hund.)

»Ja, absolut klar«, antworte ich tapfer und verzichte darauf, in epischer Breite zu erklären, dass man einem Mann wie Miguel nicht einfach sagen kann, was er zu tun und zu lassen hat.

Damit ist das Gespräch glücklicherweise beendet, und ich versuche, seinen Inhalt so schnell wie möglich zu verdrängen. Ich erzähle Annalena nichts von dem unangenehmen Tenor des Telefonates, stattdessen mustern wir glücklich unsere Einkäufe. Danach setzen wir uns – neu eingekleidet – auf die Terrasse, und ich halte klammheimlich Ausschau nach Ramon, kann ihn aber nirgends entdecken.

»Juhu, da sind Sie ja wieder«, ertönt in diesem Moment Sophie Harbachs Stimme.

»Und, was haben Sie heute so gemacht?«, erkundige ich mich neugierig bei ihr.

»Wir waren heute Vormittag in Valdemossa. Absolut fantastisch! Das MÜSSEN Sie einmal gesehen haben, man glaubt ja gar nicht, wie die Menschen es damals in derart kleinen Räumen ausgehalten haben. Und dann auch noch ohne Heizung und richtiges Badezimmer! Nun ja.«

Mitleidiges Seufzen für George Sand und ihren Lover, mögen sie in Frieden ruhen!

»Danach haben wir an dem Drehplan für das Filmteam gearbeitet.«
Annalena und ich wechseln bedeutungsvolle Blicke.
»Am Donnerstag geht es ja nun endlich los«, lässt Sophie uns an ihrem Terminplan teilhaben.
Filmteam? Dreh? Oh, oh ... ich hadere mit mir, ob wir sie in unser kleines Geheimnis einweihen sollten, beschließe aber, erst einmal den Mund zu halten, bevor ich mich nicht mit Annalena abgesprochen habe.
Carmen erscheint auf der Bildfläche und teilt uns mit, dass Miguel an diesem Abend nicht mit uns essen kann, weil er sich nicht wohl fühlt. Meine Freundin und ich sehen uns erneut an, Annalena hebt vielsagend ihre rechte Augenbraue. Er fühlt sich also nicht wohl, dies erhärtet unsere Theorie natürlich.
Miguel hat dennoch dafür gesorgt, dass wir nicht verhungern, und uns einen Tisch in einem Restaurant namens »Sa Vinya« in Deia, dem nächstgelegenen Ort, reservieren lassen. Allem Anschein nach will er uns aus dem Weg haben.
Bis es allerdings so weit ist, ziehe ich mich an ein schattiges Plätzchen zurück und mache mir Notizen für weitere Buchprojekte. Das Telefonat mit Herrn Bader sitzt mir noch in den Knochen, aber ich habe NATÜRLICH auch von selbst den Ehrgeiz, meinen Job so perfekt wie möglich zu machen.
Also – grüble ich und zücke meinen Kugelschreiber –, wie fange ich am besten an? Am besten mache ich eine Liste. Ich LIEBE Listen, sie machen alles so schön übersichtlich, und allein das Erstellen gibt einem schon ein gewisses Gefühl der Befriedigung. Wen hätten wir denn da alles?, rufe ich das

Thema »Prominenz auf und rund um Mallorca« von meiner inneren Yellow-Press-Festplatte auf:

- Sophie Harbach, zwar nur MOMENTAN wohnhaft auf der Insel, aber unbedingt zu kontaktieren, am besten heute Abend beim Essen!
- Cornelia Volmers, das deutsche Supermodel, wohnhaft in der Nähe von Andratx, Adresse Camp de Mar, wo auch immer das sein mag. Könnte allerdings zurzeit unterwegs sein, weil sie Aufnahmen für den Quelle-Katalog macht, käme aber auf einen Versuch an.
- Boris Becker, wohnhaft in der Nähe von Artá, was wiederum am ganz entgegensetzten Ende der Insel liegt.

Ich schrecke kurz aus meinen Betrachtungen hoch: Mist, an den Teil des Problems hatte ich noch gar nicht gedacht. Wenn ich auf Promijagd gehen soll, dann muss ich mobil sein. Und ich habe absolut KEINE Lust, mit irgendwelchen staubigen und heißen Bussen durch die Gegend zu schaukeln und Gott weiß wo zu landen. Taxifahrten aber sind über diese Distanz einfach zu teuer, dazu ist die Insel zu groß.
Ich brauche eindeutig Hilfe. Entweder bitte ich Annalena, uns einen Mietwagen zu organisieren, oder ich frage Ramon, der ja über den Transporter der Finca verfügen kann. Mit Ramon auf Promijagd, das hätte natürlich was! Annalena sehe ich ja so gut wie jeden Tag, aber mit Ramon würde es betimmt Spaß machen. Außerdem spricht er spanisch, was in der einen oder anderen Situation sicher hilfreich sein könnte …
Also weiter mit der Liste:

- Ingrid van Bergen? Nö, kennt keiner mehr und hat auch nichts Nennenswertes geleistet, außer in einem Anfall von Eifersucht ihren Mann zu erschießen.
- Sabine Christiansen? Keine Ahnung, wo die wohnt, wäre aber toll! Allerdings hat sie bestimmt überhaupt keine Zeit. Ich hatte sie schon einmal wegen eines Charity-Projektes um einen Beitrag gebeten. Wurde aber abgelehnt, weil sich Frau Christiansen als UNICEF-Botschafterin und auch sonst bereits bei zahlreichen Projekten engagiert.
- Heinz Hoenig? Wäre auch toll, aber auch da habe ich keinen blassen Schimmer, wo er sich rumtreibt …
- Dasselbe gilt für Heiner Lauterbach und Renan Demirkan, die mir ebenfalls einfällt, die aber für unsere Leser vermutlich sowieso zu anspruchsvoll wäre …

Hmmm, also doch am ehesten Cornelia Volmers? Ja, das scheint mir am ehesten realisierbar, und mir fallen auf Anhieb Tausende von Möglichkeiten ein, worüber sie schreiben könnte. Ich werde also Ramon bei der nächsten sich bietenden Gelegenheit fragen, ob er nicht mit mir einen kleinen Ausflug nach Port Andratx unternehmen möchte.
Beschwingt von der Aussicht, eventuell einen echten Megastar in unseren Verlag zu holen und, so ganz nebenbei, einige Stunden mit Ramon verbringen zu können, mache ich mich ausgehfein für den vor uns liegenden Abend. Carlos mutiert wieder vom Poolboy zum Fahrer und bringt uns die kurvige Strecke hinauf nach Deia, dem Künstlerdorf.
Das Restaurant ist ein absoluter Traum, Sophie unterhält uns wieder bestens, und nach ein paar Gläsern Wein kommt das

Gespräch unweigerlich auf Miguel. Ich hadere immer noch mit mir, ob ich Sophie in unser kleines Geheimnis einweihen soll. Als Laura dann von ihren Planungen und den damit verbundenen Anstrengungen erzählt, gehen jedoch leider die Pferde mit mir durch:

»Wenn Sie Ihr Porträt von Miguel rechtzeitig beenden wollen, müssen Sie sich beeilen, da er bald sterben wird«, höre ich mich plötzlich sagen und könnte mich gleich darauf dafür ohrfeigen. Annalena schießt einen megabösen Blick quer über den Tisch, und ich frage mich zum wiederholten Male in meinem Leben, warum ich nicht manchmal einfach die Klappe halten kann.

Aber schon meine Großmutter hat so treffend gesagt: »Woher soll ich wissen, was ich erzählen will, bevor ich gehört habe, was ich sage?«

Weiser Spruch irgendwie, aber zuweilen kann einen dergleichen in peinliche Situationen bringen. So auch in diesem Falle. Sophie Harbach bleibt fast das Essen im Hals stecken, und Laura verschluckt sich an ihrem Wasser. Ich selbst stürze rasch ein weiteres Glas Weißwein hinunter, und Annalena versucht, die Situation zu entschärfen.

»Was Frau Teufel eigentlich sagen wollte, ist, dass Miguel ja eigentlich ständig mit uns Katz und Maus spielt und dass dabei schnell jede Menge Zeit vergehen kann, vielleicht sogar Jahre. Wir müssen eben alle aufpassen, dass das Buch oder das TV-Porträt fertig wird. Bevor er stirbt. Und das wird er ja schließlich irgendwann einmal. In ferner Zukunft natürlich. Ich meine, sterben müssen wir ja alle irgendwann.«

»Bravo, Annalena!«, klatsche ich innerlich Beifall und hoffe, dass die Damen diese Story geschluckt haben.

Aber Sophie Harbach wäre nicht Sophie Harbach, regte sich jetzt in ihr nicht ein gewisser Spürsinn. Sie schweigt einen Augenblick, nimmt ebenfalls einen großen Schluck Wein und sagt: »Wie auch immer Sie darauf kommen, aber an Ihrer Theorie – auch wenn sie ursprünglich nicht so gemeint war – könnte wirklich etwas dran sein. Ich kenne Miguel ja nun schon ein paar Jahre, und ich finde, dass er sich in letzter Zeit sehr verändert hat. Außerdem ist er so schmal und blass. Vielleicht haben Sie ja wirklich Recht.«

An dieser Stelle ist nun auch Annalenas Wille zur Diskretion gebrochen, alle Schleusen sind geöffnet, und die Zeichen stehen auf hemmungslosen Tratsch. Derartig ermutigt, mische auch ich mich wieder in das Gespräch, und ehe wir es uns versehen, plaudern wir beide alles über die geplante Nachlassregelung und Miguels konspiratives Treffen mit dem Unbekannten in Palma aus und schwelgen richtig in den verschiedensten Theorien. Was sind wir doch alle klug und kombinationsbegabt!

Stunden später sind wir alle ziemlich betrunken und bitten Ramon, uns abzuholen. Die Idee stammt von mir, muss ich zu meiner Schande gestehen, da ich nach einem Vorwand gesucht habe, ihn heute Abend noch zu sehen.

Eine halbe Stunde später erreichen wir die Finca (ich habe im Eifer des Gefechtes leider vergessen, Sophie Harbach auf die Buchidee anzusprechen, so etwas Dummes. Aber morgen ist ja auch noch ein Tag), und Annalena, Sophie Harbach und Laura begeben sich stante pede in ihre Zimmer. Ich hingegen trödele absichtlich noch ein wenig herum, weil ich nicht will, dass Annalena oder irgendjemand sonst etwas merkt. Ich wage es kaum, Ramon anzusehen, denn irgendwie ist er mir

doch noch sehr fremd. Aber als er mich in die Arme nimmt, zerstreuen sich sämtliche Bedenken, und ich genieße nur noch das Zusammensein mit ihm.
»Ich habe dich auch vermisst«, raune ich ihm ins Ohr und meine, was ich sage. Ins Bett komme ich erst, als der Morgen graut. Aber zuvor schaffe ich es noch, ihn zu überreden, mit mir am nächsten Tag nach Andratx zu fahren …

Mein Wecker klingelt recht früh. Annalena wirft sich murrend auf die andere Seite, und ich bemühe mich, leise zu sein, um sie nicht zu wecken. Ich werfe mich in ein Nichts von Sommerkleid und meine Flip-Flops, schreibe meiner Freundin eine kurze Nachricht mit dem Hinweis, dass ich am frühen Nachmittag wieder da sein werde, und mache mich auf den Weg zu Ramon. Vorher starte ich noch einen kleinen Abstecher zu Carmen, die mir netterweise eine Ensaimada mit auf den Weg gibt.
»Guten Morgen, meine Schöne«, strahlt Ramon mich an, und ich fühle, wie ich weiche Knie bekomme. Wer hätte gedacht, dass dieser vermeintliche Horrortrip nach Mallorca so angenehme Seiten haben könnte? Höflich hält mir Ramon die Wagentür auf, und ich versuche, einigermaßen elegant einzusteigen, ohne den Blick auf meine Unterwäsche komplett freizugeben. Das ist eindeutig der Nachteil meines neuen Kleides – es rutscht hier und da etwas.
Mit einer Monstersonnenbrille auf der Nase und mit einem Reiseführer und einer Landkarte bewaffnet, mache ich es mir auf dem Beifahrersitz bequem. Für diese Uhrzeit ist es schon recht warm, sodass Ramon das Dach herunterfährt.
»Wollen wir die Küstenstraße nach Andratx nehmen oder

lieber den Weg durchs Landesinnere?«, fragt mich mein Fahrer und sieht mich erwartungsvoll an.
»Und wo liegt der Unterschied zwischen den beiden?«, stelle ich die Gegenfrage, obwohl es mich momentan eigentlich gar nicht ernsthaft interessiert und ich Ramon überallhin folgen würde. Hauptsache, wir sind zusammen. Und Hauptsache, wir finden Cornelia Volmers!
»Der Unterschied ist, dass es über die Küstenstraße länger dauert, sie ein wenig kurvenreich ist, aber natürlich wunderschön, während die andere Strecke gerade verläuft und wir demzufolge schneller am Ziel wären«, klärt Ramon mich auf, und ich denke über diese zwei Optionen nach.
»Küstenstraße«, entscheide ich und kuschle mich tief in den Sitz. Im Radio läuft eine Schmuseballade von Ricky Martin (was ist eigentlich aus dem geworden, jetzt wo Sangesbarde Enrique Iglesias ihm anscheinend den Rang bei den Mädels abgelaufen hat?), und die Fahrt beginnt.
Die ersten Kurven begeistern mich völlig, und ich bin jedes Mal gespannt auf die Aussicht, die sich dahinter auftut. Ich sauge den Anblick der Landschaft geradezu in mich auf: Palmen, Meer, Orangenbäume, kleine verträumte Fincas, Ziegen- und Schafherden, wohin das Auge reicht. Doch nach der hundertsten Kurve, der millionsten Palme und der zillionsten Ziege merke ich auf einmal, dass mir gar nicht so gut ist. Auch Ramon fällt auf, dass ich mein bewunderndes Plappern eingestellt habe.
»Na, hat's dir die Sprache verschlagen?«, fragt er und sieht sehr versonnen aus. Er scheint diese Insel wirklich zu lieben!
Nicht direkt, denke ich und spüre auf einmal, wie mich eine Welle der Übelkeit überrollt. O nein, ich glaube, ich muss …

»Bitte halt an, ich glaube, mir wird schlecht«, schaffe ich mit letzter Kraft zu sagen, und bin heilfroh, dass Ramon umgehend reagiert und auch sofort eine Parkmöglichkeit findet. So schnell ich kann, springe ich aus dem Auto und hechte hinter die nächstbeste Palme. Dafür sind sie ja dann wieder ganz praktisch …

Nach einer Weile robbe ich – völlig erschöpft – zurück zum Wagen. Ramon steht lässig an der Motorhaube und raucht.

»Na, alles klar?«, fragt er, löscht sofort seine Zigarette und sieht mich besorgt an.

Ohne zu antworten, stürze ich erst einmal zu meiner Handtasche und bin froh, dass ich immer gleich mehrere Päckchen Kaugummi mit mir herumschleppe. Ramon bietet mir einen Schluck Wasser an, und nach ein paar Minuten fühle ich mich besser. Schade um die schöne Ensaimada, denke ich, bin aber heilfroh, dass mir nicht mehr übel ist.

Nachdem Ramon mich in den Arm genommen hat, fahren wir weiter, diesmal etwas vorsichtiger. Ramon behandelt mich, als sei ich ein rohes Ei und er der dafür zuständige Sicherheitsbeauftragte.

Ich bin ziemlich erleichtert, dass wir ohne weitere Zwischenfälle in Port Andratx ankommen, und stürze gleich ein großes Glas Cola hinunter, kaum dass wir in einem schnuckeligen Café mit Blick auf den Yachthafen Platz genommen haben.

»Hast du eigentlich deine Badesachen dabei?«, fragt Ramon.

»Habe ich schon, aber wir sind nicht zu unserem Vergnügen hier, wenn ich dich daran erinnern darf«, antworte ich und sehe ihn so streng an, wie es mir möglich ist. Dann blättere ich demonstrativ in meinem Reiseführer und studiere die Landkarte.

Ich muss nun herausfinden, wo sich dieses »Camp de Mar« befindet. Und obwohl ich nicht besonders gut darin bin, Karten zu lesen (nur einer der vielen Gründe, weshalb ich führerscheinlos bin), kann ich den Ort meiner Begierde relativ schnell ausmachen. Wir müssen nur noch ein Stück die Küstenstraße (oje!) weiter in Richtung Santa Ponsa fahren, also in etwa in Richtung Palma, und schwupps sind wir da.

Doch zunächst legen wir in Port Andratx einen ausgedehnteren Zwischenstopp auf dem Weg zu Ruhm und Erfolg ein. Während ich aufmerksam das Publikum mustere, das in den Cafés sitzt und die Hafenpromenade entlangschlendert, kommt mir plötzlich ein Gesicht bekannt vor: Es ist Martin Fischer, der Sänger, der im Café gegenüber mit seiner schönen und dunkelhäutigen Neuerwerbung, seiner Backgroundsängerin Laila Soundso, sitzt und turtelt. Stimmt, das hatte ich ja auch im zweiten Bohlen-Buch gelesen, jetzt fällt es mir wieder ein. Obwohl »der Martin« da ja nicht unbedingt gut weggekommen ist.

Ob ich ihn trotzdem mal anspreche?

Aber was soll er denn schreiben?

Nö, eigentlich keine so gute Idee …

Aber wo er sich mir doch quasi auf dem Silbertablett präsentiert?

Zwei Seelen ringen in meiner Brust, aber die erste, die hungrige, gewinnt und bestellt sich einen Ensalada mista mit Mengen von Oliven und Brot, während die zweite, die pflichtbewusste, sich schmollend in den hintersten Winkel verkriecht.

Als hätten wir seit Tagen nichts zu essen bekommen, vernichten Ramon und ich unseren Snack und machen uns dann weiter auf den Weg nach Camp de Mar.

Schon kurze Zeit später parkt Ramon kurz hinter dem Ortseingangsschild. Und nun? Schließlich kann ich ja nicht erwarten, einen Wegweiser zu finden, auf dem steht: »Hier geht's zu Cornelia Volmers. Fußweg circa 10 Minuten. Tragen Sie bitte festes Schuhwerk, es geht steil bergauf.«

Auf der Suche nach einer zündenden Idee sehe ich mich um. Dabei fällt mein Blick auf ein Maklerbüro, eine mallorquinische Dependance von »Engel & Völkers«, einer der renommiertesten Immobilienagenturen überhaupt. War da nicht auch mal was zwischen der Volmers und Christian Völkers? Doch noch während ich darüber nachdenke, stelle ich fest, dass mir mein Glamourhalbwissen in diesem Falle sicher nicht weiterhelfen wird.

Ich trete gerade unschlüssig von einem Flip-Flop auf den anderen und bastle fieberhaft an einem Schlachtplan, da klingelt mein Handy. Wenn das jetzt Herr Bader ist, kann ich wenigstens guten Gewissens sagen, dass ich auf Promifang bin.

»Marie Teufel«, melde ich mich in dem geschäftsmäßigsten Tonfall, zu dem ich fähig bin. Doch es ist nur Annalena, die nun doch neugierig ist, Details über meinen kleinen Ausflug zu erfahren. Zumal Christoph Köllisch bereits nach mir gefragt hat ... Ich schildere ihr meine vormittäglichen Erlebnisse, entlocke ihr ein kurzes »Echt? Der alte Fischer?« und gleich darauf die Zustimmung, dass singende, gottesfürchtige Schwaben nicht ganz das sind, wonach Bader & Köllisch programmseitig sucht.

Kaum habe ich aufgelegt, klingelt mein Handy wieder.

»Na, hast du was vergessen?«, frage ich, weil ich fest mit Annalena rechne, doch es ist Christoph Köllisch, der mit mir sprechen möchte. Auch ihm kann ich nicht viel Neues über den Stand der Dinge berichten: Ich gebe mir alle erdenkliche Mühe, Miguel zu einer verbindlichen Äußerung zu bewegen, und, um mit der verbleibenden Zeit etwas Sinnvolles anzufangen, mache ich gerade Jagd auf Cornelia Volmers. Herr Köllisch muss ja nicht wissen, dass die Chance, sie momentan hier anzutreffen, quasi gleich null ist …

Im Gegensatz zu Herrn Bader wünscht mein netter Chef mir immerhin »Viel Erfolg«, was ich ihm hoch anrechne und was mich tatsächlich motiviert, wie ich feststelle. Bei Christoph Köllisch habe ich einfach eher den Eindruck, dass er mich auch als Menschen wahrnimmt, während sein raffgieriger Partner mich eher als eine Art Promijagdmaschine mit Lizenz zum Gelddrucken zu sehen scheint.

Als ich meine beiden Telefonate beendet habe, sehe ich, dass Ramon im Maklerbüro verschwunden ist. Möchte er mir eine Finca schenken? Also ICH hätte nichts dagegen!

Zögernd folge ich ihm in das kleine, kühle Büro und sehe, dass Ramon mit einer offensichtlich blondierten Spanierin palavert. Da die beiden spanisch sprechen, verstehe ich nur die wenigen Bruchstücke, die ich mir noch aus dem Lateinischen herleiten kann (kleines Latinum, zum großen hatte ich dann keine Lust mehr) oder die ich aus früheren Urlauben kenne. Ich beschließe, mich nicht weiter einzumischen – ich werde noch früh genug sehen, was Ramon erreicht hat –, und stelle mich stattdessen wieder in die Sonne. Mhm, wie ich das liebe, diese Wärme auf meiner Haut!

»Los komm, ich weiß jetzt, wo die Volmers wohnt«, ertönt es auf einmal vergnügt neben mir, und Ramon zieht mich mit sich. Nach einem kurzen Abstecher zum Auto, aus dem Ramon eine große Strohtasche holt, geht es weiter in Richtung Meer. Wir gehen ein paar Schritte, und ich platze fast vor Neugier, aber Ramon lässt sich absolut nichts entlocken. Er setzt eine geheimnisvolle Miene auf, und so bleibt mir nichts weiter übrig, als hinter ihm herzutrippeln, so gut es in meinen Flip-Flops geht. Etwa zehn Minuten später, als ich schon protestieren will, weil die Strasssteinchen dieser Schuhe zwar dekorativ in der Sonne glitzern, aber die Druckstelle zwischen meinen Zehen höllisch zu schmerzen beginnt, stehen wir auf einmal vor einem Verleih für Tretboote.

Ich bin verwirrt! Was wollen wir mit einem Tretboot? Wäre nicht ein Motorboot viel geeigneter? Allerdings ist leider weit und breit keines zu entdecken, so sehr ich auch mit den Augen alles absuche.

Ramon diskutiert mit einem braun gelockten Beachboy, drückt ihm seinen Personalausweis und ein paar Scheine in die Hand und zieht mich wortlos auf eines der Boote. Er grinst sich eins, und ich sehe mir das Gefährt genauer an. Es handelt sich hierbei nämlich nicht um eines der üblichen Tretbootmodelle, die unsereins von der Alster oder dem Starnberger See kennt, sondern um ein besonders großes Boot mit einer Art Wasserrutsche oben drauf. Sicher super geeignet für einen fröhlichen Familienausflug mit Kindern, aber ich bin schließlich hier, um Cornelia Volmers aufzuspüren und nicht um »Schiffe versenken« zu spielen.

»Nun mach nicht so ein Gesicht, als wollte ich dich entführen«, lacht Ramon und stößt das Boot vom Meeresufer ab.

»Die einzige Ausrede, die ich jetzt noch gelten lassen würde, wäre Seekrankheit«, ruft er fröhlich und seine dunklen Locken flattern im Sommerwind.
»Nö, das nicht«, antworte ich und versuche, auf einer der Sitzschalen Platz zu nehmen, bevor ich das Gleichgewicht verliere und es mich ins Wasser haut.
»Zwei Buchten weiter haben wir einen freien Blick auf das Anwesen von Frau Volmers, sagt Conchita (aha, Conchita also; DEN Namen hat er ja schnell herausgefunden), und wenn wir dann ein Lebenszeichen entdecken ...«
»... kann ich per Handy in ihrer Agentur anrufen und fragen, ob ich Madame einen Spontanbesuch abstatten kann«, vervollständige ich den Satz und strahle Ramon an. Tolle Idee – ich bin gleich viel entspannter und stelle fest, dass ich es ziemlich cool finde, meinen nächsten Promi quasi auf dem Wasserwege zu erlegen. Außerdem tut das Beintraining sicher gut, nachdem ich die letzten Tage so viel gegessen und getrunken habe.
Energisch lege ich mich ins Zeug, so dass wir uns in ziemlich hohem Tempo aus der schützenden Bucht hinaus aufs offene Meer bewegen. Begeistert folgen uns ein paar Möwen, vielleicht wollen sie ja auch zu Frau Volmers.
Nach etwa einer halben Stunde wird zwar die Bucht hinter uns immer kleiner, dafür werden jedoch die Wellen, gegen die wir anzukämpfen haben, immer größer. Und wir sind immer noch kaum weitergekommen, wie ich finde, auch wenn der Blick zurück auf das Festland an sich das Gegenteil beweist. Ramon – zunächst noch guter Dinge – sieht mittlerweile auch ein wenig ernster aus und stellt das Singen ein. Bislang hat er uns noch mit der einen oder anderen schönen

Melodie erfreut, um davon abzulenken, dass das Strampeln allmählich ganz schön anstrengend wird. Jetzt geht auch ihm wohl langsam die Puste aus.

Verstohlen wische ich mir die eine oder andere Schweißperle vom Gesicht und bemerke aus dem Augenwinkel, dass es Ramon ebenso geht.

»Können wir mal einen Augenblick Pause machen?«, frage ich flehentlich und hoffe gleichzeitig, dass ich in Ramons Augen nicht ZU unsportlich wirke. Aber selbst wenn, wäre mir das momentan egal, denn meine Waden drohen gleich einen Starrkrampf zu bekommen.

Ich muss angesichts unserer Situation unwillkürlich an den Neue-Deutsche-Welle-Hit »Im Tretboot in Seenot« von Two-Hit-Wonder Fräulein Menke denken, die nach ihrer kurzen Karriere als Sängerin jetzt bei der Post arbeitet. So wird es mir vermutlich auch bald gehen, wenn ich Frau Volmers nicht finde. Aber vielleicht ertrinken Ramon und ich ja auch einfach und hauchen unser junges Leben direkt hier aus, in den blauen Wellen des Mittelmeers. Dann kann man über mich wenigstens sagen: Sie hat es für den Verlag getan – Herr Bader würde das sicher zu schätzen wissen!

»Tut mir Leid, aber ich fürchte, das geht nicht«, antwortet Ramon, »die Strömung ist dazu viel zu stark, wir würden sofort abdriften. Wenn du also Frau Volmers sprechen möchtest, tust du gut daran, jetzt noch ein wenig zu strampeln!«

Okay, okay, was tut man nicht alles für seinen Job, denke ich und trete weiter. Aber gleichzeitig finde ich plötzlich, dass das hier eine total alberne Aktion ist. Warum rufe ich nicht einfach in der Agentur an, sage, dass ich gerade auf Mallorca bin, und wenn das Glück mir hold ist und ich der Mutter aller

Supermodels einen Besuch abstatten darf, fahre ich einfach mit dem nächstbesten Taxi bis vor ihre Haustür und damit basta! Dann könnten Ramon und ich jetzt gemütlich zurückschippern, ich machte einen Kopfsprung ins kühle Nass, und anschließend ließen wir uns noch in der Sonne braten.

»Ramon«, piepse ich in meiner Klein-Mädchen-Stimme, die normalerweise allen Männern das Herz erweicht. »Können wir nicht umdrehen? Cornelia Volmers ist sicher sowieso nicht auf Mallorca, und wer weiß, wie stark die Strömung erst wird, wenn wir noch weiter fahren?«

Doch während ich noch Ramons Reaktion abwarte, biegen wir in die zweiten Bucht, das Wasser beruhigt sich, und ganz oben, hinter einer Felsenspitze, steht ein roséfarbenes Haus – die Finca von Cornelia Volmers. Nun bin ich nicht mehr zu halten und strample ehrgeizig, was meine letzten Reserven hergeben.

Je näher wir kommen, desto besser wird der Blick auf das Anwesen. Wenn mich nicht alles täuscht, habe ich sogar eben an der Balkonbrüstung langes, blondes Haar gesehen. Sollte ich tatsächlich Glück haben?

Aufgeregt wühle ich in meiner Tasche nach dem Handy, um mich von der Auskunft mit Cornelia Volmers' Agentur verbinden zu lassen. Hoffentlich habe ich hier auf dem Wasser überhaupt Empfang.

Natürlich habe ich keinen, aber ein paar Minuten später, als Ramon das Boot auf einen schmalen Sandstreifen zieht, auf dem außer uns und dem Boot kein Fitzelchen Platz mehr ist, klappt es dann doch. Ich schaffe es sogar, die persönliche Managerin an die Strippe zu bekommen und sie mit meinem Anliegen zu konfrontieren, doch die Dame behauptet, Cor-

nelia weile derzeit brav bei Mann und Kind in London, wo ja auch ihr Hauptwohnsitz sei.
»Aber das kann nicht sein«, protestiere ich, »schließlich habe ich gerade lange, blonde Haare gesehen!«
Die Managerin ist erstaunt, wie ich zu dieser Information komme, denn auf dem Landweg kann man sich der Finca, ohne über das entsprechende Passwort für die Einfahrt zu verfügen, nicht nähern. Ich erzähle ihr von unserer kleinen Bootstour und davon, dass ich mich soeben auf einer schmalen Sandbank (na ja, etwas übertrieben) quasi am Fuße von Cornelia Volmers' Anwesen befinde.
Die Managerin ist zwar ein wenig verärgert über diesen dreisten Versuch, ihrem Schützling nahe zu kommen, zugleich aber offensichtlich angetan von meinem Elan. Sie verspricht, mir einen Termin zu verschaffen, sobald Frau Volmers wieder einmal in Deutschland ist, und informiert mich, dass die blonden Haare Cornelias Schwester gehören, die gerade hier Urlaub macht …
Nachdem ich diese Information bekommen habe, verbuche ich die Aktion auf meinem »Pluskonto« und bin zufrieden mit mir und der Welt. Ramon freut sich mit mir, und so beschließen wir, uns zur Belohnung eine kleine Pause zu gönnen. Denn wann hat man schon mal so einen menschenleeren Strand und kann machen, was man will?
Zurück geht es, wenn ich ganz ehrlich bin, in einem Taxi, das mich direkt zu Ramons Auto bringt. Nach dem erfrischenden Bad entdecke ich nämlich, dass vom Strand ein kleiner, schmaler Pfad nach oben führt und dort tatsächlich so etwas ist wie eine befahrene Straße. Während Ramon per Handy ein Taxi ruft, verspüre ich kurzzeitig das dringende

Bedürfnis, ihn zu erschlagen, weil er mir dieses Abenteuer zugemutet hat, obwohl wir über wenige kleine Umwege durchaus mit dem Auto hätten hierher fahren können.
Das Taxi transportiert mich in die nächste Bucht; Ramon muss zur Strafe das Tretboot alleine zurückbefördern. Während ich auf ihn warte, massiere ich immer wieder meine Waden und vor allem meine großen Zehen, die arg in Mitleidenschaft gezogen sind. Wo Gummi und Haut (ich erwähnte ja bereits, wie zart und grazil meine Füßchen sind) aufeinander getroffen sind, brennt die Haut jetzt wie Feuer, und mich beschleicht der Verdacht, dass Fiona Swarovski diese Schuhe weder für Bergziegen noch für Bootfahrerinnen entworfen hat. Nur eine Frage der Zeit also, bis Blasen entstehen, die weder gut aussehen noch sonst besonders erquicklich sind.
Auf der Rückfahrt zur Finca brennt auch meine Kopfhaut wie Feuer, was auf einen sich anbahnenden Sonnenbrand schließen lässt. Ich bin kaum noch in der Lage, ein Wort mit Ramon zu wechseln, und entscheide mich dafür, das zu tun, was in diesen Situationen das Beste ist – schlafen!

Am späten Nachmittag treffen wir wieder auf der Finca ein. Annalena liegt am Pool und liest weiter »Mondscheintarif«, Sophie und Laura telefonieren ständig mit ihrem Sender, und ich haue mich nach einer kurzen Zusammenfassung unserer Erlebnisse auf die Sonnenliege. Schließlich war ich heute mehr als fleißig und muss mich jetzt eindeutig schonen, wenn ich vermeiden will, dass es mir morgen sehr, sehr schlecht geht!
Ramon muss weiter an den Vorbereitungen für den Katalog arbeiten. Miguel lässt sich nur ab und zu blicken und ahnt nicht, dass vier neugierige Damen jede seiner Bewegungen

genauestens verfolgen und darauf achten, was er sagt, was er tut und wie er dabei aussieht.

Der Abend verläuft weitgehend ereignislos, diesmal essen wir alle wieder auf der Finca, sogar in Anwesenheit von Miguel, der zwar weiter keine Auffälligkeiten zeigt, sich aber auch standhaft jedem Versuch meinerseits widersetzt, ihn zu den Themen »Film« oder gar »Memoiren« zu befragen. Heute verzichten wir unisono auf Alkohol und nippen alle brav am Mineralwasser. Wir verschwinden früh im Bett, weil früh am nächsten Tag die Filmtruppe anrücken wird. Sophie spreche ich immer noch nicht auf das Buch an, weil ich zu faul und müde bin. Und schließlich ist Cornelia Volmers Beute genug für einen Tag!

Mein abendliches Tête-à-tête mit Ramon fällt aus, weil er auswärts zu tun hat. Ist aber nicht schlimm, denn schließlich haben wir uns ja heute genug gesehen, und in meiner Tasche finde ich zu meiner Überraschung auch noch einen Lavendelzweig, den er mir offensichtlich irgendwann hineingeschmuggelt hat. Schnell stecke ich die Blume unter mein Kopfkissen, so habe ich wenigstens das Gefühl, in Ramons Nähe zu sein. Auch wenn ich ihn wegen der Tretbootaktion immer noch umbringen könnte!

Am nächsten Morgen werden wir von lautem Getrappel und Stimmengewirr geweckt. Ein »Hey, bring mal die Kamera da rüber, da ist das Licht besser«, lässt uns aufschrecken: Die Jungs vom Fernsehen sind da. Das wollen wir uns natürlich keinesfalls entgehen lassen, und schwupps sind wir auch schon aus dem Bett. Na ja, was mich betrifft, ist »schwupps« etwas übertrieben, denn wie erwartet hat sich über Nacht ein gewaltiger Muskelkater eingestellt, und ich schaffe es kaum, senkrecht zu gehen.

Unser Frühstück verläuft diesmal etwas ungewohnt, denn da, wo sonst die Korbmöbelkombination mit dem Büfett stand, verstellen nun Kameras, Dutzende von Koffern, Mikrofone und anderes technische Gerät den Weg. Carmen serviert den Jungs – circa zehn an der Zahl – Kaffee und Kaltgetränke am laufenden Band und ist sichtlich genervt. Wir begeben uns in Lauerposition. Annalena hat mit diesen Dingen natürlich öfter zu tun, aber ich kann mich für so etwas immer wieder begeistern.

Zum wiederholten Male frage ich mich, weshalb für eine solche Sendung immer so viele Personal benötigt wird. Haben die beim Fernsehen noch nie etwas von Rationalisierung und Mitarbeiterreduktion gehört? Also bei uns im Verlag gäbe es einen derartigen Personal-Overkill nie und nimmer. Außerdem könnte ich mich immer wieder darüber amüsieren, wie ein Haufen wild gewordener Fernsehleute es schafft, jeden Raum, und sei er noch so schön und funktional, innerhalb von Sekunden in ein absolutes Chaos zu verwandeln. Und das meine ich im wahrsten Sinne des Wortes!

Warum können die sich nicht einfach mit den Gegebenheiten vor Ort zufrieden geben? Schließlich ist hier doch alles mehr als perfekt. Und in TV-Produktionen, die in Hamburg oder Lübeck spielen sollen, in Restaurants oder anderen Locations, die ich gut kenne, werden die Szenen oft gar nicht dort gedreht, wo sie angeblich stattfinden. Alles nur Lug und Trug. Und im Anschluss wählen sich die Zuschauer die Finger wund, weil sie beim Sender in Erfahrung bringen wollen, wo sich denn wohl das tolle Café in Hamburg-Eimsbüttel befindet. Sie ahnen ja nicht, dass in Wirklichkeit ein Drittel des »tollen Cafés« Studiokulisse, ein Drittel Konditorei in Lübeck und ein Drittel Stadtvilla des Regisseurs in Harvestehude ist.

In null Komma nichts verwandelt sich die Terrasse der Finca in etwas, das leider keine Ähnlichkeit mehr mit dem Ort hat, den ich mittlerweile lieb gewonnen habe. Ein Teil des Teams rückt dem Pool verdächtig nah zu Leibe, und ich bete, dass die Jungs nicht noch auf die Idee kommen, Farbe ins Wasser zu kippen, weil das Türkisblau nicht gewünscht wird und stattdessen ein tiefes Azurblau her muss.
Sophie und Laura rennen inmitten dieser Szenerie hin und her wie aufgescheuchte Hühner. Laura sucht Halt an ihrem Klemmbrett, auf dem sie offensichtlich Unterlagen bereithält, die haarklein jeden geplanten Schritt oder »take«, wie es so schön heißt, darlegen. Sophie hat sogar ein Headset am Ohr, das sie aussehen lässt wie ein Bodyguard. Der Regisseur (»Hi, Mädels, ich bin der Markus«) hat offensichtlich alles im Griff und schlürft schon die millionste Tasse Kaffee. Irgendwann wird es ihn vermutlich zerreißen, und ich hoffe sehr, dass ich dann nicht gerade in seiner Nähe bin.
Den ganzen Tag über werden Kisten ausgepackt, Kabel ausgerollt, Möbel umgestellt, Teile des Gartens mit provisorischen Paravents und Tüchern abgeteilt, und am Nachmittag ist dann endlich für eine Stunde Ruhe. Das Team hat Pause und geht »mal 'nen Happen essen, wenn man hier was Anständiges kriegt«, erklärt uns Markus, obwohl uns das nicht die Bohne interessiert und wir ganz froh sind, dass wir den Pool wieder für uns haben.
Selten habe ich so viele unattraktive Männer auf einem Fleck

gesehen. Teils schmierlappig-künstlerisch (schwarze, gegelte Locken und die obligatorische Ray Ban im Haar, brrrr), teilweise einfach nur ungepflegt, mit langen fettigen Haaren und undefinierbaren Tattoos auf dem Arm oder Rücken. Wie wundervoll ist dagegen doch Ramon, der sich jedoch leider allen Vorbereitungen der Filmcrew fern hält. Eine Stunde später ist die Ruhe leider wieder vorbei und jetzt gilt es, Miguel aus seinem Arbeitszimmer zu locken und kamerataughich zu machen.
Eine Maskenbildnerin, die gleichzeitig als Stylistin fungiert, widmet sich stundenlang seinen Haaren, malt ihm etwas Kajal um die Augen und grundiert seinen Teint. Erstaunlich geduldig lässt Miguel die Prozedur über sich ergehen und liest derweil eine Zeitschrift. Nachdem die Maskenbildnerin (»Ich bin die Karin«) ihr Kunstwerk beendet hat, startet sie einen erneuten Angriff auf Miguels Gesicht. Bewaffnet mit Puderquaste und einem riesigen Pinsel stäubt sie, was das Zeug hält. Und das, wo doch uns Damen immer eingebläut wird, möglichst keinen Puder zu benutzen, da dieser die Eigenschaft hat, sich heimtückisch in alle Fältchen zu setzen, und somit unnötig alt macht.
Nun muss auch Sophie in die Maske, denn schließlich soll sie Miguel bei einem lockeren, ungezwungenen Rundgang durch die Finca und den Garten interviewen. Karin rammt ihr erbarmungslos riesige, batteriebetriebene Heißwickler in die Haare, zupft noch schnell das eine oder andere Härchen aus den Augenbrauen, konturiert die Lippen, und dann beginnt auch bei Sophie die Puderzeremonie. Rasch werden noch ein paar babyblaue Kontaktlinsen eingesetzt, und fertig ist der ganze Zauber.

Nun beginnt das Auf- und Ab-Geschreite durch den Garten. Während sie mit Miguel plaudert, fährt Sophie versonnen mit den Fingern durch den zartblauen Lavendel (Finger weg, das ist MEINE Blume!), bricht eine Blüte ab (respektlose Ziege!), zerreibt sie zwischen den Fingern und schnuppert ganz verzaubert daran. Leider kann ich nicht hören, was genau das Thema ist, aber allem Anschein nach geht es gerade um den Garten und seine Faszination im Speziellen und Allgemeinen. Vor bzw. halb unter den beiden robbt der arme Typ mit der Handkamera durch den Staub, der wahrscheinlich froh sein kann, wenn ihm Sophie nicht aus Versehen einen ihrer Stilettos in den Handrücken rammt. Aber so eine Nahaufnahme will nun mal perfekt und notfalls unter vollem Körpereinsatz gedreht sein, auch wenn das gesundheitliche Risiko manchmal groß ist.

Stunden später, wie mir scheint, ist die Gartenszene endlich im Kasten, und Sophie und Miguel müssen umgehend wieder in die Maske. Da ist »Ich bin die Karin« ganz streng! Nächste Station ist der Pool, auch hier wurde alles verstellt und verändert, aber Carlos mixt leckere Drinks, das stimmt uns insoweit versöhnlicher, weil auch wir etwas davon abkriegen. Und das kann ich, ehrlich gesagt, gerade jetzt gut gebrauchen, weil es mich vor Muskelkater beinahe zerreißt!

Während Sophie und Miguel auf Korbstühlen (die normalerweise auf der Frühstücksterrasse stehen) an der Bar sitzen und eine Caipirinha oder so trinken, muss ich unwillkürlich an das Poolgeplauder von Tobias Langer in seiner Reisesendung über Ägypten denken, die ich neulich mit Annalena im Fernsehen gesehen habe. Da sah man Tobi (heller Anzug, artige Fönfrisur, braun gebrannt) und eine deutsche Schlagerschnepfe (blond, rote Hibiskusblüte im Haar, in einen Sarong gehüllt) total locker am Pool sitzen, einen Monsterdrink mit Schirmchen in der Hand, der so groß war, dass die Hupfdohle kaum über den Rand schauen konnte. Beide unterhielten sich artig – den Teleprompter immer im Blick – über die touristischen Attraktionen Ägyptens, während im Hintergrund ein Video von den beiden lief, wie sie auf weißen Pferden quasi in die Kamera und in den Sonnenuntergang hineingaloppierten. Im Hintergrund die Pyramiden von Gizeh (oder doch die Konditorei in Lübeck?), und beschallt wurde das Ganze durch den Song »Weil wir uns lieben« oder so ähnlich. So weit, so gut, schließlich will es die Oma aus Gelsenkirchen so und nicht anders. Aber es wurde mir dann doch etwas eigenartig zumute, als sich die Gesichter der beiden beim Singen des Refrains in der Profilaufnahme verdächtig näherten. Die Lippen der beiden Protagonisten waren nur noch einen Millimeter weit voneinander entfernt, und ich schrie: »Nein, tu's nicht, du liebst doch Paul!«, während Annalena versucht hat, mich zu beruhigen, und mir glaubhaft versicherte, dass das ja nur Fernsehen sei. So wie meine Mutter früher immer gesagt hat: »Marie, das ist doch nur ein Film, gleich steht er wieder auf und lacht«, während ich mir noch über Winnetous Tod die Augen ausgeheult habe. Oder über das Ableben Ntschotschis, seiner kleinen Schwester. Ganz schlimm fand ich auch, dass Winnetou in Teil 2 seine geliebte Ribanna (alias Karin Dor) nicht heiraten durfte, obwohl er sie doch vor den Fängen des bösen Grizzlys gerettet hatte, und das alles nur, weil die blöden Indianer sich gegenseitig bekämpften und Ribanna, quasi im

Rahmen der internationalen Völkerverständigung, Mario Girotti, der sich später Terence Hill nannte, heiraten musste. Hach ja, so bin ich eben, ich kann oft nicht zwischen Fiktion und Realität unterscheiden, und ich nehme mir grundsätzlich erst einmal alles zu Herzen.

Doch nun wieder zurück zum scheinbar echten Leben, zur Poolszene mit Miguel und Sophie. Sehr professionell sehen die beiden aus, wie sie da an ihren Drinks nippen, aber auch bei dieser Szene frage ich mich wieder, worüber die beiden wohl plaudern mögen. Ich persönlich hätte ja Miguel eher in seinem natürlichen Lebensraum, also in seinem Atelier, seiner Bibliothek oder an seinem Schreibtisch gefilmt, aber vielleicht kommt das ja noch und heute stehen eben Außenaufnahmen auf dem Plan. Kann ja mal Laura fragen, was ihr Klemmbrett dazu sagt.

Mittlerweile ist Ramon wieder eingetroffen, der sich ebenfalls einen Drink schnappt und zusieht. Bei seinem Anblick schlägt mein Herz ein paar Takte schneller, und ich muss mich arg zusammenreißen, um mich nicht sofort auf ihn zu stürzen. Auch er macht beim Blick auf das Interviewgeschehen ein eher skeptisches Gesicht, und ab und zu kommen wir nicht umhin, uns verschwörerisch zuzulächeln.

Annalena spürt, dass zwischen uns beiden etwas im Busch ist, und lässt uns von da an keine Sekunde mehr aus den Augen. Tja, ich habe ihr aus gutem Grund noch nichts weiter von uns verraten, denn erstens ist Annalena superneugierig, und zweitens weiß ich ja selbst noch nicht, was genau da zwischen uns beiden vorgeht und wohin das Ganze führen wird. Ich weiß nur, dass ich mich in Ramons Nähe sehr wohl fühle,

mich sehr gerne mit ihm unterhalte (wenn wir dazu kommen) und es liebe, ihn anzusehen. Seine dunkelbraunen Augen sind so warm und voller Tiefe, dass ich stundenlang dasitzen und in sie hineinsehen könnte. Er hat die zärtlichsten Hände und die weichsten Lippen der Welt, und ich genieße jede Minute mit ihm. Ein schöner Urlaubsflirt, aber sonst?
Ob ich verliebt bin, kann ich noch nicht sagen, denn ich bin nicht der Typ, den es wie ein Blitz aus heiterem Himmel trifft. Das habe ich mir schon lange abgewöhnt, weil ich mit derart impulsiven Reaktionen stets mit schlafwandlerischer Sicherheit an den Falschen geraten bin. Ganz oben auf meiner Liste steht der Typ »einsamer Wolf«, der zwar eine ungeheure Faszination und Anziehungskraft auf Frauen wir mich ausübt, aber lieber alleine auf seinem Berg heult als zu zweit. Dicht gefolgt vom Typ »einsamer Künstler«, der zwar ungeheuer kreativ und sensibel ist, aber auch lieber alleine heult und das vorwiegend in einem Atelier, auf einer Bühne oder in einem Musikstudio. Dritte und ganz gefährliche Spezies ist der smarte, gut aussehende, scheinbar unkomplizierte Typ, der dir den Himmel auf Erden verspricht, dich eine Weile auf Händen trägt und dann schnell wieder ein neues Spielzeug findet.
Aber was soll's! Hier gilt meiner Meinung nach immer noch die gute Regel »No risk, no fun!«. Außerdem finde ich, dass man bis Mitte dreißig alles einmal ausprobiert haben muss. Wie soll man sonst später seine Tochter vor diesen Sorten Mann warnen – auch wenn es nur ist, um festzustellen, dass sich die Dinge unweigerlich wiederholen?
Bei Ramon hoffe ich irgendwie, dass er ein vernünftiger Mix aus alledem ist. Jedoch: Müsste mich nicht genau das miss-

trauisch machen? Weshalb um alles in der Welt sollte ein solches Exemplar Mann noch frei herumlaufen? Tut Christoph Köllisch, der meinen Vorstellungen in dieser Hinsicht auch ziemlich nahe kommt, ja schließlich auch nicht!

Wie aufs Stichwort klingelt in diesem Moment mein Handy, was wiederum einen bösen Blick von Markus, dem Regisseur, zur Folge hat. Schnell entferne ich mich und habe prompt meinen Chef am Apparat:

»Hallo, Frau Teufel! Ich wollte Ihnen nur Bescheid geben, dass Miguel Vargas mich ebenfalls zu seinem Sommerfest eingeladen hat. Und nachdem es in Sachen Memoiren ja offensichtlich nicht vorwärts geht, habe ich jetzt beschlossen, seine Einladung anzunehmen und einmal persönlich mit ihm zu sprechen. Ich werde aus diesem Grunde morgen Abend gemeinsam mit Carlotta anreisen. Irgendwie wird sich dann schon eine passende Gelegenheit ergeben, dass ich mich mal in Ruhe mit Miguel unterhalten kann. So von Mann zu Mann. Grüßen Sie bitte Miguel von mir. Bis morgen!«

Aha, jetzt rückt also auch noch Christoph Köllisch an. Da ist ja bald der ganze Verlag hier und es wird langsam richtig voll auf der Finca. Hat Miguel überhaupt so viele Zimmer? Ich gehe wieder zurück zu Annalena, berichte meiner Freundin kurz davon, dass unser Boss kommen will, um mit Miguel zu sprechen, und schaue weiter bei den Dreharbeiten zu. Nach einer weiteren Pause sind nun in der Tat die Innenaufnahmen dran, weshalb Carmen uns nur ein paar Brote macht und wir zusammen mit einem Teil der Crew, die gerade nicht gebraucht wird, auf der Terrasse abhängen. Annalena möchte heute mal wieder früh ins Bett und verzieht sich mit einem

Buch ins Zimmer. Ramon und ich nutzen die Gunst der Stunde für einen romantischen Abendspaziergang.

Der Freitag startet fast ebenso laut wie der Donnerstag, nur mit dem einen Unterschied, dass es diesmal nicht die Fernsehcrew ist, die einen solchen Krach veranstaltet, sondern Carmen mit ein paar Mädchen aus dem Dorf, die Ca'n Limone partyfein machen wollen. Auf der Terrasse stehen nun anstelle der Kameras und Kabeltrommeln Lampions, haufenweise Fackeln und Kissen. Die Terrasse soll offensichtlich in eine Art orientalische Chill-out-Zone verwandelt werden, wie in Tausendundeiner Nacht.

»Oh, wie schön!«, freut sich Annalena, und auch ich finde die Vorstellung toll, einen romantischen Abend auf der Finca zu erleben. Ramon ist mittlerweile ebenfalls aufgetaucht, ganz verstrubbelt und verschlafen, und fragt uns, ob wir Lust haben, mit ihm nach Palma zu fahren, dort zu frühstücken und dann ein wenig in Kultur zu machen. Hier stören wir momentan sowieso nur, und nachdem Christoph Köllisch nun anscheinend die »Angelegenheit Miguel Vargas« selbst in die Hand nehmen will, kann ich mir diesen kleinen Ausflug sicher ruhigen Gewissens gönnen.

Nach einem schönen Tag, bei dem ich zu meiner Freude festgestellt habe, dass Annalena und Ramon sich ausgezeichnet verstehen, kehren wir am späten Nachmittag wieder auf die Finca zurück. Dort hat sich die Lage mittlerweile beruhigt, und die Dekoration steht. Das sieht sicher eindrucksvoll aus, wenn es dunkel ist, denke ich und freue mich auf das morgige Fest. Als kleinen Dank für unseren Aufenthalt hier und

für die Einladung zum Sommerfest haben wir Miguel einen wunderschönen, limitierten Druck von Miró besorgt, der gut an eine noch freie Wand im Flur passen wird. Das ist zwar ein bisschen wie Eulen nach Athen tragen, aber etwas anderes fiel uns auf die Schnelle nicht ein.
Während ich noch grüble, wie ich es schaffen könnte, Christoph Köllisch und Carlotta aus dem Weg zu gehen, rollt auch schon der Wagen die Auffahrt herauf. Carlos – ganz Gentleman – öffnet die rechte Hintertür, und zunächst sehe ich nur ein paar Beine, bestückt mit wunderschönen Schuhen. Während ich noch überlege, ob die von Jimmy Choo sind, folgt auch schon der Rest: Carlotta, wie sie leibt und lebt. Unwillkürlich halte ich den Atem an und werfe einen kurzen Seitenblick auf Ramon. Der wirkt jedoch, als wäre weiter nichts geschehen, und nimmt ihr die Handtasche ab.

»Die wird sie ja wohl noch selber tragen können«, zische ich giftig vor mich hin, während Carlos sich mit dem eigentlichen Gepäck, einem Kofferset von Louis Vuitton, abmüht. Es sieht so aus, als hätte sie ihre gesamte Habe mitgebracht, da bin ich ja absolut harmlos dagegen! Alleine ihr Beautycase ist so groß wie mein Reisekoffer! Links entsteigt mein Chef dem Wagen und schmeißt sich ebenfalls voller Elan auf Carlottas Hab und Gut. Während sich also insgesamt drei Männer (das muss man sich auf der Zunge zergehen lassen: DREI) um ihre Gunst bemühen, taucht zu allem Überfluss nun auch noch Miguel auf, der es bei UNSERER Ankunft ja nicht nötig hatte, sich blicken zu lassen.
»Carlotta, meine Liebste, wie schön, dich endlich hier zu haben. Geht's dir gut, mi corazòn?", fragt er, und seine

Ersatz-Nichte, oder wie auch immer man das nennen mag, fliegt in seine Arme. Jawohl, sie fliegt! Mit ihr fliegen etwa zwei Meter wallendes schwarzes Haar, ein Hosenanzug von Jil Sander oder wem auch immer und natürlich DIESE Schuhe. Nun kommt auch Carmen aus der Küche gestürzt und umarmt Carlotta, als wäre ihre lang verschollene Tochter wieder aufgetaucht. Carlotta empfindet ihrerseits offensichtlich ebenso, denn sie stürzt sich auf Miguels Perle und tanzt mit ihr ein paar Schritte über den Hof.

»Carlotta bekommt das Ca'n-Limone-Zimmer, wie immer«, instruiert Carmen nach der Begrüßungsarie den armen Carlos, der sich weiterhin mit dem Gepäck abmüht. »Und für Sie, Herr Köllisch, habe ich das Deia-Zimmer vorgesehen, ich hoffe, es ist Ihnen recht! Carlos, zeig dem Herrn doch bitte, wo das ist!«

Meine Gehirnzellen beginnen zu rotieren: Deia-Zimmer, Ca'n-Limone-Zimmer? Weiß Carmen denn nicht, dass Carlotta und Christoph Köllisch ein Paar sind? Oder besagt Miguels Etikette, dass man hier nicht zusammen unter einer Bettdecke schlafen darf? Merkwürdig, merkwürdig. Auch Annalena guckt irgendwie fragend und dumm aus der Wäsche, was auch daran liegen mag, dass weder Carlotta noch Christoph Köllisch von uns Notiz genommen und uns begrüßt haben.

In der Zwischenzeit haben sich Miguel und mein Chef wie echte Männer die Hände geschüttelt, und ich stelle fest, dass Jeans und Poloshirt Christoph Köllisch besser stehen als der ewige schwarze Anzug, der scheinbar irgendwie zwingend zum Verlagslook gehört.

»Frau Teufel, Frau Kluge, wie schön, Sie zu sehen«, werden

wir nun auch endlich von Christoph Köllisch begrüßt und stehen damit nicht mehr ganz so nutzlos in der Gegend rum. Auch Carlotta besinnt sich auf die Etikette der Höhere-Töchter-Schule, die sie mit Sicherheit besucht hat, und kommt direkt auf mich zu. Unwillkürlich mache ich einen Schritt zurück, was Carlotta jedoch glücklicherweise nicht bemerkt.

»Frau Teufel, nicht wahr? Schön, Sie hier zu sehen! Dann können wir uns endlich mal besser kennen lernen. Als wir uns das letzte Mal begegnet sind, waren Sie ja nicht so recht gesprächig.«

Während ich noch überlege, was genau Carlotta an mir interessieren könnte, wendet sie sich auch schon mit einem strahlenden Lächeln Annalena zu.

»Und Sie müssen Frau Kluge sein, die tolle PR-Referentin. Ich habe schon viel von Ihnen gehört.«

Annalena lächelt verzückt zurück und gibt Carlotta die Hand.

»Ich auch schon viel von Ihnen, die Freude ist ganz meinerseits!«

Verräterin! »Die Freude ist ganz meinerseits«, äffe ich innerlich meine Freundin nach. Wo hat sie denn den Satz auf einmal her?

Nach diesem überschwänglichen Begrüßungszeremoniell kündigt Carmen ein großes Abendessen für alle auf der Finca an. Wir sollen uns pünktlich um 21.00 Uhr zum Aperitif in der Bibliothek einfinden. Keine Frage, dass es ab sofort keine Zeit mehr zu verlieren gibt, was das Styling anbelangt, denn für meinen Geschmack hat Carlotta eben Ramon etwas zu tief in die Augen gesehen. Das will sofort im Keim erstickt sein!

Wie gut, dass noch etwas von unserem Beutezug durch

Palmas Boutiquen übrig geblieben ist, denn so können wir in der Tat pünktlich am gewünschten Ort erscheinen.

Als Annalena und ich in der Bibliothek eintreffen, stecken Carlotta und Ramon gerade einträchtig ihre Köpfe in einen Bildband – Architektur des 21. Jahrhunderts – und blättern Seite um Seite durch, als hätten sie noch nie ein Buch in der Hand gehabt. Ich fühle das Blut in mir aufwallen und würde mich am liebsten zwischen die beiden werfen und rufen: »Pfoten weg, der gehört mir!«

»Immer mit der Ruhe, Marie, da ist nichts«, zischt meine Freundin mir zu, und ich drehe mich fragend nach ihr um. Annalena grinst und sagt leise:

»Meinst du denn, ich bin doof und hab nix gemerkt? Was hätte ich denn sonst von eurem Ausflug zu Frau Volmers halten sollen?«

Ich könnte sie küssen, denn mir fällt in diesem Moment irgendwie ein Stein vom Herzen. Ich bin nämlich so gar nicht für Geheimnisse geschaffen, schon gar nicht vor meiner besten Freundin.

Während Ramon und Carlotta weiter in Bildern schwelgen, wird der obligatorische Cava gereicht, und dann geht es ab nach nebenan zum Essen. Ich fühle mich, als hätte ich ein Déjà-vu. Bin ich erst gestern angekommen? Gibt es heute etwa wieder Paella?

Wir versammeln uns alle wieder um den Tisch, nur sind wir diesmal schon eine richtig große Truppe. Carlotta macht sich mit Sophie und Laura bekannt, und schon beginnt Carmen mit dem Servieren. Gebannt beobachte ich Carlotta, denn ich brenne darauf, in Erfahrung zu bringen, wie sie es mit der Nahrungsaufnahme hält.

Die Vorspeise besteht aus Rucolasalat (hallo, Sarah-Maus, der ist für dich) mit Parmesansplittern, gekrönt von einer Scheibe Serrano-Schinken, geschickt zu einer Art Tasche gedreht, gefüllt mit Mozzarella, eingelegten getrockneten Tomaten und Kapern, umwickelt mit einem schmalen Strang aus Lauch. Parmesan ist schon mal der fetthaltigste Käse, den es gibt, Mozzarella ist in dieser Beziehung auch nicht gerade von schlechten Eltern, Kapern weiß ich nicht, aber die getrockneten Tomaten, mariniert in Öl, die haben es garantiert in sich. Dazu gibt es Weißbrot und das, wo doch jeder weiß, dass man um Weizenprodukte einen möglichst großen Bogen machen sollte.

Carlotta beginnt zu essen. Sie vernichtet in null Komma nichts drei Scheiben Brot, und die Vorspeise löst sich ebenfalls bald in nichts auf. Nicht einmal den Lauchstengel lässt sie übrig. Okay, dies zum Thema Carlotta und Diät, irgendwie habe ich es geahnt. Zum Modell »Superwonderwoman« gehört nun mal, dass die Betreffende essen kann, so viel sie will, ohne auch nur ein Gramm zuzunehmen.

Der weitere Abend verläuft recht harmonisch. Jeder ist bemüht, locker und lustig zu wirken, und gibt sich Mühe, zum Gelingen des Zusammenseins beizutragen. Es werden keine weltbewegenden Themen behandelt, doch ich ertappe Christoph Köllisch immer wieder dabei, wie er M… mehr als eingehend mustert. Carlotta und Sophie …hen sich prächtig, und Laura unterhält sich mit Anna… meinem Chef. Miguel wirkt etwas abwesend und …klich, von der Freude über Carlottas Ankunft ist …r so viel zu spüren. Ramon versucht, unter dem T… mir zu füßeln, was mir, ehrlich gesagt, ziemlich … weil ich das

Gefühl habe, dass Christoph Köllisch nicht nur Miguel, sondern auch mich einer genauen Inspektion unterzieht.
In einer ruhigen Minute schaffe ich es, endlich einmal bei Frau Harbach vorzufühlen, ob sie nicht Lust hat, ein Buch zu schreiben. Wir vertiefen das Thema an diesem Abend nicht mehr weiter – sie signalisiert jedoch grundsätzliches Interesse für ein Gespräch. Immerhin, ein Anfang.
Ich bin nicht traurig, dass der Abend zu einer zivilen Zeit ein Ende nimmt, und entziehe mich dem Digestif auf der Terrasse. Schließlich ist morgen die Sommerparty, da will ich auf alle Fälle in Form sein. Und viel Schlaf habe ich ja nicht abbekommen die letzten Tage.
Ramon begleitet mich zum Zimmer, nimmt mich in die Arme, knabbert an meinen Ohrläppchen und versucht, mich zu becircen, die Nacht mit ihm zu verbringen. Ich schwanke einen Augenblick, doch nun ist Annalena ja eingeweiht, und ich könnte mir in seinem Zimmer den Wecker stellen und in mein eigenes Bett zurückkehren, bevor Carmen beginnt, im Haus herumzugeistern. Jedoch …
»Okay, dann wagen wir mal das Abenteuer, ich komme gleich nach«, informiere ich Ramon über meinen Entschluss, schicke ihn vor und suche ein paar Sachen zusammen, die ich für eine aushäusige Übernachtung benötige.
Irgendwie [illegible]in ich aufgeregt, da es schon eine Weile her ist, dass ich neben einem Mann geschlafen habe. Ein paar Stunden nach einer [illegible]hen Begegnung, das ja, aber in der Regel habe ich mei[illegible]r dann in einer Nacht-und-Nebel-Aktion wieder hina[illegible]dert, mit solch fadenscheinigen Ausreden wie »Sissi ist [illegible] Herrenbesuch gewöhnt«, »Meine Mutter kommt m[illegible]h zum Frühstück« oder auch »Ich habe

vergessen, die Wäsche aufzuhängen.« Klar, dass das bei den jeweiligen Männern nicht so gut ankam und deren Interesse an mir sukzessive abflaute, wenn ihnen dies ein zweites oder drittes Mal passierte.

Aber so bin ich nun mal. Eine gemeinsame Nacht ist etwas sehr Intimes. Man weiß ja nie, was man im Schlaf so alles treibt ... Zum Beispiel, ob man nicht doch ab und zu ein kleines bisschen schnarcht, weil die Nasennebenhöhlen nicht ganz intakt sind, im Schlaf um sich schlägt, weil man einen Albtraum hat, und dann den Mann neben sich trifft. Oder einfach nur den falschen Männernamen zur falschen Zeit murmelt. Ja, auch so etwas kann passieren.

Und dann erst der nächste Morgen! Ich sage es ja nur ungern, aber das ist für mich immer der schlimmste Teil. Man wacht auf, fühlt sich aufgequollen und bekommt die Augen nicht richtig auf, weil die Wimperntusche, die man aus guten Gründen nicht entfernen wollte, total verschmiert und verklebt ist, und man hat einen unangenehm pelzigen Geschmack im Mund. Egal, ob man am Abend vorher nun Alkohol getrunken hat oder nicht. Und just in dem Moment, wo man aus dem Bett springen möchte, um sich rasch was überzuwerfen, das die kleinen körperlichen Unzulänglichkeiten kaschieren könnte, die am Abend zuvor noch gnädig vom warmen Kerzenschimmer verdeckt wurden, und sich die Zähne zu putzen, umfassen einen auf einmal ein Paar Arme heimtückisch von hinten und ziehen einen wieder ins Bett. Ein »Guten Morgen, mein Liebling, wo willst du denn so schnell hin?« kann da zuweilen für beide Seiten etwas Entmystifizierendes haben.

Das liebe ich ja immer an Filmen! Da sitzt wahlweise Julia

Roberts oder Meg Ryan, angeblich im Pure-nature-Look oder wie das heißt, im verwüsteten Bett und lächelt Tom Hanks oder George Clooney strahlend an. Mit diesem typischen blütenweißen, strahlenden amerikanischen Bleaching-Gebiss, in dem sich keinerlei Bakterien oder andere Ekeligkeiten tummeln. Dann fallen die beiden Protagonisten sich wieder in die Arme und können in die zweite oder zehnte Runde ihres Liebesspiels starten, je nach persönlicher Konstitution des männlichen Hauptdarstellers.

Aber da dies nun mal das richtige Leben ist, drücke ich mich sehr gerne vor gemeinsamen Nächten, denn da läuft das nicht so. Ich muss jedoch zugeben, dass es wirklich nichts Schöneres gibt, als sich in die gut duftende Armbeuge eines Mannes zu kuscheln und von ihm in den Schlaf gewiegt zu werden. Um dann umgehend von George Clooney zu träumen …

Bekleidet mit meinem etwas durchsichtigen Nachthemd und bewaffnet mit Zahnbürste, Kontaktlinsenpflegemittel et cetera klopfe ich an Ramons Tür.

»Ach, Sie sind ja doch noch nicht im Bett«, höre ich da plötzlich die Stimme meines Chefs hinter mir. Mist, ich habe ihn gar nicht kommen hören. Das gleiche Problem scheint auch Ramon zu haben, der seinerseits mein Klopfen nicht gehört hat und demzufolge nicht öffnet. Da stehe ich also halbnackt im Flur und lächle Christoph Köllisch verlegen an. Halte meinen Kulturbeutel in der Hand und mache ein dummes Gesicht. Bevor ich noch eine Begründung liefern kann, die eh nichts bringen würde (»Ich hatte mir Ramons Shaving-Gel ausgeliehen, weil ich mir die Beine rasieren wollte, und bringe es gerade zurück« oder »Ich konnte nicht schlafen und

wollte Ramon fragen, ob er mir nicht ein wenig über die Architektur des 21. Jahrhunderts erzählen könnte«), öffnet sich nun endlich die Tür, und Ramon sagt: »Sorry, Liebes, ich war nur kurz im Bad.«
Mein Chef lächelt mich spöttisch an, wie ich finde, und wünscht mir eine gute Nacht.
»Ihnen auch eine gute Nacht, Herr Köllisch, schlafen Sie gut«, murmle ich halblaut. Das »Dasselbe gilt natürlich auch für Carlotta«, kann ich mir, Gott sei Dank, gerade noch verkneifen.
»Da bist du ja endlich, wie schön«, freut sich Ramon und zieht mich an sich. Er duftet ganz wundervoll nach »Jil Sander for man« und nach Zahnpasta.
Normalerweise würde ich das sicher erotisch finden, aber nach der Begegnung im Flur ist mir jegliche Vorfreude vergangen.
»Wie heißt das Zimmer neben dir?«, frage ich Ramon und laufe nervös auf und ab.
»Deia, oder so etwas Ähnliches, ich weiß es nicht genau. Ist das wichtig für dich?«, entgegnet mein Lover und versucht mich aufs Bett zu ziehen.
»Nein, lass mich los, ich kann jetzt nicht! Ich muss das mal eben klären«, weise ich Ramon ab und öffne noch einmal die Tür zum Flur. Ich bin sehr vorsichtig, damit ich nicht auch noch Carlotta in die Arme laufe. Auf Zehenspitzen schleiche ich mich heraus und kann im Halbdunkel ein Schild erkennen, auf dem eindeutig das Wort »Deia« steht.
Nein, wie schrecklich. Ich kann doch die Nacht nicht quasi direkt neben meinem Vorgesetzten verbringen. »Auf gar keinen Fall, das kommt nicht in Frage!«, murmle ich vor

mich hin, während ich wieder in Ramons Zimmer zurückkehre, bereit, mir wieder meinen Kulturbeutel zu schnappen und den Rückzug anzutreten.
»Ramon, ich kann das nicht, tut mir Leid«, sage ich und hangle auch schon nach meinen Utensilien.
»Wie du kannst das nicht? Du kannst WAS nicht? Ich verstehe nicht ganz«, startet Ramon einen Versuch, hinter meine komplizierten Gedankengänge zu steigen.
»Ich kann nicht im Zimmer neben meinem Chef schlafen. Tut mir Leid, aber ich muss jetzt gehen«, antworte ich und bin schon wieder auf dem Weg zur Tür.
»Halt, stehen geblieben!«, ruft Ramon und hält mich am Handgelenk fest, eine Spur zu hart für meinen Geschmack. »Du bist doch kein kleines Kind mehr, das vor seiner Mama nicht zugeben kann, dass es statt nur mit Puppen nun auch mit Jungs spielt. Mach kein Theater, und komm jetzt endlich ins Bett!«
Hat Ramon eben wirklich »Mach kein Theater!« zu mir gesagt? Hat der sie noch alle? Das ist ja wohl immer noch MEINE Entscheidung, mit und neben wem ich MEINE Nacht verbringen möchte.
»Sag mal, spinnst du? Wie redest du eigentlich mit mir?«, fauche ich Ramon an.
»Schon gut, ich hab's ja nicht so gemeint, ich hab mich nur so auf dich gefreut. Ich habe doch nur diese wenigen kurzen Augenblicke mit dir. Übermorgen bist du weg, und wir haben es noch nicht ein Mal geschafft, eine Nacht miteinander zu verbringen«, sagt Ramon und sieht mich mit seinen dunkelbraunen Augen an wie ein weidwundes Reh.
Okay, okay, auf die Tour bin ich leicht zu kriegen. Leider!

Also stelle ich meinen Kulturbeutel in Ramons Bad und krieche zu ihm ins Bett. Seine Hand wandert – für meinen Geschmack (so gut kennen wir uns ja schließlich auch noch nicht) etwas zu schnell – von meinem Hals direkt zu meiner Brust. Na, der scheint's ja eilig zu haben, denke ich und winde mich aus seiner Umarmung.

»Können wir das bitte etwas langsamer angehen lassen?«, versuche ich die ungestüme Aktion etwas zu bremsen.

»Okay, okay, tut mir Leid! Aber du siehst so verführerisch aus in deinem Nachthemd, dass ich mich nur schwer beherrschen kann. Außerdem dachte ich, du willst es auch, weshalb bist du sonst hierher gekommen?«

»Jedenfalls nicht, um gleich von dir überfallen und Opfer einer Fünf-Minuten-Nummer zu werden«, verteidige ich meinen Standpunkt und schwinge meine Beine aus dem Bett. Das hier war offensichtlich keine so gute Idee.

»Fünf-Minuten-Nummer?«, ruft Ramon, nun sichtlich aufgebracht, springt aus dem Bett und zündet sich eine Zigarette an. Er atmet den Rauch tief ein, sieht mich an und sagt:

»Ich glaube, du findest es in Wirklichkeit gar nicht peinlich, dass dein Vorgesetzter im Zimmer nebenan schläft, sondern der eigentliche Punkt ist der, dass du lieber nebenan liegen würdest. Direkt in seinem Bett und nicht nur Wand an Wand.«

Ich fühle mal wieder, wie ungesunde Hitze in mir hochsteigt. Das, was Ramon da von sich gibt, ist ungeheuerlich. So ungeheuerlich, dass ich gar nicht weiß, was ich darauf antworten soll.

»Aha, ich liege also richtig, und deshalb hat es dir die Sprache verschlagen«, antwortet Ramon an meiner Stelle und tritt mit dem Fuß gegen den Papierkorb, sodass dieser laut krachend quer durchs Zimmer fliegt. »Dios mio, ihr Frauen wisst aber auch nie, was ihr wirklich wollt«, flucht er, und es folgen ein paar Sätze auf Spanisch, von denen es sicher besser ist, dass ich sie nicht verstehe.

»Weißt du was, Marie? Geh wieder in dein Zimmer, und komm erst wieder, wenn du weißt, was du wirklich willst«, sagt Ramon und schiebt mich mitsamt meinem Kulturbeutel aus der Tür.

Ich höre, wie er den Schlüssel umdreht, was auf mich wirkt wie eine symbolische Handlung. Und da stehe ich nun, barfuß, im Nachthemd und mache wieder ein dummes Gesicht.

»Ach Marie, guten Abend, Sie schlafen ja noch gar nicht«, höre ich nun zu allem Überfluss auch noch Carlotta, die gerade den Flur herunterkommt. Der Abend auf der Terrasse ist offensichtlich zu Ende, und jetzt kann ich nur noch beten, dass nicht auch noch Miguel um die Ecke biegt.

»Marie, geht es Ihnen nicht gut? Sie sind ja ganz blass und zittern.«

Klar bin ich blass und zittere, ich habe ja innerhalb einer halben Stunde zwei mehr als peinliche Begegnungen gehabt. Jeder auf der Finca weiß nun, was ich des Nachts trage, und ich habe mich mit Ramon verkracht. Und ich finde, dass die Dimension dieses Krachs über eine bloße Zankerei weit hinausging. Da kann man schon mal ein bisschen blass um die Nase werden.

»Ich kenne Sie zwar kaum, aber wenn Sie reden möchten, könnte ich uns gerne noch eine Flasche Wein aufmachen, und Sie erzählen mir, was Sie auf dem Herzen haben«, schlägt Carlotta vor, während ich immer noch stumm wie ein Fisch

da stehe und glotze. Meine erklärte Erzfeindin fummelt an ihrem Schlüssel herum und öffnet dann die Türe gegenüber Ramons Zimmer.
»Los, kommen Sie, der Wein wird Ihnen sicher gut tun«, bekräftigt Carlotta nochmals ihren Vorschlag, und ehe ich weiß, wie mir geschieht, sitze ich auch schon in einem großen Ohrensessel und stürze ein Glas Rotwein hinunter.
»Salute!«, sagt Carlotta und lässt ihr Glas gegen meines stoßen. Sie hat sich ebenfalls umgezogen und sitzt mir auf der Couch gegenüber, die Beine zum Schneidersitz verknotet. Irgendwie finde ich es nett, dass auch sie nun ihre Schlafkleidung trägt, damit befinden wir uns auf der gleichen Ebene. Sehr einfühlsam und rücksichtsvoll!
Ich starre noch eine Weile wortlos vor mich hin, weil ich mich selbst erst einmal sortieren muss, denn alles in allem waren die letzten zehn Tage wohl ein bisschen viel für mich. Zeit, dass ich wieder nach Hamburg und damit zu meinem alten Trott zurückkehre. Ich werde mich auf meine Arbeit stürzen (zehn Projekte in vierzehn Tagen!) und mich mit Martina treffen. Die ist so herrlich bodenständig. Sie wird mir die neuesten Anekdoten über Sarah erzählen, wir werden Ginseng-Tee trinken, und alles wird wieder so, wie es mal war.
Carlotta schweigt geduldig, nippt an ihrem Glas und wirkt völlig entspannt.
Und plötzlich bricht der Bann, und ich erzähle ihr alles. Ich lasse nichts aus. Von meiner unangenehmen Begegnung mit Miguel in Berlin, über die Enttäuschung über Laurence in Bremen, bis hin zu meiner Affäre mit Ramon, Miguels Aktion mit der Kette und meiner Vermutung, dass er nicht mehr

lange zu leben hat. Alles purzelt ungefiltert und hemmungslos aus mir raus, als ob Carlotta und ich seit Jahrhunderten die besten Freundinnen wären. Ich darf gar nicht darüber nachdenken, wie sie die Sache beurteilt und was das für ein Licht auf mich wirft. Carlotta muss doch denken, ich hätte mein Leben nicht im Griff, meine Fantasien gingen ständig mit mir durch, ich sei absolut lebensuntüchtig und ich würfe mich grundsätzlich den falschen Männern an den Hals.

Gebannt beobachte ich sie und warte auf eine Reaktion. Rückgängig machen kann ich ja nun eh nichts mehr. Meine neue Psychotherapeutin ist einen Augenblick still und versenkt sich in meditative Betrachtung ihres halb vollen Weinglases. Wahrscheinlich bereut sie es schon, mich arme Irre auf dem Flur aufgelesen und hereingelassen zu haben.

Während ich noch überlege, ob es ihr wohl auffallen würde, wenn ich mich jetzt verdünnisierte, wirft sie auf einmal den Kopf in den Nacken und fängt schallend an zu lachen.

Ich freue mich zwar immer, wenn ich zur Erheiterung anderer beitragen kann, aber in diesem Augenblick kann ich das Ganze so gar nicht komisch finden. Carlotta lacht und lacht und kann gar nicht wieder aufhören. Tränen kullern ihre hohen und wohl geformten Wangenknochen hinunter, und ihr voller Mund ist zu einer einzigen Grimasse verzerrt. Aha, stelle ich befriedigt fest, wenn sie sich mal so richtig gehen lässt, ist es auch nicht mehr so weit her mit ihrer Schönheit! Aber meine Schadenfreude ist nur von kurzer Dauer, da Carlotta sich nun energisch die Nase putzt und mich ernst ansieht. Auweia, jetzt kommt's, denke ich und wappne mich schon mal innerlich.

»Liebe Marie, ich darf doch Marie sagen, nach alldem, was ich jetzt über dich weiß. Du bist mit Sicherheit der absonderlichste Mensch, der mir je begegnet ist. Miguel sagte schon, dass man sich bei dir nicht sicher sein kann, ob du noch zwölf bist oder bereits fünfzig. Manchmal benimmst du dich wie ein hilfloses kleines Kind, aber auf der anderen Seite schaffst du es, im Handumdrehen Dinge zu erreichen, von denen andere ihr Leben lang nur träumen können. Das ist irgendwie schon bewundernswert.«

Ich verstehe nicht ganz. Hält sie mich nun für völlig bekloppt, oder mag sie mich? Und wie kommt Miguel eigentlich dazu, sich ihr gegenüber über mein Alter und meine geistige Reife zu äußern? Gibt es keine interessanteren Themen zwischen den beiden?

»Ähem, ich verstehe nicht ganz«, starte ich einen Versuch, etwas Licht ins Dunkel ihrer Bemerkungen zu bringen. »Du hast mit Miguel über mich gesprochen, oder vielmehr er mit dir?«

»Na klar«, antwortet Carlotta und knibbelt an ihrem Taschentuch herum. »Wir telefonieren fast täglich. Und da du momentan ein wichtiger Teil in seinem Leben bist, hat er mir auch so das eine oder andere von dir erzählt. Das mit Laurence ist mir zwar neu, aber das würde ich in der Rubrik ›Es ist nicht alles Gold, was glänzt‹ verbuchen und mir nicht mehr den Kopf darüber zerbrechen.«

Nun mach schon, erzähl weiter, denke ich, ich will JETZT wissen, was man hinter meinem Rücken über mich tuschelt. Und zwar schonungslos! Ich bin gewappnet und kann der Wahrheit ins Gesicht sehen.

»Und was hat Miguel über mich erzählt?«, murmle ich leise,

in der Hoffnung, dass Carlotta endlich mit ihren Informationen herausrückt.
»Miguel hat mir erzählt, dass er im Verlag eine wundervolle Lektorin hat, die ihn ausgezeichnet betreut, liebevoll und sehr persönlich. Und dass diese Art von Verhältnis genau das ist, wonach er bei den großen Verlagen immer gesucht hat. Du hast dir unheimlich viel Mühe beim Lektorat seines letzten Romanes gegeben, ihn äußerst einfühlsam an seine Schwachstellen herangeführt und ihn so lange gefordert, bis daraus ein kleines Meisterwerk geworden ist. Und es hat ihm ungeheuer imponiert, dass du dich von seinen gelegentlichen Wutanfällen nicht unterkriegen lässt und ihm Paroli geboten hast. Das passiert ihm nicht allzu oft, das kannst du mir glauben! Und das ist auch der Grund, weshalb er dich nach Mallorca eingeladen hat. Er wollte sich auf diese Weise dafür bedanken, was du für ihn getan hast. Deine Kollegin durfte nur mitkommen, weil er ahnte, dass du dich alleine hier unwohl fühlen würdest.«
Ich versuche, diesen Wust an Informationen zu verdauen. Die Dinge erscheinen plötzlich in einem völlig neuen Licht, das mich schon fast als Heldin dastehen lässt. Was ich nun mal wahrlich nicht bin.
»Und was ist mit seiner Krankheit?«, wage ich mich nun in Gefilde, die mich eigentlich wirklich nichts angehen.
»Es gibt keine Krankheit, das habt ihr euch nur eingebildet. Miguel geht's blendend. Er hatte gerade einen Check-up, und der Arzt hat ihm ein biologisches Alter von fünfundvierzig Jahren attestiert. Er ist in Topform, davon können so manche Dreißigjährige nur träumen.«
Da fällt mir aber wirklich ein Stein vom Herzen. Und das

nicht nur, weil ich aufgrund der soeben gehörten Komplimente Miguel zu meinem absoluten Lieblingsautoren erkoren habe, sondern weil ich immer froh bin, wenn es allen Menschen gut geht und sie gesund sind.

Während ich noch darüber nachdenke, wie ich eigentlich auf meine Vermutung gekommen bin, Miguel könne schwer krank sein, fällt mir wieder ein, dass ich ja eine ganze Menge Leute mit meinem Verdacht auf die falsche Fährte gelockt habe. Wenn Miguel das wüsste, hätte ich sicher umgehend bei ihm verspielt.

Da dies nun anscheinend die Stunde der Wahrheit ist, beschließe ich, Carlotta auch diesen Teil noch zu beichten, dann habe ich wenigstens komplett reinen Tisch gemacht. Aber Carlotta nimmt's gelassen. Sie bietet mir an, mit Miguel darüber zu sprechen, aber sie sieht darin kein großes Problem.

»Er kann daran doch nur erkennen, dass ihr euch Sorgen um ihn gemacht und dem Verlag gegenüber verantwortungsvoll und loyal gehandelt habt.«

Wow, so einfach ist das? Man verbreitet blöde Gerüchte und wird hinterher auch noch dafür gelobt? Bekomme ich jetzt einen Heiligenschein oder zumindest das Bundesverdienstkreuz?

»Und was sagst du zu Ramon und dazu, dass er derart überreagiert hat?« An dieser Stelle bewege ich mich auf dünnem Eis, obwohl ich es erstaunlicherweise noch geschafft habe, in meiner ungebremsten Beichte das Thema »Christoph Köllisch« elegant rauszulassen, und als Begründung für unseren Streit nur die Tatsache genannt habe, dass ich nicht bei Ramon im Zimmer übernachten wollte.

»Ramon? Ach, der kriegt sich schon wieder ein, darüber würde ich mir keine allzu großen Gedanken machen. Das zeigt doch nur, dass er wirklich in dich verliebt ist. Und glaub mir, der spanische Mann an sich kann es gar nicht leiden, wenn eine Frau seine Pläne durchkreuzt. Das sind ganz banal die Folgen einer Erziehung zum Macho. Das steckt tief drin und kann eben im schlimmsten Fall zu unkontrollierten und plötzlichen Gefühlsausbrüchen führen. Erinnere dich an Miguel und seine Reaktion in Berlin!«
Hmm, auch da ist etwas Wahres dran. Ich bin echt beeindruckt. Carlotta ist wirklich weise, das kann man nicht anders sagen. Wir prosten uns beide noch mal zu und ich fühle, wie sich allmählich eine bleierne Müdigkeit meiner bemächtigt, denn ich muss diese Fülle an Informationen erst einmal verdauen. Carlotta gähnt nun auch, und wir beschließen beide, ins Bett zu gehen.
»Vielen Dank, das war sehr, sehr lieb von dir«, bedanke ich mich bei ihr und schleiche den Flur hinunter.

»Na, war's nett mit Ramon?«, murmelt Annalena im Halbschlaf, wartet meine Antwort aber erst gar nicht ab, sondern schläft weiter. Ich lege mich ins Bett, starre noch eine Weile an die Decke und sinke dann umgehend in tiefen Schlaf. Im Traum segle ich mit Carlotta auf einer großen Yacht, unsere Haare flattern im Wind, wir trinken Champagner und haben jede Menge Spaß.
Und wieder reißt mich der Wecker aus dem Schlaf. Es ist Samstag, der Tag der Sommerparty, unser letzter Tag auf der Finca. Ich bleibe noch einen Moment liegen und überlege, ob ich die Ereignisse der gestrigen Nacht nur geträumt haben

könnte, aber die Tatsache, dass meine Flip-Flops fehlen, weil ich sie bei meinem Rauswurf aus Ramons Zimmer nicht mehr mitnehmen konnte, belegt eindeutig, dass alles real war.

Annalena gähnt, streckt sich und sieht mich herausfordernd an: »Na, wie war deine erste Nacht mit Ramon?« Und so erzähle ich auch ihr alles. Von meinem Streit mit ihm, meiner Begegnung mit Christoph Köllisch, die Annalena natürlich unglaublich lustig findet (haha!), und auch von dem Gespräch mit Carlotta. Auch Annalena ist schwer beeindruckt von den neuesten Entwicklungen und freut sich ebenfalls, dass Miguel gesund ist. Wir grübeln beide, ob Miguel es wirklich so gelassen aufnehmen wird, wenn Carlotta ihm erzählt, wie breitflächig wir das Gerücht über seinen unmittelbar bevorstehenden Tod ausgestreut haben, beschließen aber abzuwarten, was passiert, denn ändern können wir nun eh nichts mehr.

Also nix wie raus aus den Federn, denke ich, dies ist unser letzter Tag auf der Insel, und den würde ich ganz gerne am Pool verbringen. Ein wenig mulmig wird mir jedoch bei der Vorstellung, Ramon über den Weg zu laufen. Ich kann nur hoffen, dass er sich mittlerweile wieder beruhigt hat.

Als wir zum Frühstück gehen wollen, stehen meine Flip-Flops kommentarlos vor der Tür. Keine Ahnung, ob dies ein gutes oder ein schlechtes Zeichen ist. Wir begeben uns auf die Terrasse, auf der sich jedoch lediglich Sophie und Laura aufhalten, die noch bei ihrem letzten Kaffee sitzen.

»Na, wann fliegen Sie denn zurück nach Ibiza?«, erkundige ich mich bei Frau Harbach, um so einen Aufhänger zu schaffen, um sie noch einmal auf das geplante Buchprojekt für

unseren Verlag anzusprechen und sie endgültig dafür zu begeistern.
»Morgen Nachmittag um 16.00 Uhr. Ich bin ganz froh, wenn ich wieder zu Hause bei meinen Tieren sein kann. Und natürlich bin ich auch froh, dass wir mit dem TV-Team so viel geschafft haben. Ich habe heute morgen erst einen Anruf von Markus erhalten, der mir bestätigt hat, wie gut die Takes geworden sind, die wir hier gedreht haben.«
Na, dann ist ja alles wunderbar, denke ich und mümmle an meinem Croissant. Dann starte ich meinen Angriff auf Sophie Harbach. Minuten später sind wir schon voll in der Konzeptionsphase für das Buch. Es soll ein Tierbuch werden, erzählt aus der Perspektive ihrer Hunde, Katzen, Ziegen, Schweine oder was auch immer. Das Buch soll illustriert werden, und dafür fällt mir glücklicherweise sofort der richtige Künstler ein. Wir beschließen ein baldiges Treffen im Verlag, sobald Sophie wegen ihrer Talkshow wieder einmal in Hamburg ist, mit dem Schreiben wird sie jedoch schon bald beginnen. Wie sich herausstellt, hat sie mit dem Gedanken an ein solches Buch sowieso schon geliebäugelt und bereits viel Material gesammelt. Juhu, dies wäre also (nach Cornelia Volmers und Valerie Nussbaum bzw. Miguel) schon mein viertes Projekt. Nicht viel angesichts der gewünschten Anzahl von zehn, aber immerhin ein Anfang. Und humorvolle Bücher, erzählt aus der Tierperspektive, die auch noch auf einer Sonneninsel spielen, gehen weg wie geschnitten Brot, da bin ich mir ganz sicher. Auch Annalena und Laura sind begeistert von unserer Idee und schmieden schon einen PR-Schlachtplan, um das Buch mit einem riesigen Tamtam auf den Markt zu bringen.

Da wir nun so fleißig waren, können wir es uns leisten, anschließend an den Pool zu gehen. Auch Carlotta gesellt sich zu uns, und ich kann nicht umhin, ihren makellosen Körper zu begutachten. Ihre langen Beine können es problemlos mit denen von Blondi (wo ist die eigentlich abgeblieben?) aufnehmen, ihre Haut hat einen schimmernden Bronzeton (garantiert KEIN Selbstbräuner), und sie trägt einen rattenscharfen schwarzen Bikini, den ich neulich in der »Vogue« gesehen habe. Zu meiner eigenen Verwunderung macht mir ihr Anblick jedoch plötzlich nichts mehr aus; im Gegenteil, ich freue mich, sie zu sehen.

Nun sind wir sechs Frauen am Pool, ein Grund für Christoph (ich nenne ihn mittlerweile innerlich nur noch bei seinem Vornamen, jetzt, wo er mich quasi halbnackt auf dem Flur gesehen hat und weiß, was für Nachthemden ich bevorzuge), das Weite zu suchen und sich mit einem Manuskript in den Schatten zu verziehen. Von Ramon und Miguel weit und breit keine Spur!

Ich genieße meinen letzten Urlaubstag und sinniere über das Verhältnis von Christoph und Carlotta. Die beiden gehen sehr liebevoll miteinander um, aber ich habe noch nicht gesehen, wie sie sich küssen oder sonstige Zärtlichkeiten austauschen. Und dann haben sie auch noch getrennte Zimmer. Merkwürdig, merkwürdig!

Carlos mixt uns eine alkoholfreie Pina Colada, und wir Mädels haben jede Menge Spaß. Gegen Nachmittag ist es jedoch mit der Ruhe vorbei, der Cateringservice rückt an. Unter der Leitung von Carmen wird ein Büfett aufgebaut, das Essen in den Kühlraum verfrachtet, eine lange Tafel mit weißen Leinentüchern behängt und die Terrasse mit Schleifen und

Windlichtern dekoriert, kurz: Es wird hektisch und ungemütlich! Ein Grund mehr, noch eine kleine Siesta einzulegen, denn um 21.00 Uhr beginnt die Party.

Um 20.00 Uhr kloppen Annalena und ich uns um den Spiegel, weil wir beide mal wieder nicht wissen, was wir anziehen sollen, und uns bereits seit zwei Stunden immer wieder an- und ausziehen. Schließlich entscheidet sich Annalena für ein roséfarbenes Chiffonkleidchen mit Schuhen, die mit kleinen rosafarbenen Strasssteinchen besetzt sind.

»Wow, du siehst ja zum Anbeißen aus!«, lobe ich meine Freundin und gebe ihr einen fetten Schmatz mitten ins Gesicht. Nur ich weiß immer noch nicht, was ich anziehen soll, entscheide mich aber um 20.50 Uhr endlich für ein gestreiftes Hemdblusenkleid, unter dem ich recht offensiv einen schwarzen BH trage, dessen Spitze verführerisch aus dem Dekolleté lugt.

Als wir endlich die Terrasse betreten, beginnt es bereits, dunkel zu werden, und wir werden empfangen von einem Meer aus Windlichtern, Fackeln und Lampions, welche die Finca und den Garten in märchenhaftes Licht tauchen.

Carmen serviert den Aperitif. So langsam müssten ja auch mal die anderen Gäste eintrudeln, denke ich und bemerke, dass vom Gastgeber auch noch jede Spur fehlt.

Unter einer Palme entdecke ich Carlotta und Christoph, Sophie und Laura stehen etwas abseits davon. Wahrscheinlich wollen sie das »junge Glück« nicht stören … Wir schnappen uns ein Glas Champagner, gesellen uns zu Frau Harbach und Frau Krüger und warten gebannt darauf, was als Nächstes geschieht.

Gegen 21.00 Uhr tauchen ungefähr fünfzig weitere Gäste auf – alles Spanier, also kann ich leider nicht eruieren, um wen es sich dabei handelt. Allmählich bekomme ich Hunger und bin daher sehr erfreut zu sehen, dass Miguel endlich aus seinem Elfenbeinturm herauskommt, seine Gäste begrüßt und offensichtlich gewillt ist, das Büfett zu eröffnen.

»Meine lieben Gäste«, beginnt Miguel mit seiner Rede und räuspert sich ein wenig. »Ich freue mich, dass Sie so zahlreich hier erschienen sind, um mit mir hier das alljährliche Ca'n-Limone-Fest zu feiern. Wenn ich Sie alle so ansehe, dann entdecke ich unter Ihnen viele lieb gewordene und vertraute Gesichter. Sie alle haben mich ein kürzeres oder auch ein längeres Stück meines Lebens begleitet und sind somit ein Teil davon geworden. Ich möchte Ihnen heute Abend zwei Personen vorstellen, denen ich besonders viel zu verdanken habe und die mir sehr wichtig sind. Wie Sie vielleicht wissen, ringe ich seit Jahren mit mir, meine Erinnerungen zu Papier zu bringen, meine Memoiren zu schreiben, wie man es in Verlagskreisen so schön nennt. Mit fast fünfundsechzig Jahren wird es ja auch mal Zeit, wenn man den Veröffentlichungstermin noch erleben möchte. (An dieser Stelle wird mir mal wieder ein wenig warm.) Viele von Ihnen wissen sicher auch, dass ich mich immer wieder dagegen gesträubt habe. Zum einen, weil ich mir wirklich nicht vorstellen konnte, was einen Außenstehenden an meinem Leben interessieren könnte, zum anderen, weil es einen Teil meines Lebens gibt, einen sehr privaten, der niemanden etwas angeht. Nun haben sich die Dinge jedoch geändert. Eine junge Dame aus Hamburg hat mich davon überzeugt, dass es nahezu unerlässlich ist, alles aufzuschreiben, was mir im Laufe der Zeit widerfahren ist. Einerseits für mich persönlich – denn viele Erinnerungen verblassen ja im Laufe eines langen Lebens und werden wieder lebendig, wenn man sich intensiv mit ihnen beschäftigt – und andererseits, weil meine Generation natürlich sehr viel Bedeutendes erlebt hat, was verloren ginge, wenn man es nicht aufschriebe. Wichtige Dinge, sowohl in geschichtlicher als auch in künstlerischer Hinsicht. (Ich fasse es nicht, der Mann zitiert ja nahezu wörtlich aus dem Fax, das ich ihm geschrieben habe!) Ich habe lange darüber nachgedacht und die junge Dame dadurch arg ins Schwitzen gebracht. Ich bin mir darüber durchaus im Klaren, aber diese Bedenkzeit musste ich mir in meiner Position nun einmal herausnehmen. Ich bin sicher, dass Sie, liebe Marie, für meine Handlungsweise Verständnis haben.«

Ich merke, wie ich knallrot werde, weil mich ungefähr fünfzig Augenpaare anstarren.

Miguel macht einen Schritt auf mich zu und überreicht mir einen großen Umschlag: »Liebe Marie, ich möchte mich heute bei Ihnen bedanken – und damit auch bei all Ihren Kollegen –, dass Sie sich mit so viel Liebe und Einfühlungsvermögen meiner Arbeit angenommen haben. Wir haben zwar erst ein Buch gemeinsam auf den Weg gebracht, aber ich darf sagen, dass ich noch nie so ein gutes Gefühl dabei hatte. Deshalb würde ich gerne ein zweites Projekt mit Ihnen realisieren und möchte Ihnen aus diesem Grunde dies hier überreichen.«

Das Herz schlägt mir mittlerweile bis zum Hals, und ich lasse beinahe den Umschlag fallen, als ich ihn mit zitternden Händen öffne. Zuerst fällt mir ein kleines, in Seidenpapier gewickeltes, flaches Päckchen entgegen. Als Nächstes ertasten

meine Hände stapelweise Papier. Ich ziehe die oberste Seite heraus und lese die Überschrift: »Miguel Vargas – ein Leben in Bildern«. Hastig nehme ich nun den ganzen Stapel aus dem Umschlag. Es handelt sich um 500 Seiten eng beschriebenes Papier. Ungläubig starre ich darauf und kann es kaum fassen.
»Tja Marie, da staunen Sie, was?«, amüsiert sich Miguel offensichtlich königlich. »Erinnern Sie sich an unseren Abend in Portals Nous, als ich Ihnen zugesichert habe, meine Memoiren zu schreiben? Wo ich aber bereits deutlich gemacht hatte, dass dies zu meinen Bedingungen geschehen muss? Nun, wie Sie sehen, habe ich Wort gehalten. Eigentlich schon seit unserer Begegnung in Berlin habe ich diktiert, was das Zeug hält. Ramon war so nett, mir dabei zu helfen, und vor zwei Tagen haben wir das Werk dann schließlich vollendet. Es war natürlich hilfreich, dass ich schon immer Tagebuch geführt habe. Dadurch musste das Ganze also nur noch in eine lesbare Form gebracht werden. Ich habe es auch bereits einem spanischen Verleger in Palma gezeigt (aha, das war also der große Unbekannte im »Cappuccino«), der die Rechte für den spanischsprachigen Raum erworben hat. Tja, Marie – Totgesagte leben länger, nicht wahr? (An dieser Stelle schießt wieder flammende Röte in mein Gesicht.) Nun müssen Sie sich nur noch daranmachen, das Werk mit dem ihnen eigenen Sprachgefühl zu redigieren. Ein kleines Dankeschön hierfür und für die bisherige Zusammenarbeit finden Sie in dem Päckchen, das Ihnen gerade heruntergefallen ist.«
Ramon, der neben mir Platz genommen hat, ist so nett, das Präsent für mich aufzuheben und es mir zu reichen. Noch immer zitternd entferne ich das Geschenkpapier, und da liegt

sie, meine schwarze Traumkette. Und ehe ich mich versehe, legt Miguel mir das Schmuckstück um den Hals.

»Ich hatte Ihnen doch gesagt, dass dies ein Geschenk für eine ganz besondere Dame ist.«

Nun höre ich, wie das Blut in meinen Ohren rauscht, gleich muss ich mich an etwas festhalten, um nicht umzukippen. Ich spüre wieder die Blicke der anderen Gäste auf mir, die mich neugierig anstarren. Hastig kippe ich ein Glas Champagner hinunter – den habe ich nun bitter nötig.

»Nachdem ich die arme Marie offensichtlich ein bisschen verwirrt habe«, fährt Miguel nun mit seiner Rede fort, »möchte ich mich bei Ramon für seine Geduld bedanken, mit der er meine Unterlagen gesichtet hat, und auch bei den Damen Harbach und Krüger, die ein sicher sehr gelungenes Fernseh-Porträt über mich gedreht haben. Auch Sie mussten ein wenig Geduld mitbringen, ich weiß, aber ich denke doch, dass sich das Warten gelohnt hat. Ich freue mich schon sehr auf unsere weiteren Dreharbeiten in Barcelona und Hamburg, wo ich sicher auch einmal bei Ihnen, liebe Marie, im Verlag vorbeischauen werde.«

Nun fühle ich auch Christophs Blick auf mir, der mir zuzwinkert und Worte mit den Lippen formt, die so aussehen wie »Gut gemacht!«.

»Doch nun genug geredet«, fährt Miguel fort, und ich bete inständig, dass wir nun alle essen können, damit sich die Aufmerksamkeit nicht mehr so auf mich fokussiert. »Das Büfett ist eröffnet, ich wünsche Ihnen allen guten Appetit. Amüsieren Sie sich und verbringen Sie einen schönen Abend hier bei uns auf Ca'n Limone!«

Nun setzt leise Musik ein – Miguel hat sogar eine Band

engagiert – und die Leute stellen sich beim Büfett an. Ich glaube nicht, dass ich etwas essen kann, denke ich, um mich kurz darauf mit einem reichlich gefüllten Teller am Tisch wiederzufinden. Die anderen kloppen sich noch um Hummer & Co., und ich nutze die Gelegenheit, um meinen Gedanken nachzuhängen.

»Alles in Ordnung mit Ihnen?«, höre ich auf einmal die Stimme von Christoph, der offensichtlich vorhat, sich zu mir zu gesellen. »Sie stehen wohl nicht so gerne im Mittelpunkt?«, fragt er unbeirrt weiter, während ich mich über meine Tapas hermache.

»Nein, das kann man wirklich nicht sagen, und, ehrlich gestanden, ich bin froh, wenn wir wieder in Hamburg sind«, antworte ich und schwinge zur Bestätigung meinen abgeknabberten Holzspieß.

»Tja, das kann ich verstehen, meine Welt ist das ja auch ganz und gar nicht, diese Promi-Schickeria, dafür muss man schon geboren sein. Aber ich dachte immer, das wären Sie? Apropos, wo ist eigentlich Ihr Freund Ramon?«, fragt Christoph und sieht sich um.

Wieso apropos? Ist Ramon in Wirklichkeit der Prinz von China, nur habe ich noch nichts davon bemerkt? Allmählich spüre ich die Wirkung des Champagners und würde mich am liebsten »per Mausklick« in meine Hamburger Wohnung beamen.

»Keine Ahnung, wo der ist, ist mir auch egal«, höre ich mich zu meinem eigenen Entsetzen sagen, denn DAS geht Christoph nun wirklich nichts an.

Zum Glück kehren Annalena, Frau Harbach und Laura in diesem Augenblick vom Büfett zurück, und Christoph macht sich auf die Suche nach Carlotta. Wir Frauen plaudern ein wenig, essen uns kugelrund und trinken noch den einen oder anderen Schluck. Das MUSS wirklich ein Ende haben, wenn ich wieder in Hamburg bin, denke ich und bestelle ein weiteres Glas Champagner.

Bald haben alle gegessen, und die Ersten begeben sich todesmutig auf die Tanzfläche. Die Band ist so eine Art Buena Vista Social Club und bringt mit ihren kubanisch-lateinamerikanischen Rhythmen Stimmung in den Abend.

»Darf ich bitten?«, fragt auf einmal Ramon, der wie aus dem Nichts aufgetaucht ist und mich mit sich zieht, bevor ich protestieren kann. Ich kann nämlich gar nicht tanzen, zumindest nicht im herkömmlichen Sinne. Eine Tanzschule habe ich nie besucht, ebenso wenig wie eine Fahrschule. Aber die Band spielt gerade eine wunderschöne Ballade, und ich lasse mich mit einem Seufzer an Ramons Brustkorb fallen.

»Na, du Heldin des Tages? Wie fühlst du dich?«, fragt er mich und küsst mich auf die Nase.

Gute Frage, eigentlich fühle ich im Augenblick gar nichts mehr, außer der Wirkung des Alkohols und einer aufkommenden Müdigkeit. Wir lassen uns über die Tanzfläche gleiten, und ich bin froh, dass Ramon ein so guter Tänzer ist. Ich brauche mich lediglich seinen Bewegungen anzupassen, dann geht es wie von alleine.

»Ich wollte mich noch für gestern Abend bei dir entschuldigen«, flüstert Ramon mir zu und knabbert wieder verführerisch an meinen Ohrläppchen. »Ich war einfach nur enttäuscht und eifersüchtig. Obwohl ich sicher gar keinen Grund dazu habe, nicht wahr?«

Einen Grund, oder keinen Grund, das wird mir jetzt alles zu

anstrengend. Ich habe Mühe, ein Bein vor das andere zu setzen, und würde am liebsten direkt hier, an Ramons Schulter, einschlafen. Und das tue ich dann wohl auch, denn Minuten später höre ich Ramons Stimme, nun nicht mehr ganz so verliebt säuselnd:

»Aufwachen, Marie, du bist hier mitten auf der Tanzfläche! Reiß dich zusammen, dann bringe ich dich in dein Zimmer!«

»Auja, hicks, Sssimmer, das hört sich gudan«, lalle ich und versuche, die Augen aufzuhalten. »Ich will in mein Ssimmer undinmein Bedd, un swar alleine, jawohl, higgsss«, brabble ich vor mich hin, während Ramon versucht, mich durch die Menge der Tanzenden zu bugsieren.

»Na, Frau Teufel, schon müde?«, nervt nun auch Christoph, der allem Anschein nach heute nicht von meiner Seite weichen will. »Ich dachte, wir tanzen noch miteinander!«

»Einannnermal, Herr Köllisch, einannermal«, erwidere ich und verabschiede mich mit einem kurzen »Huhu« bei Annalena, die gerade von einem gut aussehenden, grau melierten Typen mit Beschlag belegt wird.

Ramon ist weiter hartnäckig dabei, mich in mein Zimmer zu verfrachten, halb zieht er mich, halb trägt er mich. Und irgendwie schafft er es schließlich, dass ich tatsächlich im Bett liege, wo sich nun gnadenlos alles um mich dreht.

»Hier, trink das, dann geht's dir morgen früh nicht ganz so schlecht!«, befiehlt Ramon und setzt mir ein Glas mit sprudelndem Inhalt an die Lippen.

»Nichschonwieda Schampania«, versuche ich zu protestieren, doch Ramon belehrt mich, dass es sich bei der Flüssigkeit um Wasser mit Aspirin handelt. Artig leere ich das Glas, während sich um mich herum weiter alles dreht. Ich lasse mich in die Kissen fallen und schließe erneut die Augen. Hoffentlich lässt mich Ramon jetzt in Ruhe, hoffentlich lassen mich ALLE jetzt in Ruhe. Ich will zu meiner Mama und Sissi, jawohl!

Über diesen Überlegungen muss ich dann wohl eingeschlafen sein, denn ich kann mich nicht daran erinnern, mich von Ramon verabschiedet oder mich im Bad irgendwie bettfein gemacht zu haben.

Gegen 5.00 Uhr morgens wache ich kurz auf, stelle fest, dass Annalena noch gar nicht im Bett ist, und höre laute Musik vom Pool und von der Terrasse. Die Party scheint also noch in vollem Gange zu sein, wie schön für Miguel!

Das nächste Mal, dass ich auf den Wecker schaue, ist um 11.00 Uhr. Nun liegt auch Annalena neben mir, und die Band hat nun offensichtlich auch Feierabend. Ich quäle mich ins Bad, um meinen Gesamtzustand zu checken, und erschrecke über den Anblick, der sich mir bietet. Ich fühle mich hundeelend. Und ich habe keinen blassen Schimmer, wie ich in diesem Zustand zurück nach Hamburg fliegen soll. Um 17.00 Uhr geht unser Flug, das Beste wird es wohl sein, wieder ins Bett zu kriechen.

13.30 Uhr, Annalena rüttelt mich.

»Marie, Marie, so langsam musst du aber wirklich aufstehen. Ich versuche schon seit einer halben Stunde, dich zu wecken. Wir müssen zum Flughafen und haben noch nicht einmal gepackt.«

Okay, okay, denke ich, das schaffe ich schon irgendwie und schwinge meine Beine erneut aus dem Bett. Annalena reicht mir ein Glas Cola, das in der Tat wieder ein wenig Leben in mich bringt. Nahezu wortlos – auch Annalena hat offensichtlich mit den Folgen der Nacht zu kämpfen – packen wir beide unsere Sachen.

Als wir fertig sind, machen wir uns auf die Suche nach Sophie und Laura, die an einem Tomatensaft nippend im Schatten sitzen. Für lange Abschiedszeremonien bleibt jedoch keine Zeit, da deren Flug eine Stunde früher geht als unserer. Aber wir werden uns ja sowieso bald in Hamburg wiedersehen. Miguel scheint irgendwie verschollen, aus diesem Grunde stellen wir ihm sein Geschenk ins Atelier, schreiben noch einen Brief, in dem wir uns für alles bedanken, und versprechen, uns zu melden, sobald wir wieder im Verlag sind.

Während wir noch an der überdimensionalen Schleife herumzupfen, erscheint Ramon im Türrahmen und macht mir ein Zeichen, mit ihm zu kommen. Ich schäme mich irgendwie, denn noch nie hat ein Mann mich in betrunkenem Zustand ins Bett bringen müssen. Und noch nie habe ich es geschafft, kostbare und wertvolle Zeit derart dämlich zu vergeuden. Mit einem total unnötigen Streit und mit einem ebenso unsinnigen Besäufnis.

»Soll ich mich melden, wenn ich wieder zu Hause bin?«, wage ich einen Vorstoß, denn die Woche mit Ramon war sehr schön, und es ist wirklich schade, dass sie nun einen so nüchternen und unvermittelten Abschluss findet. Allerdings hat die Sache eigentlich sowieso keine Zukunft. Er hier oder in Berlin und ich in Hamburg …

»Ich würde mich freuen, wenn du von dir hören lassen würdest«, antwortet Ramon zu meiner Verwunderung und gibt mir einen langen Abschiedskuss. »Ende September bin ich wieder in Berlin, da fängt das neue Semester an, vielleicht können wir uns dann ja sehen, oder ich besuche dich in Hamburg«, startet er den rührenden Versuch, uns noch eine Chance zu geben.

»Ja, so machen wir das«, antworte ich, streiche ihm noch einmal über die Haare und mache mich dann auf den Weg, um Carlotta und Christoph zu suchen. Christoph steht bereits bei Annalena und Carlotta, die ja noch länger hier bleiben wird, im Innenhof und verabschiedet sich von Carmen, der Süßen. Die habe ich im Laufe dieser Woche wirklich in mein Herz geschlossen.

»Adios, Señora Teufel und Señora Kluge, ich hoffe, Sie besuchen uns recht bald wieder auf Ca'n Limone, es war sehr schön, dass Sie bei uns waren«, sagt sie und drückt jede von uns an ihre mütterliche Brust.

»Das fanden wir auch, wir haben uns sehr wohl gefühlt, und Sie haben uns ja wirklich mehr als verwöhnt.«

Carlotta drücke ich in einem Anfall von Spontanität ebenfalls an mich, flüstere ihr ein »Danke noch mal für alles« ins Ohr, und nun sind wir zur Abfahrt bereit. Carlos verstaut bereits unser Gepäck im Wagen, nach unseren Shopping-Touren können wir es fast schon mit Carlottas Koffermengen aufnehmen. Wir steigen in den Wagen, fahren die Auffahrt hoch, wo sich wieder ein paar Schafe tummeln, die leise blöken und uns »Adios« sagen. Nach der ersten Haarnadelkurve haben wir noch einmal einen unverstellten Blick auf die Finca, und aus dem Augenwinkel erhasche ich einen kurzen Blick auf Ramon, der mir eine Kusshand zuwirft. Ich muss wohl geseufzt haben, ohne es zu merken, denn Christoph, der vorne neben Carlos sitzt, dreht sich um und fragt: »Na, Frau Teufel, sind Sie traurig?« Ich schüttle den Kopf und fange plötzlich an zu weinen.

Sonntagabend, endlich bin ich wieder in Hamburg. Sissi stürzt sich voller Begeisterung auf mich, ich kann kaum den Koffer in Ruhe in die Wohnung wuchten, weil ich fast über meine Katze falle.

»Hallo, meine Süße, da bin ich wieder, hast du mich vermisst?«, frage ich das Schmusetier, streichle es ausgiebig und sehe mich erst einmal in meiner Wohnung um. Wie klein das alles hier plötzlich ist, und das Wetter ist natürlich auch kein Vergleich. Schon beim Landeanflug packte mich die Lust wieder umzukehren, als ich das verhangene Grau in Grau sah.

Als Erstes schnappe ich mir meine Post, dann höre ich den Anrufbeantworter ab. Ganze zwei Nachrichten, na, das ist ja üppig! Die erste stammt von Martina, die wissen möchte, ob ich heil angekommen bin, und kundtut, dass sie Sissi gerne adoptieren würde, falls ich sie nicht mehr brauche. Die zweite Nachricht ist von einem Karl Schmidt, den ich im Augenblick nicht ganz einsortieren kann, sicher irgend so ein Mensch, der mir eine Versicherung aufquatschen will.

»Hallo, Frau Teufel. Mein Name ist Karl Schmidt vom Ortsamt Eimsbüttel. Sie wollten mich doch zum Essen einladen, erinnern Sie sich? Und nachdem das schon über eine Woche her ist und Sie sich nicht gemeldet haben, wollte ich Ihnen sicherheitshalber noch einmal meine Telefonnummer sagen. Sie lautet …«, den Rest höre ich schon gar nicht mehr an. Stimmt ja, Karl Schmidt, mein Retter in strahlender Rüstung

und Paisley-Krawatte. O Gott, wie komme ich denn bloß aus DER Nummer wieder raus?
Ich beschließe, die Nachricht einfach umgehend zu löschen, dann hatte ich eben während meiner Abwesenheit einen Stromausfall oder so, und den Zettel mit seiner Nummer habe ich verloren und bin jetzt untröstlich, dass ich ihn nicht mehr erreichen kann. Und wenn ich mich nach dieser Nachricht nicht bei ihm melde, wird Karl sicher sowieso zu stolz sein, um sich noch einmal bei mir zu rühren.
Schnell packe ich meine Sachen aus und begebe mich in die Küche. Jetzt – quasi zum Abschluss – noch ein schönes Glas Rotwein, das wäre doch was. Und ab morgen, ich schwöre, beginnt ein neues Leben! Ich werde immer früh ins Bett gehen, keinen Alkohol trinken, versuchen, an meiner Figur zu arbeiten, vielleicht fange ich sogar wirklich mit Joggen an und lerne lieber Spanisch als Italienisch. Ist ja schließlich auch eine schöne Sprache.
Während ich noch in der Küche nach einer Flasche Wein und einem Korkenzieher krame, entdecke ich in der Mülltonne an die tausend leere Dosen Katzenfutter. Alle Sheba-Sorten, die man sich nur denken kann.
»Na Sissi-Maus, da hattest du es ja richtig gut ohne mich. Scheint so, als hätte Martina dich richtig verwöhnt. Jetzt werden aber wieder andere Seiten aufgezogen, meine Liebe, ich finde, du hast ganz schön zugelegt.«
Mit einem beleidigten Maunzer verlässt Sissi die Küche und rollt sich auf meinem Sessel zusammen.
Die macht's richtig, denke ich und drehe erst einmal ordentlich die Heizung auf. Nachdem ich meine Mutter angerufen und Bescheid gebeben habe, dass ich wieder zurück bin,

begebe ich mich ins Bad. Wenn selbst Sissi nun schon moppelig wird, wie sieht es dann wohl erst mit mir aus? Neugierig stelle ich mich auf die Waage, um sofort wieder rückwärts runterzufallen. 2,5 kg mehr, und das in nur einer Woche. Das KANN überhaupt nicht sein! Also nix wie runter mit den Klamotten, die Haarspange aus den Haaren und ein neuer Versuch. 2,2 kg. So viel zum Thema Gewicht der Haarspange. Ratlos und auch ein wenig niedergeschmettert setze ich mich auf die Couch. Wie kann das bloß sein? Ich kann mich kaum erinnern, überhaupt etwas gegessen zu haben, wenn man mal von der Paella und der einen oder anderen Kleinigkeit absieht.

»Das kommt vom Alkohol«, doziert Blondi, die sich wohl in meinem Koffer versteckt hatte und nun ihren oberlehrerinnenhaften Auftritt hat.

Okay, okay, sie hat ja sicher Recht, aber diese Flasche hier, die muss nun mal noch weg. Denn wenn ich sie leben lasse, ist sie als ständige Versuchung präsent, und was nicht da ist, kann einen auch nicht auf dumme Gedanken bringen. Das ist wie mit der Schokolade, deren Kauf man sich im Supermarkt verkneift, nur um dann mitten in der Nacht, getrieben von purer Gier, zur Tankstelle zu flitzen und sich Dutzende »Ferrero Küsschen« oder ähnlich übles Zeug reinzuziehen.

Also, einen Schluck Rotwein eingeschenkt und dann bei Martina angerufen. 21.00 Uhr ist eigentlich immer eine gute Zeit bei ihr, weil Sarah dann (hoffentlich!) schon im Bett ist und unsere Gespräche nicht durch ein »Nein Sarah, nicht mit den Nutella-Fingern Bildchen auf die Wohnzimmertapete malen« oder ein »Sarah! Wie oft habe ich dir schon gesagt, dass du nicht nackt zu deiner Freundin Yvonne nach nebenan laufen sollst!« unterbrochen werden. Diese Telefonate haben meist etwas Anstrengendes, da ich jeden Satz etwa fünfmal wiederholen muss und Martina immer wieder dabei ertappe, dass sie mir gar nicht richtig zuhört. Was ich ihr aber auch keinesfalls verdenken kann. Doch heute ist Sarah tatsächlich schon im Bett, Martina hat sich ebenfalls gerade ein Glas eingeschenkt und meinen Anruf bereits erwartet.

Ich versuche, ihr in wenigen Sätzen zu umreißen, was ich in dieser aufregenden Woche alles erlebt habe. Den Teil mit Ramon lasse ich jedoch aus, der ist eher was für einen Frauenabend beim Italiener um die Ecke. Martina ist beeindruckt und wundert sich zum wiederholten Male, wie ich diesen Affenzirkus, den diese Promi-Welt manchmal eben mit sich bringt, aushalte. Nur Sophie Harbach hätte sie ebenfalls gerne einmal kennen gelernt, und ich verspreche ihr zu versuchen, eine Einladung zu deren Sendung zu bekommen, was ja spätestens dann möglich sein dürfte, wenn Miguel auf Promotion-Tour für sein Buch geht.

Nach dem Telefonat befinde ich mich in einer merkwürdigen Stimmung. Die Ereignisse meiner Reise sind bereits in weite Ferne gerückt und erscheinen merkwürdig irreal, allerdings ist meine Sehnsucht nach Ramon plötzlich sehr präsent. Auf Mallorca würden wir jetzt zusammen sein und gemeinsam in die Sterne gucken. Derart von Erinnerungen beseelt, schnappe ich mir mein Handy, um ihm eine SMS zu schicken. Anrufen finde ich zu aufdringlich, aber eine SMS hat so etwas herrlich Distanziertes und Unverbindliches.

Ich tippe gerade »Ich verm…«, als ich das Handy wieder sinken lasse. Irgendwie sitzt mir die missglückte Nacht in Ramons Zimmer und sein Vorwurf, eigentlich in Christoph verliebt zu sein, im Nacken. Natürlich weiß ich, dass dem keineswegs so ist – und wer will das schließlich besser wissen als ich? –, aber die Frage bleibt doch, ob ich es nicht einfach bei diesem Urlaubsflirt belassen und mich an den Teil erinnern sollte, der von Streit und Eifersucht ungetrübt war. Genauso mache ich das, beschließe ich, lösche meine Nachricht und das Licht, weil ich ja schließlich morgen früh wieder im Verlag sein muss. Und da wartet gleich eine Besprechung zum Thema Miguels Memoiren auf mich, die für 11.00 Uhr anberaumt ist.

9.00 Uhr. Zurück in der Besenkammer. Annalena ist bereits schwer in Aktion, was mich wundert, wo sie doch sicher noch die Gelegenheit genutzt hat, sich gleich gestern Abend mit Heiko zu treffen. Sie stapelt irgendwelche Ordner von A nach B und telefoniert gleichzeitig über ihr Headset. Jawohl, Annalena ist die Einzige im Verlag, die so etwas Kostbares wie ein Headset besitzt, weil sie als PR-Frau naturgemäß quasi ständig an der Strippe hängt und weil sie als Hypochonderin besonders große Angst vor den Strahlungen des Telefons hat und außerdem zu Nackenverspannungen neigt. In irgendeiner Gesundheitszeitschrift bei einem ihrer zahlreichen Arztbesuche hat sie gelesen, dass die schädlichen Strahlungen auf diese Weise vom Gehirn fern gehalten würde. Mit diesem Artikel ist Annalena dann auch prompt zu Herrn Bader gewandert, hat ihn gefragt, ob er sie lieber tot oder lebendig in seinem Team haben wolle, und hat ihm auf diese Weise tatsächlich die Kostenübernahme für dieses Schicki-Teil abgerungen. Ich habe ihr, nachdem sie so glücklich über ihre Neuerwerbung war, nicht erzählt, dass ICH

wiederum auch in einer solchen schlauen Publikation gelesen habe, die gefährlichen Strahlungen würde gerade durch ein Headset DIREKT zum Gehirn geleitet werden. Wie auch immer, Annalena ist absolut happy mit diesem Ding, und es macht optisch auch eindeutig was her.
»Moin, Süße, willkommen in Hamburg«, begrüßt sie mich strahlend, als sie ihr Gespräch beendet hat. »Das war Heiko. Er möchte dich unbedingt kennen lernen, nachdem ich ihm erzählt habe, was für ein scharfer Feger du bist.«
Scharfer Feger? Ich verstehe nicht so ganz?
»Na, Antonio Banderas aufreißen und dann cool im Regen stehen lassen, das ist doch was, oder?«, führt Annalena weiter aus und versucht zu begründen, inwiefern ich quasi über Nacht zum männermordenden Vamp mutiert bin. Zumindest ihrer Meinung nach.
Nachdem ich meine Post durchgesehen, meine E-Mails gecheckt und einige Anrufe getätigt habe, ist es auch schon Zeit für unsere Besprechung. Im Konferenzraum haben sich bereits Herr Bader, Christoph, Frau Werner, unsere Marketingleiterin, und unser Vertriebsleiter Herr Stumm versammelt, als Annalena und ich eintreten.
»Da ist sie ja, unsere Heldin«, erhebt sich Herr Bader und stürzt freudestrahlend auf mich zu.
Hoffentlich umarmt er mich jetzt nicht, denke ich und gebe ihm lieber gleich die Hand.
»Dann können wir ja jetzt beginnen«, eröffnet Christoph in sachlichem Ton das Meeting, jetzt muss gearbeitet werden!
»Ich möchte Sie kurz darüber informieren, dass wird dank des Engagements von Frau Teufel in der glücklichen Lage

sind, Miguel Vargas' Memoiren noch in diesem Herbst, also pünktlich zu seinem fünfundsechzigsten Geburtstag, herauszubringen. Der Text steht so weit, ich habe ihn hier«, sagt er und deutet mit der Hand auf den riesigen Papierstapel vor sich. »Der Buchtitel – ›Miguel Vargas – ein Leben in Bildern‹ – ist bereits fixiert, nun müssen wir uns nur noch auf den Erscheinungstermin und auf die Vermarktungsstrategie einigen. Frau Kluge und Frau Werner, ich würde Sie bitten, mir bis Ende der Woche ein PR- und Marketing-Konzept vorzulegen. Herr Stumm, Sie besprechen bitte mit Ihrer Außendienstmannschaft die voraussichtlich abzusetzende Auflagenhöhe. Frau Teufel, Sie machen sich sofort ans Lektorat, ich denke, dass Sie in einem Monat damit fertig sein müssten, und sprechen Sie sich bitte mit der Herstellungsabteilung wegen des Terminplanes ab. Das Buch muss auf alle Fälle pünktlich zur Frankfurter Buchmesse fertig sein. Ob wir die Buchpremiere mit der Messe verbinden, davor oder danach abhalten, müsste Frau Kluge bitte überlegen. Auf alle Fälle benötige ich bald eine Kalkulation für alle Varianten, inklusive der Kosten für die Präsentation alternativ hier in Hamburg oder auf Mallorca. Frau Teufel, Sie besprechen sich bitte ebenfalls diese Woche noch mit der Grafikabteilung wegen des Covers. Lassen Sie bitte fünf Varianten erstellen, die wir dann mit dem Vertrieb abstimmen, um sie im Anschluss Miguel Vargas vorzulegen. Noch Fragen? Wenn nicht, bitte ich Sie alle, wieder an Ihre Arbeit zu gehen!«

Hossa, das nenne ich aber mal eine Besprechung! Na, dann nix wie raus hier, ab jetzt heißt es arbeiten, arbeiten, arbeiten. Als ich gerade nach meinem Schreibblock angele, fühle ich plötzlich Christophs Hand auf meiner Schulter.

»Und Sie, Frau Teufel, möchte ich noch auf einen Moment in mein Büro bitten.«
Mann, was hat der denn plötzlich für einen strengen Ton am Leib? Wenn er schlechte Laune hat, soll er das gefälligst nicht an uns auslassen, denke ich, während ich ihm wortlos in sein Büro folge. Wieder bin ich verzückt beim Anblick dieses wunderschönen, hellen und vor allem großen Raumes. Ob ich wohl jemals auch so ein Büro haben werde?, frage ich mich, während Christoph mir ein Blatt Papier reicht.
»Hier, das hat die Vertragsabteilung fertig gestellt, während Sie weg waren. Ich denke, es ist okay so.«
Neugierig mache ich mich daran, den Inhalt des Papiers zu studieren, und stelle dabei fest, dass dies der angekündigte Nachtrag zu meinem Vertrag ist. Dann müsste also hier auch der genaue Betrag meiner Gehaltserhöhung angegeben sein – o ja, in der Tat. Da steht es, schwarz auf weiß: 250 Euro. Ich schlucke. 250 Euro. Das sind ja netto, wenn's hochkommt, 125 Euro, das ist doch ein absoluter Lacher. Nichts mit Joop!-Tasche und dem regelmäßigen Friseurbesuch bei Marlies Möller.
Ich hebe meinen Kopf, um in Protest auszubrechen, doch Christoph hat sich bereits umgedreht und sieht, mit dem Rücken zu mir stehend, aus dem Fenster. Diese Körperhaltung wirkt ablehnend wie ein Bollwerk, und ich beschließe, erst einmal nichts zu sagen. Ich werde mir den Schrieb in aller Ruhe zu Hause ansehen und dann überlegen, ob ich damit einverstanden bin. Schließlich trage ich seit einigen Wochen ein erhebliches Maß an Mehrverantwortung, und wie ich die Sache sehe, wird dieser neue Aufgabenbereich meine Freizeit erheblich reduzieren.

Ich will mich gerade hinausschleichen, als Christoph sich umdreht.

»Und noch was, Frau Teufel, wann kann ich Ihre Aufstellung der neuen Projekte haben? Die vierzehn Tage sind ja nun um!«

Na, jetzt wird's aber wirklich ungemütlich. Ich war doch die ganze Zeit auf Mallorca, das weiß Christoph selbst am besten. Wie hätte ich denn da noch mehr Autoren akquirieren sollen? Mein Engagement in Sachen Cornelia Volmers zählt anscheinend nicht und auch nicht die Tatsache, dass ich Frau Harbach als Autorin gewonnen habe. Und dann die Memoiren von Miguel – immerhin 500 Seiten –, und ganz nebenbei habe ich ja auch noch das eine oder andere Projekt laufen, an dem ich auch ebenfalls arbeiten muss.

»Das wird wegen der Redaktion der Vargas-Memoiren wohl etwas länger dauern«, wage ich nun doch noch einen Protest. »Selbst wenn ich Tag und Nacht arbeite.«

»Ich verstehe Ihr Problem nicht ganz, Frau Teufel«, erwidert Christoph ungerührt. »Sie sind doch eine versierte Lektorin. Da werden Sie doch wohl 500 Seiten in einem Monat schaffen, oder? Und was die neuen Promi-Projekte betrifft, so hatten Sie auf Mallorca doch alle Zeit der Welt, sich ein Konzept zu machen und Ideen zu kreieren. Oder waren Sie zu sehr damit beschäftigt, nachts über die Flure zu geistern und sich Schauermärchen über Miguels mysteriöse Krankheit zu überlegen?«

Ich bin fassungslos. Worum geht es hier eigentlich?, überlege ich, während ich nun in der Tat den Rückzug antrete. »Ich glaube, ich gehe dann wohl besser, ich habe ja noch einiges zu tun. Mitte nächster Woche bekommen Sie Ihre Konzepte, aber früher werde ich es mit Sicherheit nicht schaffen«, murmle ich und suche unauffällig das Weite.

Zurück in der Besenkammer treffe ich auf Annalena, die sich ebenfalls die Haare rauft. Wie sich herausstellt, hat auch sie sowieso schon jede Menge auf dem Schreibtisch und die von Christoph geforderten Unterlagen bedeuten eine Menge Arbeit zusätzlich. Das alles ist ebenfalls in diesem kurzen Zeitraum kaum zu schaffen.

Als wir uns gerade so richtig auslassen wollen, klingelt mein Telefon. Es ist Herr Rademacher, der sich freut, dass wir wieder im Büro sind. Herr Rademacher ist einer unserer Lieblingsautoren, er hat ein philosophisch anmutendes Geschenkbuch mit dem Titel »Wohin des Wegs? Fragen und Antworten in einer stürmischen Zeit« bei uns veröffentlicht, das sich sehr gut verkauft, aber auch viel Arbeit mit dem Autor mit sich bringt. In seinen besten Zeiten ruft »Radi«, wie wir ihn liebevoll nennen, bis zu fünfmal am Tag an. Und zwar fünfmal bei Annalena, um mit ihr Talkshow-Termine und Lesungen durchzusprechen, und weitere fünfmal bei mir, obwohl es dafür eigentlich keinen Grund mehr gibt, weil unser Teil der Zusammenarbeit ja schon längst beendet ist. Wenn wir nicht telefonieren, mailen wir, denn wir wissen, dass Herr Rademacher nach dem Tod seiner Frau sehr einsam ist und ihm der Kontakt mit uns gut tut. Und er ist ja auch wirklich ganz reizend.

Oft bekommen wir kleine Päckchen von ihm mit staubig schmeckenden Keksen und Rotbäckchensaft, was uns aber immer wieder aufs Tiefste rührt, obwohl wir sie dann regelmäßig entsorgen müssen, oder Urlaubspostkarten aus Bayern, wohin er immer zum Wandern fährt.

Heute ist »Radi« offensichtlich froh, uns wieder erreichen zu können, auch wenn mir ein langes Telefonat mit ihm zeitlich gerade jetzt überhaupt nicht in den Kram passt.
»Na, Herr Rademacher, wie ist es Ihnen denn so ergangen, ohne uns?«, frage ich ihn und öffne parallel weiter meine Post. Time is money, und das kann man ja gut nebenher tun.
»Frau Teufel, wie schön, wieder Ihre Stimme zu hören! Ich wollte fragen, wie es auf Mallorca war und ob Sie zu meiner Veranstaltung in Frankfurt kommen werden.«
Veranstaltung? Ich kann mich nicht erinnern ... Aber halt, da war doch was ... ich erinnere mich vage an ein Gespräch ... Hmm, eigentlich haben Annalena und ich ja gar keine Zeit für so was, aber wir können es Radi keinesfalls antun, dort nicht zu erscheinen.
»Frau Teufel, sind Sie noch dran?«, vernehme ich auch prompt die Stimme des Autors. »Frau Kluge und Sie müssen einfach kommen. Bitte tun Sie mir den Gefallen und sagen Sie ja!«
Ich habe in der Zwischenzeit einen raschen Blick in meinen Kalender geworfen und, siehe da, tatsächlich einen entsprechenden Eintrag gefunden. 11.00 Uhr, ganz schön früh für jemanden, der aus Hamburg anreist und mit Sicherheit keinen Flug bezahlt bekommt. Ich verspreche Radi, bei Herrn Bader nachzufragen, ob es in Ordnung ist, wenn wir einen weiteren Tag im Verlag fehlen, und mich dann wieder bei ihm zu melden.
Als ich Annalena von unserer Einladung erzähle, bekommt sie zuerst einen puterroten Kopf und dann einen Wutanfall. So aufgebracht habe ich sie selten erlebt, von daher beschließe ich, dass es besser ist, wenn sie ihren Emotionen erst einmal freien Lauf lässt.

»Nach Frankfurt? Hast du sie noch alle? Hast du zufällig zu viel Zeit? Hast du vergessen, was wir beide diese Woche noch alles machen müssen? Wie soll ich denn bis Ende dieser Woche das ganze Konzept für die bekifften Memoiren deines bescheuerten Miguel Vargas hinbekommen? Und dann noch Kalkulationen für die Messe, für Hamburg oder wahlweise auch Mallorca. Timbuktu und Wermelskirchen kann ich ja dann auch noch berechnen, wenn's der Herr Köllisch denn gerne so hätte. Warum ist der nicht eigentlich Cheflektor geblieben, anstatt sich hier als Partner aufzuplustern? Und wenn wir schon dabei sind: Warum sagst du Rademacher nicht einfach, dass wir keine Zeit haben? Und schon gar nicht, wenn wir um 5.00 Uhr morgens oder so mit der Bahn fahren müssen und damit basta!«
Nun übertreibt Annalena aber ein wenig!
»Sag du ihm doch, dass du keinen Bock hast, nach Frankfurt zu fahren, schließlich ist die Einladung ja für uns beide, und jetzt verlangst du von mir, dass ich den armen Kerl enttäusche, wo er sich doch so auf uns freut. Und wenn wir schon dabei sind: Lass deinen Frust nicht an mir aus! Hast doch selbst gehört, was ich jetzt alles zu tun habe. Meinst du, MEIN Terminplan ist auch nur ein Stückchen besser als deiner? Und außerdem muss ICH sogar zehn Minuten früher aufstehen als du, weil der Zug früher am Dammtor hält als am Hauptbahnhof.«
Mit dieser Bemerkung ist der Damm endgültig gebrochen, und wir müssen beide lachen. Bringt ja nichts, wenn wir uns jetzt auch noch gegenseitig an die Kehle gehen. Wir beschließen, erst einmal in aller Ruhe Mittag essen zu gehen und dabei einen Schlachtplan zu schmieden.

Kurze Zeit später sitzen wir dann auch schon in unserem Lieblingscafé und trinken leckeren heißen Tee, der die Gehirnzellen wieder frei macht. Ich erzähle Annalena von meiner mehr als mageren Gehaltserhöhung und von meinem quasi abgelaufenen Ultimatum für die Promi-Projekte. Annalena ist kurz davor, wieder einen Wutanfall zu bekommen, als sie von den 250 Euro erfährt, beruhigt sich dann aber, da ich ihr erkläre, ich überlegte noch, ob ich dieses ach so tolle Angebot überhaupt annehmen sollte. Noch ist ja schließlich nix unterschrieben! Wir grübeln weiter darüber, wie wir unser Arbeitspensum am besten in den Griff bekommen können, und beschließen, eine der Volontärinnen verstärkt für uns einzuspannen. Sie kann mir beim Redigieren helfen und Annalena beim Zusammentragen der Daten, die sie für ihre Kalkulation benötigt.

»Sag mal, kannst du dich noch an den komischen Typen erinnern, ich glaube, er hieß Martin Seiher oder so, der sich mal bei uns als VIP-Scout beworben hat? Kannst du den nicht mal fragen, ob ihm noch ein Promi einfällt, der derzeit damit kokettiert, ein Buch zu schreiben?«, fragt meine Freundin plötzlich, und ich suche mein inneres Register nach diesem Namen ab. Stimmt, ich erinnere mich wieder! Martin Seiher war ein eigentlich ganz netter Typ, der mal für eine deutsche Popsängerin gearbeitet hat, mit der aber bald über kreuz war und sich dann als VIP-Scout selbständig gemacht hat. Was immer auch ein VIP-Scout tun mag, ich kann es ja mal in Erfahrung bringen.
»Martin Seiher kontaktieren«, schreibe ich in mein Filo und knabbere an meinem Lachsbrötchen.

»Und ich könnte doch auch Sebastian anrufen, meinen Freund, den Promi-Zahnarzt aus Starnberg, der hat doch ständig die bayerische Haute Volaute unterm Bohrer. Vielleicht hat der ja noch eine zündende Idee«, rufe ich aus und bin begeistert ob unserer Kreativität. Da haben wir es doch innerhalb unserer kurzen Mittagspause mit geballter Kraft weitergebracht als unsere Chefs an einem ganzen Tag.

»Und ich rufe noch meine Freundin Susanne an, die für die Computerfirma immer die Events organisiert, die hat bestimmt die eine oder andere Adresse mit zugehöriger Preisliste in petto für Miguels Buchpremiere«, setze ich noch einen drauf, während wir zum Verlag zurückstiefeln. Gleich danach wage ich mich in die Höhle des Löwen und bitte Herrn Bader um seine Genehmigung für die Frankfurt-Reise. Keine Ahnung, was mit ihm heute los ist, aber er stimmt anstandslos zu. Also können wir uns sofort im Anschluss um die Bahntickets für Frankfurt kümmern. Unser Zug geht um 6.02 Uhr ab Dammtor (ich) und um 6.12 Uhr ab Hauptbahnhof (Annalena). Ich beneide sie jetzt schon um die zehn Minuten, die sie länger schlafen darf.

Der Tag vergeht weiterhin arbeitsam, vor allem für Stefanie, die Volontärin, deren Lotterleben bei uns ab sofort ein Ende hat, wie wir ihr unbarmherzig klar machen. Der Abend naht, und ich freue mich auf die Aussicht, bald zu Hause zu sein. Ich muss noch einkaufen, und ich könnte ja tatsächlich anfangen zu joggen, damit ich wenigstens einen meiner Vorsätze realisiere.

Nach einem kurzen Trip in den Supermarkt, in dem ich ausschließlich Magerjoghurt, Äpfel, Salat und ähnlich unspannende Dinge erworben habe, komme ich nach Hause, verabreiche Sissi etwas Trockenfutter (ich will schließlich nicht die Einzige sein, die leidet) und höre den Anrufbeantworter ab.

»Karl Schmidt hier. Sie haben anscheinend meine Nachricht nicht bekommen oder vielleicht hatten Sie ja auch Stromausfall und Ihr Gerät hat meine Nachricht wieder gelöscht. Also gebe ich Ihnen zur Sicherheit noch einmal meine Nummer. Sie lautet ...«

Mann, o Mann, der ist aber hartnäckig, stelle ich beeindruckt fest und beiße in einen Apfel. Ich hasse Äpfel zwar, aber wie heißt es doch so schön: »An apple a day keeps the doctor away«, und ich muss doch jetzt fit sein für die vor mir liegende Zeit. Und schlank für die bevorstehende Buchmesse und die Premiere von Miguels Buch (Marie Teufel mit Miguel Vargas!).

Bevor ich jedoch auch nur zum zweiten Bissen komme, ertönt eine zweite Nachricht:

»Ich bin's, Ramon. Ich wollte nur ... ich wollte nur deine Stimme hören ... offensichtlich bist du nicht zu Hause. Na, da kann man nichts machen. Ruf mich doch an, wenn du Lust hast. Ich denk an dich.«

Wow, diese Nachricht nimmt mir kurze Zeit den Atem. Wie nett er geklungen hat und so sehnsuchtsvoll. Vielleicht habe ich unseren Streit ja auch ein wenig überbewertet. Wie Carlotta gesagt hat: Spanische Männer sind eben ein wenig heißblütiger: Und in mancherlei Hinsicht ist das ja auch durchaus von Vorteil, überlege ich und muss mich schwer zusammenreißen, nicht an die Stunden am Pool und am Strand vor Cornelia Volmers Finca zu denken.

»Jetzt wird gejoggt!« Mit diesem Befehl schüttle ich jeden

erotischen Gedanken ab und begebe mich auf die Suche nach meinen Turnschuhen. Wann habe ich die eigentlich das letzte Mal angehabt? 1978 bei den Bundesjugendspielen? Oder bei meiner letzten Renovierungsaktion?
In der Tat, ganz hinten im Schuhschrank finde ich die Dinger, ursprünglich mal weiß, nun über und über mit Farbe bekleckst. Renovierung war also schon mal die richtige Richtung, aber auch das muss jetzt Lichtjahre her sein. Allerdings wachsen Füße in meinem Alter ja nicht mehr, also jetzt bloß keine faulen Ausreden, ermahne ich mich selbst und steige tapfer in die bunten Dinger.
Jetzt brauche ich nur noch eine Hose und ein Sweatshirt. Auch das erweist sich als nicht ganz so einfach, weil ich zwar so etwas wie eine Jogginghose besitze, die ist aber aus dunkelblauem Samt und mehr für gemütliche Fernsehabende gedacht als dafür, sie einer breiten und vor allem sportiven Öffentlichkeit zu präsentieren. Doch was sein muss, muss sein, also ziehe ich sie trotzdem an. Schnell werfe ich noch ein weites Surfer-Sweatshirt über, ein Relikt aus meinem Gomera-Urlaub, und bin jetzt starklar für mein Laufabenteuer. Schade, dass ich keine Pulsuhr habe, denn man weiß ja schließlich, dass der Fettabbau erst bei einer bestimmten Pulsfrequenz beginnt. Keine Ahnung, bei welcher, aber das stünde sicherlich in der Gebrauchsanleitung, oder? Am meisten freue ich mich schon auf die viel gerühmte Ausschüttung der Endorphine. Das muss ein gigantisches Glücksgefühl sein, das sich da einstellt, geradezu rauschhaft!
»Na Sissi, wie findest du mich?«, befrage ich meine Katze, die sich daraufhin laut miauend auf den Balkon flüchtet. So schlimm?, frage ich mich und werfe einen Blick in den

Spiegel. In der Tat, so kann ich keineswegs im Eppendorfer Park rumlaufen. Da sind sie nämlich alle ganz furchtbar trendy und schick, da werde ich in diesem Aufzug sofort rausgeworfen.

Ein kurzer Blick auf die Uhr sagt mir, dass ich es gerade noch schaffen könnte, zu Karstadt in die Sportabteilung zu flitzen, bevor die um 20.00 Uhr schließen. Gedacht – getan, schon schnappe ich mir meine Kreditkarte (die ich noch vom letzten Shopping-Ausflug zu Hause habe) und meinen Schlüssel. Man muss schließlich manchmal auch investieren, wenn man etwas erreichen will, und für diesen Monat habe ich ja immerhin ein zusätzliches Guthaben von 125 Euro oder so, die kann ich jetzt gnadenlos verpulvern.

Ganz erhitzt und berauscht von der Aussicht darauf, tolle neue Sportklamotten zu erwerben, erreiche ich dann auch das Kaufhaus und stürze mich ins Getümmel.

Für meine Verhältnisse erstaunlich schnell finde ich, was ich suche, und verlasse exakt um 20.05 Uhr Karstadt, bewaffnet mit zwei Hosen, drei Bodys mit eingenähtem Sport-BH, zehn Paar Laufsocken, einem Kapuzensweatshirt von DKNY, zwei Paar Laufschuhen von Puma und Adidas, weil die doch beide auf der Modehitliste abwechselnd auf Platz eins stehen, besagter Pulsuhr und einigen neuen Dessous, die zufällig meinen Weg gekreuzt haben. Wer weiß? Vielleicht kommt Ramon mich ja tatsächlich besuchen, und da will ich lieber gewappnet sein, jetzt, wo ich erotisch gesehen seit langem wieder mal am Start bin. Und auch die Sportklamotten sind eine ganz und gar notwendige Investition, nicht nur für das Joggen, sondern auch, um modisch up to date zu sein. Der sportive Look ist ja einer der wichtigsten Trends überhaupt in diesem Jahr, man weiß schon gar nicht mehr, ob die Leute zur Arbeit, in die Bar oder zum Powerwalking wollen, so sehr vermischen sich die Dinge plötzlich. Nur UMGEKEHRT funktioniert das Ganze irgendwie nicht. Ich kann also leider nicht in meiner heiß geliebten Jeans und meiner schwarzen Lieblingsbluse um die Alster laufen und darum MUSSTEN all diese Einkäufe einfach sein. Ist doch logisch, oder?

Summa summarum habe ich etwa 680 Euro gezahlt, was im Klartext bedeutet, dass ich bereits mein zusätzliches Gehalt der nächsten fünf Monate ausgegeben habe. Was wiederum bedeutet, dass ich in der Tat das Angebot des Verlages annehmen sollte (was ich ja dummerweise schon längst getan habe) oder härter verhandeln. Gehaltsmäßig gesehen.

Als ich zu Hause bin, ist es bereits 20.30 Uhr, und es beginnt, dunkel zu werden. Finde ich zumindest. Ich erklimme gerade – höchst sportiv – zwei Treppen auf einmal, als sich die Türe meines Nachbarn Jens öffnet.

»Dachte ich's mir doch, dass du es bist«, freut er sich und fragt, ob ich nicht Lust habe, kurz hereinzukommen. Er habe gerade einen neuen 80er-Jahre-Mix fertig gestellt und würde gerne meine Meinung als Fachfrau dazu hören.

Ich ringe kurz mit mir, schließlich wollte ich ja zwecks Endorphinausschüttung in den Park, aber wenn ich es mir recht überlege, ist das Angebot von Jens ziemlich verlockend. Und schließlich war ich ja bereits aktiv und habe immerhin für morgen Abend den Weg geebnet. Oder vielleicht sogar für morgen früh, wenn ich ganz tapfer bin und jogge, bevor ich in den Verlag gehe. Ich finde, das hört sich immer megacool an, wenn Leute sagen: »Du, ich war gerade noch 'nen Moment laufen«, wobei dieser »Moment« in der Regel eine

komplette Runde um die Alster war, und zwar um die Außenalster!
Okay, daran arbeite ich zwar noch, aber es muss ja nicht gerade heute sein. Minuten später sitze ich in meiner neuen Jogginghose und meiner neuen DKNY-Jacke auf der Couch von Jens, trinke ein Bier und knabbere Chips. (Blondi ist entsetzt, aber sie ist ja auch eine humorlose Zicke und kennt sich überhaupt nicht mit Musik aus.) Wir hören Depeche Mode, Talking Heads, Style Council und alles, was in den 80ern Rang und Namen hatte, megalaut und grölen lauthals mit. Nur eine Frage der Zeit, wann Frau Kaltenbacher auftaucht und unserer Party den Garaus macht. Aber bis es so weit ist, genieße ich den Spaß, den ich mit Jens habe, und die geballte Endorphinausschüttung, die damit verbunden ist. Jawohl, die kann man auch OHNE Joggen haben, stelle ich gerade befriedigt fest und überlege, ob Singen und Auf-der-Couch-Sitzen nicht vielleicht eine echte Alternative zum Sport sein könnte.
Bis 23.00 Uhr lässt Frau Kaltenbacher uns in Ruhe, dann geht auch Jens und mir die Puste aus, und wir haben fast schon Halsschmerzen vom Mitsingen. Zum Abschluss spielt Jens noch »Old devil called love« von Alison Moyet, und da überfällt mich schlagartig eine derartige Sehnsucht nach Ramon, dass ich mich umgehend verabschiede und nach nebenan stürze. Noch im Dunklen wähle ich seine Handynummer, die ich mittlerweile auswendig kann. Als ich jedoch seine Stimme höre, lege ich auf.

Am nächsten Morgen – ich war natürlich nicht joggen – stürze ich mich voller Elan auf meine neuen Projekte. Auf Miguels Memoiren habe ich momentan noch keine Lust, das

verschiebe ich auf später. Ich rufe Sebastian, meinen Zahnarzt-Freund in Bayern, an, der sich freut von mir zu hören und berichtet, dass er sich sowieso bei mir habe melden wollen, weil er übers Wochenende in Hamburg sei, um sich dort mit seinem Steuerberater zu treffen. Wir verabreden uns für Freitagabend zum Essen, und ich lege beschwingt auf.
Mann, hab ich ein Glück, stelle ich fest und wähle, derart berauscht, auch noch Martin Seihers Nummer, die ich in den Untiefen meines Outlook- Programms wiedergefunden habe. Martin ist ebenfalls hoch erfreut, von mir zu hören, und ich verabrede mich mit ihm für Mittwochabend.
Weil ich gerade so im Schwung bin, klopfe ich auch gleich noch an Christophs Tür, um mit ihm über mein Gehalt zu sprechen. Christoph telefoniert gerade, winkt mich aber dennoch zu sich ins Büro.
»Warten Sie ab, was unser Anwalt dazu sagt, dann werden wir schon sehen«, brüllt er gerade in den Hörer, als ich auf seinem Besucherstuhl Platz nehmen will. Oh, oh, da habe ich ja ein super Timing, denke ich und will mich schon wieder erheben, als Christoph sich von wem auch immer verabschiedet.
»Was kann ich für Sie tun, Frau Teufel? Aber was es auch ist, machen Sie's kurz, ich muss gleich in ein Meeting«, sagt er barsch und sieht mich dabei noch nicht einmal an.
»Ich habe den Eindruck, ich komme besser später wieder, wenn Sie nicht so im Stress sind«, wende ich ein und versuche, mich aus dem Büro zu mogeln.
»Nein, nein, bleiben Sie hier!«, sagt er und fährt sich durch das Haar, das nun in alle Richtungen absteht. Natürlich trägt Christoph im Verlag wieder einen schwarzen Anzug, aber

irgendwie finde ich heute, dass ihm auch dieses Outfit steht. Es lässt ihn sehr intellektuell und maskulin wirken.
»Es tut mir Leid, Frau Teufel. Hier geht nur zurzeit alles drunter und drüber. Bitte setzen Sie sich und sagen Sie, was Sie auf dem Herzen haben.«
Derart ermutigt nehme ich also erneut Platz, atme tief durch, räuspere mich und sage: »Die 250-Euro-Gehaltserhöhung, die Sie mir angeboten haben, werden, fürchte ich, nicht reichen, um meiner neuen Position gerecht zu werden!« Meiner neuen Position gerecht zu werden? Woher nehme ich denn auf einmal diesen gestelzten Schwachsinn?
Prompt beginnt Christoph zu grinsen, zum ersten Mal in den vergangenen Tagen, wie ich feststelle.
»Soso. Nicht gerecht werden? Erst gestern haben Sie sich bei mir über ein zu großes Arbeitspensum beschwert und mir gesagt, dass Sie Ihren Terminplan nicht einhalten könne, und heute fordern Sie bereits mehr Gehalt, als wir Ihnen großzügigerweise angeboten haben? Finden Sie das nicht ein wenig – sagen wir – seltsam?«
Verdammt, ich spüre wieder, wie mir die Röte ins Gesicht schießt. Ich habe absolut keine Ahnung, wie man sich bei derartigen Gesprächen richtig verhält. Allerdings habe ich darin auch keine Übung, denn früher in der Buchhandlung habe ich jährlich automatisch eine Gehaltserhöhung bekommen, wenn auch nur die tarifliche, aber immerhin ersparte mir das Situationen wie diese hier.
»Erklären Sie mir doch einfach, weshalb Sie der Meinung sind, dass 250 Euro nicht angemessen sind. Ich finde nicht, dass das so wenig ist. Das sind immerhin 500 Mark, wenn Sie das Ganze noch nach der alten Währung berechnen. Sie

machen doch mehr oder minder den gleichen Job wie vorher, mit der einzigen Ausnahme, dass Sie jetzt sozusagen offiziell als unsere ›Promijägerin‹ fungieren. Wir können Ihnen auch, wenn es Ihnen vielleicht darum geht, einen besonderen Titel geben und Ihnen neue Visitenkarten drucken lassen. Aber eine höhere Gehaltserhöhung ist zum einen momentan nicht drin und zum anderen aus meiner Sicht nicht gerechtfertigt.«

Grrr, das ist ja richtig eklig hier! Ich hasse es sowieso schon, über Geld zu sprechen, ich kann ja noch nicht einmal Schulden zurückfordern, wenn sich jemand was von mir geliehen hat, und beim Ausgehen zahle eigentlich immer ich, weil ich nichts blödsinniger finde als die ewige Diskussion, wer was bezahlt und wer nun wie viele Gläser Wein getrunken hat, während der zuständige Kellner vor Langeweile gähnend über dem Tisch zusammenbricht. Jedoch weiß ich genau, dass ich sehr viel mehr zu tun haben werde, wenn ich mich in Zukunft nur noch um Promis kümmern soll. Und außerdem muss ich noch die 680 Euro für mein Sport-Outfit reinholen, das sind ja immerhin 1360 Mark nach der »alten« Währung, wie Christoph es so schön sagen würde.

»Ich bin da nicht ganz Ihrer Meinung, Herr Köllisch, und ich will Ihnen auch sagen, weshalb.« (Bravo, Marie, gib's ihm!)

»Mit Promis zu arbeiten beziehungsweise sie für unser Haus zu gewinnen ist, wie Sie wissen, sehr zeitintensiv. Und ein Großteil dieser Arbeit spielt sich erfahrungsgemäß in der Freizeit ab, nämlich abends oder am Wochenende. Man besucht ein Theaterstück, in dem der potentielle Autor gerade die Hauptrolle spielt, geht in ein Konzert, weil man sich im Anschluss, also gegen 23.00 Uhr, mit dem betreffenden Künstler noch zum Essen treffen will. Dann ist man vor 3.00 Uhr morgens nicht im Bett, muss aber trotzdem pünktlich um 9.00 Uhr im Verlag sein und seinen normalen Job machen.«

Christoph sieht mich desinteressiert an und grinst spöttisch: »Aha! Sie wollen mir also erzählen, dass Sie es ganz schrecklich finden – wie erst neulich mit den Herren Rechter und Langer –, Unsummen im Fischereihafenrestaurant auszugeben, anschließend noch in der Havanna Bar weiter zu feiern und das alles auf Verlagskosten. Die Buchhaltung hat sich bis heute noch nicht wieder von dieser Rechnung erholt. Und Sie finden es auch ganz furchtbar, wenn Sie mit Frau Kluge ein Wochenende am Strand von Cuxhaven verbringen, weil Konstantin Wecker Sie für ein Sommerkonzert dorthin eingeladen hat. Und dass Sie es nahezu unerträglich finden, wenn Sie wegen irgendwelcher Memoiren eine komplette Woche auf einer traumhaften Finca auf Mallorca verbringen müssen. In der Tat, bei so viel Quälerei sollte ich den Job lieber einer anderen Kollegin anbieten, sonst verklagen Sie mich womöglich noch wegen Mobbings.«

Halt, halt, würde ich am liebsten schreien, das Gespräch verläuft ja in die komplett falsche Richtung. So habe ich das doch nicht gemeint.

»Nein, natürlich ist das alles nicht schlimm«, versuche ich das Ruder noch rumzureißen. »Ich will damit ja nur sagen, dass ich meine Freizeit normalerweise anders und mit anderen Leuten verbringen würde. Nächste Woche zum Beispiel müssen Frau Kluge und ich eine Lesung von Herrn Rademacher in Frankfurt besuchen. Da muss ich um 4.00 Uhr morgens aufstehen, weil der Zug schon um 6.00 Uhr geht, und …«

Nun guckt Christoph aber ernsthaft sauer. »Dann fahren Sie eben mit dem Auto, wo ist das Problem? Ich für meinen Teil betrachte dieses Gespräch hiermit als beendet«, erwidert er ungeduldig, steht auf und greift sich den Telefonhörer.

»Das Problem ist, dass ich keinen Führerschein habe und Annalena um diese Uhrzeit nicht die ganze Strecke alleine fahren möchte«, starte ich einen letzten Versuch, meinen Chef doch noch zu überzeugen, dass ich ja an sich willens bin, mich nur schlecht bezahlt fühle.

Christoph lässt abrupt den Hörer sinken.

Auweia, jetzt habe ich den Bogen überspannt und werde gekündigt, anstatt eine Gehaltserhöhung zu bekommen.

»Sie haben WAS nicht?«, fragt mein Chef und macht ein Gesicht, als hätte ich ihm gerade offenbart, dass ich in Wirklichkeit gar keine Frau bin.

»Ich, äh, habe keinen Führerschein.«

Nun herrscht einen Augenblick Stille im Raum.

»Sie haben keine Fahrerlaubnis, weil Sie sie verloren haben?«, fragt Christoph beharrlich nach, anscheinend hat er sein Meeting nun völlig vergessen.

»Nein, ich habe keinen Führerschein, weil ich noch nie einen hatte, also weil ich noch nie in der Fahrschule war«, versuche ich mich zu verteidigen, nicht dass ich hier noch in Verdacht gerate, meine Lizenz zum Fahren verloren zu haben, weil ich mal wieder zu lange und zu feuchtfröhlich gefeiert habe.

Christoph sieht mich an, als hätte er einen Menschen von einem anderen Planeten vor sich. Und um ehrlich zu sein,

diese Reaktion erlebe ich jedes Mal, wenn ich mich als Führerscheinlose oute. So etwas hat es nun mal nicht zu geben.
»Na das ist ja ein Ding!«, lacht Christoph nun, und ich stelle mal wieder fest, dass Männer sofort alles um sich herum vergessen können, sobald es um das Thema Autos geht. Davor sind anscheinend auch Verlagsleute – mögen Sie noch so intellektuell und vergeistigt sein – nicht gefeit.
»Wieso haben Sie denn bloß nie einen Führerschein gemacht? Als ich Sie neulich vom Straßenrand aufgelesen habe, dachte ich, dass Ihr Auto vielleicht in der Werkstatt sei oder dass Sie aus ökologischen Gründen in der Stadt nur mit öffentlichen Verkehrsmitteln führen. Aber dass Sie keinen Führerschein haben könnten, darauf bin ich ja im Traum nicht gekommen.«
Ich? Aus ökologischen Gründen kein Auto benutzen? Wenn der wüsste, welch einen hohen Teil meines Minigehaltes ich regelmäßig für Taxis verpulvere …
»Also wirklich, Frau Teufel, das müssen Sie mir mal in aller Ruhe erzählen«, schüttelt Christoph den Kopf und wendet sich wieder seinem Telefon zu.
Ich bin also jetzt entlassen, entnehme ich dieser Reaktion, und habe eigentlich nichts erreicht, außer dass mein Chef nun den Eindruck hat, ich sei bockig und wolle meinen Job nicht machen, und er nun weiß, dass ich keine Fahrerlaubnis besitze. Super, Marie, bravo! Ist ja echt klasse gelaufen, ärgere ich mich und begebe mich wieder in die Besenkammer, um mich bei meiner Freundin auszuheulen.
Annalena durchforstet gerade Unterlagen, die unsere Volontärin Stefanie ihr übergeben hat. Haufenweise Kataloge von prachtvollen Locations, die für die Buchpremiere der Vargas-Memoiren in Frage kommen könnten. Ich schnappe mir

ein paar von den Hochglanzprospekten, weil ich immer noch überlege, wohin ich mit Martin Seiher und Sebastian zum Essen gehen könnte.

»Wow, das sieht ja toll aus!«, lobe ich, als ich mir den Katalog des Hotels »Gastwerk« in Ottensen ansehe. Das könnte doch passen, oder nicht?«, frage ich meine Freundin, die allerdings nicht ganz aufnahmefähig ist und wild ihren Taschenrechner bearbeitet. Dann hat es also momentan auch keinen Sinn, ihr von meinem Gespräch mit Christoph zu erzählen oder sie nach einem Restauranttipp für Mittwoch und Freitag zu fragen.

Während ich Tee trinke, den ich aus Annalenas Kanne klaue, klingelt das Telefon. Wie ich diese Dinger hasse! Ständig drängeln sie sich massiv in Situationen, wo es gerade gar nicht passt, und wenn man dann wirklich mal angerufen werden möchte, bleibt alles still. Schnell schlucke ich meinen Roibusch-Tee hinunter und verbrenne mir dabei den Gaumen.

»Verlag Bader und Köllisch, Marie Teufel am Apparat, was kann ich für Sie tun?«, spreche ich tapfer in den Hörer, während ich mir mit der Zunge über die verbrannte Stelle fahre. Mist, Mist, Mist!

»Frau Teufel, sind Sie das? Hier spricht Karl Schmidt.«

Wer zum Teufel ist Karl Schmidt, überlege ich. Sicher wieder so ein Typ, der wissen möchte, ob wir auch Kinderbücher oder Esoterikratgeber verlegen, was wir nun mal beides nicht machen. Immer dasselbe. Es wird mir auf ewig ein Rätsel bleiben, wieso eigentlich Hinz und Kunz denkt, sich auf Papier verewigen und damit die Allgemeinheit belästigen zu müssen. Ich will gerade zu meiner Standardabsage ansetzen, als es mir plötzlich dämmert. Karl Schmidt. Der Mann vom

Ortsamt. Der Mann, der bereits zweimal tapfer auf meinen AB gesprochen hat. Der Mann, dem ich eindeutig eine Essenseinladung schulde.
»Herr Schmidt«, flöte ich, Begeisterung heuchelnd, ins Telefon, womit ich mir einen fragenden Blick von Annalena einfange, die anscheinend gerade erst entdeckt hat, dass ihr Computer über ein Kalkulationsprogramm verfügt.
»Das ist ja toll, dass Sie sich melden. Ich habe irgendwie Ihre Nummer verloren und habe schon fieberhaft überlegt, wie ich Sie erreichen kann. Und falls Sie auf meinen Anrufbeantworter gesprochen haben sollten, der ist kaputt, seitdem ich wieder aus Mallorca zurück bin. Alles was drauf war, ist einfach gelöscht.«
Karl Schmidt ist so beglückt, mich nun endlich erreicht zu haben, dass ihm gar nicht auffällt, dass ich ihn ja auch im Ortsamt hätte erreichen können, wenn ich nur willens gewesen wäre. Wie schaffe ich es jetzt aber, ihm klar zu machen, dass ich in den nächsten Tagen und Wochen (und wohl auch in den nächsten hundert Jahren) überhaupt keine Zeit habe, um mit ihm auszugehen? Ich fasle etwas von einer Beförderung und davon, dass ich von nun an Tag und Nacht arbeiten muss, wofür ich auch volles Mitleid seitens Karl Schmidts ernte. Ich übertreibe anscheinend dermaßen, dass sich der arme Kerl sogar mehrfach dafür entschuldigt, das Telefon blockiert zu haben, wo ich doch wichtige Anrufe von Michael Douglas und Catherine Zeta-Jones, die ich auf Mallorca kennen gelernt habe, erwarte oder von Günther Jauch, Boris Becker, Thomas Gottschalk und Madonna, die alle darauf brennen, ein Buch mit unserem Verlag zu machen.
Ich verspreche Karl Schmidt, mich wieder bei ihm zu melden,

sobald all diese Bücher erschienen sind (er hat mir schnell noch mal seine Nummer diktiert und will sie mir sicherheitshalber auch noch mailen, was mich doch etwas stutzig macht, weil ich mir irgendwie nicht so recht vorstellen kann, dass Ämter bereits über diese hochmoderne Form der Kommunikationstechnologie verfügen), und lege auf. Das wäre also auch erledigt, dann kann ich mich ja jetzt an die strategische Planung der beiden Termine machen, die nun vor mir liegen.

Ich verabrede mit Annalena, das Restaurant des Hotels »Gastwerk« mit Martin Seiher auszuprobieren, dann können wir nämlich zwei Fliegen mit einer Klappe schlagen, und meine Freundin hat einen Abend mehr für ihren Heiko zur Verfügung. Mit Sebastian werde ich wohl doch lieber zu »Paulino« gehen, denn als Gourmet, der Sebastian nun mal so ist, ist er dort mit Sicherheit gut aufgehoben. Außerdem passt das Restaurant insofern zum Anlass, weil sich dort auch immer wieder Promis tummeln, Götz George zum Beispiel scheint kein anderes Restaurant in Hamburg zu kennen, sodass sich eventuell so ganz en passant sogar ein Zweitnutzen ergibt.

Aber irgendwie bin ich noch nicht so recht zufrieden mit meinem Plan, weil ich Sebastian als jemanden kenne, der grundsätzlich in allen Restaurants und Hotels, die er frequentiert, so lange bei der Geschäftsleitung auf den Putz haut, bis ihm der Status eines Stammgastes sicher ist und er dessen Vorteile genießen kann. Dazu gehört neben persönlicher Begrüßung inklusive pseudoherzlicher Umarmung ein enormes Upgrading in Hotels und ebenso ein Special Treatment in Restaurants, was oft bedeutet, dass er Gerichte bestellen kann, die nicht auf der regulären Karte stehen.

Moment mal! Gibt es nicht auch bei »Paulino« so eine Zweiklassengesellschaft? Normalsterbliche Besucher erhalten lediglich Kenntnis von den üblichen Speisen, mit Glück auch mal die Tageskarte. Die speziellen Freunde von Paulino werden mit Handschlag begrüßt, persönlich von ihm zum Tisch eskortiert und erhalten auf Wunsch so »himmlische« oder gar »göttliche« Antipasti wie Austernpilze, geschwenkt in Olivenöl, Wachteleier oder gegrillten Babytintenfisch, während das gemeine Fußvolk sich mit den üblichen Vorspeisen wie Tomate und Mozarella, Paprika in Olivenöl oder Vitello Tonnato begnügen muss.
Während ich so überlege, fällt mir ein, dass Freunde meiner Mutter dort Stammgäste sind. Vielleicht können die mir ja irgendwie weiterhelfen, damit ich am Freitag ein bisschen angeben kann. Also rufe ich meine Mutter an, die sich freut, mal wieder von mir zu hören, und befrage sie zu der Paulino-Angelegenheit. Wie sich herausstellt, hatte ich mit meiner Vermutung Recht, und meine Mutter bietet mir an, ihre Freunde um Hilfe zu bitten. Zufrieden mit mir und der Welt reserviere ich nun noch einen Tisch im Restaurant »Da Caio«, das zum »Gastwerk« gehört, und dann habe ich doch schon eine ganze Menge in Sachen Promi-Akquise in die Wege geleitet, wie ich finde.
Beglückt (auch sie ist mit ihren Kalkulationen ein gutes Stück weiter) begeben Annalena und ich uns in die Kantine. Heute muss ich wirklich mal sparen und kann nicht in mein Lieblingscafé. Zum wiederholten Male stellen wir fest, weshalb wir hier so selten sind und lieber das Weite suchen: Der Raum selbst ist wunderhübsch, und manch ein Angestellter würde davon träumen, in solch einem Ambiente seine Pause

verbringen zu können, aber irgendwie fühle ich mich in der Atmosphäre, die dort herrscht, nicht besonders wohl. Komischerweise verbringen fast nur die männlichen Mitarbeiter ihre Pause hier, alle weiblichen nutzen die Zeit, um einzukaufen, einen Salat zu essen oder zu joggen. Ich persönlich finde diese Form der Pausengestaltung zu anstrengend, mag aber auch die Gespräche in der Kantine, die sich allesamt um Autos oder schlimmer noch um Fußball drehen, nicht. Man glaubt wirklich kaum, dass wir hier in einem Verlag arbeiten. Ich habe auch keine Ahnung, weshalb Männer eigentlich immer behaupten, Gespräche unter Frauen hätten ein selten dämliches Niveau und drehten sich angeblich ausschließlich um die drei berühmten Ks. Nein, nicht Kinder, Küche, Kirche, sondern Kosmetik, Kerle und Kamikazeshopping!

Wie auch immer, Annalena und ich beschließen, dass dies definitiv das letzte Mal ist, dass wir unsere kostbare Zeit hier verbracht haben, und begeben uns zurück in unsere Besenkammer. Als ich wieder am Platz sitze, entdecke ich den Eingang einer SMS auf meinem Handy.

»Vermisse dich. Wann sehen wir uns wieder? Ramon.«

Na, heute ist aber was los! Erst will Christoph mal »in aller Ruhe« mit mir besprechen, weshalb ich keinen Führerschein habe, dann rennt Karl Schmidt mir die Bude ein, um mit mir essen zu gehen, und nun wird Ramon auch noch von romantischen Anwandlungen heimgesucht. Wow, so lässt sich's leben, denke ich und überlege, ob und was ich ihm antworten soll.

Trotz meines Sehnsuchtsanfalls von gestern Nacht denke ich fast gar nicht mehr an ihn. Ich kann mir auch nicht vorstellen, dass es Sinn macht, uns in Deutschland zu treffen. Und um ganz ehrlich zu sein, fühle ich mich eigentlich auch unbemannt ganz wohl. Nun gut, es gibt immer wieder Momente, wo ich mich schon danach sehne, dass abends außer Sissi noch jemand auf mich wartete, aber im Großen und Ganzen finde ich es eigentlich gut, so wie es ist. Und außerdem, wer weiß? Vielleicht entpuppt sich ja dieser Martin Seiher als toller Typ. Bislang haben wir nur telefoniert.

Ich verscheuche also jeden Gedanken an Mallorca, ignoriere die SMS und mache mich wieder ans Werk. Ich erstelle ein Konzept für Sophies Tierbuch und lese im Anschluss daran die »Bunte« und die »Gala«, weil ich dazu zu Hause nicht gekommen bin. Dann grüble ich darüber, ob ich nicht irgendwie aus den beiden »Jungs« noch mehr Kapital schlagen könnte. Das Adoptionsbuch läuft ausgesprochen gut, da sollte man noch eins draufsetzen, aber was?

Ich wälze verschiedene Varianten im Kopf hin und her, bis es mir schließlich wie Schuppen von den Augen fällt. Warum bin ich da nicht schon LÄNGST draufgekommen? Hastig wähle ich und warte darauf, dass Paul an sein Handy geht. Denn Paul ist NUR über sein Handy zu erreichen, weil er immer so busy ist, dass man meinen könnte, sein Tag bestehe aus 56 Stunden …

»Ja, Schatzilein, was gibt's? Stehen wir auf Platz eins der ›Spiegel‹-Bestsellerliste?«, flötet es mir auch schon entgegen.

Schön, Paul hat anscheinend gute Laune, ein Vorteil für mich.

»Sag mal, was hältst du davon, wenn Tobi ein Kochbuch schreibt?«, falle ich gleich mit der Tür ins Haus, denn viel Zeit bleibt mir sicher nicht, bevor Paul ein anderes Gespräch in der Leitung hat.

Am anderen Ende herrscht einen Moment Schweigen, eigentlich untypisch für Paul.
»Hallo, Paul? Bist du noch dran?«, frage ich nach und drücke mir selbst die Daumen, dass meine Idee auf Gegenliebe stößt. Denn schließlich ist Paul der Manager. Und wenn er etwas doof findet, dann war's das. »Bitte, lieber Gott, hilf mir!«, flüstere ich innerlich, während Paul noch überlegt, mich schmoren lässt oder gerade einen Gucci-Pullover anprobiert (bei ihm weiß man nie).
»Ja, ich bin noch da«, schallt es mir entgegen. »Im Prinzip keine schlechte Idee. Genau darüber habe ich neulich mit Tobias gesprochen. Aber der hat irgendwie keine Lust dazu«, fährt er fort und meine Kinnlade klappt nach unten.
»Wieso hat er denn keine Lust dazu, er ist doch gelernter Koch, das schüttelt er doch aus dem Handgelenk«, fahre ich fort, in der Hoffnung, überzeugend zu wirken.
»Aber genau das ist das Problem«, antwortet Paul, und ich höre im Hintergrund Geräusche, die nur von der Maximilianstraße stammen können. Spontan bricht eine starke Sehnsucht nach meiner alten Heimatstadt München in mir aus und ich gäbe sonst was dafür, jetzt dort zu sein. Bei schönem Wetter im »Café Roma« einen Bellini trinken, die Füße im Eisbach baumeln lassen, abends ins Lenbach gehen …
»Er will doch nicht mehr auf seine Vergangenheit als Koch angesprochen werden oder überhaupt etwas damit zu tun haben. Zu Hause koche doch auch immer ich«, behauptet Paul, aber ich weiß ganz genau, dass das nicht stimmt, weil ich mich erst letztens mit Tobi über Kartoffelgratins unterhalten habe. Ich LIEBE nämlich Kartoffelgratin, und bei der Zubereitung dieses Gerichtes gibt es unzählige Varianten.

Aber Tobi hat mir das ULTIMATIVE Geheimrezept verraten. Und ich finde, dass es jetzt an der Zeit ist, dieses Geheimnis der Öffentlichkeit preiszugeben – in einem Kochbuch für deutsche Hausmannskost. Warum dieses Feld Biolek und Witzigmann überlassen? Charmant sind die beiden Jungs mindestens ebenso, und sie haben eine jüngere Fangemeinde.
»Wann seid ihr denn das nächste Mal in Hamburg?«, frage ich und hoffe auf ein »Übermorgen«. Aber dem ist nicht so.
»Wir sind demnächst mehr im Süden und in Österreich unterwegs«, klärt Paul mich über die musikalischen Pläne der beiden auf. »Aber Gegenfrage: Wann kommst du denn das nächste Mal nach München? Dann könntest du mit Tobi reden, und gemeinsam können wir ihn vielleicht überzeugen!«
Das wäre natürlich wundervoll, denke ich und verspreche Paul, mich wieder bei ihm zu melden, wenn absehbar ist, ob und wann ich meinen Besuch realisieren kann.
Nach ein paar Telefonaten mit Agenturen und Managements habe ich für den heutigen Tag genug geleistet und begebe mich nach Hause, denn für den Abend habe ich mir nun definitiv vorgenommen zu joggen!

Zu Hause angekommen, werfe ich mich dann auch tatsächlich voller Elan in meine neuen Sportsachen. Ich habe Glück, dass es nicht regnet, und ehe ich mich versehe, finde ich mich auch schon im Park wieder. Im Eifer des Gefechts habe ich zwar vergessen, meine Pulsuhr umzuschnallen, aber fürs Erste wird es ja wohl so gehen. Hoffe ich zumindest. Der Blick in den Spiegel hat mir diesmal gesagt, dass ich wirklich supersportlich aussehe. Die taubengraue Hose mit der gleichfarbigen DKNY-Jacke, darunter ein dunkelblaues

Neckholdershirt mit roten Streifen, an den Füßen Adidas-Laufschuhe, wirklich perfekt! Jetzt muss ich es nur noch schaffen, halbwegs sportiv einen Fuß vor den anderen zu setzen.

Todesmutig beginne ich und beschließe, es erst einmal mit der kleinen Runde zu versuchen. Man liest ja immer wieder viel darüber, dass es gut ist, langsam anzufangen und sich kleine Ziele zu setzen. Ich persönlich wäre ja schon froh, wenn ich es bis zu der Bank auf der anderen Seite des Parks schaffe, da kann ich mich dann erst einmal ausruhen. Man weiß ja, welche Gefahren Joggern drohen, die es übertreiben. Überdehnte Sehnen und kaputte Kniegelenke. Über ausgekugelte Hüften will ich erst gar nicht nachdenken.

Munter mache ich mich also auf und beginne mit dem Laufen. Ist gar nicht so schwer, wie ich dachte, finde ich und lege noch einen Zahn zu. Mist, dass es hier am Anfang gleich ein wenig bergauf geht, aber das trainiert mit Sicherheit die Pomuskeln, und auch die wollen ja straff gehalten werden.

Geradezu berauscht von meinem Elan laufe ich tapfer weiter durch den Park und betrachte dabei interessiert das Outfit und die Lauftechnik aller anderen, die sich hier ebenfalls durch die Botanik quälen.

Am meisten amüsiere ich mich über die Frauentrupps, die sich ganz offensichtlich dem Walking verschrieben haben.

»Lahme Enten«, rümpfe ich die Nase und lache innerlich darüber, wie dämlich die alle in ihren Fleece-Jacken und weiten Hosen aussehen, wie sie dort, wild mit ihren Armen rudernd, um den Parksee gehen. Aber wenigstens scheinen sie viel Spaß bei ihrem Sport zu haben, denn sie schnattern und schnattern, als hätten sie sich gerade zum Kaffeeklatsch getroffen, statt schweißtreibendes Lauftraining zu absolvieren. Doch, wie mir gerade einfällt, habe ich mal gelesen, dass man dann das richtige Tempo hat, wenn man sich während des Laufens noch locker nebenbei unterhalten kann (laut Laufguru Strunz sollte man dabei dann auch gerne noch lächeln, was irgendwie die positive Energie stimulieren soll, oder so), ein Fakt, den ich leider nicht testen kann, weil ich keinen Laufpartner habe und wohl schlecht Selbstgespräche führen kann.

»Frau Teufel, ich wusste ja gar nicht, dass Sie auch hier laufen«, ertönt wie aufs Stichwort eine Stimme neben mir.

Ach du Schande, Christoph Köllisch. Der hat mir gerade noch gefehlt! Ich überlege fieberhaft, wie ich ihm entwischen kann, nur um festzustellen, dass ich dazu wohl keine Chance habe, weil mir gerade die Puste ausgeht. Wenn ich es recht bedenke, bekomme ich auch gerade ganz üble Seitenstiche.

Hilfe, ich muss SOFORT auf die Parkbank. Wie lange bin ich eigentlich schon gelaufen? Das müssen ja Stunden gewesen sein. Ich verlangsame mein Tempo, um Christoph zuzulächeln, wenn auch etwas gequält, und »Hallo« zu sagen.

»Das ist aber eine nette Überraschung! Haben Sie etwas dagegen, wenn wir die nächste Runde gemeinsam laufen?«, fragt dieser superschwungvoll und offensichtlich wirklich erfreut, mich zu sehen.

Die nächste Runde? Ich bin ja noch nicht mal halb um den Park gekommen und bin kurz davor zu kollabieren.

»Okay, machen wir«, presse ich zwischen meinen Zähnen hervor.

Schweigend – etwas anderes würde mich jetzt auch komplett überfordern – laufen wir nebeneinander her. Christoph

scheint das öfter zu machen, denn er ist gut in Form, wie ich anhand der Konturen seiner Beine erkennen kann. In weiter Ferne kommt nun auch die Parkbank wieder in Sicht, und ich beschließe, mir diese Chance nicht entgehen zu lassen. Mit letzter Kraft beschleunige ich mein Tempo, um Sekunden später wenig damenhaft keuchend auf der Bank zu sitzen.
»Auweia, das sieht ja gar nicht gut aus«, sagt Christoph und setzt sich zu mir. »Wie lange laufen Sie denn schon, dass Sie derart außer Puste sind? Ich sage ja immer, länger als eine Stunde ist etwas übertrieben, auch wenn sich zu dem Zeitpunkt ja meist erst die Endorphine freisetzen. Aber Endorphine sind ja auch nicht das Wichtigste beim Laufen.«
»Genau, finde ich auch«, japse ich mit großer Not und befürchte, gleich von der Bank zu kippen. Was habe ich nur für eine miese Kondition! Das liegt sicher daran, dass ich als Kind oft Lungenentzündung hatte, das schwächt ja enorm, lege ich mir meine persönliche Entschuldigung zurecht.
»Ich laufe seit etwa fünfzig Minuten«, lüge ich schamlos und ertappe mich dabei, Eindruck bei meinem Boss zu schinden zu wollen. Wenn ich schon keinen Führerschein habe, vielleicht kann ich dann ja wenigstens mit sportlichen Leistungen punkten.
»Fünfzig Minuten? Wow, das hätte ich Ihnen jetzt aber ehrlich gesagt gar nicht zugetraut. Auf mich wirken Sie immer ein wenig, na ja, unsportlich, aber da kann man mal sehen, wie man sich täuschen kann. Es wundert mich nur, denn ich laufe bereits seit siebzig Minuten hier – hab es mal wieder ein wenig übertrieben, ich geb's zu – und habe Sie dabei gar nicht gesehen.«
Ups, das könnte jetzt peinlich werden. Aber Christoph scheint

diesem Phänomen gar nicht weiter auf den Grund gehen zu wollen, was mir auch ganz recht ist.

»Haben Sie Lust, noch eine Apfelschorle trinken zu gehen?«, fragt Christoph mich, und ich bin irritiert. Etwas trinken gehen? In meinem Zustand? In verschwitzten Sportklamotten, mit verschmiertem Make-up und dann auch noch mit meinem Boss?

»O ja, sehr gerne«, höre ich mich plötzlich selbst sagen und finde mich Augenblicke später vor einem halben Eimer Schorle wieder, ein Getränk, welches ich, nebenbei bemerkt, hasse wie die Pest. Erst schmeckt es ganz lecker, und dann rumort es den Rest des Tages wie wild im Bauch herum. Aber das nützt ja jetzt alles nichts, denn ich hätte mir ja auch was anderes bestellen können.

»Und, haben Sie die Ursache für den Ärger, den Sie heute Morgen hatten, beseitigen können?«, versuche ich mich von meiner einfühlsamen Seite zu präsentieren, um davon abzulenken, dass ich mich, optisch gesehen, in einem verheerenden Zustand befinde und meiner Ansicht nach auch ein wenig müffle.

»Ärger?«, wundert sich Christoph und nimmt einen großen Schluck von diesem widerlichen Getränk.

»Ja, Sie sagten doch was von Anwalt und so, als ich heute Morgen in Ihr Büro geplatzt bin«, versuche ich meinen Boss daran zu erinnern, was er heute tagsüber so getrieben hat.

»Ach so, das. Nein, ist nicht weiter schlimm. Ich hatte mich nur mit dem Agenten eines unserer Autoren in der Wolle, das kommt öfter mal vor. Aber erzählen Sie doch jetzt mal, wieso haben Sie keinen Führerschein?«

Ich überlege gerade, was ich am besten antworten und ob ich

irgendein traumatisches Erlebnis erfinden soll, um mein Unvermögen, ein Auto zu steuern, vernünftig zu begründen. Schließlich entscheide ich mich jedoch für die Wahrheit, nachdem ich bereits fälschlicherweise behauptet habe, fünfzig Minuten gejoggt zu sein.

»Da gibt es gar nichts Spannendes zu erzählen. Ich habe einfach den richtigen Zeitpunkt verpasst, schätze ich. Als ich mit achtzehn mit der Fahrschule loslegen wollte, hatte ich kein Geld. Und als ich es schließlich durch Jobben zusammenhatte, bin ich lieber mit Freunden nach Paris und an die Côte d'Azur gefahren, das fand ich irgendwie spannender. Und dann bin ich Buchhändlerin geworden, habe deshalb immer recht wenig verdient und musste mich entscheiden, ob ich lieber eine Wohnung oder ein Auto haben möchte. Da habe ich mich für die Wohnung entschieden«, erzähle ich und muss bei der Erinnerung an meine große Frankreich-Tour grinsen.

»Aha, jetzt verstehe ich auch, weshalb Sie sich heute Morgen so vehement für eine größere Gehaltserhöhung eingesetzt haben. Sie möchten also zusätzlich zur Wohnung nun doch ein Auto?«, lächelt Christoph und ich weiß nicht, ob ich das als ernst gemeinte Frage werten soll.

»Genau«, antworte ich, »damit ich künftig alle meine Promis selbst kutschieren kann, und dazu nicht immer Frau Kluge brauche.« Beherzt nehme ich einen Schluck von der Schorle, verschlucke mich dabei und bekomme einen Schluckauf. Christoph sieht sich das Ganze amüsiert an, klopft mir energisch auf den Rücken, schneidet dumme Grimassen und versucht, mich zu erschrecken. Nichts hilft.

»Und? Wollen wir morgen Abend wieder gemeinsam eine

Runde drehen? Oder lieber um die Außenalster laufen? Was meinen Sie?«, fragt er schließlich, und mein Schluckauf ist schlagartig beendet.

O Gott, was soll ich denn jetzt sagen? Ich finde es ja nett, dass Christoph mir anscheinend nicht mehr böse ist, und Laufen ist sicherlich zu zweit spannender, aber der merkt doch spätestens nach fünfzig Metern, dass ich nicht regelmäßig laufe, wie ich es vorhin behauptet habe.

Das Entsetzen muss mir förmlich ins Gesicht geschrieben stehen, denn Christoph sagt lakonisch: »Okay, es muss ja nicht gleich die Außenalster sein. Wir könnten ja damit beginnen, dass ich Ihnen zeige, wie man sich vor dem Start richtig warm macht, wie man korrekt mit den Füßen abrollt und wie man atmen muss, um nicht derart aus der Puste zu kommen.«

Ich bin irritiert. Hat er nun durchschaut, dass ich gelogen habe und zum ersten Mal gelaufen bin, oder ist er nur – typisch männlich – der Meinung, dass er mir zeigen muss, wo es längs geht. Und zwar im wahrsten Sinne des Wortes?

»Ich verstehe nicht ganz …«, versuche ich, möglichst unbeteiligt zu wirken und gleichzeitig Christophs Spiel zu durchschauen.

»Sie fragen sich gerade, woran ich gemerkt habe, dass Sie heute zum ersten Mal gelaufen sind? Nun, da sind zunächst einmal Ihre Schuhe. Die sind noch sehr neu und sehr sauber. Selbst bei bester Pflege sehen die nach ein paar Mal Laufen nicht mehr so aus. Außerdem sind es die komplett falschen. Die sehen zwar toll aus, die können Sie aber eher in der Disco tragen als zum Sport. Und zweitens hätte ich Sie schon mal gesehen, wenn Sie regelmäßig hier laufen würden. Ich selbst

laufe fast jeden Tag, entweder morgens vor der Arbeit (Angeber!) oder eben abends. Und natürlich am Wochenende.«
Okay, ertappt, ich hab's nicht besser verdient. Beschämt betrachte ich meine tollen, neuen Turnschuhe und hätte nicht übel Lust, dem angeblichen Sportfachverkäufer an den Kragen zu gehen. Wahrscheinlich war das ein unverkäufliches Restepaar, und ich dumme Pute lasse mir diesen Mist aufquatschen und gebe dafür noch ein halbes Monatsgehalt aus.
»Also, haben Sie nun Lust, laufen zu lernen? Ich finde, das ist – gerade wenn man einen anstrengenden Job hat und viel sitzt – der ideale Sport. Man ist an der frischen Luft, bewegt sich und bekommt den Kopf frei.«
Ich nicke beeindruckt ob dieses flammenden Plädoyers für den Sport, aber an meiner Sportmuffeligkeit ist ja selbst Annalena bereits gescheitert, die zum Beispiel eine begeisterte und höchst disziplinierte Schwimmerin ist. Auch wenn sie im Schwimmbad immer literweise Sagrotan versprüht, weil sie panische Angst vor Pilzerkrankungen aller Art hat.
»Ich glaube, ich werde mir das noch mal überlegen, aber danke für das Angebot«, murmle ich halbherzig vor mich hin und wünsche mir nichts sehnlicher, als in eine heiße Badewanne voll cremigzartem Schaum einzutauchen. Mit einem Glas Sekt und der neuen »Elle« – das wär's!
»Sie sagen einfach Bescheid, wenn Sie Lust haben, ich würde mich freuen. Denn alleine laufen macht ja auf Dauer auch keinen Spaß.«
Und was ist mit Carlotta?, überlege ich, während wir uns verabschieden und getrennter Wege gehen. Da ich ja so pleite bin, hat Christoph mich netterweise zu der Schorle eingeladen, die ich sowieso fast komplett stehen gelassen habe.

Zurück in meiner Wohnung mache ich mich prompt daran, meine Vision von eben in die Tat umzusetzen. Ich schmuse eine Runde mit Sissi, während das Wasser in die Badewanne einläuft, und suche nach der passenden Hintergrundsmusik. Nach dem Bad lese ich noch ein bisschen und schlafe ein. Ich träume davon, beim Hamburg-Marathon mitzulaufen, doch gerade als ich kurz vor der Ziellinie bin, hinter der Christoph wartet und mich anlächelt, klingelt der Wecker.

Ich versuche, mich aus dem Bett zu schälen, was mir an sich schon nicht besonders leicht fällt, heute habe ich jedoch eindeutig ein weiteres Handicap: Mir tun alle Knochen weh, und ich fühle mich, als hätte mich jemand durch den Fleischwolf gedreht. Ich kann kaum auftreten und humple unter großen Anstrengungen ins Bad.

»Du bist ja schlechter in Form als eine alte Frau«, schimpfe ich mit mir und versuche, dennoch irgendwie in den Verlag zu kommen. Annalena lacht sich schlapp, als sie mich heranschleichen sieht und ich von meiner Laufepisode mit Christoph erzähle. Im Laufe des Vormittags muss ich auch ein paar Mal zum Kopierer humpeln, wo mich natürlich prompt mein Chef erwischt und sich ins Fäustchen lacht:

»Na, haben wir einen Muskelkater, Frau Teufel?«, scherzt er und findet sich dabei irre komisch.

»Wir sicher nicht«, knurre ich Christoph wütend an, »aber ICH!«

Beleidigt verziehe ich mich wieder in die Besenkammer und arbeite den Rest des Tages schweigend vor mich hin. Gänge aller Art lasse ich in erster Linie durch Stefanie erledigen. Wozu hat man schließlich eine Volontärin? Irgendwie bin ich genervt. Ich habe gar keine Lust, mich abends mit Martin

Seiher zu treffen, aber es bleibt mir wohl nichts anderes übrig.

»Und wie war's?«, fragt Annalena mich am nächsten Morgen neugierig.
»Hm, ganz okay«, brumme ich vor mich hin, während ich versuche, meinen Latte Macchiato, den ich mir gerade auf dem Weg gekauft habe, vor ihr in Sicherheit zu bringen. »Das Hotel ist echt wunderschön. Das Foyer, die Konferenzräume, das Restaurant, ein absoluter Traum. Da würde ich echt gerne mal übernachten«, erzähle ich und merke, wie ich angesichts der Erinnerung an diese schöne Location allmählich wieder in Schwung komme.
»Und weshalb bist du dann jetzt so muffig?«, will Annalena zurecht wissen, weil ich anscheinend immer noch genervt gucke.
Und dann erzähle ich ihr von einem der langweiligsten Abende, die ich je hatte. Martin Seiher trägt seinen Namen zu Recht, wie ich bereits nach fünf Minuten feststellen konnte, und er ist eine absolute Schnarchnase. Ich habe selten jemanden erlebt, der derart langweilig und uninspiriert davon erzählt, was er so macht, obwohl er an sich einen ganz spannenden Job hat. Laber, laber, seiher, seiher, was anderes kann man zu dem Mann einfach nicht sagen.
»Und hast du wenigstens ein paar Tipps bekommen?«, fragt meine Freundin beharrlich weiter, neugierig zu erfahren, für welche Autoren sie künftig die PR machen soll.
»Doch, ich glaube schon. Christina Sandmann ist offensichtlich gerade dabei, einen Roman zu schreiben, Dirk Baumann liebäugelt mit einem humorvollen Erziehungsberater à la

Axel Hacke und Leonie-Emma Körner versucht sich gerade an ihrem ersten Krimi. Gegen eine Vermittlungsgebühr stellt Martin mir den Kontakt zu denen her.«

»Vermittlungsgebühr?«, fragt Annalena verwundert und reißt die Augen auf. »Aber das ist doch sicher in unserer Kalkulation gar nicht mehr drin?«, bestätigt sie exakt das, was ich ebenfalls befürchte.

»Eben. Dafür weiß ich aber jetzt, was ein VIP-Scout ist und womit der sein Geld verdient«, versuche ich Annalena zu erklären, weshalb ich nicht gerade vor Freude im Dreieck springe.

Zehn Prozent des Umsatzes wollte Martin Seiher haben, und zwar sowohl vom Garantiehonorar als auch von den laufenden Verkäufen. Komisch, an dieser Stelle des Gespräches ist er dann auf einmal ganz putzmunter geworden und wollte unbedingt noch mit mir an die Bar, was ich mit der Begründung abgelehnt habe, dass ich früh aufstehen muss, weil ich noch joggen will.

»Würde Ihnen sicher auch ganz gut tun«, behauptete ich arrogant, während ich schnellstmöglich das Weite gesucht habe.

»Hallihallo, Marie, guten Morgen, Annalena!«, flötet auf einmal eine weibliche Stimme hinter mir. »Ich suche Christoph. Ist er zufällig hier?«

Ich drehe mich um und blicke in die tiefdunklen Augen von Carlotta, die mich gut gelaunt anstrahlen. Was macht die denn hier? Ich denke, sie ist auf Mallorca, Händchen halten mit Miguel?

»Hallo, Carlotta, schön, dich zu sehen«, antworte ich. »Nein, Christoph ist nicht hier, wie du siehst …«, aber ich kann ja mal in der Schublade nachsehen, wenn du gerne möchtest, würde ich am liebsten sagen, so bescheuert finde ich ihre Frage angesichts der mehr als überschaubaren Größe unseres Büros. Stattdessen frage ich: »Wieso bist du denn nicht mehr auf Mallorca? Ich dachte, du und Miguel, ihr habt so viel mit der Nachlassregelung zu tun?«

»Gott sei Dank sind wir fast fertig, das war schon 'ne Menge Arbeit, aber ich denke, wir sind jetzt auf einem guten Weg. Ich soll dich übrigens von Ramon grüßen, bevor ich es vergesse. Und ihr? Geht's euch gut? Wie lassen sich Miguels Memoiren an?«

Na, die will's aber genau wissen, denke ich und setze gerade zu einem längeren Vortrag an, als Christoph plötzlich ebenfalls auftaucht.

»Ach da steckst du, ich hab dich schon überall gesucht«, sagt er und nickt Annalena und mir kurz zu.

»Aber ich bin doch hier, mein Schatz«, strahlt Carlotta ihn an, und ich habe das Gefühl, dass ihre Zähne heute noch weißer, ihre Haare noch länger und ihre Schuhe noch schöner sind als sonst. Sie hat ihn »mein Schatz« genannt. Was ist denn nun mit den beiden? Sind sie zusammen oder nicht? Ich bin kurz davor, einfach zu fragen, werde aber dadurch gebremst, dass Carlotta mir eine freundschaftliche Kusshand zuwirft und mich bittet, mich doch endlich mal bei Ramon zu melden. Beim Namen meines ehemaligen Lovers verdunkeln sich Christophs Gesichtszüge, wie mir scheint, worauf ich mir keinen rechten Reim machen kann.

»Also dann tschüss, ihr Süßen, wir düsen jetzt los, bis zum nächsten Mal«, flötet Carlotta, und beide rauschen ab. Schade, denn an sich wollte ich meinen Chef heute fragen, ob ich zu den beiden Jungs nach München fliegen darf. Dann muss ich das wohl doch mit Herrn Bader klären ...

»Tschüss, ihr Süßen«, äffe ich Carlotta nach, schäme mich aber gleichzeitig dafür, denn immerhin war sie mir auf Mallorca eine große Hilfe. Allerdings zerreißt es mich fast vor Neugier zu erfahren, wohin die beiden jetzt wollen.

»Ach, Frau Teufel, ich habe ganz vergessen, Ihnen zu sagen, dass ich mit Carlotta ein paar Tage nach Sylt fahre. Sie haben also noch eine kleine Fristverlängerung für Ihre Promi-Projekte, die Sie ja sicher gut gebrauchen können«, höre ich nun wieder Christoph, der lässig im Türrahmen lehnt und grinst.

»Nach Sylt?«, wiederhole ich leicht verwirrt. »Wie schön. Na dann wünsche ich Ihnen viel Spaß.«

»Werden wir haben, vielen Dank! Ihnen beiden auch schon einmal ein schönes Wochenende, da wir uns ja vorher nicht mehr sehen.«

Okay, die beiden sind ein Paar, diese Aktion lässt nun keine Zweifel mehr offen. Schade irgendwie, schießt es mir plötzlich durch den Kopf, woraufhin ich selbst sofort mit mir schimpfe. Wenn ich einen Mann will, kann ich ja Ramon anrufen. Wenn ich den bitte, kommt er sicher übers Wochenende nach Hamburg, so wie der offensichtlich an mir hängt. Aber nein, ich wollte dieses Kapitel ja abschließen, ermahne ich mich und versuche, mich auf meinen Job zu konzentrieren. Ich freue mich in der Tat auf das Wochenende und darauf, morgen Abend mit Sebastian zu »Paulino« zu gehen. Das wird bestimmt schön.

Ich telefoniere mit meiner Mutter, um zu erfahren, wie es nun eigentlich mit morgen aussieht. Sie berichtet mir ganz stolz, dass wir einen ganz besonderen Tisch am Fenster mit

Traumblick auf die Alster haben werden, dass Amando, Paulinos Lieblingskellner, uns bedienen wird und dass wir selbstverständlich alle Gerichte haben können, die nicht auf der Karte stehen. Und mit viel Glück kommt sogar Paulino himself zum Shake-hands vorbei. Worauf ich persönlich zwar keinen Wert lege, was Sebastian aber sicher todschick finden wird. Ich bedanke mich überschwänglich bei meiner Mutter und frage noch, womit ich ihren Freunden als Dankeschön eine Freude machen kann.

»Mami Blumenstrauß besorgen, Herdmanns eine Flasche Champagner und Trüffelpralinen«, notiere ich auf einen Post-it-Zettel, den ich demonstrativ an meinen Monitor klebe. Werde ich gleich Samstag erledigen.

Dann lasse ich mir einen Termin bei Herrn Bader wegen des München-Fluges geben.

»Ich denke, Sie haben einen so tollen Kontakt zu den beiden«, bellt dieser mich an, als ich ihm mein Anliegen vortrage. Na, das kann ja heiter werden ...

»Können Sie das nicht telefonisch klären?«, blafft mein Chef weiter, und ich versuche, ihm mit knappen Worten zu erklären, dass ich bereits versucht habe, Herrn Rechter, seines Zeichens immerhin Manager von Tobias Langer, von meiner Idee zu überzeugen, dieser aber wiederum ein persönliches Gespräch zwischen mir und Tobias für unerlässlich hält. (Meine Güte, wie soll ich denn meinen Job als Promijägerin vernünftig machen, wenn ich wegen jedes Billigfluges zu Kreuze kriechen muss?) Nach einigen Diskussionen erhalte ich schließlich die »gnädige« Erlaubnis, mit einem Billigticket (»Dass Sie mir ja nicht mit Lufthansa zum regulären Tarif fliegen und dass Sie diesen Termin auf jeden Fall noch sinnvoll mit weiteren Gesprächen verbinden!«) nach München zu düsen, um die beiden für das Kochbuch-Projekt zu gewinnen. Zum Essen einladen soll ich die beiden nach Möglichkeit auch nicht, also werde ich wohl Sandwiches belegen, mir eine Flasche Billigwein unter den Arm klemmen und mich als eine Art Verlags-Rotkäppchen auf den Weg machen müssen, um die beiden davon zu überzeugen, dass Kochbücher ein viel versprechendes und finanziell lukratives Geschäft sind …

Zurück im Büro, rufe ich Paul an, der sich freut, dass ich komme, und buche einen günstigen Flug mit der Deutschen BA. Natürlich nicht ohne zuvor Millionen unterschiedlicher Tarife miteinander verglichen zu haben. Wie gut, dass wir über eine Flatrate im Internet verfügen, sonst hätten wohl alleine die Recherchekosten unseren Verlag ruiniert.

Den Rest des Tages beschäftige ich mich nun endlich einmal mit Miguels Manuskript und stelle fest, dass da doch noch einiges im Argen liegt. Er hat zwar brav alles chronologisch erzählt, aber irgendwie mangelt es dem Text an Persönlichkeit und Spannung. Da muss also noch eine ganze Menge dran getan werden. Von unserer Herstellungsabteilung erfahre ich, dass ich genau drei Wochen Zeit habe, um alles zu redigieren und das Cover von Miguel absegnen zu lassen. Okay, dann bleibt mir wohl nichts anderes übrig, als das Manuskript mit nach Hause zu nehmen und dort weiter zu arbeiten, sonst schaffe ich den Abgabetermin niemals. Das Wetter soll zwar superschön werden, und Sebastian ist in Hamburg, aber irgendwie werde ich wohl noch ein paar Stunden für Miguels Lebenswerk abknapsen müssen.

Am Abend erinnere ich mich dann auch gleich an meine guten Vorsätze und setze mich, bewaffnet mit diversen Stapeln Papier und einem Rotstift, auf den Balkon. Je länger ich lese, desto mehr beschleicht mich das Gefühl, dass das hier ein sterbenslangweiliges Buch wird, wenn es nicht hie und da ein wenig aufgepeppt wird.
Ich fürchte, ich muss einige Passagen etwas ausschmücken und vielleicht die zeitliche Reihenfolge etwas umstellen, also den Pfad der Chronologie verlassen und aus unterschiedlichen Perspektiven erzählen. Vielleicht schaffe ich es ja auch noch, ein paar Freunde von Miguel aufzutreiben, die mir noch die eine oder andere Anekdote liefern können, oder ich horche Carlotta noch ein wenig aus, wenn sie von Sylt wieder zurück ist.
An dieser Stelle gerate ich ins Träumen. Sylt im Sommer ist wunderschön, auch wenn man das, was Hamburg gerade als Wetter bietet, mitnichten als Sommer bezeichnen kann. Auf dem Balkon kann man es nur eingewickelt in eine Decke aushalten, und selbst meine Pflanzen machen einen etwas verfrorenen Eindruck. Aber auf Sylt, da macht das alles gar nichts, finde ich. Dafür gibt es ja Strandkörbe und entsprechende Kleidung. Und wenn man nur genug trinkt, kann man auch bei eher kühlerer Witterung auf der Terrasse der »Sansibar« oder des »Samoa Seepferdchens« sitzen.
Ich mag gar nicht daran denken, dass Carlotta und Christoph jetzt dort sind. Sicher machen sie gerade ihren ersten ausgiebigen Strandspaziergang und gehen heute Abend romantisch essen. Und wohnen im »Benendikenhof« in Keitum oder im »Christian VIII.« in Archsum. Beide Hotels kenne ich natürlich nur aus Erzählungen und aus dem Internet. Meine

persönliche Sylt-Erfahrung beschränkt sich auf einen Tagesausflug mit Martina und Sarah mit der Bahn. Aber obwohl wir nur so kurz da waren, hat mich die Insel gefangen genommen, und wenn ich es mir irgendwann einmal leisten kann, werde ich dort ein paar Tage Urlaub machen.
Doch das alles kann nur funktionieren, wenn ich Geld verdiene, daher verscheuche ich rasch jeden Gedanken an Christoph und Carlotta im Liebesrausch (geht mich ja schließlich auch nichts an) und wende mich wieder dem Text zu.

Freitagmorgen hüpfe ich beschwingt aus dem Bett, die Sonne kitzelt meine Nase, und der Muskelkater ist im Rückzug begriffen. Der Tag im Verlag endet bereits um 15.00 Uhr, ich gehe noch ein wenig in Eppendorf bummeln, kaufe für das vor mir liegende Wochenende ein und mache mich dann für den Abend fertig.
Um 19.30 Uhr hole ich (natürlich mit dem Taxi) Sebastian im Hotel ab. Ich freue mich riesig, ihn zu sehen, und bin mal wieder beeindruckt, wie gut er aussieht. Groß, dunkelhaarig, braune Augen, immer braun gebrannt, weil er sein halbes Leben auf dem Golfplatz verbringt und die andere Hälfte in Italien. Ich finde ja auch, dass Italien ein wunderschönes Land ist, aber Sebastian ist in dieser Hinsicht geradezu fanatisch. Spätestens alle zwei Wochen zieht es ihn ins Veneto oder in die Toscana, immer im neuesten Porsche-Modell und meist auch mit neuer weiblicher Begleitung. Über Frauenmangel kann sich Sebastian wirklich nicht beklagen. Ich lache mich immer schlapp über die Geschichten von gelangweilten, gut situierten Starnberger Vorstadt-Tussis, die dreimal die Woche, geplagt von den merkwürdigsten Wehwehchen,

auf seinem Zahnarztstuhl Platz nehmen. Und wenn dann etwas wirklich Attraktives dabei ist und sich willig zeigt, landet sie, ehe sie sich versieht, in seinem Porsche und wird nach Italien verschleppt.
Sebastian gehört leider zu der bereits genannten, dritten Kategorie Mann, vor der ich Angst habe, nämlich zum Typ »scheinbar unkompliziert, Himmel auf Erden versprechend und ständig auf der Suche nach einem neuen Spielzeug«. Diese Erkenntnis hat mich, Gott sei Dank, davor bewahrt, mich in ihn zu verlieben. Das überlasse ich lieber anderen. Ich kenne ihn nun schon seit meiner Schulzeit in München (ja, ich bin eigentlich ein Münchner Kindl) und habe daher ein eher kumpelhaftes Verhältnis zu ihm.
Nachdem wir uns ausgiebig umarmt und abgeküsst haben, halten wir auch schon an der Außenalster vor meinem Lieblingsrestaurant. Ich habe Sebastian bereits erzählt, wohin wir heute Abend gehen, und wie immer ist er bestens informiert. Er weiß, dass das hier der Hausitaliener von Götz George ist, dass Paulino aus Sardinien kommt, wo Sebastian regelmäßig urlaubt (wenn er nicht gerade in der Toscana ist), und dass hier oft auch Filmaufnahmen gemacht werden.
Wir betreten das Restaurant, ich nenne meinen Namen und schon werden wir von besagtem Amando in Empfang genommen. Nicht, dass ich wüsste, wer Amando ist, denn ich werde natürlich niemals von ihm bedient, wenn ich »nur so«, ohne jegliche Form von Protektion hier esse. Ich nicke also lässig und betont huldvoll und hoffe, dass Sebastian nicht merkt, wie aufgeregt ich bin. Doch kein Grund zur Panik, wir bekommen einen sehr schönen Tisch mit Blick auf die im Wasser schaukelnden Segelboote. Während wir die Karte

studieren, gesellt sich plötzlich ein männliches Wesen, welches ich nicht kenne, zu uns und setzt sich auf den freien Stuhl neben Sebasian.

»Ach, sorry, Marie, ich hatte ganz vergessen, dir zu sagen, dass Georg heute Abend auch kommt. Georg ist mein Steuerberater, von dem ich dir erzählt habe. Darf ich vorstellen: Georg – Marie, Marie – Georg.«

Na super, denke ich. So habe ich mir das Ganze ja eigentlich nicht vorgestellt. Denn erstens wollte ich Sebastian darüber aushorchen, welche seiner Promikontakte ich eventuell nutzen könnte, und zweitens kann ich unmöglich eine weitere Person auf die Verlagsspesenrechnung setzen. Und diesen Georg separat zahlen zu lassen, das widerspricht mir absolut. Ich versuche, trotz meiner Bedenken ein erfreutes Gesicht zu machen, nachdem ich aber festgestellt habe, dass dieser Georg noch nicht einmal ansatzweise attraktiv ist, gebe ich mir keine besondere Mühe und beschließe, mich in mein Schicksal zu ergeben.

Nachdem wir zum Auftakt einen Bellini bestellt haben, unterhalten sich die beiden Männer bestens, mustern alle Frauen im Restaurant, und ich probe innerlich schon mal meinen Bestellmonolog. Ich überlege fieberhaft, wie noch mal die Vorspeisen heißen, die man hier nur als besonderer Gast bekommt. »Himmlische«? Oder »Fantastische«? Irgendwie sind mir die Instruktionen von Frau Herdmann plötzlich entfallen. Und gefährlich schnell nähert sich nun Amando unserem Tisch, bereit, unsere Order entgegenzunehmen.

Doch als ich gerade zu einer umständlichen Erklärung ansetzen will, ergreift Sebastian das Wort, und es ergießt sich ein italienischer Wortschwall über Amando. Ich verstehe zwar kein Wort, bin aber fasziniert von der Interaktion und dem Minenspiel der beiden. Es scheint heiße Diskussionen zu geben, und während ich mich noch frage, weshalb eigentlich, nickt Amando hochzufrieden, kritzelt einiges auf seinen Block und verlässt wieder den Tisch.

»Ich habe mal eben die Bestellung für uns aufgegeben«, klärt Sebastian uns netterweise auf. »Als Vorspeise gibt es Antipasti, aber keine Sorge, nicht das Übliche. Die haben hier wundervolle Austernpilze und Spargelsalat. Dann habe ich noch ein wenig Pulpo bestellt, ich hoffe, den mögt ihr, und danach gibt es noch ein paar Pastavariationen des Hauses. Ob ihr dann lieber Fisch oder Fleisch hättet, das können wir nach den primo piatti spontan entscheiden, da hat Amando kein Problem damit. Und das Tolle ist, das sind alles Gerichte, die nicht auf der regulären Karte stehen. Wie findet ihr das?«, fragt Sebastian um Beifall heischend.

Mir fällt beinahe die Kinnlade herunter. Und dafür habe ich nun über meine Mutter deren Freunde kontaktiert, diese wiederum Paulino und meine Mutter dann im Anschluss wieder mich, um mich über das Ergebnis zu informieren? Und dafür muss ich jetzt Blumen, Champagner und Trüffelpralinen besorgen, um mich bei allen Beteiligten für deren Hilfe bedanken? Und Sebastian, kaum je in Hamburg gewesen, spaziert hier einfach rein und hat mir nichts dir nichts alles klar gemacht, wofür andere Bestechungsgelder zahlen oder einmal wöchentlich mit zwanzig Personen im Schlepptau im »Paulino« essen müssen? Während ich noch mit mir hadere und überlege, wie viel Aufwand ich mir hätte sparen können, wenn ich den ganzen Firlefanz gelassen hätte, nähert sich nun ein gemütlicher, kleiner Mann unserem Tisch (Paulino) und küsst unaufgefordert meine Hand. Dann begrüßt er mit einem strahlenden »Buona sera« Sebastian und Georg und erkundigt sich, ob alles zu unserer Zufriedenheit läuft. Ich will gerade antworten, dass alles okay ist, als sich Sebastian wieder zu Wort meldet: »Tutto bene, mille grazie« ist alles, was ich verstehe, und worauf der Patrone sich höflich lächelnd wieder entfernt.

»Das war Paulino, der Besitzer des Restaurants. Ist es nicht aufmerksam von ihm, dass er uns persönlich begrüßt?«, klärt Sebastian uns netterweise auf. »Das macht er sicher nur deshalb, weil Amando ihm erzählt hat, dass ich Italienisch spreche, denn sonst begrüßt Paulino nur ganz besondere Stammgäste persönlich und dazu gehörst du ja sicher nicht, oder, Marie?«

Nein, in der Tat, dazu gehöre ich nicht, schüttle ich den Kopf und wende mich erst einmal dem Brotkorb zu, weil ich momentan nicht weiß, ob ich lachen oder weinen soll, das Ganze ist einfach zu grotesk. Doch angesichts der Vorspeisen, die Amando ein wenig später auftischt, bin ich mehr als erfreut, egal wodurch wir nun in den Genuss dieses wirklich tollen Essens gekommen sind.

Auch die Pasta sind ein Gedicht und als wir die erste Flasche Wein geleert haben, hat Sebastian wieder seinen großen Auftritt. Er textet gnadenlos einen Kellner zu, diesmal allerdings nicht Amando, der gerade außer Sichtweite ist. Während Sebastian noch mit Händen und Füßen erzählt, wird der Kellner immer zurückhaltender und wippt von einem Fuß auf den anderen und sieht irgendwie verzweifelt aus.

»Entschuldigen Sie bitte, ich kann leider nicht verstehen, was Sie gerne hätten, ich spreche nämlich kein Italienisch«,

murmelt er schließlich zaghaft, während Georg und ich in schallendes Gelächter ausbrechen.
»Das kommt davon, du Angeber!«, ertönt es laut und deutlich aus Georgs Mund, womit er schlagartig in meiner Achtung steigt. Es wird nun doch noch ein sehr netter Abend, denn Georg ist bei weitem nicht so humorlos, wie man sich einen Steuerberater vorstellt, und Sebastian ist mit Feuereifer dabei, Promikonzepte für mich zu entwerfen.
Durch seinen Beruf und durch seine Mitgliedschaft in Bayerns nobelstem Golfclub kennt er sie natürlich alle. Von Uschi Glas über Edmund Stoiber, von Iris Berben bis Rudolf Mooshammer. München ist ein Dorf, und auf den wichtigen Partys tummeln sich immer die gleichen Gäste. Bestens zu beobachten bei der Lektüre von »Bunte« und »Gala«. Auf JEDER Promi-Party, von der darin berichtet wird, sind immer – außer den »Jungs«, die auch nichts auslassen – Doreen Dietel, Max von Thun, Giulia Siegel, Natascha Ochsenknecht, Regine Sixt und wie sie alle heißen. Und wenn sie sich nicht in München treffen, dann garantiert dafür beim Skifahren in Moritz (das »Sankt« wird bei Insidern weggelassen) oder in Going beim »Stanglwirt«. Danach geht's dann zu irgendwelchen Rennen nach Monte (hier entfällt für Eingeweihte das lästige »Carlo«) und im Anschluss ins Hotel »Cala di Volpe« auf Sardinien. Das muss doch grottenlangweilig sein. IMMER dieselben Leute, tagaus, tagein, jahraus, jahrein ...
Da kommt so ein Skandal wie der mit Uschi Glas' Trennung oder Oliver Kahns Affäre mit dieser Verena K. gerade richtig. Dann kann man sich wenigstens in aller Ruhe den Mund zerreißen und hat wieder Gesprächsstoff für die nächste Party.

Bewaffnet mit den Ideen für ein Beautybuch mit Manuela Bäcker, einem Partyszeneführer mit Juliane Heppner und einem Charity-Buch zugunsten der »Initiative Powerchild« mit Paula Sander stürzen wir uns nach dem Abendessen ins Hamburger Nachtleben.

Unsere erste Station ist »Bodos Bootssteg«, wo es uns jedoch ziemlich schnell ziemlich kalt wird. Danach begeben wir uns in die neue Restaurantmeile am Hafen, ideal für Hamburg-Touristen. Dort entern wir, beschwingt von einem Glas Prosecco bei »Bodos«, die Bar des Restaurants »Indochine«. Ich selbst war noch nie dort, habe aber aufgrund diverser Erzählungen das Gefühl, dass dies der neue »place-to-be« ist, und den kann ich Sebastian natürlich keineswegs vorenthalten.

Bereits am Eingang werden wir aufmerksam von Türstehern taxiert, was in München zwar gang und gäbe ist, in Hamburg aber außer in Diskotheken ein absolutes Novum darstellt. Ich bin heilfroh, dass ich mich für meine 20-cm-Absatz-Schuhe entschieden habe und auch ansonsten nicht gerade aussehe wie eine Sekretärin aus Pinneberg. Neben uns werden gerade zwei Typen freundlich, aber bestimmt abgewiesen, deren Hemd nicht in der Hose steckt und die beide Turnschuhe tragen. Für Sebastian und Georg ist es in ihren Anzügen natürlich kein Problem, Eintritt zu finden, sodass wir einige Augenblicke später, bewaffnet mit einer Caipirinha, auf den flachen Ledersitzgarnituren Platz nehmen.

Zum Unterhalten ist es zu laut, aber ich persönlich finde es ganz angenehm, einfach nur an meinem Drink zu nippen und Leute zu beobachten. Man kann sehen, dass hier das Stimmungsbarometer auf »jagen und gejagt werden« steht und es ausschließlich darum geht, die kommende Nacht nicht alleine zu verbringen. Sebastian und Georg werden schon ganz unruhig beim Anblick der hoch gewachsenen und blonden Hanseatinnen, die in München ja nicht so häufig herumlaufen. Auch ich kann es mir natürlich nicht verkneifen, den einen oder anderen interessierten Blick auf das Männerangebot zu werfen, stelle aber mal wieder fest, dass ich kein Faible für vordergründig gut aussehende Männer habe, die ihre Frauen in Bars aufgabeln und wahrscheinlich die ganze Zeit nur hören wollen, wie gut sie aussehen und wie toll sie sind. Nach dem Prosecco und meiner Caipirinha muss ich zur Toilette und arbeite mich mit Müh und Not durch die Menge, um an mein Ziel zu gelangen. Bei den »Damen« ist es leer, was eher eine Seltenheit ist. Während ich auf der Toilette bin, werde ich unfreiwillige Zeugin einer Unterhaltung zwischen zwei Freundinnen, die gerade hereingekommen sind, um sich den Lidstrich nachzuziehen oder die Hände zu waschen.

»Dieser Idiot. Ich habe langsam endgültig die Nase voll von ihm«, sagt die eine Stimme, und ich beschließe, noch einen Moment zu bleiben, wo ich bin, weil mich draußen eh keiner vermisst und weil ich von Natur aus neugierig bin.

»Da fahren wir los nach Sylt, alles ist in Ordnung, alles wunderbar, ich freue mich darauf, dass wir endlich mal wieder ein paar Tage für uns haben, und dann, beim Abendessen, ist er irgendwie so abwesend. Ich meine, das kenne ich ja schon, weil er in Gedanken ständig bei seinem Job ist, aber als ich ihn dann frage, ob irgendetwas ist, klappt er zu wie eine Auster, und den Rest des Abends ist nichts mehr mit ihm anzufangen!«

»Aber das ist doch kein Grund sich aufzuregen, das ist doch

typisch Mann«, vernehme ich nun eine zweite Stimme, offensichtlich die der Freundin.
»Ja, ich weiß«, spricht nun wieder Stimme Nummer eins. »Ich mache das ja nun schon eine Weile mit, aber das Leben kann sich doch nicht nur um den Job drehen, nur weil man plötzlich Partner im Verlag ist.«
Partner im Verlag? Sylt? Jetzt wird's aber spannend, denke ich und rolle ein Stück vom Toilettenpapier ab, um eine reale Geräuschkulisse zu erzeugen.
»Ich meine, ich arbeite ja auch viel und bin viel unterwegs, aber ich finde, man kann's auch übertreiben.«
Nun herrscht einen Augenblick Schweigen, und ich überlege, was ich jetzt machen soll. Gerade als ich zur Tarnung noch einmal die Spülung betätigen will, geht die Unterhaltung weiter.
»Und wenn es gar nicht der Job ist, sondern Christoph sich in eine andere verliebt hat?«, fragt Stimme Nummer zwei, und da falle ich beinahe von der Toilette.
Verlag? Sylt? Arbeit? Christoph? Na, das KANN jetzt aber kein Zufall sein! Das ist doch nicht etwa Carlotta, die sich gerade auf der Damentoilette bei ihrer Freundin über meinen Boss ausheult, während ich hier sitze und jedes Wort hören kann.
»Ja, das habe ich auch schon überlegt, weil Christoph in letzter Zeit so viel an mir rummeckert. Plötzlich stören ihn Sachen, die er früher angeblich an mir geliebt hat. Seit Mallorca ist er irgendwie verändert. Und das habe ich ihm gestern Abend auch gesagt, worauf wir uns tierisch gestritten haben. Und dann habe ich ihn gebeten, sich doch mal Gedanken zu machen, ob er überhaupt noch mit mir zusammen sein

will. Er hat nicht einmal darauf geantwortet. Heute Morgen habe ich deshalb meine Sachen gepackt und bin losgefahren. Und meinst du, dieser Idiot hätte auch nur einen Finger gekrümmt, um mich davon abzuhalten?«

Wieder Schweigen, auch ich bin ganz betroffen und wüsste auch nicht, was ich an Stelle von Carlottas Freundin sagen würde.

»Der kommt schon wieder, keine Sorge. Ist ja nicht das erste Mal, dass so etwas passiert«, startet Stimme Nummer zwei den Versuch, Carlotta zu beruhigen.

»Das ist aber genau der Punkt. Ich habe es satt, mich ständig nur mit ihm zu streiten. Manchmal habe ich das Gefühl, wir passen einfach nicht zusammen. Christoph kann so wenig damit anfangen, wie ich lebe. Und er hat auch keine Lust, mich in New York zu besuchen, wenn ich dort bin, weil er in seiner freien Zeit lieber nach Frankreich oder Italien fährt, was ich aber nicht mehr sehen kann, weil ich als Kind schon ständig dort Urlaub machen musste!«

Ach Gott, die Arme, die kann einem ja richtig Leid tun, wenn ich das so höre, denke ich, während Carlotta mit ihrer Abrechnung fortfährt.

»Und dann haben wir auch sonst so einen unterschiedlichen Geschmack. Ich lese Bücher von Frantzen und Paul Auster (o Gott, wie pseudointellektuell), Christoph liest gerne Sandor Marai und Haruki Murakami (die finde ich beide auch gut). Ich liebe experimentelles Tanztheater (o nein, wie schrecklich), Christoph geht lieber in die Kammerspiele, um sich dort Stücke mit Ulrich Tukur reinzuziehen. (Tukur? Welch ein Mann! Supertyp!!!) Er geht auch gerne in dieses blöde Promirestaurant, dieses »Paulino«, während ich lieber

zu Hause selber Sushis rollen oder sonst was kochen möchte, weil ich das kreativer finde, und so geht das in einer Tour.«
Mann, da haben Christoph und Carlotta ja ernsthafte Probleme, grinse ich in mich hinein und hoffe, dass da noch mehr kommt. Vielleicht kann ich Christoph zu gegebener Stunde ja mal mit meinem detaillierten Wissen erpressen, juble ich innerlich, während ich gleichzeitig davon fasziniert bin, wie sehr sich anscheinend Christophs Geschmack mit meinem deckt. Carlotta ist jedoch offensichtlich fertig mit ihrer Tirade und verlässt den Waschraum, wo ich noch einen Augenblick verweile, um ihr beim Hinausgehen nicht in die Arme zu laufen.
Während ich meinen Lippenstift nachziehe, merke ich, dass mich das eben Gehörte ziemlich durcheinander gebracht hat. Irgendwie freut es mich komischerweise, dass Carlotta und Christoph massive Probleme haben, selbst wenn man mal von diesen Schicki-Problemen absieht à la wer rollt mit wem Sushis oder nicht. Nein, das Ganze klang eher nach einer Beziehung, in der es schon seit längerem im Argen liegt und bei der die beiden Protagonisten anscheinend nicht wirklich füreinander bestimmt sind. Also, ich würde Christoph zum Teufel jagen, wenn er nach einem Grundsatzstreit noch nicht einmal versuchen würde, mich davon abzuhalten abzureisen, und keinerlei Anstalten machte, sich wieder mit mir zu versöhnen. Dann schiene es mit seinen Gefühlen für mich ja wirklich nicht so weit her zu sein.
Oder es handelt sich hier um einen klassischen Fall von gekränkter männlicher Eitelkeit. Diese These passt mir aber gar nicht, konstatiere ich und begebe mich nun wieder zurück zu Sebastian und Georg, die mein Verschwinden offensichtlich

überhaupt nicht bemerkt haben und sich gerade bestens mit zwei unechten Blondinen amüsieren. Nachdem die beiden so schwer beschäftigt sind und ich allmählich müde werde, verabschiede ich mich und begebe mich auf dem direkten Wege nach Hause ins Bett.

Das Wochenende ist absolut traumhaft. Sebastian und ich machen (diesmal ohne Georg) die Stadt unsicher, mieten ein Kanu und schippern durch die Alsterkanäle, verbringen den Abend in der »Strandperle« an der Elbe und machen am Sonntag den obligatorischen Trip nach Blankenese. Sebastian reist am späten Sonntagnachmittag wieder ab, und ich widme mich tapfer weiter Miguels »Leben in Bildern« oder wie auch immer seine Autobiografie dann letztlich heißen wird.
Nach einem kurzen Disput mit Blondi, die wegen des Kaloriensupergaus der vergangenen Tage mit mir schimpft und versucht, mir eindringlich klar zu machen, wie gut mir das Laufen tun würde, schlafe ich ein, bereit, meiner neuen Woche entgegenzutreten. Für Freitag steht der Frankfurt-Trip auf dem Programm, mehr ist soweit noch nicht geplant.

Die Woche plätschert relativ ereignislos vor sich hin, auch wenn ich immer wieder brav an meiner Promi-Liste arbeite. Aber ich komme nicht ganz so gut voran, wie ich gehofft habe, denn oft sind entweder die Manager oder auch die Promis selbst nicht zu erreichen. Außer bei den »Jungs« steht nahezu hinter jedem Namen ein Datum, zu dem ich noch einmal nachhaken soll.
Aber immerhin war ich dreimal joggen. Dabei lässt es sich nämlich bestens grübeln und konzipieren. Denn schließlich

brauche ich ja auch jede Menge Alternativen, für den Fall, dass sich meine Projekte, die ich auf »Wiedervorlage« habe, nicht realisieren lassen. Denn weder die Agentur von Valerie Nussbaum noch die von Cornelia Volmers haben sich gemeldet, und es ist leider noch zu früh, um bei denen nachzuhaken, ohne penetrant und unhöflich zu wirken. Wenn es nach Herrn Bader ginge, müsste ich dort täglich fünfmal anrufen, aber zum Glück ist der momentan viel zu beschäftigt, als dass er Ambitionen zeigen würde, sich um mich oder meinen Arbeitsstil zu kümmern.

Also jogge ich lieber. Na ja, wenn ich ehrlich bin, ist das, was ich treibe, eigentlich mehr ein Powerwalken, aber irgendwie finde ich dieses Tempo doch angenehmer und kann die Damen in ihren Fleece-Jacken jetzt besser verstehen. Nach dem dritten Mal meine ich, eine klitzekleine Verbesserung festzustellen, bete aber dennoch jedes Mal inständig, dass ich Christoph nicht wieder in die Arme laufe, denn das muss ja nun wirklich nicht sein.

Aber ich bekomme Christoph nicht nur im Park nicht zu Gesicht, sondern auch kaum im Verlag. Entgegen seiner Ankündigung ist er zwar bereits seit Montag wieder im Einsatz, anscheinend hat er es alleine nicht allzu lange auf Sylt ausgehalten. Stellt sich an dieser Stelle nur noch die Frage, ob er früher wiedergekommen ist, weil er Sehnsucht nach Carlotta hatte und die beiden sich wieder vertragen haben, oder ob er zu einem Entschluss gekommen ist und die Insel-Auszeit nicht unnötig verlängern wollte. Seine Laune spricht eher für Letzteres, weshalb ich ihm ganz bewusst aus dem Weg gehe. Nur einmal wage ich einen kurzen Trip zu seinem Büro, weil ich fragen muss, wann ich ihm meinen Promi-Schlachtplan, an dem ich immerhin fieberhaft arbeite und der irgendwann sicherlich Früchte tragen wird, präsentieren kann beziehungsweise soll. Als ich vor seiner Tür stehe und klopfen will, kann ich gerade noch hören, wie Christoph sagt:

»Okay, Carlotta, belassen wir es dabei. Es hat keinen Sinn mehr, das wissen wir beide. Ich habe einfach keine Energie, mich immer und wieder mit dir zu streiten, und nein, ich will es auch nicht wieder versuchen. Bitte sei so gut und hol im Laufe der Woche deine Sachen aus meiner Wohnung.«

Oha, so viel also zum Thema Versöhnung. Während ich noch überlege, dass das sicher nicht der richtige Zeitpunkt ist, um mit Christoph über meine Projekte zu sprechen, reißt dieser auch schon seine Tür auf und ich falle fast in sein Zimmer.

»Ach, Frau Teufel, da sind Sie ja. Sie wollte ich sowieso sprechen. Wir müssen uns noch wegen Ihres Konzeptes für die nächste Programmkonferenz zusammensetzen.«

»Eben deswegen bin ich hier«, stammle ich und bete, dass Christoph nicht bemerkt hat, wie dicht ich mit meiner neugierigen Nase an seiner Tür gestanden habe.

»Was halten Sie davon, wenn wir das in aller Ruhe besprechen, außerhalb der Bürozeiten? Tagsüber ist es hier so hektisch, da würde ich das ungern machen. Natürlich weiß ich, dass Ihre freie Zeit knapp bemessen ist, wie Sie mir ja mehrfach versichert haben. Aber vielleicht kann ich Sie ja mit der Aussicht auf ein Abendessen locken, und Sie erzählen mir dann in aller Ruhe von Ihren Plänen? Wie wäre es mit morgen Abend?«

Jetzt bin ich aber platt und mache vermutlich ein ziemlich dämliches Gesicht. Abendessen mit meinem Boss? Und dann

auch noch morgen Abend, wo ich um 4.00 Uhr morgens aufgestanden sein werde, um zu Radis Lesung zu fahren?
»Morgen? Sehr gerne, da komme ich zwar gerade aus Frankfurt wieder, aber ich kann ja während der Fahrt schlafen«, biete ich großzügig an.
»Okay, dann kann ich Sie vom Zug abholen, wenn Sie mir Ihre Ankunftszeit durchgeben, da Sie ja nicht motorisiert sind. Vielleicht können wir eines der Restaurants testen, die Frau Kluge für Miguels Premiere vorgesehen hat. Besprechen Sie das bitte mit ihr, reservieren Sie einen Tisch und mailen Sie mir Ihre Zugdaten. Viel Spaß in Frankfurt.«
Und schwupps ist er auch schon verschwunden, während ich ein wenig belämmert im Flur herumstehe. Aufgeregt berichte ich Annalena von meinem vermeintlichen Rendezvous mit Christoph, was sie mehr als interessiert aufnimmt, nachdem ich ihr am Montag natürlich haarklein alles von Carlottas Gespräch auf der Toilette des »Indochine« erzählt habe.
»Tja, dann wollen wir doch mal schauen, wo die Lektorin mit ihrem Boss essen gehen könnte«, grinst sie und wühlt in ihren Unterlagen für die Buchpremiere. »Da hätten wir einmal das ›Da Caio‹, aber da warst du ja gerade mit Martin Seiher. Hätte allerdings den Vorteil, dass ihr dort direkt aufs Zimmer verschwinden könntet, wenn es ein netter Abend wird«, grinst meine Freundin, und ich bin kurz davor, ihr eine zu verpassen. Schon klar: Erst werde ich mit Christoph meine Projekte durchsprechen, dann werden wir uns betrinken, er wird mir von seiner Trennung von Carlotta vorheulen, danach werden wir uns in die Arme sinken und direkt im Anschluss eng umschlungen auf das Hotelbett sinken.
»Du hast wirklich ein bisschen viel Fantasie«, mosere ich und

wühle nun ebenfalls in den Unterlagen. Zur Auswahl stehen das »Cox« in St. Georg, das »Nil« am Neuen Pferdemarkt, das »Henssler & Henssler« an der großen Elbstraße oder das »Atlas« in Ottensen. Ich entscheide mich für das »Atlas«, denn darüber habe ich schon viel Positives gehört, und es ist auch von Annalena in die engere Wahl für die Premiere gerückt, weil es die richtige Größe hat, über ausreichend Parkplätze und eine wunderschöne Bar verfügt.

»Ankunft Hamburg Dammtor, Gleis 3, 19.23 Uhr. Tischreservierung im ›Atlas‹ um 20.00 Uhr«, maile ich Christoph, ganz wie er es gewünscht hat. Zurück kommt als knappe Antwort: »Gute Fahrt.«

Den restlichen Tag verbringe ich natürlich, wie nicht anders zu erwarten, damit, mir zu überlegen, was ich anziehen soll, da ich nach meiner Fahrt nach Frankfurt ja keine Zeit mehr haben werde, mich umzuziehen. Es sei denn, ich schleppe einen Koffer mit und nutze die Zugtoilette als Umkleidekabine.

Als ich nach Hause komme, durchwühle ich meinen Kleiderschrank und ertappe mich dabei, dass ich mindestens so aufgeregt bin wie vor der Talkshow mit Laurence de Chevalier. Ich entscheide mich für einen schwarzen Rock, schwarze Riemchensandaletten und ein schwarzes Neckholder-Top mit einer passenden Jacke, weil die Klimaanlage in den Zügen immer auf Hochtouren läuft. Ich lege mir alles, inklusive Unterwäsche und passender Tasche, zurecht, denke sogar an meine Projektunterlagen und liege bereits um 9.00 Uhr im Bett, wild entschlossen, früh zu schlafen, damit ich morgen in Form bin. Den Wecker stelle ich schweren Herzens auf 4.00

Uhr, dann habe ich noch zehn Minuten Gnadenfrist, kann mir ein Taxi bestellen und dann geht's auch schon los.

Natürlich kann ich so früh NICHT einschlafen und zappe mich schließlich voller Verzweiflung durch das Abendprogramm. Dabei stoße ich auf eine Volksmusiksendung mit Tobias Langer, die ich mir eine Weile amüsiert ansehe. Ich freue mich schon darauf, die Jungs wiederzusehen, und überlege, ob ich an meinen Besuch in München gleich noch ein paar Tage Urlaub dranhängen soll. Ich könnte Sebastian in Starnberg besuchen oder meinen Vater, der ebenfalls in München lebt.

Doch auch diese Pläne machen mich nicht müde – eher im Gegenteil. Um 23.00 Uhr koche ich mir zur Beruhigung einen Melissentee, um 23.30 Uhr beginne ich die »Gala« und die »Bunte« zu lesen, die heute erschienen sind, um 1.00 Uhr ergreift mich langsam die Panik, um 2.00 Uhr schaue ich das letzte Mal auf meine Uhr. So viel zum Thema früh ins Bett gehen.

Zwei Stunden später klingelt erbarmungslos der Wecker, und ich muss eine Weile überlegen, wo unten und wo oben ist.

Nachdem mir wieder eingefallen ist, was ich heute vorhabe, stürze ich aus dem Bett ins Bad, würge mir einen Toast rein und bestelle ein Taxi. Der Frau beim Taxiruf mache ich unmissverständlich klar, dass ich unbedingt spätestens um 5.50 Uhr am Dammtor sein muss, weil mein Zug um 6.02 Uhr abfährt. Die Dame findet mich offensichtlich etwas albern, weil ich diesen Satz circa dreimal wiederhole, verspricht aber, dass das alles klappen wird.

Um 5.30 Uhr soll das Taxi da sein, um 5.25 Uhr stehe ich gestiefelt und gespornt vor meiner Haustür und warte.
Mit Annalena habe ich verabredet, dass sie um 6.12 Uhr am Hauptbahnhof zusteigt, und da wir eine Sitzplatzreservierung haben, wird sie mich auch sofort finden, da bin ich mir sicher.
5.30 Uhr, weit und breit kein Taxi in Sicht. Ich beschließe, auf Nummer sicher zu gehen, und rufe die Taxizentrale über mein Handy an, nur um dort zu erfahren, dass anscheinend keine Reservierung auf meinen Namen vorliegt. Man hat zwar eine Bestellung für die gleiche Uhrzeit auf den Namen Teufel vorliegen, aber in einem komplett anderen Stadtteil. Verschüchtert durch meinen Tobsuchtsanfall, in den ich bei dieser Nachricht ausbreche, verspricht mir die Telefonistin, sämtliche Taxis Hamburgs zu mir zu schicken, auch wenn mir ein Einziges, aber pünktliches, durchaus genügen würde.
Um 5.40 Uhr biegt dann endlich das heiß ersehnte Fahrzeug um die Ecke. Ich reiße die Tür auf, bin nicht zugänglich für irgendeine Diskussion darüber, ob ich nun wirklich diejenige bin, die das Fahrzeug bestellt hat oder nicht, und weise den Fahrer an, so schnell er kann zum Dammtor zu fahren. Was dieser netterweise auch tut und mit circa hundert Sachen über die Grindelallee brettert. An einer roten Ampel schreibt der Fahrer bereits die Quittung, sodass ich sofort aus dem Wagen springen kann, als dieser endlich um 5.57 Uhr mit quietschenden Reifen am Bahnhof Dammtor hält. Wie gut, dass es hier nicht so viele Gleise gibt, denke ich und nehme circa zehn Treppenstufen auf einmal auf dem Weg nach oben zu Gleis 3.

Puh, geschafft, denke ich mit klopfendem Herzen, während ich meine potentiellen Mitreisenden beobachte. Allesamt Männer in dunklen Anzügen, bewaffnet mit Handys und Aktenkoffern, die typischen Business-Reisenden, die möglichst schnell mit dem Main-Sprinter, so heißt dieser Zug, nach Frankfurt jetten wollen.
6.02, der Zug fährt pünktlich ein. Ich habe wohlweislich einen Blick auf den Wagenstandsanzeiger geworfen und mich unmittelbar vor dem richtigen Eingang postiert. Die Herren im grauen Anzug und ich als einziges weibliches Wesen besteigen rasch den Zug, der hier lediglich einen kurzen Aufenthalt hat. Sofort begebe ich mich in den Großraumwagen, in dem ich für Annalena und mich einen Sitzplatz mit Tisch reserviert habe, damit wir dort in aller Ruhe Memory spielen können. Damit wollen wir uns die Zeit während der langweiligen Fahrt vertreiben, und ich hoffe, auf diese Weise ein wenig besser zu werden, um dem nächsten Match mit Sarah gewachsen zu sein.
Laut meiner Reservierung haben wir die Plätze 278 und 280. Als ich das Abteil betrete, beginnt die Nummerierung seltsamerweise mit 28, was ich nicht so ganz nachvollziehen kann, da sich mit Sicherheit keine 300 Sitzplätze in einem einzigen Wagen befinden werden. Der Zug fährt bereits an, und ich marschiere den Gang hinunter in der Hoffnung, plötzlich Sitze mit den passenden Nummern zu finden. Ich bin bereits am Ende des Waggons, und die Zahlen dümpeln immer noch um die 100 herum. Ich beschließe, die Reservierungsschilder über den Sitzen einer genaueren Betrachtung zu unterziehen, und lese zu meinem Entsetzen »Berlin – Augsburg – München«. Fassungslos starre ich auf die Buchstaben, mein

Gehirn beginnt zu rotieren, und ich schaffe es noch mit letzter Kraft, eine ältere Dame zu fragen, wohin denn dieser Zug eigentlich geht, bevor ich endgültig in Panik ausbreche.

»Mein Kind, dieser Zug fährt nach München. Dort besuche ich meine Enkelin Antonia, die ich seit einem Jahr nicht gesehen habe, wissen Sie, das ist die Tochter meiner Tochter Beate ...«

Ich würde der reizenden Frau wirklich gerne stundenlang bei der Ausbreitung ihrer Familiengeschichte lauschen, und ja, ich wäre sogar bereit, mir ein Foto von Antonia zeigen zu lassen, aber nur unter der Voraussetzung, dass ich mich im richtigen Zug befinde und weitere vier Stunden Fahrt vor mir habe, was hier jedoch mit Sicherheit nicht der Fall ist. Während ich noch überlege, was ich jetzt tun kann, ertönt eine Ansage durch den Bordlautsprecher:

»Sehr geehrte Fahrgäste. Aufgrund eines technischen Defektes verspätet sich der Main-Sprinter mit Ziel Frankfurt um etwa zwanzig Minuten. Alle Fahrgäste Richtung Frankfurt bitten wir, darauf zu achten, dass dies der ICE nach München über Berlin und Augsburg ist. Fahrgäste nach Frankfurt bitten wir, am Hauptbahnhof auszusteigen. Das dortige Personal wird Ihnen dann die Gleisnummer nennen, an der der Main-Sprinter abfährt.«

Ich stürze zur Waggontür und schaue hektisch auf das Display, das die Fahrtroute anzeigt. Dort steht: »Nächster Halt Hamburg Altona«. Fieberhaft überlege ich, was ich nun tun soll, denn ganz offensichtlich hält dieser Zug doch nicht, wie gerade erst durchgegeben, am Hauptbahnhof, wo Annalena auf mich wartet, sondern fährt direkt durch bis Altona.

Jetzt habe ich überhaupt keinen Schimmer mehr, was ich machen soll, denn von Altona schaffe ich es mit Sicherheit nicht pünktlich bis zum Hauptbahnhof, und der Main-Sprinter ist der einzige Zug, der rechtzeitig zur Premiere in Frankfurt ankommt.
Hektisch wähle ich Annalenas Handynummer, wo natürlich nur die Mailbox läuft. Ich fasle irgendwas von »falscher Zug«, »nächster Halt Altona« und »keine Ahnung, ob ich es pünktlich zu Rademacher schaffe«, und jammere zuletzt total verzweifelt: »RUF MICH AN!«
Nun fährt der Zug am Hauptbahnhof ein, und ich fühle mich wie eine Gefangene, die getrennt durch eine Glasscheibe das freie und unbeschwerte Leben an sich vorbeiziehen sieht. Ich sehe Annalena, die gerade hektisch an ihrem Handy zugange ist und wahrscheinlich gerade meine Nachricht auf ihrer Mailbox abhört. Wie gerne würde ich ihr jetzt winken, während ich mit höchster Geschwindigkeit auf den Bahnhof von Altona losrase, ungebremst, ein bisschen wie Sandra Bullock in »Speed«, als sie den Bus fahren muss und dabei nicht anhalten darf – aber ich bin bereits an meiner Freundin vorbei.
Während ich noch überlege, ob dieser kleine »Unfall« nicht sogar eine echt willkommene Ausrede sein könnte, um mich gleich wieder ins Bett zu legen, kommt der Zug plötzlich zum Stehen, und die Türen öffnen sich. Aus dem Augenwinkel sehe ich Annalena auf meinen Waggon zurennen und schon purzle ich in ihre Arme.
»Komm schnell, wir müssen auf das Gleis da drüben«, zerrt sie mich mit sich, und Minuten später sinken wir erschöpft und mit klopfenden Herzen auf unsere Sitzplätze. Diesmal sind es die richtigen, denn wir haben uns beim »Zugbe-

gleiter« im Waggon kundig gemacht, dass es sich bei diesem Zug auch wirklich um den Main-Sprinter handelt.
Annalena holt eine Thermoskanne und zwei Schokocroissants aus ihrer Tasche, und ich bin mehr als dankbar, einen Schluck starken, schwarzen Kaffees zu mir nehmen zu können. Während wir beide trinken und versuchen, die hektische Aktion von eben zu verdauen, fragt Annalena plötzlich:
»Sag mal, wieso hast du eigentlich gesagt, dass du erst in Altona aussteigen kannst? War dir nicht klar, dass dein Zug aus Altona gekommen ist und ganz regulär über Dammtor zum Hauptbahnhof fahren würde?«
Hm, überlege ich, keine Ahnung. Ich weiß nur, dass »Nächster Halt Altona« auf dem Display stand. Doch je länger ich darüber nachdenke, desto mehr stelle ich fest, dass Annalena Recht hat. Altona kommt definitiv VOR Dammtor, jetzt erinnere ich mich auch wieder. Das kann also nur bedeuten, dass das Display kaputt war. Na super, erst zu nachtschlafender Zeit aufstehen, dann die Aktion mit dem Taxi und jetzt auch noch Züge, die nicht dorthin fahren, wohin sie eigentlich sollten. Toller Start in den Tag! Hoffentlich ist das kein Omen für den vor mir liegenden Abend mit Christoph.
Annalena lacht sich mittlerweile über meine mangelnde Ortskenntnis krumm und kringelig und bestätigt mir zum wiederholten Male, wie gut es ist, dass ich keinen Führerschein habe, da ich sonst sicher nie pünktlich irgendwo auftauchen würde.

Der Tag in Frankfurt verläuft jedoch ohne weitere Hindernisse. »Radi« ist hoch erfreut, seine »Damen vom Verlag«

zu sehen, und hält dem Veranstalter der Lesung stundenlange Vorträge über unsere Qualitäten, bis dieser – sichtlich genervt – das Weite sucht, während Annalena und ich etwas beschämt ob dieser Lobhudeleien das Büfett räubern.
Die Rückfahrt verläuft ebenfalls problemlos, außer dass der Zug proppenvoll ist und man nicht mal zur Toilette durchkommt, weshalb ich froh bin, bereits fertig gestylt zu sein. Zwischen ein paar Partien Memory, die ich schon wieder verliere (hat Annalena heimlich mit Sarah geübt?), schlafen wir ein wenig, was wir beide auch bitter nötig haben. Annalena schafft es gerade noch, rechtzeitig am Hauptbahnhof rauszuspringen, wo sie bereits von Heiko erwartet wird. Leider kann ich in der Kürze der Zeit nur einen baumlangen Kerl ausmachen, der ziemlich viele blonde Locken auf dem Kopf hat. Ich bin schon sehr gespannt auf ihn und hoffe, dass es bald zu unserem geplanten Kennenlern-Termin kommt, schließlich muss ich doch wissen, wer das Herz meiner besten Freundin so schwungvoll erobert hat!
Während der Zug allmählich Kurs auf den Bahnhof Dammtor nimmt, überprüfe ich schnell noch mein Spiegelbild, ziehe den Lippenstift nach und stäube noch etwas Parfum auf. Das Zittern meiner Hand schreibe ich dem hektischen Tag und dem Schlafmangel zu und nicht der Tatsache, dass ich gleich ein Date mit Christoph habe. Kurz erwäge ich noch, nach Altona auszureißen (diesmal wäre es ja die richtige Richtung), besinne mich jedoch eines Besseren und steige brav aus, bereit, mich meinem Schicksal zu ergeben.
Doch am Bahnhof ist weit und breit nichts von meinem Boss zu sehen. Ich gehe den Bahnsteig auf und ab, weil es ja sein

kann, dass Christoph am anderen Ende wartet, aber auch da ist keine Spur von ihm. Ich beschließe, noch zehn Minuten zu warten (woraus dann zwanzig werden), und mir ein Taxi nach Hause zu nehmen, wenn er nicht auftaucht.
Meine Nervosität steigert sich nun ins Unermessliche, und ich habe keine Ahnung, was eigentlich mit mir los ist. Ich umklammere meine Projektunterlagen und gehe im Geiste noch einmal alles durch, was ich als Argument für den jeweiligen Titel nennen will. Schließlich will ich nicht wie eine Tagesschausprecherin an meinen Unterlagen kleben, sondern souverän und gut informiert mein Programmkonzept unterbreiten. Schließlich soll Christoph wissen, dass ich mein Geld wert bin (wenn ich es denn irgendwann mal bekomme).
Als ich gerade Reißaus nehmen will, höre ich eine Stimme, die verdächtig nach der von Christoph klingt, lautstark »Marie« (Nanu? Seit wann bin ich denn nicht mehr Frau Teufel für ihn?) über den Bahnsteig rufen und sehe, als ich mich umdrehe, jemanden auf mich zukommen, der etwas Rotes schwenkt. Es ist tatsächlich Christoph, der seltsamerweise eine Rose in der Hand hat.
»Bitte entschuldigen Sie die Verspätung, Marie. Ich hatte noch ein wichtiges Telefonat, das ich nicht aufschieben konnte. Hier, das habe ich Ihnen als kleine Entschuldigung mitgebracht.«
Mein Gesicht dürfte in diesem Moment in etwa die Farbe der Rose annehmen, so verwirrt bin ich angesichts dieser an sich sehr speziellen Geste.
Während ich verlegen an der Blume herumnestle, ertönt plötzlich ein weiterer gellender Ruf, der sich ebenfalls nach

meinem Namen anhört. Verwirrt wenden wir beide unsere Köpfe in die Richtung, aus der die Rufe kommen.
Mit fliegenden Fahnen eilt mir ein junger, dunkelhaariger Mann mit Lockenkopf entgegen, der verdammt nach – ich reibe zur Sicherheit meine Augen – RAMON aussieht. O mein Gott, es IST Ramon, der völlig euphorisiert auf mich zustürmt und ebenfalls Blumen in der Hand hat. Um Himmels willen, wo kommt DER denn her; und vor allem – was WILL er?
Bevor ich noch weiter denken kann, reißt Ramon mich zu sich hoch, schwenkt mich einmal im Kreis, bis mir schwindelig wird, setzt mich dann netterweise ab und strahlt mich an. Christoph nimmt er erst richtig wahr, als dieser sich dezent räuspert. Ich komme mir vor wie in einem schlechten Film und habe keinen blassen Schimmer, wie ich mich verhalten soll. Verlegen lächle ich Ramon an und stelle die unter diesen Umständen nahe liegendste Frage: »Was machst DU denn hier?«
Ramon lächelt mich unverwandt selig an, die Anwesenheit meines Vorgesetzten scheint ihn nicht im Mindesten zu stören.
»Ich wollte dich besuchen, was sonst? Ich habe es einfach nicht mehr ausgehalten vor Sehnsucht, und da habe ich mich in den nächsten Flieger gesetzt, der nach Hamburg ging (ich verfluche innerlich die Häufigkeit von Flügen zwischen Hamburg und Mallorca und Christophs Unpünktlichkeit), und bin zu eurem Verlag gefahren. Dort hat man mir gesagt, dass du heute in Frankfurt bist, wann du am Bahnhof ankommst und dass du dort mit Herrn Köllisch verabredet bist. Ach übrigens, bitte entschuldigen Sie meine Unhöflichkeit:

Guten Abend, Herr Köllisch«, lächelt er charmant und schüttelt meinem Chef die Hand.
Und das hat dich nicht davon abgehalten, deine Pläne zu ändern?, fluche ich innerlich weiter, während ich unsicher von einem zum anderen blicke. Christophs Gesichtsausdruck zu deuten fällt mir schwer. Es ist eine unbestimmte Mischung aus Genervtheit und Amüsiertsein.
Ramon scheint meine Gedanken zu lesen: »Ich weiß, dass du jetzt noch arbeiten musst. Gib mir doch einfach deinen Schlüssel, und ich warte bei dir zu Hause auf dich«, schlägt er vor und sieht mich erwartungsvoll an.
Ich weiß nicht, wie ich auf diesen Vorschlag reagieren soll. Doch da kommt Christoph mir zuvor.
»Wir können das Treffen gerne ein anderes Mal nachholen, Frau Teufel (aha, jetzt bin ich also wieder Frau Teufel). Kümmern Sie sich doch lieber um Ihren Besuch, wir sehen uns dann Montag im Büro«, sagt er und will sich abwenden.
»Kommt gar nicht in Frage«, protestiere ich und wühle in meiner Handtasche nach dem Wohnungsschlüssel. »Hier ist er, die Adresse kennst du ja sicher«, sage ich energisch und drücke Ramon die Lizenz zum Eindringen in meine Wohnung in die Hand. Was wohl Sissi zu diesem fremden Besucher sagen wird? »Bis nachher«, verabschiede ich mich von meinem Spontan-Besuch und deute Christoph mimisch an, dass ich nun gehen will. Und zwar sofort!
Christoph fasst mich energisch am Arm und führt mich zum Ausgang. Sein Porsche parkt mit Warnblinklicht im Halteverbot, eine Minute später, und er wäre mit Sicherheit abgeschleppt worden. Im Auto wechseln wir kein weiteres Wort

über den kleinen Zwischenfall am Bahnhof. Und auch später nicht.

Mit einiger Verspätung erreichen wir das »Atlas« und nehmen zuerst einen Drink an der Bar, was mir auch ganz recht ist, weil das sicher gegen meine Nervosität und mein Genervtsein wegen Ramons Besuch helfen wird. In Windeseile leere ich einen Prosecco, während ich Christoph von meinem heutigen Abenteuer mit der deutschen Bundesbahn erzähle. Mein Boss ist schwer erheitert von dieser Anekdote und kann sich nicht verkneifen zu sagen »Tja, liebe Marie (ha, da ist es wieder, dieses »Marie«!), das alles würden Sie sich ersparen, wenn Sie einen Führerschein hätten. Dann wären Sie heute eine Stunde später aufgestanden, hätten sich beim Fahren mit Frau Kluge abwechseln können und hätten damit noch ein wenig Schlaf abbekommen.«

Mann, nicht schon wieder dieses Thema, denke ich, während ich den Boden meines Glases nach einem Rest Prosecco absuche.

»Ich kann Ihnen auch einen zweiten bestellen«, grinst Christoph, der mich scheinbar durchschaut hat. »Aber wir bekommen ja gleich eine Flasche Wein. Halten Sie es noch so lange durch?«

Ja, ja, ich bin eine verkappte Alkoholikerin, und das weiß mittlerweile jeder, denke ich, während der Kellner uns an unseren Tisch führt. Das Restaurant ist ein Traum, der Prospekt hat nicht zu viel versprochen. Mit seiner Einrichtung und seinem Dekor eignet es sich bestimmt hervorragend als Kulisse für Miguels Buchpremiere!

Während wir beide ausgiebig die Speisekarte studieren, überlege ich, welches Gericht sich wohl am besten dazu eignet,

beim Essen ungestört über meine Programmpläne zu dozieren. Alle Arten von Salaten scheiden dabei schon mal aus, denn es gibt nichts Entwürdigenderes, als mit Feldsalat zu kämpfen, während einem schon das Dressing ölig glänzend das Kinn heruntertropft. Oder beim Sushi-Essen mit den Stäbchen (wenn man nicht gerade Carlotta heißt), oder Meeresgetier von Kopf und Kragen befreien zu müssen (danke nochmals, Ramon! O nein, den sollte ich jetzt lieber vergessen. Reicht, wenn er zu Hause auf mich wartet ...). Ich entscheide mich für ein Lachsparfait als Vorspeise und für Filet vom Steinbutt im Linsenbett als Hauptgang. Klingt irgendwie beides sehr lecker, nur muss ich leider gähnen, als ich das mit dem Linsenbett lese. Es scheint, ich habe ein bisschen zu wenig geschlafen.
Christoph beschäftigt sich Stunden um Stunden mit der Weinkarte, und als ich beginne zu überlegen, ob er sie wohl auswendig lernt oder mal schnell überschlägt, ob sich der Verlag diese Ausgabe hier überhaupt leisten kann, ist er fündig geworden und fragt mich freudestrahlend, ob ich gerne einen Poilly Fumée trinken würde. Der Name sagt mir zwar so auf Anhieb nichts, aber ich nicke zustimmend, weil ich dringend auf Nachschub warte, alkoholisch gesehen. Und kaum ist der Wein serviert und habe ich den ersten Schluck genommen (köstlich!), kommt auch schon der Moment, den ich gefürchtet habe.
»So, dann legen Sie mal los, Marie. Ich bin schon sehr gespannt, was Sie sich Schönes für unser Programm überlegt haben.«
Und ich lege los. Und WIE ich loslege, bei dieser Liste:

1. Ein Erfahrungsbericht von Sophie Harbach über ihre Arbeit als Tierschützerin und ihr Leben auf Ibiza, Arbeitstitel: »Meine Tiere, die Finca und ich«. Todsichere Sache! Ist auch schon in Arbeit.
2. Ein Roman von Christina Sandmann, Genre und Titel noch unbekannt. »Die Sandmann«, wie sie auch oft genannt wird, ist Schauspielerin und eine der letzten Diven, die wir hierzulande noch haben. Fangemeinde: exorbitant hoch, Zickenfaktor: an bestimmten Tagen ebenso. Leider ist sie zurzeit zu Dreharbeiten in Kanada, aber die Agentur hat mir bereits signalisiert, dass sie sich Interesse seitens ihrer Künstlerin durchaus vorstellen könnten. Hier muss ich mich noch bis Ende Oktober/Anfang November gedulden.
3. Der beliebte Radiomoderator Dirk Baumann kann sich gut vorstellen, einen humorvollen Erziehungsratgeber à la Axel Hacke zu schreiben, denn sein Sohn Gabriel ist nun über ein Jahr alt, und Baumann und seine Frau könnten wunderbar von den Abenteuern und Anekdoten erzählen, die den Alltag mit Kind liebens- und lebenswert machen. (Das perfekte Geschenk für Annalena!) Arbeitstitel: »Der kleine Baumann«. Ich habe bereits mit Herrn Baumann telefoniert und habe in circa zwei Wochen einen Termin bei ihm im Sender.
4. Ein Beautyratgeber mit Manuela Bäcker, Arbeitstitel: »Wie ich es geschafft habe«. Da muss alles drin sein: von morgendlicher Frühgymnastik über Papayadiät bis hin zu allgemeinen Tipps fürs Leben. Das Projekt will ich angehen, wenn ich in München bin.

Beim Wort »München« hebt Christoph fast unmerklich tadelnd seine rechte Augenbraue …

5. Ein Szene- und Partyführer mit Juliane Heppner: Dazu muss man eigentlich nichts weiter sagen, denn wenn sich jemand (abgesehen von Jette Joop) in der Partyszene auskennt, dann doch wohl die Juliane. Angeblich ist sie ja dreifache Mutter, was sie aber keineswegs davon abhält, regelmäßig als DJ irgendwelche Events zu ver(un)anstalten. Muss ich auch in München kontaktieren. Ihre Agentur hat aber schon mal grünes Licht für die Produktion gegeben.
6. Ein Charity-Buch mit Paula Sander , Arbeitstitel: »Hände weg von unseren Kindern«. Ein Teil des Verkaufserlöses dieses Buches soll dem Verein »Powerchild« zufließen, dem »La Sander« voller Leidenschaft vorsteht. Hier hat mich das Management auf Ende des Jahres vertröstet. Frau Sander dreht gerade in Schweden eine Mankell-Verfilmung, da kann man nichts machen.
7. Ein Krimi von Leonie-Emma Körner: Mal sehen, was die TV-Ermittlerin so aufs Papier bringt, aber charmant, gut aussehend und beliebt ist sie allemal. Ich habe bereits mit ihr höchstpersönlich telefoniert. Ein Treffen findet aller Wahrscheinlichkeit nach im November stat, wenn sie bei der Kerner-Show Promotion für ihren neuen TV-Auftritt macht. Ein Projekt, auf das ich mich SEHR freue. Und ich würde dafür plädieren, hier gleich eine ganze Reihe anzupeilen.
8. Ein Kochbuch mit Tobias Langer, Arbeitstitel »Kochen wie Gott in Deutschland«. Die Chancen stehen fifty-

fifty, dass er sich dazu bereit erklärt, auch deshalb ist der Trip nach München nötig.

Christophs Augenbraue senkt sich wieder.

9. Ein Beautyratgeber mit Cornelia Volmers. Erste Kontaktaufnahme via Boot auf Mallorca, ich warte auf Rückmeldung seitens der Agentur.
10. Die Memoiren von Miguel Vargas (die habe ich mehr als hart erkämpft, die MÜSSEN einfach in diese Statistik!).
11. (Falls Miguels Buch doch nicht mitzählt): Ein Buch von Valerie Nussbaum. Genauere Informationen erhalte ich, sobald die Dreharbeiten zu ihrem Film mit Tipi Hedren beendet sind (ja, Christoph sieht wirklich ein wenig aus wie Sean Connery. Besonders jetzt, wo er einen Whiskey in der Hand hat). Thema und Titel sind noch unbekannt, werden sich aber im Gespräch mit ihr klären lassen. Termin für dieses Treffen: eventuell Ende diesen, spätestens Anfang kommenden Jahres.

Beseelt von meinem Vortrag und meinen tollen Ideen, sehe ich Christoph triumphierend an und erwarte irgendwie, dass er sich laut applaudierend von seinem Stuhl erhebt und aller Welt erzählt, was für eine tolle Lektorin ich doch bin. Und wie kreativ. Aber er schweigt einen Augenblick und will dann sofort wissen, wie ich mir den Zeitplan vorstelle, wer notfalls den Ghostwriter geben könnte und ob ich schon eine Kalkulation erstellt hätte. (Allein bei dem WORT Kalkulation sträuben sich bei mir schon sämtliche Nackenhaare.)

Schnell nehme ich noch einen Schluck von dem Wein mit dem unaussprechlichen Namen und sehe Christoph kampfeslustig an.
Bis auf die klitzekleine Vermittlungsgebühr von zehn Prozent an Martin Seiher, die Schnarchnase, bei zwei der Projekten liegt kalkulatorisch alles im üblichen Rahmen. Na ja, es kommen hie und da noch ein paar Reisekosten dazu (München) und natürlich die üblichen Bewirtungen, Blumengrüße bei Geburtstagen, eventuell auch kleine Bestechungspräsente für die jeweiligen Agenturen oder Managements (außerdem wären neue Kleider und Schuhe für mich wegen der vermehrten Repräsentationspflichten, natürlich mit passenden Accessoires, angemessen, oder?), das Übliche eben, nichts Außergewöhnliches. Und was das Schreiben betrifft, so sehe ich da keinerlei Probleme: Entweder die Promis schreiben mit meiner Hilfe selbst, ICH schreibe ihre Bücher (»Marie Teufel mit wem auch immer«), oder es werden eben Ghostwriter engagiert. Zu dem Thema habe ich mich längst schlau gemacht. Und ich verfüge bereits über ein ganzes Arsenal von professionellen »Geistern«, die nur darauf warten loszulegen. Mit den meisten von ihnen habe ich bereits einen Termin auf der Buchmesse. Klingt doch alles perfekt oder?
Das findet Christoph nun mittlerweile auch und sieht mich fast schon bewundernd an. Aber nur kurz.
»Na, dann ist ja alles super«, strahle ich und stürze mich wieder auf meinen Wein. Mein Lachsparfait ist mittlerweile von Zartrosa zu Grau mutiert, weil ich es während meines flammenden Vortrags doch nicht geschafft habe, gleichzeitig zu essen und zu reden, während Christoph sich beim Zuhören

genussvoll über seinen Salat hergemacht hat. Ohne Dressingpannen übrigens.

Nachdem ich den geschäftlichen Teil des Abends erledigt habe, beschließe ich, den Rest zu genießen, wenigstens meinen Steinbutt will ich nicht verkommen lassen. Auch für Christoph ist der Job nun offensichtlich beendet, und er erinnert mich dezent daran, dass bei mir zu Hause Besuch auf mich wartet.

»Darauf kann ich jetzt keine Rücksicht nehmen, schließlich war das nicht abgesprochen«, sage ich so cool wie möglich, denn ich will mir den Abend auf keinen Fall durch Ramons Kapriolen verderben lassen. Wann habe ich schließlich schon mal die Gelegenheit, relativ entspannt mit meinem Boss zu Abend zu essen?

Den Besuch von Ramon nimmt Christoph zum Anlass, sich nach dem privaten Leben seiner Lektorin zu erkundigen, und fragt interessiert nach meiner Zeit vor Bader & Köllisch.

Ehe ich mich versehe, erzähle ich ihm auch schon alles. Weshalb ich nach so langer Zeit meine Buchhändlerkarriere an den Nagel gehängt habe, und wie ich mit Annalenas Hilfe zum Bader-Verlag gekommen bin, wie er damals noch hieß, bevor Christoph Partner wurde. Ich erzähle von meiner Kindheit in München, von den Schwierigkeiten des Ortswechsels nach Hamburg, von der Trennung meiner Eltern, von Sissi, meiner Miniwohnung in Eppendorf, die nur drei Straßen von Christophs Domizil entfernt ist, wie sich im Laufe des Gespräches herausstellt.

»Und wie sieht es aus mit den Männern in Ihrem Leben? Ist

das mit Ramon etwas Ernstes?«, fragt mein Boss plötzlich, eine Spur zu neugierig für meinen Geschmack, schließlich geht ihn das als meinen Vorgesetzten gar nichts an. Doch irgendwie hat er ein echtes Talent zum Ausfragen, so dass ich auch noch diesen Teil meines Lebens vor ihm ausbreite.

Ich erzähle von der einzigen längeren Beziehung, die ich hatte, und woran sie gescheitert ist. Von meinen Affären muss Christoph aber wirklich nichts wissen, deshalb belasse ich es bei dem jugendfreien Teil. Über die Frage nach Ramon gehe ich dezent hinweg, in der Hoffnung, dass dies nicht weiter auffällt.

»Und nun sind Sie also mit diesem Ramon zusammen?«, insistiert mein Boss jedoch. Das Thema scheint ihn offensichtlich schwer zu beschäftigen. »Meinen Sie denn, dass das über diese Distanz gut geht?«, bohrt er weiter.

Na, das finde ich jetzt aber ein starkes Stück. Erstens hat ihn das überhaupt nicht zu interessieren, und zweitens mag ich den Ton nicht, mit dem er über »diesen Ramon« spricht. Man könnte fast meinen, er sei eifersüchtig …

Und plötzlich – ich weiß auch nicht, was mich da auf einmal reitet – behaupte ich, unsterblich in Ramon verliebt zu sein, dass ich mich unheimlich über seinen Spontan-Besuch freue und dass ich es kaum erwarten kann, nach Hause zu kommen.

Von diesem Augenblick an hat Christoph es sehr, sehr eilig, und wir verzichten auf das Dessert, angeblich, weil es schon zu spät ist. Ehe ich mich versehe, setzt er mich vor meiner Haustür ab.

Ich bedanke mich für die Einladung, versuche das jähe Ende dieses Abends zu verdauen und klingle an meiner Wohnungstür. Ich habe so rein gar keine Lust, mich nach diesem anstrengenden Tag auch noch mit Ramon auseinander zu setzen, und wünschte, ich könnte mich irgendwohin beamen, wo ich allein bin und meine Ruhe habe. Ich muss über so vieles nachdenken! Über meinen Job, über Christoph, unser Verhältnis zueinander ... Wie stellt Ramon sich das überhaupt vor, ein ganzes Wochenende (hat er überhaupt gesagt, wie lange er bleiben will?) in meiner Miniwohnung? Ich habe ihm doch erzählt, wie beengt ich wohne ...

Seufzend steige ich die Treppe hinauf und bastle immer noch an einem Fluchtplan. Soll ich bei Annalena anrufen? Bei Martina? Bei meiner Mutter? Aber das kann ich Ramon natürlich nicht antun, der extra meinetwegen nach Hamburg gejettet ist, nur um mich zu sehen. »Freu dich doch«, spreche ich mir selbst Mut zu, als Ramon strahlend die Tür öffnet. In der linken Hand hält er ein Glas Rotwein, wobei mein Alkoholbedarf für heute mehr als gedeckt ist.

Laut miauend kommt mir Sissi entgegen, als wollte sie mich fragen, was dieser spontane Überfall soll und wer dieser Eindringling ist.

»Da bist du ja endlich«, sagt Ramon und gibt mir einen Kuss auf die Nasenspitze.

Komisches Gefühl, so in der eigenen Wohnung erwartet zu werden. Aus dem CD-Player klingt leise Klaviermusik, Ramon hat Kerzen angezündet und eigentlich könnte alles so romantisch sein wie auf Mallorca. Doch wir sind NICHT auf Mallorca, die Dinge haben sich geändert und meine Gefühle ihm gegenüber ebenfalls. Sicher, er sieht immer noch toll aus, hat einen knackigen Body (was ich sehen kann, weil er nur in Boxershorts bekleidet vor mir steht), aber ich will das alles nicht. Und schon gar nicht so unvorbereitet …

Zur Ablenkung stecke ich mein Gesicht tief in Sissis weiches Katzenfell. Wie warm sie ist und wie beruhigend ihr Schnurren klingt. Wenn sie mir doch nur helfen könnte, elegant wieder aus dieser Situation herauszukommen.

»Ramon«, sage ich und beschließe, ehrlich zu ihm zu sein. »Ich finde es unheimlich lieb von dir, dass du mich hier in Hamburg besuchst. Aber ich bin kein so spontaner Mensch, wie du vielleicht glaubst. Ich habe Pläne für das Wochenende (ist zwar glatt gelogen, aber was soll's) und kaum Platz, wie du siehst.«

Doch Ramon scheint meine flammende Rede nicht im Geringsten zu stören. »Komm her, Marie, entspann dich, trink ein Glas mit mir und lass uns darauf anstoßen, dass wir uns endlich sehen. Ich habe dich so vermisst«, lautet seine Reaktion auf das, was ich sage, und er zieht mich an seine nackte Brust. Sein Rasierwasser erinnert mich an Mallorca, an den Duft von Lavendel und frischen Kräutern, an Mandeln und an Miguel.

»Wie geht es eigentlich Miguel?«, frage ich in dem Versuch, ihn ein wenig abzulenken, und winde mich aus seiner Umarmung. »Hat er schon nach seinem Buch gefragt?«, starte ich einen weiteren Versuch, diese Begegnung auf emotional neutralem Boden zu halten. »Ich bin bald fertig damit und dann schicke ich ihm den redigierten Text. Er kann es sicher kaum erwarten, ihn zu lesen«, plappere ich sinnlos weiter, während Ramon mich leicht genervt betrachtet. Oh, oh, das könnte gleich unangenehm werden …

»Du freust dich gar nicht, mich zu sehen«, (aha, geht schon

los!), konstatiert mein nächtlicher Besucher völlig richtig. »Na ja, hätte ich mir ja eigentlich auch denken können, nachdem du dich nach deiner Abreise von Ca'n Limone nicht ein einziges Mal bei mir gemeldet hast«, sagt er in einem Ton, der mich an unseren Disput auf Mallorca erinnert. Aber auf eine Wiederholung dieser Szene habe ich absolut KEINE Lust.
»Bedeutet es dir denn gar nichts, dass ich extra deinetwegen alles stehen und liegen gelassen habe, nur um dich zu sehen? Meinst du, es ist witzig, sich auf jemanden zu freuen, der einem dann eiskalt lächelnd den Schlüssel in die Hand drückt und sagt: ›Warte zu Hause auf mich?‹, jemand, mit dem man eine wunderschöne Zeit verbracht hat? In den man sich verliebt hat? Hast du gar kein Herz?«
Betreten blicke ich zu Boden und nestle an meinen Haaren herum. Ich habe ein Herz – ganz bestimmt, gerade jetzt spüre ich es genau, denn es schlägt mir bis zum Hals, denn ich weiß einfach nicht, was ich sagen oder wie ich reagieren soll.
»Sprichst du jetzt noch nicht einmal mehr mit mir?«, erfolgt auch prompt Ramons Reaktion, die an sich ja durchaus berechtig ist.
Hilfe, kann nicht einer diese Szene anhalten wie beim Film und SCHNITT rufen?
Ramon rückt nun bedrohlich näher und sieht mir tief in die Augen. »Dass du nicht antwortest, sagt so ziemlich alles. Du hast offensichtlich keinerlei Interesse mehr an mir. Aber kannst du dich wenigstens so weit zusammenreißen, mir zu antworten?«
»Ich, äh …«, starte ich einen Versuch, irgendetwas Sinnvolles und vor allem Beruhigendes zu antworten. Schließlich

weiß ich ja nicht, inwieweit Ramons spanisches Temperament wieder mit ihm durchgehen wird …

»Tut mir Leid, dass du enttäuscht bist«, starte ich zaghaft meine Verteidigungsrede, »aber ich wusste nun mal nicht, dass du kommst, und ich hatte eine sehr, sehr wichtige Verabredung mit meinem Boss. Es geht immer noch um die zehn Buchprojekte, du weißt doch, wie wichtig das für mich ist«, spreche ich weiter, in der Hoffnung, Ramon etwas zu besänftigen. Aber weit gefehlt.

»Dein Boss – wie du ihn nennst – (oh, oh, SEHR giftiger Tonfall!) hatte dir doch angeboten, das Treffen zu verschieben. Wieso hast du sein Angebot nicht einfach angenommen?«

»Ich, äh …« – Wieso habe ich eigentlich nicht? Okay, ich sitze in der Falle …

»Aha, darauf weiß die Promitante also auch keine Antwort mehr. Entweder ist dir dein verdammter Job so wichtig, dass du alles andere dafür stehen lässt und mich auf Mallorca nur für deine Pläne benutzt hast, oder du bist wirklich in deinen Chef verknallt, wie ich es ja schon die ganze Zeit vermute.«

Funkelnd sieht Ramon mich an, und allmählich beginnt alles, sich um mich zu drehen. Nein, dieser Tag ist definitiv zu viel für mich. Erst der misslungene Start mitten in der Nacht, dann die lange Zugfahrt, die Lesung, Ramons Überfall und das anstrengende Essen mit Christoph. Für heute habe ich definitiv die Nase voll.

Ramon tigert unruhig in der Wohnung auf und ab. Sissi folgt ihm, weil sie denkt, dass er mit ihr spielen will.

»Okay, nachdem du mir nicht antwortest, weiß ich ja, woran

ich bin«, sagt Ramon resigniert, und ich fühle, wie mir die ersten Tränen der Erschöpfung allmählich übers Gesicht rollen. Für Szenen dieser Art bin ich nicht geschaffen, und ich möchte nichts weiter, als meine Ruhe haben.
»Kann ich wenigstens die Nacht über hier bleiben, bevor ich morgen früh zurückfliege, oder muss ich mir ein Hotelzimmer suchen?«, unterbricht Ramon meine Gedanken.
Nun muss ich erst recht heulen. NATÜRLICH tut es mir Leid, dass er so viel Zeit und Energie in seinen Hamburg-Trip investiert hat, und NATÜRLICH tut es mir Leid, dass ich seine Gefühle nicht erwidern kann. Toll! Jetzt bin ICH die Böse und das Scheusal, das seine Pläne durchkreuzt.
Meine Tränen fließen mittlerweile wie Sturzbäche, was Gott sei Dank Ramons Mitleid erregt.
»Tut mir Leid, ich hab's vermasselt«, flüstert er und zieht mich wieder an sich, wogegen ich mich diesmal nicht wehre. »Du hast einen harten Tag hinter dir und möchtest jetzt wahrscheinlich nichts lieber, als alleine sein. Und dann komme ich und erwarte, dass du dich freust und dass sich alles um mich dreht. Bitte entschuldige, Marie, das wollte ich nicht! Ich lass dich jetzt auch in Ruhe, ich versprech's! Komm, lass uns ins Bett gehen, ich bin auch müde.«
Ich nicke schniefend, um ihm zu zeigen, dass er mit seiner Vermutung richtig liegt, und fange an, nach einem zweiten Satz Bettzeug zu hangeln, das ich ganz oben in meinem Schrank aufbewahre. Stumm machen wir uns daran, das Federbett zu überziehen – Seite an Seite, wie ein altes Ehepaar. Nachdem ich mich im Bad zurecht gemacht habe, sinke ich auf »meine« Seite des Bettes. Ramon schläft bereits, oder er tut zumindest so, was ich als Aufforderung auffasse und es

ihm gleichtue. Und wofür ich ihm SEHR dankbar bin. Soll einer noch mal sagen, Männer seien unsensibel und könnten sich nicht in ihr Gegenüber hineinversetzen …

Im Morgengrauen höre ich es in der Wohnung und im Bad rumoren, und nach einer Weile fällt die Tür ins Schloss. Ein Blick auf den Wecker sagt mir, dass es fünf Uhr morgens ist. Gehen so früh überhaupt Flüge nach Palma? Während ich noch darüber grüble, sinke ich endlich in tiefen Schlaf und träume von einem Unbekannten, der mich am Bahnsteig abholt …

Am nächsten Morgen – na ja, eigentlich kann man das nicht mehr Morgen nennen, es ist mehr 13.00 Uhr mittags – quäle ich mich aus dem Bett und versuche, dem neuen Tag einigermaßen positiv und gelassen ins Gesicht zu sehen. Ramon ist sicher bereits wieder auf der Finca – weiß der Himmel, ob wir uns nach diesem Intermezzo jemals wieder sprechen oder sehen …

Sissi ist froh, dass ich endlich wach bin, fordert ihr Mittagessen ein und wird nach einer Portion Sheba ungewöhnlich schmusig. Ich setze mich mit ihr auf den Boden, denn Schmusestunden bei Katzen muss man nutzen, wie sie gerade kommen, und erzähle ihr von meinem merkwürdigen Abend. Von Ramon und von meinem Chef. Sissi kann zwar nichts Schlaues dazu sagen, denn sie lebt bei mir das Leben einer Nonne und kennt sich mit Männern nicht aus, aber auf einmal setzt sich Blondi zu uns auf den Fußboden und beschäftigt sich diesmal nicht mit meiner körperlichen Verfassung, sondern mit meiner seelischen.

»Die Sache liegt doch glasklar auf der Hand: Christoph und du, ihr habt euch ineinander verliebt«, behauptet sie aus heiterem Himmel, während ich massiv protestiere und ihr zu erklären versuche, dass es Ramon ist, zu dem ich mich hingezogen fühle. Auch wenn ich letzte Nacht gerade das Gegenteil bewiesen habe, aber logisches Handeln und Denken gehören nun mal irgendwie nicht zu meinen Stärken …

»Das mit Ramon war doch nur ein netter Urlaubsflirt zur Stärkung deines Selbstbewusstseins, mehr aber auch nicht. Klar, dass es dir imponiert, dass er mal eben nach Hamburg fliegt, nur um dich zu überraschen, und dabei sogar risikiert, einen Korb zu bekommen, was ja nun auch der Fall war«, fährt sie unbeirrt fort, und tief in meinem Inneren fühle ich, dass sie Recht hat.

»Aber wenn es wirklich stimmt, dass Christoph sich in mich verliebt hat, weshalb verhält er sich dann so merkwürdig?«, frage ich ängstlich.

»Er verhält sich doch nicht merkwürdig. Er hat immerhin deinetwegen Carlotta verlassen, wollte gestern einen schönen Abend mit dir verbringen, und statt darauf einzugehen und ihm eine Brücke zu bauen, erzählst du diese bescheuerte Geschichte mit Ramon. Der dich auch noch besucht und damit Christoph natürlich komplett verunsichert. Also wirklich, Marie! Von Promis und Büchern hast du ganz offensichtlich mehr Ahnung als vom richtigen Leben und von Männern. Vielleicht solltest du nicht so viel ›Bunte‹ und ›Gala‹ konsumieren und dich mal um dein eigenes Liebesleben kümmern, statt immer nur über das von anderen zu lesen!«

Rummms, das sitzt! Und zwar tief!

Mit diesen strengen Worten ist Blondi dann auch so plötzlich wieder verschwunden, wie sie aufgetaucht ist. Vermutlich muss sie noch zu einem Ernährungsseminar oder so.
Ganz erschlagen von ihrer Aussage sitze ich eine ganze Weile unfähig auf dem Fußboden. Sissi hat sich längst davongemacht, weil ich aufgehört habe, sie zu streicheln, so beschäftigt bin ich mit mir, mit Christoph und Ramon. Das Leben ist wirklich kompliziert, seufze ich und begebe mich wieder ins Bett, wo ich mir die Decke über den Kopf ziehe und »Vogel Strauß« spiele …
Das restliche Wochenende verbringe ich in einer äußerst merkwürdigen Verfassung. Ja, Blondi hat völlig Recht, das sehe ich nun auch ein, aber ich war schon so lange nicht mehr verliebt, woher soll ich noch wissen, wie sich das anfühlt? Mechanisch und in Gedanken versunken, besuche ich am Abend meine Mutter (eine etwas ungewöhnliche Aktion für einen Samstagabend), verabrede mich Sonntag mit Martina zum Frühstück, während Sarah bei ihrem Vater ist, bin aber nicht so recht bei der Sache. Und ich will auch mit niemandem darüber sprechen, auch nicht mit Annalena, die ja sonst meine Ratgeberin in Herzensangelegenheiten ist.
Das ist schon immer so gewesen. Wenn ich Flirts oder Affären habe, ist Annalena meine erste Anlaufstelle, sobald es aber ein bisschen ernster wird, will ich das Ganze lieber mit mir selbst ausmachen. Und natürlich mit dem demjenigen, dem meine Gefühle gelten. Aber denjenigen welchen habe ich in diesem Fall ja erfolgreich verscheucht, und ich habe keinen blassen Schimmer, wie ich meine Aussage über mein Verhältnis zu Ramon wieder revidieren kann, ohne unglaubwürdig zu wirken.

Wie war das noch mal? Joggen macht den Kopf frei?, erinnere ich mich an Christophs Worte und bin wild entschlossen, dies auszuprobieren. Vielleicht kommt mir ja im Park eine zündende Idee, wie ich das Ruder zu meinen Gunsten wieder herumreißen kann.

Obwohl die Temperaturen an diesem Wochenende erheblich in den Keller gesunken sind und es ganz nach Regen aussieht, werfe ich mich in meine Sportklamotten und trabe tapfer zum Park. So ein bisschen Regen wird mich schon nicht umbringen, beschließe ich, starte meine Runde, und bin, wie ich feststelle, nicht die Einzige, die der sportliche Ehrgeiz nach draußen treibt. Heute sind erstaunlich viele Pärchen unterwegs, ganz anders als in der Woche, wo die meisten sicherlich einen unterschiedlichen Zeitrhythmus haben. Es versetzt mir kleine Stiche zu sehen, wie liebevoll einige miteinander umgehen, einige schaffen es sogar, Händchen zu halten, während sie laufen, na ja, vielmehr während sie walken.

Zu allem Überfluss beginnt es nun tatsächlich zu tröpfeln und in null Komma nichts verwandeln sich diese ersten Tropfen in einen dicken, fetten Wolkenbruch. Innerhalb von Sekunden bin ich komplett durchnässt, was in Kombination mit einem ziemlich scharfen Wind, wie man ihn in Hamburg ja gerne mal hat, nicht besonders angenehm ist.

Ich laufe so schnell ich kann nach Hause und lasse mir sofort ein heißes Bad ein, damit ich mich nicht erkälte, denn das kann ich mir momentan überhaupt nicht leisten. Ich bin noch nicht einmal zu einem Drittel mit Miguels Memoiren durch, und mir bleiben nur noch zwei Wochen Zeit.

Ich lasse mich in den Schaum sinken und überlege, wie ich

mich morgen Christoph gegenüber verhalten soll, allerdings fällt mir nichts Schlaues ein. Normalerweise würde ich das Objekt meiner Begierde einfach zu mir zum Essen einladen, oder zumindest irgendwie versuchen, ihn zu einer Verabredung zu animieren. Aber in diesem Falle ist das ein Ding der Unmöglichkeit. Schließlich handelt es sich bei Christoph um meinen Vorgesetzten. Eine missglückte Aktion in dieser Richtung kann mich den Job kosten. Seufzend werfe ich einen Blick auf die rote Rose, die ich an den Rand der Wanne gestellt habe, weil ich Blumen im Badezimmer liebe. Wie gerne würde ich jetzt einfach bei Christoph anrufen, oder ihn besuchen. Immerhin weiß ich ja nun, wo er wohnt.

Plötzlich zerreißt das Klingeln des Telefons die Stille des Sonntagabends, und ich springe – entgegen meiner sonstigen Gewohnheiten – mit einem Satz aus der Badewanne und stürze, eine Spur von Badeschaum hinter mir herziehend, an den Apparat. Eine Sekunde lang habe ich die Hoffnung, dass es Christoph sein könnte, der von Blondi erfahren hat, dass ich auf ihn warte. Aber vielleicht ist es auch Ramon, den ich allerdings momentan nicht unbedingt sprechen möchte … Auch wenn es ein netter Zug von mir wäre, mich mal bei ihm danach zu erkundigen, wie es ihm so geht …

Doch es ist die Stimme von Karl Schmidt, die mir aus dem Hörer entgegenschallt. Er brennt darauf zu erfahren, wann die Bücher denn nun endlich fertig sind, an denen ich arbeite. Das könnte doch so lange nun auch wieder nicht dauern, und er würde mich gerne ins Kino einladen. Karl Schmidt, denke ich und lasse den Hörer sinken, na, der hat mir gerade noch gefehlt. Ich kann mir nichts Schöneres vorstellen, als mit einem Mann, der eine lilafarbene Paisley-Krawatte trägt, ins

Kino zu gehen. Ich fasle irgendwas von » ... muss noch eine Autobiografie redigieren ...« und bete dabei inständig, dass Karl Schmidt weiß, was das Wort »redigieren« bedeutet. Karl Schmidt weiß es mit Sicherheit nicht, ist aber so beeindruckt von dem Fleiß, den ich auch am Wochenende an den Tag lege, dass ich für heute entschuldigt bin. Ich verspreche ihm, mich zu melden, sobald ich Zeit habe.

Nachdem ich das Badewasser abgelassen habe, schnappe ich mir wirklich Miguels Manuskript und lese so lange darin, bis ich darüber einschlafe.

Montagmorgen, 9.00 Uhr. Annalena blickt mich bereits erwartungsvoll an, als ich die Besenkammer betrete, und will wissen, wie mein Abend mit Christoph verlaufen ist. Ich habe einiges zu berichten, weil sie ja die Episode mit Ramon gar nicht mitbekommen hat. Ich erzähle ihr jedes Detail dieses merkwürdigen Abends, nur die Erkenntnis über meine Gefühlslage lasse ich dezent unter den Tisch fallen. Annalena merkt, Gott sei Dank, auch nichts, weil sie zu sehr damit beschäftigt ist, mir davon zu erzählen, was sie am Wochenende mit Heiko alles angestellt hat. Auch wenn sie Ramons Engagement sehr beeindruckend findet.

Ich arbeite still vor mich hin, buche meinen Flug nach München zu den »Jungs«, zermartere mir den Kopf auf der Suche nach weiteren Promi-Projekten und stelle gegen Mittag fest, dass ich mich nicht gut fühle. Mir ist schwindelig, ich bekomme Kopfschmerzen, was ich sonst nie habe, und irgendwie verschwimmen die Zeilen an meinem Computer vor meinen Augen. Ich bitte Stefanie, mir ein Aspirin zu besorgen, doch im Laufe des Nachmittags ist klar: Ich werde krank. Und zwar richtig. Annalena besorgt mir netterweise ein Taxi, und kaum zu Hause wanke ich auch schon ins Bett.

Es ist 8.00 Uhr morgens am Dienstag, als ich wieder aufwache. Sissi ist schon ganz beleidigt, weil ihr Abendessen ausgefallen ist, und normalerweise hätte ich ihr einen anschaulichen Vortrag über die Vorteile gelegentlichen Dinner-Cancellings gehalten, aber danach ist mir heute einfach nicht zumute. Ich schaffe es noch mit letzter Kraft, etwas Trockenfutter in ihren Futternapf zu kippen und auf Annalenas Mailbox im Verlag die Nachricht zu hinterlassen, dass ich heute keinesfalls kommen kann, weil ich ernsthaft krank bin. Nun habe ich auch noch Halsschmerzen, meine Knochen fühlen sich an wie mit Blei ausgegossen, und insgesamt habe ich den Eindruck, von einem Schwertransporter überrollt worden zu sein.
Ermattet sinke ich wieder in die Kissen und werde erst am späten Nachmittag wach, als das Telefon klingelt und Annalena sich nach meinem Zustand erkundigt. Mehr als »Ich bin krank« kriege ich als Information nicht zustande, muss Annalena aber versprechen, dass ich am Mittwoch zum Arzt gehen werde. Sie ist dann auch gerne bereit, für mich einzukaufen und mir etwas vorbeizubringen. In meinem momentanen Zustand würde ich alles versprechen, Hauptsache, ich kann wieder in mein Bett. Ich habe noch nicht einmal Hunger, also muss es wirklich schlecht um mich bestellt sein.

Am Mittwochmorgen bin ich zumindest in der Lage, mich zu meinem Hals-Nasen-Ohren-Arzt zu schleppen, der zum

Glück nur ein paar Häuser weiter seine Praxis hat. Ich werde als »Notfall« vorgezogen und verlasse einige Minuten später mit der Diagnose »Schwerer grippaler Infekt« die Praxis, bewaffnet mit einer Krankschreibung für den Rest der Woche und einem Stapel an Rezepten. So viel zum Thema »Sport ist gesund und macht fit«!

Ich besorge mir in der Apotheke ein ganzes Arsenal an Medikamenten und lege mich wieder ins Bett. Am Abend kommt, wie versprochen, Annalena mit einer großen Tüte vorbei, voll gestopft mit Obst, Fruchtsäften, Schokolade und Katzenfutter. Ich bekomme ebenfalls ein paar neue Zeitungen und das neue Buch von Ildiko von Kürthy. Wie lieb von Annalena, sich so um mich zu kümmern!

»Hast du gar keine Angst, dich anzustecken?«, frage ich sie, während sie den Inhalt der Tüten in meinem Kühlschrank verstaut.

»Nö«, lautet daraufhin die lapidare Antwort, »ich bin ja frisch verliebt, das ist gut fürs Immunsystem.«

Wenn's danach ginge, dürfte ich jetzt auch nicht halbtot hier rumliegen, denke ich und tue mir selbst Leid. Das Prinzip funktioniert sicher nur, wenn das Verliebtsein auch in eine glückliche Beziehung führt, und nicht, wenn man Liebeskummer hat. Und den habe ich, so viel habe ich zwischen meinen Fieberschüben eindeutig diagnostiziert.

»Bevor ich es vergesse«, unterbricht meine Freundin meinen Gedankengang, »Christoph Köllisch hat sich nach dir erkundigt und gefragt, wie's dir geht. Und«, fährt sie fort, während mein Herz wild anfängt zu pochen, »er lässt auch fragen, wie weit du mit Miguels Buch bist. Die Herstellungsabteilung hat schon nachgefragt.«

Ach so, sein Interesse gilt also gar nicht mir persönlich, sondern meiner Arbeit, denke ich und kuschle mich enttäuscht wieder unter meine Decke.

»Und du hast auch eine E-Mail von Ramon, der fragt, ob du noch lebst. Ich habe ihm geschrieben, dass du krank bist. Das war doch okay, oder?«

Nein, ist es nicht, denke ich, ich will diesen Namen nicht mehr hören. Ramon ist ein toller Mann, gar keine Frage, aber meine Gefühle gelten nun mal ausschließlich Christoph. Wenigstens DAS weiß ich jetzt.

Nachdem Annalena noch eine Weile Händchen gehalten hat, bin ich wieder alleine und grüble vor mich hin. Miguels Memoiren hatte ich ja völlig vergessen inmitten meiner Schlaforgien. Und ungünstigerweise liegt das Manuskript mit meinen Korrekturen wieder im Verlag, weil ich es am Montag dorthin mitgenommen habe. Schnell rufe ich meine Freundin an, um sie zu bitten, mir morgen den ganzen Packen Papier mitzubringen, damit ich ein wenig von der verlorenen Zeit aufholen kann, wenn die Antibiotika anfangen zu wirken und ich mich wieder besser fühle. Annalena verspricht es, und ich verbringe einen todlangweiligen Fernsehabend, an dem ich mir wirklich jeden Blödsinn reinziehe, den man sich nur denken kann. Da kann einem ja wirklich Angst und Bange werden, wenn man so sieht, wer sich alles in Talkshows herumtreibt, und die Vorstellung, solchen Leuten womöglich jeden Tag auf der Straße zu begegnen, treibt mir den Schweiß auf die Stirn.

Am nächsten Morgen fühle ich mich schon ein bisschen besser, sehe aber aus wie eine Vogelscheuche, kalkweiß, die Nase rot und rau vom vielen Putzen, und ich habe knallrote Augen. Meine Haare habe ich auch nicht gewaschen, weil ich mich noch nicht dazu aufraffen konnte, kurzum: Ich bin total verlottert und ekle mich fast vor mir selbst.

Am Nachmittag wage ich mich todesmutig in die Badewanne, was man mit Fieber eigentlich ja nicht soll, zum Duschen fühle ich mich zu schwach. Aber ich will der armen Annalena diesen Anblick ersparen, und schließlich fühlt man sich ja gleich viel kränker, wenn man auch noch ungepflegt aussieht.

Den Rest der Zeit verbringe ich mit Lesen und Dösen, dann cancle ich den geplanten Flug nach München (über die Storno- und späteren Umbuchungskosten versuche ich gar nicht erst nachzudenken) und informiere Paul und Tobias über meine Erkrankung.

Als es um 18.30 Uhr an der Haustür klingelt, freue ich mich. Endlich ein wenig Abwechslung, juble ich innerlich. Das wird bestimmt Annalena sein. Freudig schmeiße ich mich in meinen Bademantel, drücke den Türsummer und lasse die Eingangstür offen stehen, weil ich sofort wieder ins Bett will. Minuten später höre ich plötzlich eine männliche Stimme, die nach mir ruft. O nein, ich fasse es nicht! Die Stimme klingt verdammt nach …

»Hallo, Marie! Ich dachte, ich bringe Ihnen die Unterlagen persönlich vorbei. Frau Kluge hatte nämlich doch keine Zeit und hat mich gebeten, für sie einzuspringen. Darf ich reinkommen?«

Es klingt nach Christoph, und er ist es auch. Am liebsten würde ich rufen: »Nein, nein«, und mich wie ein Kleinkind unter der Bettdecke verstecken, aber dazu bleibt mir keine

Zeit mehr, weil Christoph bereits vor mir steht. Die ganze Szene wirkt ein wenig wie die in dem Film »E-Mail für dich«, als Tom Hanks die erkältete Meg Ryan zu Hause besucht, kurz nachdem er mit seinem großen Buchladen ihren kleinen platt gemacht und sie damit ihres Jobs beraubt hat. Allerdings mit dem Unterschied, dass ich nicht so possierlich aussehe wie Meg Ryan und Christoph Gott sei Dank besser als Tom Hanks.

»Das ist ja nicht besonders groß hier«, stutzt Christoph einen Augenblick, als er feststellt, dass er nur noch circa fünfzig Zentimeter von meinem Bett entfernt steht. »Und das muss die berühmte Sissi sein«, freut er sich, als meine Katze ihm um die Beine streicht, was sie sonst bei Fremden nie macht.

»Hallo, Herr Köllisch. Das ist aber eine, äh, Überraschung«, wage ich einen Vorstoß in Richtung höflicher Konversation.

»Tut mir Leid, dass ich Sie hier so überfalle. Ich wollte Sie noch vorwarnen, dass ich es bin, aber Sie waren so schnell weg von der Gegensprechanlage, dass Sie das vermutlich gar nicht mehr gehört haben.«

Tja, was für ein Pech aber auch, denke ich und bin etwas verlegen.

»Kann ich Ihnen etwas anbieten?«, frage ich, in dem Versuch, einen auf gute Gastgeberin zu machen. »Kaffee, Tee, Wasser?«

»Lassen Sie mal. Ich bin derjenige, der Ihnen was ans Bett bringen sollte, so wie Sie aussehen. Mein Gott, es scheint Sie ja richtig schlimm erwischt zu haben.«

Ehe ich noch protestieren kann, macht Christoph sich bereits in meiner Küche zu schaffen, um Tee zu kochen, während ich weiter tumb in meinem Bett sitzen bleibe. Irgendwie finde ich das recht gemütlich, denn Christoph unterhält sich mit Sissi, während das Teewasser kocht, und hantiert – als würde er seit Jahren mit mir zusammenleben – mit meinem Lieblingsbecher.

»So, trinken Sie mal, das wird Ihnen gut tun«, lautet seine Anweisung, als er fertig ist, und schon sitzt mein Boss auf einem Stuhl, den er an mein Bett herangezogen hat.

»Das Manuskript habe ich Ihnen auf den Tisch gelegt«, erklärt Christoph unnötigerweise den Stapel Papier, den er mitgebracht hat. »Es wäre wirklich toll, wenn Sie ein wenig daran arbeiten könnten. Wie lange sind Sie denn krankgeschrieben?«

Gerade als ich antworten will, klingelt es wieder an der Tür. Hier geht es ja zu wie im Taubenschlag, denke ich und überlasse Christoph das Öffnen, er kennt sich ja mittlerweile aus.

Während ich mich noch an dem Bild ergötze, das mein Chef in meinen Räumen bietet (ich finde, er passt ausgesprochen gut hierher), trägt Christoph einen riesigen Strauß roter Rosen ins Zimmer, wofür er dem Boten netterweise Trinkgeld in die Hand gedrückt hat. Ich bin verwirrt. Von wem sind die denn jetzt? Von Christoph? Aber warum hat er sie nicht gleich selbst mitgebracht? Aber wahrscheinlich hatte er keine Zeit sie zu besorgen und hat einen Botenservice beauftragt. Wie lieb von ihm! Wie aufmerksam!

»Na, sind Sie gar nicht neugierig, von wem die sind?«, fragt Christoph und macht sich daran, eine Vase zu suchen, die er natürlich nicht findet, was daran liegt, dass ich keine besitze, die über diese Kapazität verfügt.

»Hier, diese Karte gehört dazu«, sagt er und überreicht mir den Umschlag, den ich mit zitternden Händen öffne, während mein Chef die Rosen praktischerweise in meinen Putzeimer stellt. Was will Christoph mir schriftlich mitteilen, was er nicht genauso gut sagen kann?

Ich lese: »Liebe Marie, ich habe von Annalena erfahren, dass du krank bist. Ich wollte dir auf diesem Wege gute Besserung wünschen und dir sagen, dass mir der Überfall im Hamburg wirklich Leid tut. Ich hätte dich nicht so bedrängen dürfen. Melde dich, wenn du wieder gesund bist. Ich denk an dich.« Unterzeichnet mit Ramon. Ramon? Also damit habe ich ja nun gar nicht mehr gerechnet. Ich muss dementsprechend blöd geguckt haben, denn nun will Christoph genau wissen, was da im Busch ist.

»Die sind von Ramon«, sage ich kleinlaut, in der Hoffnung, dass er mich nicht versteht, weil ich so leise spreche.

»Oh, wie schön. Dann will ich auch nicht länger stören. Sie wollen ihn ja sicher gleich anrufen, um sich bei ihm zu bedanken. Bleiben Sie ruhig liegen, ich kenne ja jetzt den Weg.« Und rumms, ist auch bereits die Tür hinter ihm ins Schloss gefallen.

Na super, schon wieder so ein Missverständnis! Nun wird es aber Zeit, mit dem Ramon-Thema aufzuräumen, denke ich und wähle tatsächlich seine Nummer. Aber nicht, um mich bei ihm zu bedanken (oder nicht nur), sondern um ihm ein für alle Mal zu erklären, dass aus uns kein Paar werden wird. Ich erreiche ihn auch sofort, offensichtlich hat er meinen Anruf erwartet. Schweren Herzens und mit krächzender Stimme stelle ich klar, was ich klarstellen muss. Und das fällt mir wirklich alles andere als leicht. Ramon trägt die Nach-

richt mit männlicher Haltung, worüber ich ziemlich erleichtert bin.
Ein wenig melancholisch betrachte ich ein paar Minuten später die Rosen, die wunderschön sind und einen himmlischen Duft verbreiten. Schade, dass sie nicht von Christoph sind. Und schade, dass anscheinend das Schicksal es immer zu verhindern weiß, dass wir uns irgendwie näher kommen.

Freitagmorgen wanke ich, immer noch ziemlich benommen, zum »Wiedervorstellungstermin« (bei »Deutschland sucht den Superstar« würde man dazu »Recall« sagen) zu meinem Arzt. Dieser ist gar nicht begeistert von meinem Zustand (wie auch Dieter Bohlen zuweilen von dem seiner Bewerber) und schreibt mich – obwohl ich aufs Heftigste protestiere – eine weitere Woche krank. Zu allem Überfluss soll ich nun auch noch täglich zur Bestrahlung und zum Inhalieren kommen, weil sich der Infekt auf die Stirnhöhle ausgebreitet hat. Und ich soll gleich heute damit anfangen.
Ein absoluter Besen von Sprechstundenhilfe befördert mich in einen Nebenraum, der voller seltsamer Geräte steht. Dort sitzen weitere Patienten in allen möglichen entwürdigenden Positionen: Eine ältere Dame kauert vor einem Apparat und hält sich etwas, das der Besen als »Schweinenase« bezeichnet, an ihr Riechorgan, ein Herr sitzt eingeklemmt in einem Apparat, der den Kopf mit Rotlicht bestrahlt, und einer anderen Patientin hat man gleich einen kompletten Schlauch in den Hals gerammt, wofür auch immer das gut sein mag. Gerade als ich einen Versuch starten will zu fliehen (ich finde gar nicht mehr, dass es mir so schlecht geht), werde ich unsanft

am Arm gepackt und bekomme ebenfalls eine Schweinenase aufgedrückt und soll ganz regelmäßig ein- und ausatmen. Mir ist zwar nicht ganz klar, wie das funktionieren soll, weil ich momentan den Eindruck habe, einfach ÜBERHAUPT keine Luft mehr zu bekommen, aber was soll's. Dann sehe ich eben aus wie Hannibal Lector mit Strafmaske, kann auch mal ganz praktisch sein. Dann brauche ich auch nicht wieder zurück in den Verlag und muss Christoph nie mehr wiedersehen.

Während ich auf 1,2,3,4 ein- und auf 1,2,3 und 4 wieder ausatme, sinniere ich darüber, dass mein Arzt mich gefragt hat, ob ich momentan irgendwelchen Stress oder Sorgen hätte. Denn eine derart schwere Grippe Anfang September sei doch eher ungewöhnlich. Obwohl ich das gar nicht finden kann, wenn ich sehe, wie ausgelastet all diese Geräte um mich herum sind. Und das Wartezimmer war auch nicht gerade leer.

Doch meine Gedanken werden jäh durch ein Weckerklingeln unterbrochen, die Schweinenasen-Therapie ist vorbei, jetzt geht's ab zur Bestrahlung der Stirnhöhle. Nun sitze ich in diesem Rotlichtmilieu und fühle mich ganz verwegen. Die Wärme auf dem Kopf lässt mein Gehirn brodeln, auch ein schönes Gefühl. Ich finde es fast schon schade, dass wir heute Freitag haben und die Praxis leider übers Wochenende geschlossen hat, sodass ich bis Montag auf die nächsten Anwendungen warten muss. Aber das muss ich wohl akzeptieren und trotte wieder nach Hause.

Es werden äußerst langweilige Tage, nur gelegentlich unterbrochen von meiner »Therapie« beim Arzt und Besuchen.

Annalena schaut noch einmal vorbei, Martina kommt zur Visite, und auch meine Mutter rückt an, bewaffnet mit einem Korb voller Delikatessen, die ich mir prompt hemmungslos reinziehe. Wenn ich schon krank darniederliege, dann muss ich mir wenigstens etwas Gutes tun. Das soll bekanntlich auch den Heilungsprozess fördern. Ist doch egal, wenn ich nach der Krankheit zwanzig Kilo mehr wiege, auch wenn das normalerweise umgekehrt läuft und die Leute eher ausgemergelt wieder an ihren Arbeitsplatz zurückkehren. Aber ausgemergelt werde ich wohl nie aussehen, da gibt es kein Vertun.
Blondi ist angesichts meiner Lotterhaltung verreist. Sie kann und will keine Verantwortung dafür übernehmen und hat sich in Brenners-Spa-Hotel in Baden-Baden einweisen lassen, um sich mal wieder so richtig rundum zu erneuern.
Wenn ich nicht beim Arzt bin, Besuch habe, telefoniere (ja, so weit ist es schon gekommen, dass ich soziale Kontakte über das Telefon pflege), schlafe oder lese, arbeite ich an Miguels Buch, mit dem Ergebnis, dass ich am Donnerstag fertig bin. Das hätte ich unter normalen Umständen im Verlag nie geschafft, da bin ich mir sicher. Pfiffig wie ich bin, habe ich alle Korrekturen gleich via Laptop ins Manuskript eingearbeitet, den Annalena mir aus dem Verlag mitgebracht hat. Ich habe den Text mit den Anekdoten aufgepeppt, die Miguel uns beim Essen in Portals Nous erzählt hat, und nun bin ich nach den umfangreichen Korrekturen äußerst zufrieden mit dem Ergebnis.
Stolz wie Oscar rufe ich Annalena am Donnerstag an, um ihr zu erzählen, dass ich fertig bin, und um sie zu fragen, ob sie den Laptop abends abholen und am Freitag mit in den Verlag nehmen kann, damit der ganze Kladderadatsch pünktlich in

den Satz gehen kann und die Korrekturfahnen schnellstmöglich nach Mallorca geschickt werden können.
Annalena kommt wie verabredet, hat aber eine Stinklaune, sodass ich schon mutmaße, sie habe sich mit Heiko verkracht. Aber nichts dergleichen. Es trägt zwar ein Mann die Schuld an ihrer schlechten Stimmung, aber in diesem Falle ist es Christoph, der sie derart verärgert hat.
Christoph, der Mann, dessen Existenz ich in der letzten Woche zu leugnen versucht habe! Er hat wohl urplötzlich beschlossen, nachdem Annalena und Frau Werner ihm termingerecht alle Marketingdaten und alle denkbaren Modelle für die Buchpremiere vorgelegt haben, dass er die Präsentation noch VOR der Buchmesse durchführen will, um einen Vorsprung vor den anderen Veröffentlichungs- und PR-Terminen zu haben. Keine so ganz dumme Idee, angesichts der Tatsache, dass in diesem Buchherbst extrem viele Biografien von Promis auf den Markt geworfen werden: »Uns Dieter« droht mit seinem nächsten »Die volle Superoberwahrheit, was hinter den Kulissen alles passiert und was ich dem geneigten Leser unbedingt noch alles mitteilen muss«-Buch. Herr Joop verdingt sich als Romancier, distanziert sich von allem, womit er sein ganzes Geld verdient hat, und zeigt seinem früheren Leben und insbesondere der Modebranche die rote Karte. Behauptet plötzlich, sich jetzt eher auf die emotionalen Seiten des Lebens konzentrieren zu wollen, weil Geld alleine ja auch nicht glücklich mache, kauft aus diesem Grunde noch flugs ein Restaurant und gründet das Modelabel »Wunderkind-Couture«, das es sich zum Ziel gesetzt hat, sündhaft teure Abendgarderobe zu produzieren. Sei's drum. Auch Nena – bekennendes Fashion-Victim, Mutter von vier Kindern und nicht

totzukriegende Pop-Ikone – hat zur Feder gegriffen und will die Welt an ihrem Leben teilhaben lassen. Habe ich noch etwas vergessen?
Ach ja, sämtliche Fußballer, die eher durch Schlagzeilen ihr Privatleben betreffend glänzen denn durch sportliche Leistungen, hauen jetzt ordentlich in die Tastatur ihres Computers, Fürstin Gloria von Thurn und Taxis tut es, hochrangige Ex-Politiker wie Helmut Kohl tun es – kurzum die Welt erliegt dem Enthüllungs- und Memoiren-Wahn!
Die Konkurrenz schläft also nicht, und im Vergleich zu diesen vordergründig rasanten Themen ist Miguels Buch natürlich eher schwere Kost. Die Lektüre setzt schon ein gewisses Maß an Niveau und Allgemeinbildung voraus. Und da muss man die Journaille halt packen, solange sie noch aufnahmefähig ist!
Für Annalena bedeutet dies konkret, dass sie nur noch knapp drei Wochen Zeit für die Vorbereitung hat. Auch unsere Produktionsabteilung steht massiv unter Druck. Buchtitel und Cover sind wohl während meiner Abwesenheit schon mit Miguel abgesprochen worden (danke, Leute, dass ihr mich bei dieser nicht ganz unwichtigen Entscheidung außen vorgelassen habt, immerhin bin ja noch nicht tot!), sodass ein Teil der Auflage – zumindest die Presseexemplare – Ende September vorliegen können. Ich versuche, meine Freundin zu trösten, und verspreche, ihr zu helfen, so gut ich kann, sobald ich wieder im Verlag bin, was aller Voraussicht nach Montag der Fall sein wird.

Und so ist es dann auch tatsächlich, auch wenn ich mich immer noch etwas wackelig fühle und immer noch zur

»Therapie« muss, wenn auch nur noch zweimal wöchentlich. An Joggen ist also vorerst nicht zu denken, ich muss andere Wege finden, um zur Premiere wieder in Form zu kommen.

Mit leicht mulmigem Gefühl und ein wenig Angst davor, Christoph wieder zu begegnen, schleppe ich mich in den Verlag und mache mich an die Arbeit. Ich hätte mir gar keine Sorgen machen müssen, denn Christoph ist, wie sich herausstellt, auf seiner üblichen Vor-Messe-Tour in London, Paris und New York, wo er versucht, potentielle Bestseller bereits vor der Messe für unseren Verlag zu sichern. Das kann also noch eine Weile dauern, bis er wieder auftaucht. Für Freitag, den 30. September ist dann die Premiere angesetzt.

Annalena und ich arbeiten, was das Zeug hält, und jetzt, wo es mir wieder besser geht, stürze ich mich mit Feuereifer erneut auf meine Promi-Projekte, telefoniere mit den Jungs und diversen Agenturen, um meine München-Tour noch VOR der Premiere von Miguels Memoiren zu realisieren und allmählich die neue Produktion vertraglich unter Dach und Fach zu bekommen. Ich telefoniere auch noch mit Sophie Harbach, die sich bereits die Finger an ihrem Tierbuch wund schreibt und ganz dankbar ist, dass sie wegen der Buchpremiere mal »vor die Tür kann«. Sie ist vergnügt und guter Dinge, und ich bin es auch, weil ich mich auf München und auf die Präsentation freue.

Ja, sie alle werden kommen: Sophie Harbach, Laura Krüger, Carmen, José, Carlotta (ja, wirklich!), Felipe Gonzalez, Miguels spanischer Verleger, und natürlich Ramon (wovor mir allerdings doch ein wenig mulmig ist). Sie alle stehen auf Miguels Gästeliste, die uns bereits vorliegt. Natürlich laden wir auch alle in Hamburg ansässigen Agenturen ein, um ihnen zu zeigen, wie professionell wir arbeiten, Herrn Rademacher (schade, dass ER nicht um 4.00 Uhr morgens aufstehen muss, weil die Premiere ja abends ist) sowie alle anderen Autoren und zukünftigen Autoren unseres Verlages. Christoph und Herr Bader haben beschlossen, es richtig »krachen« zu lassen, um in diesen rezessiven und depressiven Zeiten ein wenig Flagge für die Buchbranche zu zeigen. Angesichts der Ausgaben, die auf uns zurollen, sehe ich schon schwarz für meine Gehaltsnachverhandlung, allerdings freue ich mich darauf, mal wieder so richtig zu feiern, schließlich habe ich ja lange genug zu Hause rumgegammelt …

Doch bis dahin ist es noch ein weiter Weg, wie Annalena und ich feststellen. Das »Atlas« kommt nun doch nicht in Frage, weil zu viele Gäste von außerhalb untergebracht werden müssen, da bietet es sich eher an, in einem Hotel zu feiern. Nachdem wir alles abgeklappert haben, was Rang und Namen hat, entscheiden wir uns zu guter Letzt doch für das »Gastwerk«, wo wir sogar Zimmer für uns beide reservieren dürfen, damit wir nicht so spät noch nach Hause fahren müssen. Wir designen und verschicken Einladungen, führen eine komplizierte Rücklauf-Liste, mahnen an, wenn die Gäste sich nicht an den Abgabetermin halten, arbeiten mit an der Anzeigenkampagne, erstellen eine aufwendige Pressemappe, suchen nach kleinen Giveaways für die Gäste der Veranstaltung, nach Präsenten für unsere Vertreter und nach Deko-Materialien für die Buchhändler.

Schließlich wollen wir, dass der Titel auch im Handel an vorderster Stelle platziert wird, Dieter Bohlen hin, Oliver Kahn her!
Kurzum, die Zeit verfliegt im Nu. Ich denke kaum mehr an Christoph, so sehr bin ich beschäftigt, bis ich eines Tages unerwartet eine interne E-Mail von ihm bekomme, »Liebe Frau Teufel, kommen Sie bitte mal kurz in mein Büro?«, was mich etwas verwundert, weil ich Christoph irgendwo am anderen Ende der Welt wähnte und nicht hier im Verlag.
Sekunden später stehe ich dann auch schon bei ihm im Zimmer und erfahre, dass es sich hierbei nur um einen kurzen Zwischenstopp handelt.
»Hallo, Frau Teufel! Na, wieder alles klar bei Ihnen? Geht es Ihnen wieder besser? Ich finde, Sie sehen immer noch ein wenig blass aus«, sagt er und lächelt mich mit seinem warmen, wundervollen Christoph-Lächeln an, das mir durch Mark und Bein fährt.
»Ich wollte Ihnen nur noch sagen, bevor ich zum Flughafen aufbrechen muss, dass Miguel mit ihren nicht ganz unerheblichen Korrekturen einverstanden ist und es ganz bemerkenswert findet, wie sich da plötzlich die eine oder andere Anekdote eingeschlichen hat, die er gar nicht aufgeschrieben hatte. Er kann sich zwar deren Herkunft nicht erklären und war auch ansonsten recht verwundert, was plötzlich aus seinem Text geworden ist – deshalb hat er sich auch erst an mich gewandt und nicht gleich an Sie (aha, ich hatte mich schon gewundert). Nun ist er aber selbst ganz fasziniert von seinem eigenen Buch, und ich soll Ihnen ausrichten, dass Sie da ein kleines Wunderwerk vollbracht haben.«
O nein, ich werde schon wieder rot, wie peinlich. Jetzt findet

Christoph sicher nicht mehr, dass ich blass und elend aussehe.
»Und weil Miguel so begeistert von Ihrer Arbeit ist, hat er sich gewünscht, dass SIE bei der Buchpremiere die Ansprache halten.«
Um Himmels willen, hat der Mann eine Ahnung, was er mir damit antut? Und sich selbst? Denn WENN ein Mensch auf Gottes Erdboden sicher keine begabte Rednerin ist, dann auf alle Fälle ich. Ich werde nicht nur ihn und sein Buch ruinieren, sondern gleich den gesamten Verlag. Nein, das kann ich auf gar keinen Fall machen, auf GAR KEINEN FALL! Das letzte Mal, als ich so etwas versucht habe, klappte zwar der Teil mit der Ansprache ganz gut, aber im Zuge einer schwungvollen Umarmung der Autorin, der ich gleichzeitig auch noch einen Blumenstrauß an den wogenden Busen drücken wollte, passierte dann das Unglück mit der Flasche Mineralwasser, über das ich besser nicht mehr nachdenke …
»Okay, Frau Teufel, so weit ist ja dann alles klar. Ich muss jetzt los. Keine Angst, Sie schaffen das schon«, sind Christophs letzte Worte, während er aus dem Büro hechtet und mich ratlos zurücklässt.
Annalena ist erwartungsgemäß megaerfreut, als sie von meiner neuen Aufgabe erfährt, und kann es natürlich nicht lassen, mit der Wasseranekdote aufzuwarten, und malt sich in allen Farben aus, was wohl diesmal passieren könnte.
»Na, du bist mir ja eine super Hilfe«, knurre ich und überlege fieberhaft, wie ich mich aus der Affäre ziehen könnte. Ich könnte eine Stimmbandentzündung vortäuschen, plötzlichen Gedächtnisverlust oder eine ansteckende Krankheit.

Auja, Krankheit ist überhaupt DIE Idee. Dann habe ich eben einen Rückfall. Das glaubt mir sicher jeder!

Einen Tag später befinde ich mich morgens um 7.00 Uhr (wirklich nicht meine Zeit, aber wegen des günstigen Tarifes – danke, Herr Bader – nicht anders machbar), am Münchner Flughafen, auf dem Weg zu den Jungs und zu den Agenturen von Sander, Heppner, Bäcker und Co. Um ganz ehrlich zu sein, habe ich gar keine richtigen Termine, denn durch meine Absage vom letzten Mal haben sich auch bei den Managements andere Situationen ergeben, sodass ich bei einigen spontan vorbeischauen soll. Bewaffnet mit schwerem Gepäck, obwohl ich nur eine Nacht bleibe, mache ich mich auf den Weg zur S-Bahn. Während ich nicht enden wollende Gänge entlangmarschiere, verfluche ich innerlich die Selbstherrlichkeit von Franz Josef Strauß, der allen Fluggästen diesen elend weiten Weg nach München eingebrockt hat.

Ich rolle missmutig meinen Trolley hinter mir her und muss aufpassen, dass ich nicht vor lauter Müdigkeit über meine eigenen Füße stolpere. 7.00 Uhr ... Was mache ich eigentlich, wenn ich dann so gegen 8.00 Uhr endlich im Zentrum von München bin? So früh haben doch noch nicht einmal die Geschäfte geöffnet.

So ist es in der Tat, als ich aus der S-Bahn steige und auf einen verhältnismäßig leeren Marienplatz schaue. Aber was soll's, schließlich bin ich nicht zu meinem Vergnügen hier, rede ich mir tapfer ein, wühle meinen Stadtplan und sämtliche Dateien, die ich mir aus dem Internet ausgedruckt habe, aus meiner Handtasche, um eine möglichst günstige Route zwischen den zu besuchenden Agenturen zusammenzustellen. Und so ganz nebenbei – das habe ich mir jedenfalls fest vorgenommen – werde ich auch den einen oder anderen »Store-Check« vornehmen, um zu sehen, wie unsere Bücher in Münchner Buchhandlungen platziert sind. Das ist zwar eigentlich die Aufgabe des Vertriebs, schaden kann es aber sicherlich nicht, wenn ich als Lektorin mal wieder »back to the roots«, zurück in meine Buchhändlerzeit gehe …

Bewaffnet mit einem bunten Strauß an Ideen begebe ich mich ins »Café Rischart«, in dem ich so manchen Sonntagnachmittag meiner Kindheit mit meiner Oma verbracht habe. Hier kennen sie noch immer keinen »Latte Macchiato«, und so entscheide ich mich für schwarzen Tee.

Mir gegenüber nimmt ein junger Mann Platz, der mir bekannt vorkommt, sich aber leider sofort hinter der »Süddeutschen Zeitung« vergräbt, sodass ich nicht weiter nachforschen kann, um wen es sich dabei handelt. Wir vertiefen uns also beide in unsere jeweilige Lektüre – außer uns und den Kellnerinnen in adretten schwarzen Kleidchen mit weißen Schürzchen (so etwas gibt es auch nur noch in Bayern!) ist kein Mensch in dem Café, von daher bleibt mir wegen der herrschenden Stille eigentlich gar nichts anderes übrig, als dem Telefonat des jungen Unbekannten zu lauschen, als dessen Handy klingelt.

»Wegert«, meldet er sich kurz und knapp, wahrscheinlich gehört auch ER zu der Kategorie Mann, die sich ungern bei der morgendlichen Zeitungslektüre stören lässt.

Wegert?, denke ich und werde gleich ein kleines bisschen wacher, was aber mitnichten am schwarzen Beuteltee liegt, sondern daran, dass es einen Schauspieler gibt, der mit Nachnamen »Wegert« heißt und den ich sehr smart finde. Ich

beschließe, weiter meine Öhrchen zu spitzen – die Tour durch München kann ich ja noch später planen …
»Hallo Sophie, meine Liebe«, ertönt es mit einer derartigen geballten Ladung an Charme, dass sogar die beschürzten Kellnerinnen interessiert den Blick heben.
Okay, entweder gehört Herr Wegert zu der Kategorie Mann, die sich im Bedarfsfall verstellen und den Schalter auf »charmant« umlegen können (was wiederum die »Schauspieler-Theorie« untermauern würde), oder er ist tatsächlich erfreut, die Stimme von »Sophie« zu hören.
Na, da bin ich ja mal gespannt, wie's weitergeht.
»Das ist ja lieb, dass du dich meldest«, flötet er gerade ins Telefon. »Und? Kommst du gut mit deinem Buch voran?«, fragt Herr Wegert interessiert und bei den Stichworten Wegert, Sophie und Buch erhärtet sich bei mir immer mehr der Verdacht, dass es sich bei meinem Gegenüber tatsächlich um Thomas Wegert handelt, den charmanten Hauptdarsteller der Serie »Wider Wind und Wellen«, der, soweit ich weiß, mit Sophie Harbach befreundet ist.
Das ist ja klasse, denke ich und hadere mit mir, ob ich ihn ansprechen soll, wenn er sein Telefonat beendet hat. Wenn ich ehrlich bin, bin ich schon neugierig, ihn einmal »in echt« zu sehen, und außerdem habe ich noch jede Menge Zeit, bis ich mich am Abend mit den »Jungs« treffe.
Thomas Wegert (ich habe einfach mal beschlossen, dass er es ist), telefoniert munter weiter, was ich für einen Mann höchst ungewöhnlich finde. Aber so ist das nun mal: Einige Menschen verfügen über das »Telefon-Gen«, andere nicht. Vielleicht kann er mir ja mal bei Gelegenheit etwas davon abgeben. Doch auch bei ihm scheint irgendwann der Punkt ge-

kommen zu sein, an dem es für ihn Zeit ist, sich wieder mit der aktuellen Weltlage auseinander zu setzen, aber da hat er die Rechnung leider ohne mich gemacht.

»Herr Wegert?«, frage ich mit zarter Stimme, trete ganz dicht an ihn heran und falle fast über die Zeitung hinweg direkt auf ihn und auf sein morgendliches Croissant (lecker, davon könnte ich jetzt auch eins essen). Seine blauen Augen blicken direkt in meine, und ich schenke ihm ein strahlendes und, wie ich hoffe, Vertrauen erweckendes Lächeln. »Bitte entschuldigen Sie die Störung. Aber ich konnte nicht umhin, ihr Telefonat mit anzuhören, und dabei habe ich festgestellt, dass wir offensichtlich eine gemeinsame Bekannte haben, nämlich Sophie Harbach. Darf ich mich vorstellen? Marie Teufel vom Verlag Bader & Köllisch in Hamburg, dem Verlag, für den Frau Harbach ihr Buch schreibt.«

Thomas Wegert sieht im ersten Moment gar nicht so erfreut aus, sicher denkt er, ich bin eine wild gewordene Autogrammjägerin. Aber seine Miene entspannt sich ein wenig, als er einige ihm offensichtlich vertraute Namen hört.

»Oh, äh, Frau Teufel, das ist aber nett«, stammelt er und überlegt wohl, wie er mich schnellstmöglich wieder loswerden kann. Was ihm aber nicht gelingen wird, denn Hartnäckigkeit ist mein zweiter Vorname, und wer weiß, wozu er mir noch nützlich sein kann. Stur bleibe ich vor ihm stehen und hindere ihn daran, die »Süddeutsche« weiterzulesen.

»Wollen Sie sich nicht zu mir setzen?«, fragt mein neues Opfer mit ergebener Miene, als er merkt, dass ich nicht die Absicht habe, wieder zu gehen.

»Ach nein, vielen Dank, ich will Sie ja nicht bei Ihrer Lektüre

stören«, flöte ich und nehme so schnell wie möglich Platz, damit Thomas Wegert es sich nicht noch anders überlegen kann.
»Noch einen Tee bitte«, rufe ich meine Bestellung quer durch das Café, während Thomas Wegert seufzend die Zeitung zusammenfaltet.
Solange ich auf mein Getränk warte, quassle ich ohne Punkt und Komma auf den armen Kerl ein, erzähle ihm von meinem Mallorca-Trip und davon, wie ich Sophie kennen gelernt habe, frage ihn nach seinen aktuellen Projekten (in der Hoffnung, daraus die eine oder andere brauchbare Information ableiten zu können) und führe ihn geschickt zu seinem Lieblingsthema: Shakespeare. Diesem Autor gilt seine wahre Leidenschaft, wie ich durch einige seiner Talkshow-Auftritte weiß. Und wenn er sich erst einmal mental auf den Brettern, die die Welt bedeuten, befindet, fängt er unaufgefordert an, Monologe zu rezitieren, und so kann es schon einmal passieren, dass aus einem morgendlichen Zufallstreffen eine Verabredung zum Mittagessen in einem hübschen Terrassen-Restaurant am Englischen Garten wird. So auch in diesem Fall.
Gebannt hänge ich an Thomas' Lippen (inzwischen duzen wir uns und sind die besten Freunde), während wir noch ein wenig im Park herumschlendern. Thomas ist offensichtlich hoch erfreut, so ein interessiertes und fasziniertes Publikum vor sich zu haben, und steigert sich von Minute zu Minute.
Aus diesem Talent muss man doch etwas machen können, überlege ich, während ich meine Zehen in den eiskalten Eisbach strecke. Ende September wäre dies in der Alster ein

äußerst gewagtes Unterfangen, doch in München ist das durchaus möglich.
Thomas – nun völlig enthemmt, was auch an der Weinschorle liegen mag, die wir zum Mittagessen getrunken haben – steht mit hochgezogenen Hosenbeinen MITTEN im Bach und deklamiert in die Stille hinein »Viel Lärm um nichts«. Er ist jetzt nicht mehr Thomas Wegert, der Schauspieler, der am Strand von Kampen sein Surfboard malträtiert, sondern Don Pedro, Prinz von Aragon.
»Wenn wir das zustande bringen, so ist Cupido kein Bogenschütze mehr; sein Ruhm wird uns zuteil werden, denn dann sind wir die einzigen wahren Liebesgötter!«, schallt es nun aus seinem Mund, und ich nehme irritiert zur Kenntnis, dass er mich bei dem Wort »Liebesgötter« irgendwie wirr und äußerst eindringlich mustert. O nein, bitte nicht, denke ich … Ich will jetzt keinen wild gewordenen Shakespeare-Darsteller an mir kleben haben, ich muss mich doch noch mit den Jungs treffen.
Bei einem Blick auf die Uhr bleibt mir beinahe das Herz stehen: Es ist 15.00 Uhr, um 15.30 Uhr soll ich im »Konrads« am Viktualienmarkt sein. »Thomas?«, frage ich zaghaft, bemüht, Don Pedro nicht allzu brutal aus seinem Monolog zu reißen. »Es ist schon sehr spät, und ich habe noch eine Verabredung. Äh, ich müsste dann jetzt los.«
Der Prinz von Aragon verwandelt sich erstaunlich schnell wieder in Thomas Wegert und bietet mir netterweise an, mich mit seiner Kutsche zum »Konrads« zu bringen, was mir angesichts der zeitlichen Situation enorm weiterhilft.
Als er mich vor dem Bistro absetzt, tauschen wir noch schnell

unsere Handynummern und E-Mail-Adressen aus und versprechen uns gegenseitig, Kontakt zu halten ...

Es war ein ausgesprochen netter Tag, doch nun muss ich gedanklich auf mein nächstes Date umschalten: Ich bin hier mit Konrad Herrsching, dem Besitzer des »Konrads«, verabredet, weil unsere Lifestyle-Redaktion gern mit ihm ein Cocktail-Buch machen würde. Ich kenne Konrad schon seit der letzten Buchmesse, wo er sein neuestes Kochbuch »Bistroküche leicht und locker«) präsentiert hat, und mag ihn unglaublich gern. Und so habe ich die Aufgabe übernommen, mal bei ihm vorbeizuschauen, die Ideen der Kollegen zu unterbreiten und etwas mit ihm zu plaudern. Und hier wollen die »Jungs« mich dann auch zum Abendessen abholen.

Ich klopfe an der Hintertür, weil das »Konrads« erst um 18.00 Uhr öffnet, und trete in die Dunkelheit, in der ich – aus der Septembersonne kommend – kaum etwas erkennen kann. Aber dann lichtet sich der Schleier auf meinen Augen, und was ich sehen kann, ist atemberaubend: Konrad hat mal wieder alles gegeben und sein Bistro im Stil des »Moulin Rouge« dekoriert. Neben Fotos von Nicole Kidman und Ewan McGregor aus dem gleichnamigen Film von Baz Luhrman hängen Originalkostüme an den Wänden und sind auf allen Tischen grüne Absinth-Flaschen zu Vasen umfunktioniert. Ich bekomme unweigerlich das Gefühl, in das Paris Toulouse Lautrecs einzutauchen.

So was kann man auch NUR in München machen, denke ich, während ich die Inszenierung bestaune und Konrads Worten lausche, der mir in allen Einzelheiten erzählt, woher die jeweiligen Dekorationsstücke stammen. Minuten später sitzen

wir mit einem kühlen Glas Champagner bewaffnet vor seinem »Bistro« und schauen auf das bunte Treiben auf dem Viktualienmarkt.
Während Konrad interessiert die Unterlagen durchsieht, die ich ihm mitgebracht habe, durchfährt es mich plötzlich wie ein Blitz: Vor lauter Übermut und dem netten Tag mit Thomas Wegert habe ich total vergessen, meinen Antrittsbesuch bei den Agenturen zu machen. O nein, ich dumme Pute, schimpfe ich mit mir selbst und muss dabei laut gesprochen haben, weil Konrad mich irritiert ansieht.
»Wieso dumme Pute?«, erkundigt er sich, und ich erzähle ihm von der spontanen Änderung meines Tagesplanes und davon, was das jetzt für Konsequenzen nach sich ziehen wird. Herr Bader wird das mit Sicherheit nicht komisch finden, so viel ist schon mal klar.
Konrad lauscht mitfühlend meinen Worten und lässt sich die geplanten Projekte haarklein erzählen. Dann denkt er einen Moment nach. Mein Herz klopft, vielleicht kann er mir ja ein wenig unter die Arme greifen, denn WENN jemand ganz München kennt, dann ist es Konrad!
»Ich komm gleich wieder, muss nur mal telefonieren«, sagt er schließlich und entschwindet ins Bistro. Der begnadete Koch und Gastronom lebt technologisch gesehen in einem anderen Jahrhundert und benutzt immer noch ein altes Telefon mit Wählscheibe und rotem Samtbezug. Von Handys und E-Mails hält er rein gar nichts, er ist eher für das persönliche Gespräch oder wunderschöne, handgeschrieben Briefe und Postkarten. Nur wenn es gar nicht anders geht, greift er zu seinem roten Telefon. So auch jetzt.
Während er fort ist, telefoniere ich kurz mit Annalena (von

meinem Handy aus, versteht sich!) und erzähle ihr von meinem Tag mit Thomas Wegert. Aber Annalena ist nicht ganz bei der Sache, weil die anstehende Premiere noch viele Telefonate mit der Presse erfordert, weshalb ich sie auch sofort wieder in Ruhe lasse, weiter an meinem Schampus nippe und die vorbeieilenden Passanten beobachte. Tatsächlich gibt es hier immer noch einige »Ureinwohner«, die sogar außerhalb der »Wies'n-Zeit« Trachten tragen. Ob mir so ein Dirndl wohl auch stehen würde? An dem erforderlichen »Holz vor der Hütte« mangelt es mir schließlich nicht, grüble ich gerade, als Konrad wiederkommt, wofür ich ihm dankbar bin, denn noch ein Glas mehr und ich finde mich in der Trachtenabteilung von »Ludwig Beck« wieder und probiere verschiedene Dirndl, Wadlstrümpf und Haferlschuh. Vielleicht warte ich dort auch einfach ab, bis das Oktoberfest beginnt, dann muss ich Herrn Bader nicht beichten, dass ich vor lauter Shakespeare Bäcker & Co. völlig vergessen habe. Und ich könnte mich auf diesem Wege auch vor der Ansprache auf Miguels Buchpremiere drücken. Als ich länger darüber nachdenke (Konrad stellt netterweise gerade ein paar Häppchen auf den Tisch und ist damit beschäftigt), stelle ich plötzlich fest, dass die Sache einen Haken hat: Das Oktoberfest beginnt ja aus Gründen, die keiner kennt, außer vermutlich dem guten alten Ludwig dem Zweiten und Franz Josef Strauß, im September, weshalb es der Logik nach eigentlich »Septemberfest« heißen müsste …

»Möchtest du eins?«, fragt mich Konrad, hält mir ein kleines Lachsbrötchen mit Crème fraîche und einem Löffel Beluga-Kaviar unter die Nase und unterbricht damit meine Gedanken.

O nein … Wie kann man nur auf den fettesten aller Fische auch noch Crème fraîche tun? UND auch noch Beluga-Kaviar…

Na, Konrad kann sich's leisten und vertilgt, manierlich, mit blank geputztem Silberbesteck essend, das eine oder andere Teilchen, während ich dem Feind heldenmütig widerstehe und dankend ablehne.

»Und? Konntest du was herausfinden, was mir weiterhilft?«, frage ich und richte meinen Blick flehentlich auf Konrad, meinen Ritter in strahlender Rüstung.

»Ja, konnte ich«, grinst er, nimmt noch einen Schluck Champagner und amüsiert sich ganz offensichtlich darüber, dass ich hier hilflos sitze und er mich auf die Folter spannen kann.

»Also …«, beginnt er und macht eine lange Pause, was mich schier rasend macht, »als Erstes zu Manuela Bäcker: Die kann momentan gar nicht, weil sie gerade an ihren Memoiren sitzt (aha, die also auch noch!), und bis die fertig sind, dauert es sicher noch ein Weilchen und …«

»… sie hat bereits bei einem anderen Verlag unterschrieben«, schlussfolgere ich, denn KEIN Promi macht sich an eine solch umfangreiche Arbeit, wenn er nicht freundlich und durch den einen oder anderen Scheck von einem Verlag gebeten wird.

»Ja, du hast allerdings Recht. Tut mir Leid, Schätzchen, aber da war der Droemer-Verlag halt schneller.«

Okay, Manuela Bäcker also erst, wenn die Memoiren erfolgreich unter die Leute gebracht wurden und sie wieder Kapazitäten hat. Wobei es dann immer noch schwierig sein dürfte, sie von ihrem Münchner Hausverlag zu einem ihr noch unbekannten ins kühle Hamburg zu lotsen.

»Das mit der Sander wird wohl in nächster Zeit auch nichts, weil sie gerade von Arthur Cohen ein Angebot bekommen hat, in Hollywood zu drehen«, vervollständigt Konrad gnadenlos meine Negativ-Liste, und ich will schon gar nicht mehr wissen, was er zum Partyführer mit Juliane Heppner zu sagen hat. Vermutlich ist sie wieder schwanger, muss diesmal neun komplette Monate liegen und darf sich nicht anstrengen. Oder so ähnlich …

»Aber das Buch mit der Juliane könnte klappen. Die ist allerdings heute in Hamburg und kommt erst morgen wieder zurück.«

Haha, in Hamburg, wie witzig, denke ich und überlege fieberhaft, was ich machen soll. Und Manuela Bäcker und Paula Sander haben momentan keine Zeit. Warum haben diese Agenturen bloß nichts davon gesagt, als ich mit denen gesprochen habe? Warum erfährt Konrad durch seine Telefonate mit Gott weiß wem mehr als ich? Um mit diesen Fragen nicht alleine zu bleiben, stelle ich sie Konrad, denn der kennt sich ja schließlich aus.

»Ach weißt du, Schatzi«, antwortet er und sieht dabei fast ein wenig melancholisch aus. »So sans halt in diesen Promi-Kreisen. Immer Bussi, Bussi, immer schön alles am Kochen und am Laufen halten, immer den Leuten schön tun, könnt am End' ja noch was Besseres kommen!«

Vor lauter Philosophieren verfällt Konrad plötzlich in die bayrische Mundart. Woher er allerdings diese Infos hat, weiß ich immer noch nicht, aber da vertraue ich ihm als Promi-Wirt blind. Stumm starren wir beide auf den Boden, leeren dann synchron unsere Gläser und sinnieren beide über die Welt der Promis, in der nichts so ist, wie es zu sein scheint …

Okay, ich werde mir also auf dem Rückflug eine neue Liste machen und mit meiner Arbeit fast von vorne beginnen müssen. Was soll's, das schaffe ich schon!

Während Konrad und ich über das Cocktail-Buch fachsimplen, reißt uns ein fröhliches »Servus« aus unserem Gespräch. Wir blicken beide auf. Das Bild, das sich uns bietet, ist wahrlich für die Götter. Für die bayerischen oder italienischen – ich weiß es nicht. Direkt vor dem Bistro – völlig wider jede Vorschriften – parkt ein cremefarbenes Porsche-Cabriolet, und aus den dunkelroten Sitzen schälen sich zwei ebenfalls cremefarbene Gestalten. Hätten die Sitze nicht eine andere Farbe gehabt, ich hätte glatt geglaubt, dass es sich hierbei um ein unbemanntes Fahrobjekt handelt, das mal eben zum »Konrads« zum Tanken kommt ...

Mit nach hinten gegelten Haaren, schwarzen Sonnenbrillen und einem hellrosa (Tobi) beziehungsweise hellblauen (Paul) Hemd unter ihren cremefarbenen Anzügen, steigen die beiden »Jungs« aus ihrem PS-starken Geschoss, lassen die Türen hinter sich zufallen, während Eros Ramazotti den Viktualienmarkt beschallt, und kommen beide mit ausgestreckten Armen und einem strahlend-weißen Lächeln auf mich zu. Und wie die beiden wieder duften! Schlagartig verbessert sich meine Laune, und Konrad holt noch schnell eine neue Flasche Champagner.

Wir bleiben allerdings nicht lange, denn irgendwie habe ich den Eindruck, dass diese Konstellation nicht so harmonisch ist, wie es mir lieb gewesen wäre. Aber ich kann auch nicht einfach aufspringen, mich zu den Jungs auf den Notsitz quetschen und davonbrausen, während sich Konrad so nett um mich bemüht hat. Aber irgendwie kommt außer zäher Zwangskonversation keine rechte Stimmung auf, und ich frage – direkt wie ich bin – nach der Ursache, als Konrad einmal kurz nach drinnen verschwindet, um in der Küche nach dem Rechten zu sehen. Die beiden winden sich etwas, doch Paul murmelt auf eine eindringlichere Aufforderung meinerseits etwas von »unterschiedlichen Kreisen« und dass Konrad »auch mal wieder zum Friseur gehen könnte. Er wirke immer etwas ungekämmt und läge modisch neben der Spur.« Ich bin platt und wünschte, ich hätte nicht nachgefragt. In der Tat, diese beiden »Fraktionen« könnten nicht unterschiedlicher sein, und ich kann mir auch vorstellen, dass die »Jungs« in einem so barocken Ambiente wie hier sicher niemals essen würden, aber sich derart über unterschiedliche Auffassungen von Mode und Styling zu echauffieren? Das finde ich nun wirklich albern. Nur weil Konrad längere Haare hat und man sich ihn gut zu seinen Hippiezeiten auf Ibiza vorstellen kann. Und weil er ein gemustertes Hemd trägt, das er eventuell sogar selbst gebatikt hat, und keines von van Laak.

Aus diesem Grunde bin ich auch ganz erleichtert, als Konrad uns dezent hinauskomplimentiert, weil für ihn jetzt das Abendgeschäft beginnt und sein Geschäftsführer sich gerade krank gemeldet hat. Ich herze und küsse ihn (ganz demonstrativ, mit Blick zu Paul), bedanke mich für seine Hilfe und verspreche, seine Vorstellungen zum Cocktail-Buch an die Verlagskollegen weiterzuleiten.

Dann lasse ich mich hinter den beiden cremefarbenen Jungs auf den Rücksitz gleiten oder versuche es zumindest, und wir brausen los in Richtung »Lenbach«. Das hatte ich mir nämlich gewünscht, auch wenn Tobias über meine Wahl etwas die Nase gerümpft und etwas von »Das ist doch total out« gemurmelt hat. Aber ich bestehe darauf, denn ich bin schließlich selten hier, und die beiden haben alle Zeit der Welt, andere, angesagtere Locations zu testen.

Im »Lenbach« stolziere ich voller Stolz, flankiert von meinen schnuckeligen Begleitern, über den blauen Laufsteg und fühle mich wie Naomi Campbell, die gerade von Tom Ford zur Gucci-Show eskortiert wird. Obwohl Naomi und ich zugegebenermaßen kaum Ähnlichkeit miteinander haben, Tom Ford seit kurzem nicht mehr in Guccis Diensten steht und die Modewelt trauert. Ich trauere nicht, denn erstens kann ich mir dieses Label sowieso nicht leisten und zweitens beseelt mich die Aussicht, den Abend in diesem tollen Restaurant zu verbringen. Wie gut, dass ich es noch geschafft habe, mich in Konrads Toilette umzuziehen, denn wegen meines straffen Pensums heute bin ich ja noch nicht einmal dazu gekommen, im Hotel einzuchecken, und ziehe schon die ganze Zeit meinen Trolley hinter mir her.

Hingebungsvoll widme ich mich dem Studium meiner Speisekarte und klopfe mir innerlich auf die Schulter, dass ich Konrads Lachsbrötchen verschmäht habe. Die Jungs sind ebenfalls bester Laune, und so lachen wir uns bereits beim Aperitif halb schlapp, und zwar auf Kosten des armen Tobias, den wir mit seiner Vergangenheit als Koch veräppeln. Wenn ich ehrlich bin, habe ich NICHT den Eindruck, dass es besonders schwierig werden dürfte, ihn von meiner Buchiee zu überzeugen. Und in der Tat – beim Digestif habe ich ihn dann so weit. Nicht zuletzt, weil ich es schaffe, ihn davon zu überzeugen, er könne der Altherrenriege Biolek und

Witzigmann doch nicht einfach das Feld der Kochbücher überlassen. Schließlich seien es doch die jüngeren Leute, die gar nicht mehr wüssten, wie Königsberger Klopse schmecken und woraus sie gemacht sind. Ehrlich gesagt, HASSE ich persönlich Königsberger Klopse, und es ist mir auch völlig egal, welches Tier für sie sein junges Leben lassen musste, aber ich weiß, dass Tobias eine Schwäche für dieses Gericht hat, und so nutze ich dieses Wissen, um ihn bei seinem Ehrgeiz packen. Um ein Uhr morgens, als wir bereits in einem anderen Café sitzen, habe ich dann endlich meine Zusage.

Um 5.00 Uhr morgens (die »Jungs« sind wie immer nicht totzukriegen) wanke ich todmüde in mein Hotel und muss an der Rezeption im Voraus bezahlen, weil ich wohl nicht sehr vertrauenswürdig wirke. Leicht angeschickert, aber glücklich über den Verlauf des Tages, sinke ich in die Kissen und träume von Thomas Wegert, der mich Shakespeare-rezitierenderweise über den Canal Grande rudert.

Während des Rückfluges am nächsten Morgen (nach ungefähr drei Stunden Schlaf) grüble ich darüber, wie ich es in Zukunft überhaupt mit meinem Job als »Promijägerin« halten will. Wie ich in den letzten Tagen festgestellt habe, ist es zwar – vorausgesetzt, dass alles so klappt, wie man es gern hätte – ein sehr spannendes Geschäft, aber auch ein nervenaufreibendes und kostspieliges. Die Rechnung im »Lenbach« habe ich nämlich entgegen anders lautender Anweisungen von Herrn Bader übernommen, schließlich wird Tobias nun ein Kochbuch für uns schreiben. Ich mag gar nicht an die

Kommentare meines Chefs denken, wenn ich sie ihm zur Unterzeichnung vorlege.
Während wir über Fuhlsbüttel kreisen und mein Magen sich aus verschiedenen Gründen flau anfühlt, fasse ich einen Entschluss: Ich muss für meine künftige Arbeit bei Bader & Köllisch ein paar Richtlinien schaffen, innerhalb derer ich agieren kann beziehungsweise darf. Sonst werde ich eines Tages alles hinschmeißen und das wäre eigentlich fatal, wo der Job mir doch so viel Spaß macht …

Kaum im Verlag angekommen, lasse ich mir von Angela und der Sekretärin von Herrn Bader einen gemeinsamen Termin mit beiden Chefs geben. DAS will ich auf alle Fälle noch VOR Miguels Buchpremiere durchziehen. Zu meiner Überraschung bekomme ich für den gleichen Nachmittag eine Möglichkeit zur Audienz mit beiden Bossen, so dass ich gar keine Zeit habe, mir lange den Kopf darüber zu zerbrechen, was ich eigentlich sagen will.
Um 16.00 Uhr betrete ich (nachdem mir Annalena dreimal mit einem »Toi, toi, toi« über die Schultern gespuckt hat) das Büro von Herrn Bader. Christoph ist auch schon da, hat am Besprechungstisch Platz genommen und mustert mich eingehend. Ich habe nicht damit gerechnet, dass dieser Mann mich derart aus der Fassung bringen wird, und merke, wie mir schon wieder ganz heiß wird, obwohl ich doch eben noch so cool war.
»Was können wir für Sie tun, Frau Teufel?«, fragt Herr Bader in forschem Ton (jetzt NICHT verunsichern lassen, Marie!) und erkundigt sich auch nach dem Ergebnis meines München-Trips. Ich erzähle ehrlich, wie alles gelaufen ist, und

nenne auch, ohne rot zu werden, die Rechnungssumme der Bewirtung im »Lenbach«. Aber ich erzähle natürlich auch von meinem Treffen mit Thomas Wegert und meinem Gespräch mit Konrad Herrsching. Ich berichte ebenfalls davon, dass ich in den kommenden Tagen alles daran setzen werde, die geplanten Projekte mit Paula Sander und Manuela Bäcker in Plan B und C umzuwandeln. Und weil ich gerade so schön in Fahrt bin und mich auch keiner unterbricht oder mich mittels mimischer Entgleisungen irritiert, unterbreite ich den beiden meine persönliche Vorstellung davon, wie es in Zukunft laufen könnte beziehungweise müsste, wenn Bader & Köllisch auf den Verkaufserfolg von Promibüchern setzt:

1) Ich brauche ein Budget, innerhalb dessen ich mich selbständig bewegen kann. Dann gibt es auch keine Diskussionen mehr über Flugkosten, Bewirtungen, Spesen und Geschenken für potentielle Autoren.

2) Zehn Projekte in vierzehn Tagen sind zwar theoretisch auf dem Reißbrett zu entwerfen, aber die Realität ist eine komplett andere, wie sich in den vergangenen Wochen immer wieder herausgestellt hat. Hier ist eine langfristige und flexible Planung nötig, anders wird es nicht funktionieren

3) Ich verlange keine Gehaltsnachbesserung, auch wenn der Job nervenaufreibend ist und auch privat bisweilen an mir nagt, sondern lieber eine Prämie im Erfolgsfall. Eine Art »Kopfgeld«, um im Jagdjargon zu bleiben.

Die Prämie muss nicht hoch sein, aber sie soll mich motivieren, wenn ich mal wieder mit nur drei Stunden Schlaf durch die Gegend geistere, und gleichzeitig verhindern, dass ich ansonsten bei zu hohen Fixkosten eine zusätzliche Belastung für das Personalbudget des Verlages darstelle.

Ich sehe aus dem Augenwinkel, dass Christophs Gesichtsausdruck bei den Worten »Budget« und »hohe Fixkosten« zu einem belustigten Lächeln mutiert, vermutlich, weil er mir Überlegungen dieser Art gar nicht zugetraut hat. Ich schwadroniere noch ein wenig weiter, weil sich verbal keiner der beiden Herren äußert, was mich im hohen Maße irritiert und dazu antreibt, meine Argumente mit Händen und Füßen zu untermalen, in der Hoffnung, irgendwie zu meinen Bossen durchzudringen. Ich schließe meinen Monolog mit dem betriebswirtschaftlichen Leitsatz, den ich gerade selbst erfunden habe und einfach großartig finde: »Wenn es sich nicht rechnet, dann rechnet es sich nicht.«
Danach ist es einen Moment still, so still, dass ich mein Herz pochen höre, und es ist Christoph, der mich netterweise aus dieser eigentümlichen Situation erlöst:
»Vielen Dank für diesen eindrucksvollen Vortrag, Frau Teufel. Ich denke, ich spreche auch im Namen meines Kollegen (Blickwechsel zwischen den beiden und kurzes Nicken seitens Herrn Bader), wenn ich sage, dass wir ausgesprochen zufrieden mit Ihrer Arbeit sind, auch wenn Sie manchmal etwas unkonventionelle Methoden anwenden. Aber schließlich ist dieses Geschäft ein komplett anderes, als wir es kennen. Und um ebenfalls einen schlauen Satz zu sagen: Viele

Wege führen zum Ziel. Wir sind einverstanden mit Ihren Vorschlägen und bitten Sie lediglich darum, den festgelegten Kostenrahmen nicht zu sprengen.«

»Und uns viele, viele Bestseller zu bescheren«, vervollständigt Herr Bader Christophs Satz, und ich marschiere mit einem Lächeln des Triumphes auf meinen Lippen aus dem Büro.

Ob ich noch mal zurückgehen und nach den 368 Euro für das Mallorca-Ticket fragen soll? Oder fällt das in die Kategorie: Man soll das Schicksal nicht unnötig herausfordern?

Nun sind es nur noch wenige Tage bis zur Premiere. Natürlich muss ich wieder shoppen gehen, weil ich absolut nichts für dieses Ereignis anzuziehen habe. Und im Anschluss ist die Buchmesse, da will man ja auch nicht dieselben Klamotten tragen wie im vergangenen Jahr, auch wenn sich daran ohnehin keiner mehr erinnern würde. Aber es geht ja schließlich ums eigene Ego.

Diesmal frequentiere ich aber Läden wie Marco Polo oder Esprit, denn ich will keinesfalls mit einem billigen H&M-Fetzen auf der Präsentation auftauchen. Bei meinem Glück löst sich dann während meiner Ansprache eine entscheidende Naht, und ich stehe auf einmal coram publico nackt da. Das will man ja auch eher nicht.

Diesmal habe ich zum Glück Annalena an meiner Seite, die sich ebenfalls für beide Anlässe neu einkleiden will, und nach drei Anläufen an drei verschiedenen Tagen haben wir dann auch endlich alles, was wir brauchen.

Ich werde ein atemberaubendes schwarzes Kleid mit ge-

wagtem Rückenausschnitt tragen und dazu mindestens ebenso atemberaubende schwarze Schnürstiefel. Der Lippenstift stammt von Chanel und ist so was von knallrot, dass ich mir noch nicht ganz sicher bin, ob ich mich das auch wirklich traue. Ist ja immer so eine Sache mit roten Haaren. Aber blasser Fond de Teint, blutrote Lippen, schwarzes Kleid – das müsste doch very sophisticated aussehen und eine enorme Wirkung haben. Wenn ich nicht gerade aussehe wie ein Vampir auf Ausgang, aber das bleibt noch abzuwarten.
Annalena schmeißt sich in einen dunkelbraunen Samtanzug, der so winzig klein und schmal ist, dass ich mir nicht ganz sicher bin, ob man Annalena darin überhaupt noch erkennen oder sie nicht eher für ein Kleinkind halten wird, das von seinen Eltern mitgenommen wurde, weil der Babysitter erkrankt ist. Aber auch meine Freundin muss gut aussehen, zumal ich sie dezent daran erinnert habe, dass auch sie eine kleine Ansprache halten muss, nämlich für die Presse. Diesen Teil hatte Annalena komplett verdrängt und übt sich nun wieder in Demut mir gegenüber. Richtig so.

Der Tag der Tage nähert sich nun gnadenlos. Wir vergewissern uns zum millionsten Male, ob wir auch an alles gedacht haben, tyrannisieren das Personal des »Gastwerks« mit Anrufen, die das aber erstaunlich gelassen nehmen. Die Mallorca-Fraktion unserer Gäste wird erst am Nachmittag landen und direkt im Hotel einchecken, also müssen wir zum Glück nicht noch Animateur oder Fremdenführer spielen und können uns in aller Ruhe unserer Nervosität hingeben. Ich versuche mit ein wenig Gymnastik (da kann man sich nicht so leicht erkälten!) zu entspannen und nehme so gut wie

gar nichts Essbares zu mir, denn dieses Kleid kann man nur tragen, wenn man einen brettflachen Bauch hat.
Blondi ist aus Baden-Baden zurück und stürzt sich voller Elan auf mein Beautyprogramm. Sie schleppt mich zum Friseur, der meine roten Locken wieder in Form bringt, zur Maniküre und ein paar Mal auf die Sonnenbank, denn von Selbstbräunern lasse ich doch lieber die Finger. Annalena fungiert als mein »Vocal-Coach« und versucht, mich mittels einiger Tricks aus der Theaterszene gegen Sprachaussetzer und Lampenfieber immun zu machen. Daher renne ich eine Zeit lang mit einem Korken im Mund herum und mache Sprachübungen vor dem Spiegel, denn das hilft angeblich gegen Nuscheln.
Wenn ich nicht mit meiner Optik beschäftigt bin, arbeite ich an meiner Ansprache, von der es bereits drei verschiedene Versionen gibt: eine nicht ganz so lange und, haha, lustige (wegen der Kürze mein Favorit), eine intellektuelle, etwas längere (nur im Notfall) und eine dritte, ganz kurze (»Liebe Gäste, das Büfett ist eröffnet, für weitere Fragen stehen Ihnen meine Kollegin Annalena Kluge und natürlich der Autor selbst zur Verfügung«), meine persönliche Lieblingsversion.

Die Nacht vor dem großen Ereignis kann ich natürlich nicht schlafen, denn zum einen hänge ich am Vorabend noch ewig an der Strippe, weil irgendwie alle Leute meinen, mir Glück wünschen zu müssen, zum anderen weil ich – na ja, welch Wunder – wirklich nervös bin.
Versonnen denke ich daran, wie das Ganze angefangen hat, diese abenteuerliche Aktion in Berlin, der drohende Raus-

wurf durch Herrn Bader, der Trip nach Mallorca, die Zeit mit Ramon, die viele Arbeit, die in dem Buch steckt, ganz zu schweigen von den Vorbereitungen für die Premiere und dem Erfolgsdruck, der jetzt auf diesem Buch lastet. Bei diesen Gedanken werde ich fast schon melancholisch, denn ab morgen muss ich mein »Baby« anderen überlassen, ich habe meinen Teil getan und jetzt liegt es an Annalenas PR-Künsten, an der funktionierenden Werbung und am Vertrieb, ob das Buch ein Erfolg wird, oder ob es in 18 Monaten bereits verramscht wird.

Freitagabend. Nachdem Annalena und ich heute nicht ins Büro mussten und uns voller Hingabe uns selbst widmen konnten, stehen wir nun gestiefelt und gespornt im Foyer des »Gastwerk«. In einer halben Stunde werden die ersten Gäste eintreffen, für 20.00 Uhr steht dann meine Ansprache auf dem Programm. Gegen die Aufregung bestellen wir uns beide ein Glas Prosecco. Rasch werfe ich noch einen letzten Blick auf meinen Text und merke, wie ich immer nervöser werde. Vielleicht sollte ich mir gleich eine ganze Flasche von Annalenas Rescue-Tropfen gönnen, vielleicht ist das sogar besser als Prosecco? Ich komme jedoch gar nicht dazu, meine Überlegungen abzuschließen, denn nun betreten Herr Bader und Christoph das Foyer, beide haben sich – dem Anlass angemessen – ebenfalls in Schale geworfen.
»Na, nervös?«, erkundigt sich Christoph bei mir. »Toll sehen Sie aus, das Kleid steht Ihnen wirklich gut. Ramon wird sicher begeistert sein, wenn er Sie so sieht!«
O Mann, immer noch Ramon. Ich KANN diesen Namen nicht mehr hören und eigentlich passt es mir auch gar nicht,

dass Miguel ihn für heute eingeladen hat. Andererseits war er es ja, der außer mir die meiste Arbeit mit dem Buch hatte.
»Vielen Dank, das höre ich gerne«, murmle ich, wobei ich erröte wie eine holde Jungfrau, und hätte am liebsten noch hinzugefügt, dass ich ja gar nicht mehr mit Ramon zusammen bin, verkneife es mir aber – zum einen, weil Herr Bader neben mir steht und schon sehr interessiert guckt, zum anderen weil dies jetzt wirklich nicht der richtige Zeitpunkt ist, um mit Christoph mein Liebesleben zu diskutieren.
Die Pressemeute betritt nun den Raum, und in Sekundenschnelle ist alles voller Kameras und technischem Gerät. Annalena und Stefanie haben mit der Überprüfung der Presseausweise alle Hände voll zu tun, sind aber ebenso begeistert wie ich von der überwältigenden Resonanz. Hätte ja auch passieren können, dass wir alleine hier stehen. Ist schließlich alles schon mal vorgekommen!
Nachdem die Presse komplett versammelt ist, biegen nun auch die ersten Gäste um die Ecke, ein wenig scheu, weil es noch relativ leer ist. Diesmal überprüft Stefanie die Einladungen zusammen mit einer Praktikantin, und ich bete innerlich, dass sie nicht eine Sophie Harbach oder Hamburgs ersten Bürgermeister nach ihrem Namen fragen. Auch DAS hatten wir alles schon! Als Stefanie dann auf mich zukommt, rechne ich mit dem Schlimmsten.
»Marie, da ist ein Karl Schmidt, der sagt, dass er eingeladen ist, aber seine Eintrittskarte zu Hause vergessen hat. Wärst du so lieb, mal mitzukommen?«
Karl Schmidt? Mein Gott, den hatte ich ja ganz vergessen. Nachdem es mir so Leid tat, dass ich ihn immer wieder abgewiesen habe, habe ich ihm kurzerhand eine Einladung ge-

schickt. Ich hatte ihm ja angeboten, ihn zum Essen einzuladen. Und auf diese Weise kann ich mein Versprechen halten, ohne einen kompletten Abend mit ihm alleine verbringen zu müssen, denn Essen gibt es im Anschluss an die Präsentation in Hülle und Fülle.

»Herr Schmidt, wie schön, Sie wiederzusehen«, flöte ich in meiner allerhellsten Tonlage, als hätte ich ihn schon sehnsüchtig erwartet. Diesmal trägt er ein Cordjackett in dunklem Jägergrün und eine gelbe Krawatte mit orangefarbenen Punkten. In der Hand hält er – nein, wie entzückend – einen fetten Strauß dunkelroter Rosen. Christoph beobachtet mich und grinst in sich hinein.

»Na, Marie, soll ich die Rosen lieber für Sie in Empfang nehmen? Dann können Sie sich in aller Ruhe mit Ihrem Verehrer unterhalten«

Jetzt habe ich aber die Nase voll. Seine blöden Andeutungen gehen mir so langsam auf die Nerven. Wenn er wirklich so verliebt in mich ist, wie Blondi es behauptet, dann soll er es sagen. Hier und jetzt. Und er soll mich endlich in die Arme nehmen, jawohl! Ich kann mich gerade noch zurückhalten, meine Gedanken laut auszusprechen, und zische hinter vorgehaltener Hand: »Das ist nicht mein Verehrer, genauso wenig wie Ramon, mit dem ich seit einiger Zeit nichts mehr zu tun habe. Ich weiß auch nicht, wieso sich neuerdings alle bemüßigt fühlen, mir Rosen zu schenken. Aber anscheinend turnt es die Männer an, wenn man nichts von ihnen will. Damit appelliert man offensichtlich an den Jagdinstinkt oder so.«

Bei diesen Worten mache ich auf dem Absatz kehrt (kann also Christophs Gesichtsausdruck leider nicht mehr sehen) und

widme mich der Begrüßung meiner anderen Gäste, nachdem ich Karl Schmidt mit einem Drink versorgt habe.
Kurz vor 20.00 Uhr, mein Herz rast. Ich kann jetzt KEINESFALLS eine Ansprache halten!
Nun hält auch die Mallorca-Fraktion Einzug und stellt sich an die Bistrotische in den vorderen Reihen, die speziell für sie reserviert sind. Miguel sieht ausgesprochen gut aus, keine Spur mehr von der Blässe, die er auf Mallorca hatte, Carmen ist fröhlich und rund wie eh und je und drückt mich hocherfreut an ihre Brust. Ramon sieht ebenfalls toll aus und gibt mir einen zarten Kuss auf die Wange, gesellt sich aber sofort zu Carlotta, die heute wieder umwerfend aussieht. Ich kann absolut nicht verstehen, weshalb Christoph so eine Frau in den Wind schießt! Auch Carlotta begrüßt mich fast freundschaftlich und wünscht mir Glück, was ich sehr nett finde.
Ich beobachte, wie sie Christoph aus dem Weg geht und sich betont oft Ramon zuwendet, der diese Form der Aufmerksamkeit sichtlich genießt. Hinter dem Vorhang macht Annalena mir nun ein Zeichen – es ist so weit, ich muss auf die Bühne, ob ich will oder nicht.
Nach einer kurzen Sprechprobe beginne ich. Ein Scheinwerfer blendet mich, was auch gut so ist, weil ich das Publikum dann nicht erkennen und somit nicht sehen kann, ob einer grinst oder Faxen macht, um mich aus dem Konzept zu bringen.

»Meine Damen und Herren, liebe Gäste«, starte ich und meine Stimme beginnt zu zittern. »Ich freue mich sehr, Sie heute im Namen des Verlages Bader und Köllisch zu dieser außergewöhnlichen Buchpremiere begrüßen zu dürfen.

Außergewöhnlich deshalb, weil Miguel Vargas ein außergewöhnlicher Mensch ist. Er ist nicht nur ein begabter Maler und Autor, er ist auch ein Mensch, der in Spanien wie kaum ein anderer das kulturelle Zeitgeschehen geprägt hat (auf DEN Satz bin ich besonders stolz!). Es ist mir eine Ehre, Ihnen allen heute seine Memoiren präsentieren zu dürfen, gegen die er sich jahrelang mit Erfolg gesträubt hat. Er war immer der Meinung, dass es keinesfalls von internationalem Interesse sein kann, was er uns zu erzählen hat. Herr Bader und Herr Köllisch waren da ganz anderer Ansicht und haben mich beauftragt, Miguel Vargas zu überreden, seine Meinung zu ändern. Dass dies die richtige Entscheidung war, werden Sie erkennen, sobald Sie die ersten Seiten des Buches ›Ein Leben in Bildern‹ gelesen haben. Doch nun will ich Sie nicht länger auf die Folter spannen, übergebe das Wort an den Autor selbst und im Anschluss daran an meine Kollegin und Pressreferentin Annalena Kluge, die Ihnen noch einiges zum Ablauf des weiteren Abends sagen wird. Ich bedanke mich für Ihre Aufmerksamkeit und wünsche Ihnen einen wunderschönen Abend!«

Puh, geschafft! Ohne mich zu verhaspeln, irgendetwas zu verschütten, das Mikro umzuwerfen oder anderen Unsinn zu treiben. Wenn ich ehrlich bin, hat mir das Ganze sogar Spaß gemacht! Wie durch eine Wand vernehme ich nun Applaus, höre das Klicken der Fotoapparate, während Miguel die Bühne betritt und mich umarmt. Ich will schon Reißaus nehmen, aber Miguel hält mich zurück und bittet mich, neben ihm stehen zu bleiben. Er beginnt mit seiner Rede, der ich gar nicht mehr richtig folgen kann, weil ich in Gedanken ganz woanders bin.

Wie gerne würde ich mich jetzt in Christophs Arme sinken lassen und einfach nur da bleiben, ohne was zu tun oder zu reden! Doch auf einmal höre ich Miguel sagen: »Und weil die Qualität dieses Buches in erster Linie der Dame zu verdanken ist, die hier neben mir steht, habe ich mir auch erlaubt, darauf zu bestehen, dass ihr Name ebenfalls auf dem Cover genannt wird, und zwar als meine offizielle Co-Autorin!«
Was? Ich glaube, ich höre nicht recht? Ich habe zwar immer von diesem Moment geträumt, aber doch nicht allen Ernstes damit gerechnet, dass er Wirklichkeit wird. Und während ich noch überlege, ob ich mich vielleicht verhört habe, wird auch schon eine vergrößerte Coverversion des Buches auf die Bühne getragen und für die Kameras in Position gebracht. Und da steht es tatsächlich: Miguel Vargas und Marie Teufel, Miguel Vargas – ein Leben in Bildern! Und dann muss ich wohl umgekippt sein …
Das Nächste, das ich wahrnehme, als ich auf ein paar zusammengeschobenen Stühlen wieder aufwache, ist Annalena, die mir ihre Tropfen unter die Nase hält, so wie man früher jungen Frauen das Riechsalz zugeführt hat, wenn sie wegen ihres zu eng geschnürten Korsetts wieder einmal umgekippt sind. Aber ich bin noch NIE umgekippt! NIEMALS, und weiß nun wirklich nicht, was ich davon halten soll!
»Vielleicht hätten Sie nicht gleich drei Gläser Prosecco auf leeren Magen trinken sollen«, höre ich auf einmal die belustigte Stimme meines Chefs, dessen Gesicht nun knapp über meinem auftaucht. Und dann passiert, worauf ich schon die ganze Zeit gewartet habe. Wenn ich ehrlich bin, seit dem Tag, an dem ich Christoph zum ersten Mal wirklich wahrgenommen habe, damals im »Paulino«. Er KÜSST mich. MICH!

Marie Teufel, die zusammen mit Miguel Vargas ein Buch geschrieben hat. Ungläubig starre ich ihn an und überlege zum wiederholten Male an diesem Abend, ob ich das alles nicht träume. Doch Christoph grinst nur, nimmt mich diesmal richtig in den Arm und sagt: »Meinst du nicht, wir sollten uns jetzt endlich duzen?«

ICH GLAUBE, ICH WOLLTE alleine schon deshalb ein Buch schreiben, um endlich einmal die Gelegenheit zu haben, allen Menschen, die mir lieb und wichtig sind, zu danken. Nun gibt es dieses Buch, und was soll ich sagen? Los geht's!

Ich danke also:

Gaby Hauptmann, die mir mit ihrem Statement geholfen hat, das Interesse des Verlages zu wecken. Frau Hauptmann: Sie wissen, ich verdanke Ihnen vieles!

Burkhardt Driest, der an einem denkwürdigen Abend in Berlin den Grundstein für die Geschichte gelegt hat. Lieber Burkhard, du warst das Beste, was mir passieren konnte!

Ann-Kathrin Kramer für ihr »Jagdzitat« und ihre Begeisterung für die Figur der »Marie«, die sie hoffentlich bald spielen wird.

Vera Int-Veen und Dr. Gabriele Metzger für ihre liebevollen und persönlichen Worte, die sie mir freundlicherweise geschrieben haben. Ich weiß das sehr zu schätzen.

Meiner Agentin Claudia Wuttke, die mein »Buchbaby« begleitet und liebevoll auf die Welt gebracht hat. Und der ich die Daumen für ihren Roman »Lackschaden« drücke! Ein wundervolles Buch – ich wünschte, ich hätte es geschrieben.

Meiner Lektorin Andrea Müller, die meinem Baby beigebracht hat, in die richtige Richtung zu laufen und niemals das Ziel aus den Augen zu verlieren. Mit viel Geduld, tollen Ideen und einer geballten Ladung fachlicher Kompetenz. Ich hoffe, wir können bald ein zweites Kind auf den Weg bringen.

Meiner Mutter, die meine erste Leserin war, ohne deren positive Reaktion ich erst gar nicht weitergemacht hätte und die immer mit mir gefiebert hat. Auch wenn es kitschig klingt: Ich hab dich furchtbar lieb.

Joschi, der mir in allen Lebenslagen – vor allen in technischen Fragen, in denen ich eine absolute Niete bin – mit Rat und Tat zur Seite gestanden hat und ohne den ich weder über E-Mail noch über einen Drucker verfügen würde.

Meinen Freundinnen Bettina und Maren, die mir geholfen haben, ein Arbeitszimmer einzurichten und Schreibtisch ARTHUR in mein Leben zu bringen.

Natürlich auch allen anderen Freundinnen und Freunden, die mir die Daumen gedrückt haben und sich auf dieses Buch genauso freuen wie ich.

Und nicht zuletzt dem Mann, der diesen Stein ins Rollen

gebracht hat, obwohl ich nie daran geglaubt habe: meinem Mann Björn, den ich über alles liebe und dem ich danke, dass er mir diesen Weg ermöglicht: Schatz – unter diesen Umständen ist es okay, wenn du bei der Lektüre des ersten Kapitels eingeschlafen bist.